JANE AIVEN

Woher der *Duft* des Flieders weht

Rom

TINTE & FEDER

Deutsche Erstveröffentlichung bei
Tinte & Feder, Amazon Media EU S.à r.l.
38, avenue John F. Kennedy, L-1855 Luxembourg
Januar 2023

Umschlaggestaltung: bürosüd° München, www.buerosued.de
Umschlagmotiv: © Yodchai Prominn © S.Borisov © Catarina Belova
© Jetrel © Octus_Photography © Borisb17 © Priyo Adiprasetyo
© Boris Stroujko / Shutterstock
1. Lektorat: Marketa Görgen
2. Lektorat und Korrektorat: VLG Verlag & Agentur,
Haar bei München, www.vlg.de
Gedruckt durch:
Amazon Distribution GmbH, Amazonstraße 1, 04347 Leipzig /
Canon Deutschland Business Services GmbH, Ferdinand-Jühlke-Straße 7,
99095 Erfurt /
CPI books GmbH, Birkstraße 10, 25917 Leck

ISBN 978-2-49671-194-3
e-ISBN: 978-2-49671-193-6

www.tinte-feder.de

Für Noah –
mein kleiner großer Junge mit großem Mut und
einem noch größeren Herzen.
Ich liebe dich bedingungslos.
Über alle Grenzen hinaus.
Deine Mama

Kapitel 1

Leicester, England, 2018

»Das macht achtunddreißig Pfund und elf Pence, bitte.«

Der Mann zog einige Geldscheine aus dem Portemonnaie und legte sie auf die kleine Schale vor der Plexiglasscheibe. Als ich danach griff, um sie ordentlich in die Fächer der Kasse einzusortieren, blieb mein Blick auf dem kleinen Mädchen an seiner Seite hängen. Sie hielt den Jackensaum ihres Vaters fest umklammert und beäugte mich skeptisch. Es musste bedrohlich wirken, wenn fremde Erwachsene einen von oben herab anschauten.

Hinter dem Mann stand eine Frau mit einem weinenden Baby auf dem Arm.

»Wir sind gleich so weit. Gleich siehst du die Ponys, Schätzchen«, sagte sie.

Ich lächelte das Mädchen an, das ihren Vater immer noch festhielt.

»Und nicht nur das«, sagte ich mehr zu ihr als zu ihrer kleinen Schwester dahinter, »hier gibt es noch viel mehr zu sehen. Eine Luftakrobatin, die durch die Luft schwebt, zum Beispiel.

Du wirst sehen – der Zirkus ist voller Überraschungen. Er ist magisch.«

Das Mädchen strahlte erst mich, dann ihren Vater an, während ich das Wechselgeld und die Eintrittskarten auf den Teller legte.

»Was ist mit mir?«

Die Familie drehte sich um und erblickte einen Mann mit zu großen Schuhen, kunterbunt karierten Hosen und einer roten Nase in einem weiß geschminkten Gesicht. Enes.

»Darf ich mich vorstellen?«, sagte er im Singsang und trat auf das Mädchen an der Kasse zu. »Ich bin Bip Bello. Ich bin dafür da, euch zum Lachen zu bringen.«

Verlegen drückte das Mädchen ihr Gesicht an die Hüfte ihres Vaters. Ein Lächeln umspielte ihre Lippen. Ein typisches Verhalten, wenn Bip Bello auftauchte.

Mit gespielter Zerstreutheit kramte der Clown in beiden Hosentaschen. So tief, dass die Hände nach endlosem Graben am unteren Saum wieder herausschauten. Die Kleine lachte, das Baby auf dem Arm der Mutter hörte auf, zu schreien. Bip Bello zog aus dem Sockenbund eine Plastikblume hervor und hielt sie dem Mädchen mit einer tiefen Verbeugung hin. Als sie danach griff, spritzten einige Wassertropfen aus der Blüte und benetzten ihr Gesicht. Sie quiekte vor Vergnügen und das Baby jauchzte. Enes griff hinter das Ohr des Vaters und zog eine Münze hervor, die er dem Mädchen feierlich überreichte. Sie klatschte aufgeregt in die Hände und strahlte den Clown an.

Das war er. Bip Bello. Enes Payne. Mein Ehemann.

Als uns die letzte Familie in der Schlange den Rücken zukehrte und Richtung Zirkuszelt lief, trat ich aus dem Kassenhäuschen hinaus auf den Schotterplatz.

Enes setzte die rote Nase ab und kam auf mich zu. »Für dich habe ich auch etwas.«

Ohne zu wissen, worum es ging, brachte er mich zum Lächeln.

»Eine wasserspritzende Blume?«

»Nein«, erwiderte er lachend und nahm meine rechte Hand. »Besser.«

Ich strich ihm vorsichtig ein paar Haare aus dem Gesicht, die in der weißen Schminke an seiner Stirn klebten. Bip Bello schminkte sich für seine Auftritte selbst, da ich zu dieser Zeit meist im Kassenhäuschen saß.

»Irish Stew.«

»Irish Stew?«

»Ich habe heute Vormittag gekocht, als du bei Penny warst. Der Eintopf steht fix und fertig zu Hause und wartet darauf, dass wir ihn nach der Vorstellung aufwärmen und gemeinsam essen.«

Die Versuchung, ihn an mich zu drücken, war groß. Doch die Angst, die weiße Maske auf seinem Gesicht zu zerstören, war größer. Die weiße Maske, die mir so vertraut war nach all den Jahren.

»Das klingt fantastisch. Und ein Glas Wein.«

Er lachte und griff nach meiner zweiten Hand. »Rosa. Du bist Irin. Ich habe uns Guinness besorgt. Es steht im Kühlschrank.«

Ich verspürte einen Stich in meiner Brust. »Wie damals ...«, flüsterte ich ihm zu.

»Wie damals«, bestätigte Enes.

»Das hatte ich ganz vergessen.«

»Du vergisst es jedes Jahr, *mo cuishle.*«

Mo cuishle – das war Irisch und hieß übersetzt so viel wie *mein Puls*. Enes' Kosename für mich. Es war ein Sinnbild für das, was wir beide hatten und immer noch teilten. Ein Puls, der durch die Adern peitschte und uns am Leben hielt. Ein Puls, der dafür sorgte, dass wir lebendig waren.

»Das ist nicht wahr. Wie könnte ich den Tag vergessen, an dem wir geheiratet haben?«, sagte ich zur Verteidigung.

»Das stimmt«, gab Enes zu und zog mich zu sich heran, »aber der Tag, an dem ich dich das erste Mal gesehen habe, ist noch viel wichtiger.«

»Wichtiger als der Tag, an dem wir uns versprochen haben, den Weg gemeinsam zu gehen?«

Er drückte einen sanften Kuss auf seinen Zeige- und Mittelfinger und berührte damit meine Lippen.

»Und ob«, sagte er lächelnd und sein Blick wanderte zwischen meinen Augen hin und her. »An dem Tag wusste ich es.«

»Du wusstest was?« Ich wusste, was er meinte. Aber nach all den Jahren fühlte es sich immer noch besonders an, wenn er es aussprach. Es fühlte sich an wie Fliegen.

»Dass du die Frau in meinem Leben sein wirst. Und das bist du – seit über vierzig Jahren.« Er nahm meine Hand und wir gingen gemeinsam in Richtung Zirkuszelt.

»Ich freue mich auf den Eintopf«, flüsterte ich.

Er setzte sich lächelnd die rote Clownsnase auf und richtete sein übergroßes Kostüm. »Wie sehe ich aus?«

»Wie Bip Bello.«

»Dann passt es ja.« Er strich mir mit dem rechten Daumen über die Wange und trat durch den Hintereingang ins Zelt.

Kapitel 2

Dingle, Irland, 1970

»Hast du die Kakteen gestern noch reingeholt?«

Ich hielt abrupt inne und sah meiner Schwester ins Gesicht. »Du sagtest, alles im Innenhof lassen, was rauskann.«

»Richtig, was draußen *bleiben* kann, aber nicht die Zimmerpflanzen, die die Wärme lieben, Rosa!«

Ich drehte mich weg, um ungestört mit den Augen zu rollen. Dabei setzte ich meine begonnene Arbeit fort. Während Eireen die Eingangstür des Blumenladens weit öffnete und diverse Pflanzen aus dem Innenhof auf den Bänken und Tischen vor der Frontscheibe drapierte, redete sie ohne Punkt und Komma auf mich ein. Das Gespräch war keines, das man zwischen zwei siebenundzwanzigjährigen Frauen erwarten würde.

»Rosa, du kannst Kakteen nicht mit Zwiebelpflanzen wie *Leucojum vernum* über Nacht draußen lassen.« Sie klang wie eine Mutter, die ihr Kind tadelte. Ein Paradox, wenn man bedachte, dass wir Zwillingsschwestern und Vollwaisen waren. Außerdem war ich die ältere von uns beiden, wenn auch nur um Sekunden.

»Ich werde es beherzigen und gelobe Besserung, Eireen.«

»Ich weiß, dass du mit den Augen rollst!«, rief sie von draußen.

Während sie immer wieder von draußen nach drinnen huschte, neue Kübel, Pflanzen und kleine mit Begriffen und Preisen beschriftete Täfelchen herbeiholte, sprach sie weiter. »Sie hat uns das alles jahrelang vorgebetet. Wie kann es sein, dass du es nicht abgespeichert hast? Bis zum Schluss hat sie von nichts anderem gesprochen. Es war ihr wichtig, dass wir wissen, was wir tun, wenn sie nicht mehr da ist.«

Ich seufzte und trat in den Türrahmen. Dort beobachtete ich meine Zwillingsschwester mit verschränkten Armen und wehmütigem Blick. Sie hielt einen Übertopf mit jungem Flieder in den Händen und schaute auf die lila Blüten hinunter. Ich gab ihr eine Minute, um ruhig durchzuatmen. Ich wusste, wie schwer ihr der Gedanke fiel, dass die Frau, die uns großgezogen hatte, nicht mehr da war.

Unsere Großmutter Daisy hatte uns als Babys im Alter von nur wenigen Monaten aufgenommen und großgezogen wie ihre eigenen Kinder. Eireen und mir hatte es an nichts gefehlt. Daisy war für uns Mutter und Großmutter, Vater und Großvater gewesen. Eine Konstante in unserem Leben. Ein sicherer Hafen, der uns ein Heim schenkte und das Leben lehrte. Ihr hatte dieser Laden gehört. Das *Daisies* war der einzige Blumenladen in der Küstenstadt Dingle, unserem Zuhause. Mit diesem Namen hatte sie ihrem Lebenswerk einen Stempel aufgedrückt und uns Mädchen schon in jungen Jahren vorgelebt, wie wichtig es war, als Frau unabhängig und stark zu sein. Egal, wie das Leben einem mitspielte. Dass Großmutters Name Gänseblümchen bedeutete, verdeutlichte vor allem eins: Sie war für dieses Leben bestimmt. Sie trug den Namen der Pflanzen auf ihrem Ausweis und im Herzen und widmete ihnen ihr ganzes Leben.

Auch ich dachte oft an Daisy und vermisste sie in Momenten wie diesen, doch Eireen litt mehr als ich. Sie teilte mit unserer Großmutter die Leidenschaft für Blumen, Blüten und Pflanzenliebe – auch über den Tod hinaus.

Ich ging auf Eireen zu, legte einen Arm um sie und berührte ihre Schulter sanft mit den Lippen. »Ich vermisse sie auch, Eireen.«

Stille.

»Ich bin darin nicht so gut wie du, du bist das wandelnde Pflanzenlexikon und hast jedes ihrer Worte abgespeichert. Aber ich gebe mir Mühe. Auch wenn die Kakteen es nun vielleicht nach der kühlen Mainacht nicht schaffen.«

Sie sah mich mit geschürzten Lippen an, dann machte sich ein Lächeln breit, das sie im Zusammenspiel mit den Tränen in ihren Augen gerührt wirken ließ.

»Ach du ...« Dann stieß sie mir spielerisch in die Seite und verteilte weitere Pflanzen entlang der Außenfassade.

»Ich meine das ernst, Eireen«, sagte ich, »du machst das großartig. Sie wäre stolz auf dich.«

»WIR machen das großartig«, korrigierte sie mich.

Ich lächelte. »Wir wissen beide, wer der eigentliche Boss des *Daisies* ist, und das ist vollkommen in Ordnung für mich. Ich bin dein ...«, ich suchte nach dem richtigen Wort, »... Handlanger!«

Wir lachten beide, während ich mich daran machte, den Türrahmen mit einem feuchten Tuch abzuwischen. Eireen war pingelig und achtete auf Hunderte Kleinigkeiten. Die geborene Geschäftsfrau, die alles bedachte und unser Erbstück hier am Laufen hielt. Ich hingegen war ein Freigeist. Ich liebte das Tanzen und träumte von den großen Bühnen, dem Applaus, dem Rausch. Auch wenn ich keine einzige Zusage auf meine Bewerbungen an alle großen Tanzschulen in Irland bekommen hatte, hielt ich selbst mit siebenundzwanzig noch unbeirrt an diesem Traum fest.

Ich liebte die wöchentlichen Ballettstunden. Trotz der langen Arbeitstage, die ich hauptsächlich im Stehen verbrachte, und der endlosen Trainingsstunden schwebte ich mittwochabends regelrecht über den Asphalt der Altstadt zu Mrs Palifours Tanzstudio. Es war eine Art zweite Heimat für mich. Grandma Daisy hatte mich im Alter von vier Jahren hierhergebracht, nachdem ich mir die Nase an der Fensterscheibe platt gedrückt hatte, fasziniert von den Frauen und Mädchen in rosa Kostümen, Tutus und Spitzenschuhen, die mit Seidenbändern um ihre Knöchel gewickelt waren.

»Eireen möchte mir im Garten helfen. Du möchtest tanzen. Dann tanze«, hatte sie zu mir gesagt, als sie mich das erste Mal hier abgesetzt hatte.

Obwohl sie nicht unsere Mutter gewesen war, hatte sie sich stets wie eine verhalten. Dass sie nun schon ein halbes Jahr nicht mehr Teil unseres Lebens war, fühlte sich immer noch unwirklich an. Das wöchentliche Tanzen und das tägliche Blumenbinden waren die Überbleibsel meiner Liebe zu ihr.

Eireen und ich waren nicht nur grundverschieden, wir sahen auch völlig unterschiedlich aus. Während ich klein und zierlich war und kräftiges blondes Haar hatte, das mir in natürlichen Wellen engelsgleich über die Schultern fiel, war meine Zwillingsschwester einen ganzen Kopf größer als ich und hatte kinnlange dunkle Haare.

»… schaffst du doch allein, oder?«, riss sie mich aus den Gedanken an längst vergangene Tage. Ich hatte nur die Hälfte von dem gehört, was sie gesagt hatte. Eireen trug mehrere gestapelte Kartons an mir vorbei durch die Eingangstür, während sie mit ihrer freien Hand versuchte, den Autoschlüssel aus der Hosentasche zu fischen.

Ich eilte ihr zu Hilfe. »Was schaffe ich allein?«

Sie sah mich genervt an. »Ich muss die Gestecke hier zum Friedhof bringen, das hatte ich in den Kalender geschrieben und dir gefühlt hundertmal mitgeteilt, wie kannst du immer so …«

Ich unterbrach sie, indem ich abwehrend die Hand hob. »Schon gut, schon gut. Ich schaffe das.«

Dann stellten wir gemeinsam die Kartons in den Kofferraum.

»Ich muss danach noch beim Großmarkt vorbei, es kann also etwas dauern. Du wirst ohne mich zu Mittag essen müssen.«

»Kein Problem. Lass dir Zeit. Es ist Dienstag, kein Ballett. Ich muss also nicht dringend hier weg.«

Eireens Miene verhärtete sich. Es war ein Ausdruck von Unverständnis, den ich schon kannte. »Und wenn«, sagte sie, während sie einstieg und sich anschnallte, »dann wäre es heute ausgefallen. Hiermit verdienen wir unsere Brötchen, Rosa. DAS ist unser Leben, nicht das Ballett.«

Es wirkte fast so, als spuckte sie mir das letzte Wort entgegen. Und obwohl mir diese Reaktion nicht neu war und ich wusste, dass sie das Ballett nicht ernst nahm, traf es mich jedes Mal wie ein Stich ins Herz, meine Zwillingsschwester so zu erleben. Dann zog sie die Autotür zu und hob beim Losfahren leicht die Hand, um sich stumm zu verabschieden.

Ich blieb noch vor dem Laden stehen, bis das Auto hinter den grünen Hügeln mit den Schafherden verschwunden war. Dann ging ich zurück in den Laden und hängte das Windspiel in die geöffnete Tür, sodass es sanfte Klänge zu mir herübertrug. Ein weiterer Arbeitstag im *Daisies* begann.

Den Morgen verbrachte ich damit, bestellte Gestecke anzufertigen, Pflanzen zu wässern und Grünschnitt zusammenzufegen. Lediglich drei Kundinnen kamen an diesem Vormittag, der mein Leben vollkommen verändern sollte.

Es war der Tag, an dem ich Enes Payne traf. Den Mann, der mir mitten ins Herz ging.

Meist waren Eireen und ich gemeinsam zur Mittagspause im Laden. Wir wärmten etwas in der kleinen Kochnische auf oder besorgten uns eine Kleinigkeit beim Bäcker um die Ecke. Wenn ich allein war, setzte ich andere Prioritäten. Etwas, das mir mehr Erholung verschaffte als eine Pause im Sitzen. Etwas, das mich mehr nährte als ein warmes Essen.

Die Holztheke an einer Wandseite des Ladens diente als eine Art Auslage für Schnittblumen. Hier konnten sich die Kunden Sträuße zusammenstellen lassen. Doch wenn Eireen nicht da war, räumte ich die Theke leer und nutzte sie als Barre, als Ballettstange. Sie ging mir bis zum Brustkorb und hatte die perfekte Höhe. Ich legte eine Schallplatte mit keltischen Klängen auf, und obwohl diese rein gar nichts mit der Perfektion und Anmut des Balletts zu tun hatten, war die Kombination für mich inzwischen kaum noch zu trennen. Es war meine persönliche Kombination.

Ich zog die Schuhe aus, brachte meine Füße in Grundposition, hielt mich an der Holztheke fest und spreizte den anderen Arm ab. Während mein Körper wie automatisiert die fünf Grundpositionen des Balletts nachahmte, fielen mir immer wieder einzelne Haarsträhnen ins Gesicht. Hier war keine Zeit und kein Raum für einen perfekten Haarknoten, wie ich ihn mittwochs trug. Und ich liebte es. Weil es Freiheit bedeutete. Ich schloss die Augen und ließ mich tragen. Von der Musik, von der Leidenschaft, von meinem Traum.

Es war wohl Schicksal, dass ich an diesem Tag vergessen hatte, den Laden zur Pause abzuschließen und den schweren Samtvorhang vorzuziehen. Wenn ich es getan hätte, wären Enes Payne und ich uns vielleicht nie begegnet. Aber ich glaubte daran, dass das Schicksal bestimmte, wer in unser Leben trat.

Ein Räuspern hinter mir ließ mich herumwirbeln. Meine Haare nahmen mir die Sicht, und ich versuchte hastig, die volle

Haarpracht zu bändigen, um zu sehen, wer hereingekommen war.

»Entschuldigung, ich ... wollte dich nicht erschrecken. Ich dachte nur, das ...«, er machte eine kurze Pause und zeigte auf die Blumen und Pflanzen, »... ist ein Blumenladen.«

»Wie kommst du überhaupt hier rein?« Ich war so peinlich berührt, weil ich nicht wusste, wie lange er schon hinter mir gestanden hatte, während ich wie eine Vollidiotin ausgesehen haben musste.

Der Gedanke daran, dass ich zwischen Wassereimern und Schnittblumen zu keltischen Klängen Plié und Grand Plié vorgeführt hatte, ließ mir die Röte ins Gesicht schießen. Es mochte komisch klingen, aber durch die Pflege unserer kranken Grandma und durch den Laden hier hatten Eireen und ich nie wirklich Zeit oder überhaupt Interesse daran gehabt, mit Männern auszugehen. Wenn ich mit Männern sprach, dann mit denen, die den Weg in den Blumenladen fanden, um etwas Schönes für ihre Frau auszusuchen. Es waren Gespräche, die nur aus wenigen Sätzen bestanden.

Er runzelte die Stirn und zeigte Richtung Eingang. »Durch die Tür da.«

Ich hatte sie nicht abgeschlossen. Mir wurde bewusst, dass mich weitere Personen von draußen beobachtet oder sogar den Laden betreten haben könnten.

»Oh nein ...«, stammelte ich und strich mir das Haar aus dem Gesicht. Erst jetzt hatte ich freie Sicht und nahm seine ganze Erscheinung wahr.

Es war einer der Momente, die man direkt konservierte, wenn sie sich ereigneten. Einer der Momente, an die man sich für immer erinnerte. Er hatte dunkles Haar, links und rechts kurz geschnitten. Oben war es dicht und leicht gewellt. Mit seinen markanten Zügen erinnerte er mich an James Dean oder Elvis Presley. Er war ganz anders als die Männer, die ich täglich sah – etwas Besonderes ging von ihm aus. Obwohl er ein gutes Stück von mir entfernt stand, konnte ich seinen Geruch wahrnehmen – eine Mischung aus Minze und Tabak. Ein vertrauter Geruch, auch wenn ich nicht erklären konnte, wieso.

»Ich gehe wieder«, sagte er abwehrend und stolperte rückwärts zum Eingang. »Es tut mir leid, ich wollte dich nicht stören oder erschrecken.«

»Nein, bitte!«, rief ich fast schon panisch, aus Angst, er könnte einfach so wieder aus meinem Leben verschwinden. »Bleib. Du hast ja recht. Es ist und bleibt ein Blumenladen und ... ich hätte abschließen müssen.«

Er hielt inne und sah mich schweigend an. Und so standen wir dort einige Sekunden.

Einen Penny für deine Gedanken, ging es mir durch den Kopf.

Ich richtete hastig meine weiße Bluse im Saum meiner Jeans und schlüpfte in meine Schuhe. Dann begann ich, schnell die Holztheke wieder zu beladen.

»Wie kann ich helfen?«, fragte ich und hob die Nadel von der Schallplatte, um die Musik abzustellen.

»Du könntest mir erklären, was du da genau gemacht hast.« Er zeigte auf die Holztheke, die meine Barre war.

»Veräppelst du mich?«

Sein Gesichtsausdruck zeigte, wie überrascht er von meiner Reaktion war. »Nein, nein, ich meine das ganz im Ernst.« Er lachte und fuhr sich mit einer Hand durch das dunkle Haar. »Das sah ... interessant aus.«

»Hast du noch nie etwas von Ballett gehört?« Ich stemmte die Hände in die Hüften und versuchte, mich größer zu machen, als ich war. Ich war zierlich und bereute es in diesem Moment mehr denn je, flache Schuhe zu tragen.

»Es tut mir leid, wirklich. Ich ... sage nichts mehr, versprochen.« Lachend legte er die Handflächen aneinander wie zu einem Gebet.

Ich schwieg einen Moment und schluckte meinen Groll herunter.

»Nur bitte«, flehte er mich dann an und runzelte die Stirn, während er mir direkt in die Augen sah, »bitte rette meinen Tag und verkaufe mir trotz deiner Pause so eine Ansteckblume für den Bräutigam.«

»Eine Boutonnière?«

»Wie auch immer das heißt ...«

»Welche Farbe?« Ich ging die einzelnen Blüten und Blätter durch, die zur Verfügung standen.

»Einfach etwas ... Neutrales.« Er sagte es zögernd und sah ziemlich verzweifelt aus.

»Welche Farbe trägst du denn?« Intuitiv griff ich nach einer Kombination aus Weiß und Blau und füllte dazwischen mit Blätterwerk auf.

»Ich? Dunkelblau, schätze ich.« Er klopfte sich einige Fussel von seiner Collegejacke ab.

Ich sah ihn an und zeigte auf sein Outfit. »So willst du zur Hochzeit gehen?«

Ein Lächeln umspielte seine Lippen. »Bei uns läuft die Hochzeit etwas anders ab, als man das vielleicht gewohnt ist.«

Ich verband die einzelnen Blütenbestandteile zu einem Ministräußchen und packte es in eine kleine Plastikschachtel.

»Und was heißt ›bei euch‹?«, fragte ich nach, während ich den Preis eintippte und er sein Geld abzählte.

Als er das Geld auf den dafür bereitstehenden Teller legte, stellte ich die Schachtel mit der Boutonnière dort ab. Unsere Finger streiften sich für den Bruchteil einer Sekunde und unsere Blicke trafen sich. Es war wie ein Stromschlag.

»Wow«, sagte er, ohne seinen Blick abzuwenden, und ich hatte das Gefühl, in Flammen zu stehen. Meine Lippen öffneten sich, aber ich brachte keinen Ton heraus.

Erst das Klimpern des Windspiels im Türrahmen holte mich ins Hier und Jetzt zurück. Eine Frau mit zwei Kindern kam herein, die uns lautstark begrüßten.

»Ein andermal vielleicht ...«, sagte er leise und hob als Zeichen der Dankbarkeit kurz die Schachtel mit dem Gesteck.

»Ich ... wünsche dir eine schöne Hochzeit«, rief ich ihm über das Gelächter der herumtobenden Kinder zu, während er rückwärts zum Ausgang lief, ohne den Blick abzuwenden. »Man sagt, es sei der schönste Tag im Leben.«

Er blieb stehen. »Oh, nein! Du denkst ...«, er zeigte auf sich. »Ich bin nicht der Bräutigam. Mein Freund Barron heiratet, ich ... rette nur, was zu retten ist.«

So lächerlich das klingen mag, aber es fühlte sich an, als rollte bei seinen Worten eine ganze Lawine von meinen Schultern. Obwohl ich wusste, dass er gleich aus meinem Leben verschwinden würde.

Die beiden Kinder rannten durch den Laden, während ihre Mutter verzweifelt versuchte, sie im Zaum zu halten.

»Ich bin Enes«, rief er mir über den Lärm hinweg zu.

»Rosa«, erwiderte ich.

Er hielt kurz inne. Dann hob er still die Hand und wandte sich zum Gehen. Draußen blieb er noch einmal stehen und blickte durch die Scheibe zu mir zurück.

Ich sah ihm noch nach, als er schon längst außer Sichtweite war.

Ja, das Schicksal bestimmte, wer in unser Leben trat. Aber wir bestimmten, wen wir in unser Herz ließen und dortbehielten.

Eireen und ich bewohnten eine Dreizimmerwohnung im Erdgeschoss eines Mehrfamilienhauses im Herzen von Dingle.

Grobes Kopfsteinpflaster führte zu unserem Wohnhaus. Das Gebäude war bekannt als das O'Blue, weil die Tür in strahlendem Blau angestrichen war. Es lag nur wenige Gehminuten vom Blumenladen entfernt, sodass wir das Auto nur für Lieferungen oder Fahrten außerhalb der Ortschaft brauchten. Alle anderen Wege legten wir zu Fuß oder mit dem Fahrrad zurück.

»Hörst du mir überhaupt zu?«

Erschrocken ließ ich den Löffel in den tiefen Teller fallen. Einige Spritzer der Tomatensuppe landeten auf dem Holztisch.

»Entschuldige«, sagte ich und rieb mir mit beiden Handflächen über das Gesicht, »... das war ein langer Tag.«

Lüge. Eigentlich dachte ich an den jungen Mann, der die Ansteckblume für seinen Freund gekauft hatte. Enes. Vor meinem geistigen Auge sah ich sein Gesicht wie auf einer großen Leinwand, das dichte Haar, von dem ihm einige Strähnen in die Stirn fielen.

»Du solltest zu Hause bleiben. Vielleicht wirst du krank.« Eireen stand abrupt auf und räumte unsere Teller in die Spüle.

Ich schüttelte den Kopf und ging zum Spiegel im Flur, um mein Haar mithilfe von Haargummis und Klammern zu einem festen Knoten zusammenzubinden.

»Nein, mir geht's gut.«

In der Küche klapperte Geschirr. Wasser lief in die Spüle.

»Wir könnten es uns mit einem Wein vor dem Fernseher gemütlich machen. Heute läuft »The other side««, rief Eireen über die Geräuschkulisse hinweg.

Langsam trat ich in den Türrahmen zur Küche und verschränkte die Arme. Meine Schwester drehte sich nicht um.

»Ich gehe jeden Mittwoch zum Ballett. Das weißt du doch.«

Sie antwortete nicht, sondern begann, die Teller und das Besteck zu schrubben.

»Wir verbringen jeden Abend miteinander, Eireen. Der Mittwoch gehört mir. Mir und dem Ballett.«

»Du redest, als wäre es eine Person.« Etwas Verächtliches lag in ihrer Stimme.

»Blödsinn. Es gibt keine Person.«

»Nein?« Sie wischte sich die Hände am Küchenhandtuch ab und drehte sich zu mir um.

»Nein«, bestätigte ich und schürzte die Lippen. »Ich bin wie immer gegen einundzwanzig Uhr zurück.«

Sie drehte sich um und nahm ihre Arbeit wieder auf.

Ich hatte die Klinke der Wohnungstür bereits heruntergedrückt, als sie mir nachrief: »Totty und Shae wollen Freitagabend ausgehen. Ich habe schon zugesagt.«

»Freitagabend klingt gut«, erwiderte ich. »Bis später.«

Als ich in die kühle Abendluft hinausging, überkam mich an diesem Abend das erste Mal das Gefühl, ungehindert atmen zu können. Ich schloss kurz die Augen und holte tief Luft, bevor ich mich auf den Weg zu Mrs Palifours Tanzstudio machte. Die frische Abendluft tat so gut, dass ich mich entschied, zu Fuß zu gehen.

Auf der Hauptstraße angekommen warf ich einen Blick zurück zum O'Blue. Eireen stand am Küchenfenster im ersten Stock und sah mir nach.

Der Geruch nach altem Leder, der die Räumlichkeiten der Ballettschule erfüllte, war jedes Mal wie eine Umarmung für mich. Er bescherte mir ein warmes, wohliges Gefühl, das sich nach Heimat anfühlte. Und das war es auch – ein Ort, den ich fast so gut kannte wie unsere Wohnung und das *Daisies*. Ein Ort, an dem ich seit zwanzig Jahren träumte. Einen Traum von Bühnen, von einem Publikum, von Applaus. Und obwohl ich wusste, dass es ein Traum bleiben würde, konnte mich nichts und niemand davon abhalten, wöchentlich für eineinhalb

Stunden dem Alltag zu entfliehen. Sanfte Bewegungen zu Klavierklängen, kraftvolle Spannung im Körper und anmutige Gesichter. All das konnte ich fühlen. Es war kein Hobby. Es war eine Passion.

Mit geschlossenen Augen sah ich während des Unterrichts erneut Enes vor mir, den jungen Mann aus dem Blumenladen. Sein Gesicht, seine Haare, die Collegejacke. Ich stellte mir vor, wie er mich bei diesen Positionen beobachtet hatte, bevor mir aufgefallen war, dass jemand im Laden gestanden hatte. Was genau hatte er gesehen, was war ihm dabei durch den Kopf gegangen?

Selbst auf dem Heimweg drehte ich Pirouetten durch die Gassen von Dingle.

Ein unwohles Gefühl überkam mich, als plötzlich hinter mir ein Motor aufheulte. Ich warf einen Blick über die Schulter. Ein fester Druck zwischen den Schulterblättern brachte mich augenblicklich zu Fall. Ich stolperte und fiel vorwärts auf das Kopfsteinpflaster. Ein Ruck ging durch meinen Körper. Es waren Bruchteile von Sekunden, und ich nahm nur noch wahr, wie zwei Personen auf einem Moped an mir vorbeirauschten. Die hintere hielt eine schwarze Tasche fest umklammert. Ich befühlte meine Schulter. Meine Sporttasche war weg.

Ich wollte aufstehen, aber der Schmerz, der mein rechtes Handgelenk durchzog, ging mir durch Mark und Bein. Mit schmerzverzerrtem Gesicht atmete ich durch die Zähne ein und schaffte es zumindest, mich hinzusetzen.

»Hey, bleibt stehen! Ihr Dreckskerle!« Ein Mann rannte hinter dem Moped her, das inzwischen fast außer Sichtweite war. Ich sah ihm nach, während er unaufhörlich weiterrannte, bis er erkannte, dass es sinnlos war. Er wurde langsamer und blieb schließlich stehen. Er hob machtlos die Hände gen Himmel und ließ sie dann fallen. Dabei stützte er sich auf den Knien ab, um sich von dem Sprint zu erholen.

Als er sich umdrehte und näher kam, erkannte ich ihn sofort. Der Mann aus dem Blumenladen. Der Mann, der mir seitdem nicht mehr aus dem Kopf ging. Enes.

»Ist alles in Ordnung? Hast du dir …« Er hielt inne, als er mich aus der Nähe sah. »Rosa?«

Er erinnerte sich an meinen Namen. Er erinnerte sich an mich.

Ich lächelte zur Antwort und wollte meine verletzte Hand heben, aber der Schmerz zwang mich, sie direkt wieder zu senken. Ich blickte auf das Gelenk und sah eine Schwellung, die innerhalb weniger Minuten entstanden war.

»Hast du dich verletzt?«, fragte er und kniete sich neben mich. »Darf ich?« Er nahm die Schwellung in Augenschein, indem er vorsichtig mit den Fingern darüberstrich.

Ich verzog das Gesicht eher aus Angst, es könnte wehtun, als vor wirklichen Schmerzen. »Bist du Arzt oder so was?«

Er lachte und schüttelte den Kopf. »Nein.« Er blickte mir in die Augen – ein Blick, der direkt in meine Seele traf. »Aber mit verletzten Gelenken und Knöcheln kenne ich mich aus.« Was immer das heißen sollte. »Gebrochen ist es nicht, aber gestaucht. Das ist vom Schmerzempfinden her meist noch schlimmer. Du musst es schonen und kühlen. Vor allem kühlen. Wo wohnst du? Ich bringe dich nach Hause.«

Ich erschrak. *Ja!*, brüllte mein Herz und hüpfte aufgeregt. *Nein!*, mahnte mein Kopf tadelnd. Obwohl ich mir wünschte, dieser Mann würde sich um mich kümmern und mich begleiten, konnte ich ihn unmöglich in unsere Wohnung bringen, nicht einmal in die Nähe des O'Blue. Der Gedanke an Eireen, die oftmals am Küchenfenster auf mich wartete, bis ich nach den Ballettstunden nach Hause kam, machte mich nervös, und etwas in mir wehrte sich, ihn in dieses Leben zu bringen. Ein

Leben, das ich mochte, das mich aber auch fest umklammert hielt und daran hinderte, meine Flügel auszubreiten. Erstmals nahm ich Eireen wie einen Käfig wahr, der es mir erschwerte, ich selbst zu sein und das zu tun, was ich liebte.

»Das musst du nicht«, erklärte ich und versuchte erneut, aufzustehen.

Er half mir dabei.

Als wir einander gegenüberstanden, sah er mich mit hochgezogenen Augenbrauen an. »Für wen hältst du mich, Rosa?«

»Wie meinst du das?«

Er zeigte auf meine Verletzung. »Denkst du, ich lasse dich in diesem Zustand allein durch die Straßen laufen? Kommt gar nicht infrage. Also, wo wohnst du? Es macht mir nichts aus, dich nach Hause zu bringen. Im Gegenteil.«

Ich hatte das Gefühl, zu erröten. Ich gab auf.

»Ich wohne im O'Blue, etwa zehn Minuten von hier.«

»Ist das ein Club, ein Hotel?«

»Du kennst das O'Blue nicht?« Ich wies ihm den Weg und wir setzten uns in Bewegung.

»Ich wohne nicht in Dingle.«

»Was machst du dann hier? Urlaub? Geschäftsreise?«

Er lachte und fuhr sich durchs Haar. Ich betrachtete sein Profil. Der Duft von Minze und Tabak stieg mir in die Nase. Dieser Mann war magisch, und in mir wuchs das Verlangen, zu erfahren, wer er war.

»Sagen wir, ich bin auf der Durchreise. Noch bis Samstag.« Er zeigte in die Richtung, in die das Moped verschwunden war. »Was ist mit der Tasche? Waren Bargeld oder andere wichtige Dinge darin?«

Erst jetzt fiel mir wieder ein, dass ich gerade beraubt worden war. »Kein Bargeld«, seufzte ich, »aber meine Ballettschuhe.«

»Du bist eine richtige Ballerina?«

Ich sah ihn schmunzelnd an. »Du machst dich wieder lustig über mich.«

Er hob die Hände. »Nein, ganz und gar nicht«, sagte er und sah mich von der Seite an. »Ich dachte nur, dass das eher ein Hobby ist. Es wirkte zumindest so im Blumenladen.«

Damit holte er mich, ohne es zu wollen, auf den Boden der Tatsachen zurück. »Nun ja, es ist ein Hobby«, antwortete ich mutlos, »und das wird es wohl oder übel auch bleiben.«

Einige Zeit liefen wir schweigend nebeneinander her. Ich blickte zu Boden und beobachtete unsere Füße, wie sie beim Gehen im Gleichtakt auftauchten und wieder verschwanden. Es war, als liefen sie bereits längere Zeit miteinander. Und dann erzählte ich ihm von den Bewerbungen an den Tanzschulen. Einige hatten mir abgesagt, von anderen hatte ich gar keine Antwort erhalten. Es war das erste Mal, dass ich es laut aussprach. Ich wusste nicht, wieso ich einem Wildfremden so etwas erzählte. Aber es fühlte sich gut und richtig an, und ich folgte der inneren Stimme, die mich dazu ermuntert hatte.

»Und jetzt bleibt es wegen des Blumenladens ein Traum?« Enes sah mich an.

Wegen des Blumenladens. Wegen der Tanzschulen, die sich nicht zurückgemeldet hatten. Wegen Eireen, ging es mir durch den Kopf. Aber ich nickte nur.

»Weißt du, ein Traum bleibt so lange ein Traum, bis man sich dazu entscheidet, ihn Wirklichkeit werden zu lassen.«

Ich löste meine Arme, die ich verschränkt vor der Brust gehalten hatte, und seufzte. Dabei berührten sich für eine Sekunde unsere Hände. Ich blickte zu ihm hoch. Er war ein ganzes Stück größer als ich.

Enes blieb stehen, und wie automatisch hielten auch meine Füße an. Wir hatten jetzt die Kreuzung erreicht, von der aus wir das O'Blue schon sehen konnten.

Ich nahm all meinen Mut zusammen und sprach aus, was sich in meinem Kopf manifestiert hatte: »Glaubst du an Schicksal, Enes?«

Er öffnete leicht den Mund und stieß die Luft aus. »Das ist verrückt.«

»Was genau?«

»Dass du mich das fragst.«

Ich kam mir dämlich vor. Bis er weitersprach: »Gerade gestern hat auf der Hochzeit meines Freundes jemand gesagt, dass man vom Schicksal spreche, wenn sich zwei finden würden, die sich niemals gesucht hätten.«

»Rosa!« Eireens lautes Rufen hallte durch die Straße und riss mich aus der Verbindung zu dem Mann, der mich mehr und mehr verzauberte.

Ich schloss die Augen.

»Das ist meine Schwester Eireen«, flüsterte ich. »Wir wohnen zusammen und führen gemeinsam den Blumenladen. Sie ... ist ein Kontrollfreak, schätze ich.«

Enes sah sich um und erblickte in einiger Entfernung Eireen am offenen Küchenfenster.

»Ich gehe das restliche Stück allein.« Ich gab mich geschlagen, was sich wie Aufgeben anfühlte. »Danke für deine Hilfe und ... dass du mich nach Hause gebracht hast, Enes.«

Er lächelte und ging langsam rückwärts, ohne den Blickkontakt zu unterbrechen. »Denk daran, es zu kühlen.«

Ich nickte. Dann hob ich meine unverletzte Hand zu einem stummen Abschiedsgruß und ging auf das O'Blue zu, wo Eireen immer noch am Fenster zu sehen war.

»Rosa!«, rief er, woraufhin ich mich nochmals zu ihm umdrehte. »Wenn das Schicksal es will, sehen wir uns wieder.«

Ich lächelte ihm zu. Mit der Verbindung, die er zu mir geschaffen hatte, weil er auch an das Schicksal glaubte, weil er in Betracht zog, mich noch einmal zu sehen, wurde er mein Vertrauter.

»Wo warst du so lange und wer war das?« Eireen kam mir fast schon panisch im Flur entgegen, als ich unsere Wohnung betrat.

»Niemand«, flüsterte ich ihr zu und hielt mein schmerzendes Handgelenk.

Ihr Blick fiel auf die Schwellung und sie gab einen schrillen Laut von sich.

»Oh mein Gott, was ist passiert? Kommt das vom Ballett?« Sie ging zum Kühlfach und holte eine Packung Erbsen heraus, die sie mir hinhielt.

Ich kühlte mein Handgelenk und setzte mich auf den Küchenstuhl. »Nein, ich bin überfallen worden.«

»Du bist was?«, schrie sie mir fast entgegen.

»Auf dem Heimweg haben mir zwei Gestalten auf einem Moped die Tasche entrissen. Mein Ballettkostüm und die Schuhe sind weg.«

»Na, wenn das mal kein Zeichen ist.«

Wut machte sich in mir breit. »Gute Nacht, Eireen«, antwortete ich knapp und stand auf, um in mein Zimmer am anderen Ende des Flurs zu gehen.

»Rosa«, rief sie mir nach, »wer war dieser Mann? Du hast doch gesagt, dass es da niemanden gibt.«

Ich blieb stehen. Die Wut in meiner Magengrube verstärkte sich. Wieder einmal kam ich mir vor wie ein Teenager, der von seiner Mutter getadelt wurde.

»Gibt es auch nicht. Keine Sorge. Er hat mir nur geholfen.«

Damit ging ich in mein Zimmer und schlug die Tür hinter mir zu.

Kapitel 3

Leicester, England, 2018

Es klopfte.

»Komm rein!«, rief ich über meine Schulter. Enes und ich saßen am Esstisch unseres Wohnwagens und tranken Irish Coffee – eine Tradition, die ich aus Irland mit nach England gebracht hatte und die zu einem Ritual geworden war.

Ich hatte ihn schon am Klopfen erkannt. Er ließ seine Faust immer in demselben Rhythmus gegen das Holz prallen – zwei Mal langsam, zwei Mal schnell.

Rudolfo duckte sich, als er durch die Tür trat. Jedes Mal, wenn er in unseren Wohnwagen kam, sah ich wieder den kleinen Jungen vor mir, den ich mit großgezogen hatte. Es war also keine Übertreibung, wenn ich sagte, dass der Zirkus Rosso für mich und Enes wie eine Familie war.

»Setz dich, Rudolfo. Magst du?« Ich zeigte auf die beiden Tassen mit dampfendem Irish Coffee auf dem Tisch und erhob mich, um eine dritte zuzubereiten. Zu Alkohol sagte Rudolfo selten Nein. Auch wenn ich es nicht gern sah, war er längst erwachsen und traf seine eigenen Entscheidungen.

»Ich will euch noch ein paar Dinge zum Auftritt morgen erzählen, damit ihr Bescheid wisst.«

Enes runzelte die Stirn.

»Ist morgen etwas Besonderes? Wir fahren doch erst übermorgen weiter, oder?«

Rudolfo nickte und holte eine Zigarette hervor, die er sich zwischen die Lippen klemmte.

»Rudolfo ...«, ermahnte ich ihn. Er wusste eigentlich, dass in unserem Wohnwagen nicht geraucht wurde. Enes hatte eine chronisch-entzündliche Lungenerkrankung. Obwohl ich selbst rauchte, waren Zigaretten in unserem Wohnwagen tabu.

Rudolfo steckte die Zigarette wieder weg.

»Es geht nicht um die Weiterfahrt«, erklärte er und nahm die Tasse, die ich ihm hinhielt. »Es geht um Gino. Um Gino und Penny. Er wird ihr nach der Vorstellung einen Antrag machen.«

Enes und ich warfen uns einen Blick zu.

»Ist das auf deinem Mist gewachsen?«

Er nippte hastig an seinem Irish Coffee und sah mich über den Tassenrand hinweg an. »Wie meinst du das?«

»Na ja, du scheinst ganz versessen darauf zu sein, dass sie und Gino heiraten. Sie hat bereits Nein gesagt. Dafür wird sie Gründe haben und du solltest dich raushalten, Rudolfo. Das geht nur die beiden etwas an.«

Er stellte die Tasse etwas zu energisch auf den Tisch zurück. Ein paar Spritzer Sahne landeten auf dem Holz. Rudolfo war wie ein Sohn für uns, aber er hatte ein hitziges Gemüt, vor dem man sich in Acht nehmen musste. Dass ich ihm öfter widersprach, gefiel ihm nicht.

»Das geht dich nichts an, Rosa.« Er presste die Worte regelrecht hervor und hielt den Griff der Tasse fest in der Hand, sodass das Weiße an den Knöcheln hervortrat.

»Dich genauso wenig, wie gesagt. Lass die beiden doch entscheiden, ob und wann sie ...«

»Ob? Wie meinst du das, ob?«

Enes schnaufte und fuhr sich mit beiden Handflächen über das Gesicht. »Herrje, Rosa …«, tadelte er mich.

Wir alle wussten, wo das hinführte. Aber ich konnte nicht anders, als für Penny einzustehen. Ich konnte nicht anders, als Rudolfo daran zu erinnern, dass es nicht in seiner Macht lag.

»Wie gesagt«, erklärte ich beiläufig und machte mich daran, den Tisch abzuräumen, als stummes Zeichen dafür, dass wir das Gespräch nicht vertiefen wollten. »Penny hat bereits Heiratsanträge von Gino abgelehnt. Vielleicht soll es nicht sein. Vielleicht …«

»Rede keinen Unsinn«, unterbrach er mich, »damit redest du ihr Dinge ein. Sie ist ein gutes Mädchen. Ist es so schwer, zu verstehen, dass eine Zirkusfamilie nur durch Nachwuchs weiter existieren kann? Nicht jeder Artist bringt jemanden mit hierher und vergrößert so die Familie.« Er zeigte mit dem Zeigefinger auf Enes, dann auf mich.

»Du hast Beatrice mitgebracht. Vergiss das nicht.«

Er schwieg und sah auf den Boden.

»Lass das.«

Ich wusste, dass er empfindlich war, wenn es um Beatrice ging. Dass seine Frau, Pennys Mutter, ihn damals verlassen hatte, nachdem er sie Jahre zuvor in den Zirkus mitgebracht hatte, war ein wunder Punkt.

»Du redest von Penny, als wäre sie immer noch ein kleines Mädchen. Aber sie ist erwachsen, Rudolfo. Sie trifft ihre eigenen Entscheidungen. Ich bitte dich, die beiden müssen ihre Angelegenheiten selbst klären, und lass dich nicht derart von Gino einspannen.«

Er erhob sich und ging zur Tür. »Morgen Abend nach der Vorstellung. Sie weiß von nichts. Und das soll so bleiben. Sie wird sich freuen. Sie liebt ihn doch.« Er sah mich direkt an. »Gino wird Penny morgen Abend diesen Heiratsantrag machen.

Und sie wird Ja sagen.« Er kam einige Schritte auf mich zu und verabschiedete sich mit einem Wangenkuss von mir. Enes griff er kurz an die Schulter.

Die Tür fiel ins Schloss.

Enes stützte den Kopf in die Hände und schloss die Augen. »Wieso habe ich das ungute Gefühl, wir steuern geradewegs auf eine Katastrophe zu?«

Ich fühle genauso, flüsterte mein Herz. *Pass auf, was du in der Sache sagst und unternimmst,* befahl mein Kopf.

»Ich schätze, wir können ohnehin nicht mehr machen, als abzuwarten und zuzusehen«, versuchte ich, ihn zu beruhigen, und machte mich an den Abwasch.

Enes blieb auf der Eckbank sitzen und starrte durch das Fenster nach draußen.

Regentropfen prasselten gegen das kleine Wohnwagenfenster. Ich konnte von hier Pennys und Ginos Wohnwagen sehen, in dem Licht brannte. Es war paradox, dass ich Penny ebenso großgezogen hatte wie ihren Vater Rudolfo. Folglich schmerzte mich nicht nur, dass Rudolfo so tat, als wäre sie sein Eigentum. Auch die Tatsache, dass über Penny gesprochen wurde, als wäre sie ein unmündiges Kind ohne eigenen Willen, versetzte mir Stiche in der Herzgegend.

Enes Hustenanfall ließ mich zusammenzucken. Ich eilte zu ihm, um ihm den Rücken zu massieren und ein Glas Wasser hinzuschieben.

»Geht's wieder?«, fragte ich vorsichtig.

Er nickte und trank einen Schluck. »Alles ein bisschen viel heute«, sagte er leise und rieb sich das Gesicht.

»Heute?«, fragte ich zweifelnd. »Du musst kürzertreten, Enes. Das ist nicht gesund für dich. Das weißt du.«

Er wehrte mit der Hand ab. So etwas hörte er nicht gern. Er wusste, dass ich recht hatte. Dessen war ich mir sicher. Und ich wusste, dass mein Mann niemals das Kostüm von Bip Bello ablegen würde, nur um sein Stresspensum zu reduzieren. Es war sozusagen seine zweite Haut.

»Er wird das durchziehen«, sagte Enes gedankenverloren und blickte erneut aus dem Fenster. »So lange, bis Penny einknickt.«

»Ich sollte es ihr geben.«

»Nein.« Enes drehte sich zu mir, sah mich an und packte mich an den Schultern. Sein Blick war klar und fast schon panisch. »Nein, Rosa.«

»Sie hat ein Recht darauf, die Wahrheit zu erfahren.«

»Wenn sie den Brief liest und du ihr das Foto gibst, wird sie wissen wollen, was es bedeutet. Wenn Rudolfo das herausfindet, wenn Gino das mitbekommt ...«

Ich unterbrach ihn, indem ich mich aus seinem Griff befreite und das Küchenhandtuch auf die Arbeitsplatte der Kochnische warf.

»Es ist ihr Recht! Es ist ihr Leben, und wenn sie anders darüber bestimmen möchte, soll sie das tun dürfen. Er wird es nicht erfahren.«

Enes drehte sich nervös von mir weg und blickte gedankenverloren aus dem Fenster.

»Ich hätte damals kein Kind zum Zirkus bringen dürfen. Ich kannte Gino nicht. Er hatte niemanden und hat sich vom ersten Moment an Penny festgeklammert und sie nicht mehr losgelassen. Aber er tat mir leid, mit siebzehn von den eigenen Eltern verstoßen. Ich konnte ihn nicht dort stehen lassen.«

Ich seufzte und musste schmunzeln. Wie so oft war ihm gar nicht bewusst, was er sagte.

»Mein Enes«, erwiderte ich sanftmütig und stellte mich vor ihn, um sein Gesicht zu sehen. »Mein Leben, *mo shaol*. Du vergisst, dass du auch mich hierhergebracht hast.«

Er lächelte und strich mir mit der Hand über die rechte Wange. »Und das war die beste Entscheidung meines Lebens.«

Kapitel 4

Dingle, Irland, 1970

»Wieso müssen wir diesen Weg zu Fuß zurücklegen? Wir hätten ein Taxi nehmen können oder euren Firmenwagen!« Shae stakste mit ihren Pumps durch das Gras und hatte alle Hände voll damit zu tun, das Gleichgewicht zu halten.

Ich versuchte, ein Lachen zu unterdrücken.

»Du bist der einzige Mensch, der in Absatzschuhen zum Zirkus geht!«, tadelte Totty sie scherzhaft.

»Und wenn schon. Ich bleibe mir treu.« Sie klang wie ein trotziges Kind und hielt sich erschrocken an Eireens Arm fest, da sie ins Wanken kam.

Ich kannte Totty und Shae schon seit der Schulzeit. Wir vier waren damals unzertrennlich gewesen, aber irgendwann hatte das Leben uns voneinander entfernt. Wir waren erwachsen geworden und verbrachten weniger Zeit miteinander. Shae studierte an der London South Bank University Jura und kam nur noch jedes zweite Wochenende nach Dingle. Sie war schon immer ein Mädchen gewesen, das in die Großstadt gehörte. Anders als Totty, die früh einen Mann kennengelernt und direkt nach dem Schulabschluss in kurzem Abstand zwei

Kinder bekommen hatte. Sie wohnte mit ihrer Familie auf einer Rinderfarm, die sie mit einigen Mitarbeitern bewirtschaftete.

Obwohl das Leben von Totty und Shae nicht unterschiedlicher hätte sein können, beneidete ich beide für das, was sie hatten: Sie lebten einen lang gehegten Traum. Sie hatten den Mut und den Willen, aber vor allem die Chance gehabt, ihn zu verwirklichen.

Seit Mittwochabend hatte ich kaum mit Eireen gesprochen. Die Stimmung zwischen uns war eisig, und obwohl sie versuchte, mich im Laden oder zu Hause in alltäglichen Small Talk zu verwickeln, und dabei so tat, als wäre nichts gewesen, war mein Ärger noch nicht verraucht. Durch die Aktion am Mittwochabend war mir noch mehr bewusst geworden, wie sehr sie mich einengte und wie die Stäbe des sinnbildlichen Käfigs immer näher kamen. Dass sie stets am Fenster auf mich wartete, bis ich zurückkam, dass sie versuchte, zu kontrollieren, wen ich sah oder traf, und mich davon abhalten wollte, das Einzige zu tun, das ich wirklich liebte, schmerzte und machte mich wütend. Trotzdem hatte ich nicht eine Sekunde darüber nachgedacht, heute nicht mitzukommen. Abende mit Totty und Shae waren erfrischend, eine willkommene Abwechslung im recht tristen Alltag zwischen Geranien und Chrysanthemen.

Eireen lief mit Shae voraus, während Totty und ich das Schlusslicht bildeten. Ich hörte das Meer rauschen, das gegen Abend immer lauter war als tagsüber. Es hatte eine beruhigende Wirkung auf mich und gab mir ein kleines Stückchen Freiheit, die ich immer schmerzlicher vermisste.

»Wie läuft der Laden, seit Daisy …« Sie ließ den Satz unbeendet.

»Tot ist?«, ergänzte ich.

»So wollte ich es nicht ausdrücken, aber ja.« Totty sah mich von der Seite an, und obwohl ich ihren Blick nicht erwiderte, konnte ich ihn auf meinem Gesicht spüren.

»Gut, wir kommen klar. Eireen macht das großartig. Sie ist die geborene Floristin.«

»Eireen macht das großartig?«

Ich schwieg und ging stumm neben ihr weiter.

»Was ist mit dir?«

»Was meinst du?«

»Bist du glücklich, Rosa?«

Ich erschrak. Diese Frage hatte mir bislang niemand gestellt, und im Nachhinein hatte ich das Gefühl, dass sie etwas in mir ausgelöst hatte. Es war vielleicht der Tropfen, der noch gefehlt hatte.

Augenblicklich bildete sich ein Kloß in meinem Hals und ich musste mich zusammenreißen, um nicht in Tränen auszubrechen. Totty griff nach meiner Hand und brachte mich dazu, ihren Blick zu erwidern. Wir blieben stehen. Meine Augen füllten sich mit Tränen. Ich schüttelte den Kopf – ein stummes Flehen, nicht darauf einzugehen, nicht den Stein ins Rollen zu bringen, den ich nicht aufhalten konnte.

»Oh, Rosa …«, sagte sie und sah mich mitleidig an.

»Nicht …«, krächzte ich und schüttelte den Kopf energischer.

Sie presste die Lippen aufeinander und blinzelte mir stumm zu. »Vielleicht …«, sie warf einen Blick nach vorn, wo Eireen und Shae sich weiter entfernten, »… braucht ihr etwas Abstand voneinander. Ich meine, ihr arbeitet und wohnt zusammen, verbringt fast vierundzwanzig Stunden miteinander. Das ist ziemlich viel. Selbst für Zwillingsschwestern. Dann der Schicksalsschlag mit Daisy. Du brauchst vielleicht einfach eine Auszeit.«

Ich nickte stumm und sah auf meine Füße. Was ich wirklich brauchte, war eine Auszeit von Eireen.

»Vielleicht hast du recht«, log ich leise, »… eine kleine Auszeit würde vielleicht helfen.« Ich hätte ihr gern von den Ereignissen am Mittwoch erzählt, hätte ihr gern von Enes berichtet, dem Mann, der mich seit der ersten Begegnung nicht mehr losließ. Aber es ging nicht. Je mehr Aufmerksamkeit ich der Sache schenkte, desto hellhöriger wurde meine Schwester. Mir fehlte einfach die Kraft, Dinge mit ihr zu diskutieren, die man als Erwachsener eigentlich mit niemandem diskutieren musste.

»Was ist los?«, rief Shae aus der Ferne zu uns herüber. »Ich dachte, ich bin diejenige mit den Pumps und brauche länger als der Rest!«

»Wir kommen!«, rief Totty, wobei sie die Hände links und rechts neben die Lippen hielt. Dann drückte sie meine Hand und nickte nach vorn. »Lass uns gehen. Und denke darüber nach, was ich gesagt habe. Du kannst dir jederzeit eine Auszeit auf der Farm nehmen, das weißt du.«

Ich nickte und drückte dankbar zurück.

Als ich das rot-orange Zirkuszelt mit seinen wehenden Fahnen erblickte, war es wie eine Offenbarung: Wie ein Gigant ragte seine Spitze zwischen den grünen Hügeln hervor und hatte eine Anziehungskraft, die ich nicht beschreiben konnte. Noch faszinierender war für mich jedoch das Innere – die Manege, der Duft von Pferden und Heu, die roten Sitze und Bänke. Lichterketten zogen sich vom Boden bis hoch zum Dach und tauchten das Innere in ein warmes Licht.

»Ich hab uns die besten Plätze besorgt«, sagte Shae in einem Singsang und wedelte mit den Eintrittskarten vor unseren Gesichtern herum. »Erste Reihe!«

»Gibt's hier wilde Tiere oder so? Ich möchte lebend rauskommen«, witzelte Eireen und nahm ganz am Rand Platz.

Als wäre es ein ungeschriebenes Gesetz, dass Eireen und ich immer beisammen sein müssten, ließ Shae einen Platz neben ihr frei und setzte sich dann mit Totty auf die verbliebenen Logensessel.

Ich sah auf den leeren Platz und dann zu Eireen. Sie klopfte mit der flachen Hand mehrmals auf die Sitzfläche und bedeutete mir, mich zu setzen. Ich griff wie eine Ertrinkende nach der ersten Fluchtmöglichkeit, die sich in meinen Gedanken auftat. Ein Versuch, aus der Situation und vor Eireen zu flüchten.

»Ich hole Popcorn. Wer möchte?«

»Oh ja, bitte!« Shae klatschte in die Hände.

»Ich esse bei dir mit«, antwortete Eireen.

Dieser Moment war symbolisch. Dieses dämliche Popcorn im Zirkus in den grünen Hügeln Dingles war eine Metapher für mein Leben – Eireen bediente sich und ich saß still da und hielt die Schachtel, in die sie immer wieder greifen konnte.

Ich ging zurück ins Vorzelt und reihte mich in die Schlange vor dem Stand ein, wo es Popcorn, kandierte Äpfel und Softdrinks zu kaufen gab. Rechts stand in einem mit Blattwerk ausgeschmückten Rahmen eine Frau im freizügigen Kostüm, die sich eine große Schlange um den Nacken gelegt hatte. Mit den Händen hielt sie das Schwanzende und den Kopf und posierte für Fotos. Lächelnd schmiegte sie ihr Gesicht immer wieder an die Lederhaut des Tieres. Ich konnte in den Gesichtern der Leute ablesen, welche Wirkung die Schlangenfrau auf sie hatte: Frauen hielten die Hand vor den Mund und waren echauffiert. Männer konnten die Augen nicht von ihr abwenden und waren fasziniert. Die Leute ließen sich die Schlange um die Schultern oder um den Nacken legen, um für ein Foto zu posieren. Die Szene zog mich fast schon magisch an. Einmal etwas tun, was nicht vernünftig war. Einmal nach einem Impuls handeln, einmal das machen, was man just in diesem Moment fühlte. Wie das Popcorn symbolisch für meine Beziehung zu meiner Schwester stand, so war das Berühren der Schlange in diesem Moment mein Drang nach Freiheit, Selbstbestimmung und Unabhängigkeit.

Ich stellte mich zu den Menschen, die die Schlangenfrau bewunderten. Das Ganze zog mich so in seinen Bann, dass ich nicht wusste, wie lange ich nur dort gestanden und sie beobachtet hatte.

»Möchtest du ein Foto mit Jade?«

»Jade?« Erst jetzt merkte ich, dass ich die Einzige war, die noch wartete.

Die Frau zeigte auf die Schlange, die sich um ihren rechten Arm schlängelte und zischte.

Ich trat einige Schritte näher an sie heran und streckte zögernd die Finger nach ihr aus. »Darf ich?«

»Aber ja«, sagte sie und führte meine Hand an Jade heran. »Sie ist ganz zahm. Ich habe sie großgezogen. Sie ist im Zirkus geboren, weißt du?«

Als meine Finger die ledrige Haut berührten, fuhr ich zusammen. Sie fühlte sich kalt und glatt an. Der Gedanke, dass sich das meterlange Tier um mich schlängelte, jagte mir einen Schauer über den Rücken.

»Komm«, ermutigte sie mich und hob Jade vorsichtig mit beiden Händen an. Sie duckte sich, um sie über ihren Kopf zu heben. Bevor ich mich versah, hatte sie das Tier auf mir abgelegt.

Sie war schwerer als erwartet. Mein Herz hämmerte in meiner Brust. Das war mit Abstand das Verrückteste, das ich je getan hatte.

»Jade ist eine *Boa constrictor*. Sie ist zweieinhalb Meter lang und wiegt zwölf Kilo. Sie ist also nur ein mittelgroßes Exemplar ihrer Art.«

Ich zog die Augenbrauen nach oben und traute mich, die Finger über die Lederhaut gleiten zu lassen. »Das ist beeindruckend«, flüsterte ich mehr mir zu als der Schlangenfrau. »Sie sieht so leicht aus, wenn sie sich um deine Schultern schlängelt und du dabei lächelst.« Ich hatte Mühe, aufrecht zu stehen. Ich war klein und zierlich und spürte jedes Gramm des Tieres auf meinen Schultern.

»Oh, das ist halb Gewöhnung, halb Showbusiness. Wie sagt man so schön? *There's no business like show business.*«

Wie recht sie hatte.

»Gib mir deine Kamera, ich schieße ein paar Aufnahmen von dir und Jade.«

»Ich habe keine Kamera dabei«, erklärte ich enttäuscht.

»Das macht nichts«, sagte sie mit einer wegwerfenden Handbewegung. »Wir nehmen einfach unsere Kamera und schicken dir die Fotos, sobald sie fertig sind.«

»Okay.«

»Prima. Vergiss nicht, uns deine Adresse dazulassen. Nun müssen wir nur noch meinen Kollegen finden, der die Fotos …« Sie sah sich suchend im Vorzelt um und winkte jemanden herbei.

Als ich mich umdrehte, stand Enes vor mir.

»Kannst du mit dem Film noch Fotos machen?« Als er mir in die Augen blickte, ließ er die Kamera in seinen Händen langsam sinken.

»Enes«, sagte ich fast abwesend.

»Rosa«, antwortete er leise.

»Ihr kennt euch?«, fragte die Schlangenfrau und brachte Jade auf meinem Körper in Position, um ein gutes Foto zu garantieren. Sie schien weder überrascht noch verwundert, dass Enes mich und meinen Namen kannte.

Er sammelte sich und schaute durch die Kamera, um einige Fotos zu schießen.

Ich war so überrascht, ihn zu sehen, dass ich Mühe hatte, mich auf eine gute Pose zu konzentrieren.

»Ich nehme dir Jade ab. Es ist jetzt Fütterungszeit. Sie hat ihre Dienste für heute getan, und für mich steht noch ein

Auftritt über der Manege an.« Die Schlangenfrau nahm die Boa von meinen Schultern und trug sie zum Ausgang des Vorzelts. »Adresse nicht vergessen«, rief sie mir winkend zu. »Außer Enes kennt sie schon.« Sie lachte, während sie mit Jade nach draußen trat.

»Du magst den Zirkus?«

Ich sah mich um, bevor ich antwortete. »Ehrlich gesagt, weiß ich es nicht, es ist der erste Zirkus, den ich besuche. Aber ...«, ich sah erst betreten auf meine Füße, dann in sein Gesicht, »was ich bisher gesehen habe, gefällt mir.«

»Das nehme ich als Kompliment«, witzelte er und packte die Kamera in die Holztruhe, die am Boden stand.

»Das hast du also mit Durchreise gemeint. Du bist beim Zirkus«, knüpfte ich an unser Gespräch vom Mittwochabend an.

Er nickte und deutete mit einer ausladenden Geste um sich.

Mein Interesse an ihm wuchs.

»Ich würde dir gern den Zauber des Zirkus Rosso zeigen«, sagte er dann und faltete die Hände wie zum Gebet. »Vorausgesetzt, du möchtest.«

Ich nickte und lächelte ihn an. Und wie ich wollte.

»Rosa, wo bleibst du?!«, drang Eireens Stimme zu uns herüber.

Déjà-vu – Enes und ich in der Straße des O'Blue. Mittwochabend. Eireen am Küchenfenster. Ich schloss die Augen und schnaufte.

»Deine Schwester?«

Ich nickte und hatte das Gefühl, mich für sie und ihr Verhalten entschuldigen zu müssen.

»Die Vorstellung beginnt jetzt, ich muss zu den Pferden.« Er zeigte Richtung Ausgang. »Genieß die Show, und danach führe ich dich herum. Wir treffen uns hier.«

Ich musste an unser Gespräch vom Mittwochabend denken – »Aber mit verletzten Gelenken und Knöcheln kenne ich mich aus.« Wegen der Pferde also.

Er lächelte mich an und warf einen Blick über meine Schulter in Eireens Richtung.

Eine Glocke ertönte.

»Du solltest reingehen. Es fängt gleich an.«

Ich bewegte mich einige Schritte rückwärts in Eireens Richtung, ohne die Augen von ihm zu lassen. »Bis später.«

»Bis später, Rosa.«

Ich drehte mich um und ging an meiner Schwester vorbei, die am Durchgang zum Hauptzelt stand.

»War das der Mann von neulich Abend? Was tut er hier? Hast du dich verabredet?«

»Nein, Eireen«, antwortete ich monoton, ohne ihr viel Aufmerksamkeit zu schenken. »Er arbeitet hier.«

Ich konnte hören, wie sie hinter mir nach Luft schnappte. »Im Zirkus?«

Sie lachte. Ich wusste nicht, wieso, aber irgendwie verletzte mich ihre Reaktion. Obwohl sie nicht über mich sprach und obwohl ich Enes erst kennengelernt hatte, fühlte es sich in meinem Innern so an, als müsste ich ihn in Schutz nehmen. Vor ihr und der Missgunst, die sie empfand. Dennoch ignorierte ich ihre Antwort und ließ mich auf meinen Logenplatz fallen.

»Wo ist das Popcorn?«, wollte Totty wissen.

Erst jetzt merkte ich, dass ich keins besorgt hatte. »Es war zu viel los, tut mir leid«, log ich.

»Was ist das mit diesem Mann, Rosa? Du weißt, dass er zum fahrenden Volk gehört? Als Mitarbeiter eines Zirkus ist ...«

Ich schnitt ihr mitten im Satz das Wort ab, während das Licht gelöscht wurde und wir kurz darauf im Dunkeln saßen. »Lass das, Eireen. Wir sind Zwillingsschwestern, aber immer noch zwei getrennte Personen. Du triffst deine Entscheidungen und ich meine!«

Ich konnte spüren, wie sie mich durch die Dunkelheit hinweg seitlich anstarrte. Solche Töne war sie nicht gewohnt.

Ich war lange genug ruhig gewesen. Die vernünftige Schwester, die schwieg, um keinen Streit heraufzubeschwören, keine Auseinandersetzung zu provozieren. Nun war es an der Zeit, für mich selbst einzustehen.

Eireens Reaktion auf Enes, ihr Verhalten mir gegenüber und der Käfig, in dem ich mich befand, machten es mir kaum möglich, mich auf die Show zu konzentrieren. Ich starrte zwar geradeaus in die Manege, war aber in Gedanken woanders. Ich dachte an Enes' Heldentat vom Mittwoch, an unser Gespräch über das Schicksal. Ich dachte an Eireen und wie sie sich über den Zirkus lustig gemacht hatte. Ich sah sie vor meinem geistigen Auge erneut am Küchenfenster des O'Blue stehen, dann am Eingang zum Zirkuszelt. Wie eine Mutter, die mit dem Fuß wippt und auf ihre Armbanduhr tippt, wenn es für die Kinder Zeit ist, nach Hause zu kommen. Mehr und mehr erinnerte ich mich an Situationen in den letzten Jahren und spürte, dass heute eine Art Schlüsselmoment war, der mir neue Türen und Sichtweisen eröffnete. Ich erinnerte mich an einen Tag im Kindergarten, als ich Kontakt zu einem neuen Mädchen geknüpft hatte. »Wir haben schon Freundinnen, Rosa. Wir brauchen keine neuen«, hatte Eireen mir zugeflüstert, als Daisy uns an diesem Tag abgeholt hatte. Später in der Schule interessierte ich mich für Christopher McAllen. »Er ist nichts für dich. Paula hat gesagt, er redet überall über die Mädchen, mit denen er ausgegangen ist. Du weißt, was man über solche Mädchen sagt. Willst du so ein Mädchen sein, Rosa?« Auch als es um den Auszug aus Daisys Apartment ging, entschied Eireen, dass wir eine gemeinsame Wohnung beziehen sollten, statt räumlich etwas auf Abstand zu gehen. Ich hatte mich ihren Wünschen immer gefügt. Es war fast schon offensichtlich, und doch war ich die ganze Zeit mit Scheuklappen durch die Gegend gelaufen. Erst nach meiner ersten Begegnung mit Enes wurde mir dies allmählich bewusst. Ich fühlte mich dumm und klein, als ich im Dunkeln auf dem roten Samtsessel vor der Manege stumm neben meiner Zwillingsschwester saß und mit dem Publikum im Rhythmus klatschte, während Pferde vor mir auf- und abtrabten.

Pferde. Sie wirkten frei und unabhängig. Eigenschaften, die ich mit Enes verband, obwohl ich ihn kaum kannte. In diesem Moment wurde mir bewusst, dass ich den restlichen Abend mit ihm verbringen würde. Ich würde nicht mit Eireen und den anderen nach Hause gehen, sondern mich von Enes durch den Zirkus führen lassen. Ich würde später nach Hause kommen, und das war mein gutes Recht. Ich hatte ein Recht darauf, glücklich zu sein. Darauf, selbst über mich und mein Leben zu bestimmen. Ich musste mir nicht von Eireen mein Leben diktieren lassen.

»Das war erfrischend«, sagte Totty, als wir gemeinsam das Zelt verließen und durch das Vorzelt Richtung Ausgang liefen. »Endlich mal raus aus dem Alltagstrott.«

Shae gähnte. Es war erst 20 Uhr. Aber alle waren früh aufgestanden und müde vom Tag. Alle außer mir. Mein Herz hämmerte in meiner Brust, weil ich mich gleich würde erklären müssen. Musste ich das überhaupt? Mein Leben. Meine Entscheidungen. Abrupt blieb ich stehen.

Als Eireen merkte, dass ich nicht mehr an ihrer Seite war, blieb sie stehen.

»Was ist los? Kommst du?«

Ich atmete tief durch.

»Geht ihr schon mal. Ich bleibe noch etwas.«

Shae und Totty wechselten stumme Blicke.

»Wozu?«, fragte Eireen lachend und hob die Hände.

Bevor ich etwas erwidern konnte, fiel es ihr wie Schuppen von den Augen.

»Dieser Mann?«, flüsterte sie und runzelte die Stirn.

»Er würde mir gern den Zirkus zeigen, und ich möchte mir alles ansehen. Ich komme dann später.«

Eireen kam zu mir zurück und flüsterte zischend: »Ist dir mal der Gedanke gekommen, dass er hinter dem Überfall steckt? Er hat dir den Retter nur vorgespielt. Er hat in der Tasche nichts Brauchbares gefunden, deshalb hofft er jetzt auf fette Beute. Inklusive einer wehrlosen Frau!«

»Du bist paranoid, Eireen.«

»Und du naiv und dumm, Rosa!«

Wir standen einander gegenüber und starrten uns an. Die Wut in mir ließ mich die Fäuste ballen, sodass meine Knöchel weiß hervortraten.

»Komm schon, Eireen«, rief Totty hinter ihr, »lass uns gehen.« Es war ein sanfter Versuch, mir beizustehen.

»Wie du willst«, sagte Eireen eingeschnappt, »aber sag nicht, ich hätte dich nicht gewarnt.«

Kapitel 5

Leicester, England, 2018

»Wie fühlst du dich, *mo cuishle*?«

Enes stand hinter mir und strich mir sanft über beide Oberarme. Er kannte mich besser als jeder andere und wusste, wenn mich etwas beschäftigte.

Gino hatte Penny den Heiratsantrag am Ende der Vorstellung vor dem versammelten Publikum gemacht. Ich hatte auch nicht erwartet, dass Rudolfo seine Meinung ändern würde, nur weil ich gestern meine Bedenken geäußert hatte. Er war stur und tat, was er für richtig hielt. Auch wenn es ganz sicher das Falsche war. Ich war mir sicher, dass er tief in seinem Innern wusste, dass ich recht hatte.

»Die Frage ist, wie Penny sich fühlt«, antwortete ich und löschte das Licht am Badspiegel unseres Wohnwagens.

Enes legte sich ins Bett, während ich mir auf der Bettkante sitzend noch die Hände eincremte.

»Ich verstehe dich, Rosa«, sagte er und legte mir eine Hand auf den Rücken. »Aber immerhin ... hat sie Ja gesagt. Vielleicht hat sie ihre Einstellung geändert und es wird doch endlich alles gut.« Es klang eher wie eine Frage als eine Feststellung.

Ich drehte mich um und sah ihn mit hochgezogenen Augenbrauen an. »Denkst du das wirklich? Wie hätte sie in dieser Situation denn Nein sagen können? Sie hatte keine Wahl. Rudolfo und Gino haben sie regelrecht in diese Verlobung hineingezwungen. Soll sie am Ende einer Zirkusvorstellung als Attraktion des Abends und obendrein als Tochter des Zirkusdirektors Nein sagen, wenn sie einen Antrag bekommt?« Ich schüttelte den Kopf und deckte mich zu.

»Das mag sein … aber denkst du nicht, sie hätte früher oder später ohnehin Ja gesagt? Ich denke, es war nur eine Frage der Zeit.«

Abrupt setzte ich mich wieder auf, fast schon verärgert ob seiner Naivität. »Ich bitte dich, Enes! Sie kann nicht! Der Zirkus ist alles, was sie hat. Gino ist ein Teil davon. Um frei entscheiden zu können, müsste sie neu anfangen. Irgendwo.«

Enes schwieg kurz und legte sich auf den Rücken.

»Kann ich dich in dieser Sache um etwas bitten?«, fragte er flehend.

Ich wusste, was nun kommen würde. »Spar dir das, was du sagen möchtest. Ich habe es bereits getan.«

Schlagartig setzte er sich auf.

»Du hast was?«

»Sch!«

Von draußen waren immer noch Stimmen und Flaschenklirren zu hören. Die Verlobungsfeier, die Rudolfo nach der Vorstellung organisiert hatte, war in den letzten Zügen. Ich konnte sogar Rudolfos und Ginos Lachen hören, das ich unter Hunderten erkennen würde.

Ich knipste das Licht aus und zog Enes mit mir nach unten auf die Matratze. Obwohl es unsinnig war, ihm alles im Dunkeln zuzuflüstern, fühlte ich mich so sicherer.

»Ich habe sie vorhin mit hierhergebracht und ihr … den Brief ihrer Mutter gegeben.«

Enes sah mich mit wachem Blick in der Dunkelheit an. Sein Gesicht war nur wenige Zentimeter von meinem entfernt.

»Und?« Statt mich zu tadeln, wollte er wissen, wie Penny reagiert hatte. Auch ihm lag viel an der jungen Frau, die schon als Kind in unserem Wohnwagen täglich ein- und ausgegangen war.

Ich zuckte leicht mit den Schultern. »Ich denke, es ist gut für sie, zu wissen, dass ihre Mutter an sie gedacht hat, als sie den Zirkus verließ, und es ihr wichtig war, dass sie eines Tages den Brief bekommt. Sie fühlt sich hoffentlich jetzt mehr ... geliebt.«

»Darum geht es also?«

»Nicht nur.«

»Ich hoffe, du hast es bei dem Brief belassen.« Sein Blick wechselte von meinem linken Auge zum rechten. Er wusste bereits, dass er falschlag. »Rosa!«

Warnend legte ich ihm einen Zeigefinger auf die Lippen und bedeutete ihm, still zu sein.

»Ich habe ihr die Blechdose mit dem Foto gegeben. Nun liegt es in ihrer Hand. Aber sie hat eine faire Chance. Sie sollte sie nutzen. Rudolfo wird ihr niemals sagen, dass er nicht ihr leiblicher Vater ist. Er hat Angst, sie zu verlieren. Sie wird wissen wollen, wer der Mann auf dem Foto ist. Sie soll es herausfinden, wenn sie möchte. Das sind wir ihr schuldig. Und trotzdem haben wir Rudolfo gegenüber nicht das Versprechen gebrochen, ihr nichts davon zu erzählen.«

Enes drehte sich auf den Rücken und fuhr sich mit den Händen durch die grauen Haare. »Ich wusste, dass das kein gutes Ende nehmen würde. Wenn Rudolfo herausfindet, dass ...«

»Er wird es nicht herausfinden!«, mahnte ich energisch. »Penny ist eine intelligente Frau. Sie wird ihm sicherlich nicht erzählen, was wir heute Abend besprochen haben.«

»Dein Wort in Gottes Ohr.« Er drehte sich zu mir. »Denn wenn er es herausfindet ...« Er sah mich vielsagend an und sprach nicht weiter. Ich wusste, was er sagen wollte. Rudolfo würde es mir vermutlich niemals verzeihen, dass ich dieses Versprechen gebrochen hatte. Er wäre maßlos von mir enttäuscht.

»Das würde einen Keil zwischen uns treiben, dessen bin ich mir bewusst.«

»Was denkst du, wird sie jetzt tun?«

Ich drehte mich zu ihm und strich ihm über die Wange. »Das weiß ich nicht. Aber ich habe getan, was ich tun musste. Sie wird schon das Richtige tun.«

Enes schlief trotz der Aufregung schnell ein. Ich konnte es an seinem gleichmäßigen schweren Atmen hören, das immer in ein leichtes Schnarchen überging. Draußen tönte weiterhin der Gesang von Gino und Rudolfo. Ich konnte hören, wie sie immer wieder ihre Flaschen aneinanderstießen und sich selbst mehr feierten als die Verlobung an sich.

Mit einem Blick auf meinen Mann erhob ich mich vorsichtig aus dem Bett. Ich schlich zur Küchenzeile, um mir einen Schluck Wasser einzuschenken. Durch das Fenster sah ich Pennys und Ginos Wohnwagen. Dunkel und trostlos stand er auf dem Schotterplatz. Anscheinend war sie schon zu Bett gegangen, während ihr Verlobter mit dem zukünftigen Schwiegervater auf das Leben trank.

* * *

Ich wurde von einer Sirene geweckt. Panisch fuhr ich hoch und warf einen Blick neben mich. Als ich Enes Silhouette erkannte, fiel ein Teil der Anspannung von mir ab. Er hatte den Schlaf eines Braunbären, der sich nicht so schnell unterbrechen ließ. Über sein Gesicht huschten rote und blaue Lichter. Ein Krankenwagen fuhr über den Schotterplatz. Hektisch suchte ich Schuhe und eine Jacke zum Überziehen, bevor ich nach draußen ging und die Tür leise hinter mir zuzog.

»Haben Sie uns gerufen, Miss?« Zwei Sanitäter mit Notfallkoffer stiegen aus dem Wagen und zogen Einweghandschuhe an.

»Nein … ich bin durch die Sirene geweckt worden.« Ich zeigte auf unseren Wohnwagen im Hintergrund. »Was ist los?«

Bevor ich eine Antwort bekam, öffnete sich eine weitere Wohnwagentür und Rudolfo torkelte heraus. Er trug noch dieselben Sachen wie auf der Verlobungsparty. Sein zerknittertes Äußeres und sein Gang ließen vermuten, dass er nach seinem Saufgelage mit Gino in voller Montur ins Bett gefallen war.

»Was geht hier vor? Rosa, wo ist Enes?«

Dass er zuerst an Enes dachte, brachte ihn mir wieder näher und erinnerte mich an die sanfte Seite, die Rudolfo seit Beatrice' Weggang aus dem Zirkus mehr und mehr verloren hatte.

»Er schläft«, antwortete ich und wandte mich dann wieder an die Sanitäter. »Wie lautet der Name des Anrufers?«

»Tut mir leid, Miss, aber das wissen wir nicht.« Der Beifahrer schlug die Tür zu und schaute sich auf dem dunklen Gelände um. »Eine Frau hat den Notruf gewählt und gemeldet, dass hier auf dem Zirkusgelände ein Mann bewusstlos mit Kopfverletzung im Wohnwagen liegt.«

Während er sprach, öffneten sich weitere Wohnwagentüren. Lichter wurden angeknipst, die Fenster leuchteten in der Dunkelheit wie Sterne am Himmel.

Nur ein Wohnwagen blieb dunkel.

Als mein Blick auf Pennys und Ginos Wohnwagen fiel, wusste ich, wer die Frau am Telefon gewesen war.

»Kommen Sie«, sagte ich fast schon mechanisch und ging voraus in Richtung des dunklen Wagens. Ich klopfte mehrmals heftig an die Tür und öffnete, ohne auf eine Reaktion zu warten.

Ich hatte recht. Gino lag mit einer blutenden Kopfwunde am Boden.

»Wohin bringen sie ihn?«

Gino lag inzwischen stöhnende Geräusche von sich gebend auf einer Bahre und wurde in diesem Moment in den Transporter geschoben. Rudolfo war mit mir zum Notfallwagen gelaufen, alle anderen Zirkusmitarbeiter standen auf dem Schotterplatz versammelt und beobachteten erschrocken die Szene.

»Ins Krankenhaus von Leicester. Er muss genäht werden, und wir machen vorsorglich ein Kopf-CT, um schwerere Verletzungen auszuschließen. Falls alles in Ordnung ist, kann er nach einem Tag oder zwei Tagen Beobachtung wieder zurück.«

Die Sanitäter schlossen eine Infusion an die Kanüle an, die sie bereits im Wohnwagen gelegt hatten.

»Schwerere Verletzungen?!« In Rudolfos Stimme schwang leichte Panik mit.

»Pen!«, meldete sich der stark alkoholisierte Gino erstmals zu Wort. Er war ansprechbar, antwortete aber nicht auf die Fragen nach dem aktuellen Datum oder seinem vollen Namen.

»Er hat getrunken«, erklärte Rudolfo peinlich berührt. »Wir hatten eine Feier nach der Vorstellung …«

Die Sanitäter warfen sich einen vielsagenden Blick zu. Einer von ihnen schnallte sich auf einem Stuhl neben Gino an, der andere schlug die Flügeltüren zu und stieg vorn auf der Fahrerseite ein.

»Hören Sie, Ihr Mitarbeiter …«

»Mein Schwiegersohn«, verbesserte Rudolfo.

Ich sah ihn von der Seite an.

»Wo ist seine Frau?«

»Sie ist gerade verhindert«, log Rudolfo mit einem Blick zu mir.

»Also hören Sie«, begann der Sanitäter aufs Neue und ließ bereits den Motor an, »Ihr Schwiegersohn ist kaum ansprechbar und hat eine Kopfverletzung. Unser Job ist in erster Linie, ihn zu versorgen. Alles Weitere können Sie morgen telefonisch erfragen.«

Dann schlug er die Tür zu und fuhr mit Blaulicht davon.

Rudolfo drehte sich mehrmals im Kreis und atmete in seine an die Lippen gelegten Hände. Dann sah er sich um.

»Es gibt nichts mehr zu sehen. Geht schlafen. Wir werden morgen früh nicht abreisen. Solange Gino hier im Krankenhaus ist, bleiben wir hier.«

Unter Gemurmel und Getuschel gingen alle wieder zurück in die eigenen vier Wände. Nur Rudolfo und ich blieben zurück. Enes schien nichts von alldem mitbekommen zu haben. Er war bisher nicht aufgetaucht.

Rudolfo drehte sich zu mir und stützte die Hände in die Hüften. »Was ...«, er hielt inne und schloss kurz die Augen, um sich zu sammeln, »... was um Himmels willen hat sie sich dabei gedacht? Sie hat ihn k. o. geschlagen. Mit einer Flasche! Sie ist nicht mehr ganz bei Trost!«

»Stellst du dir gar nicht die Frage, wieso sie das getan hat? Denkst du nicht, sie muss einen Grund gehabt haben, so zu handeln?«

»Welchen Grund gibt es, jemandem das anzutun?« Der Alkohol, der durch seine Adern floss, machte ihm zu schaffen. Er hielt sich kurz die Hand an die Stirn und kniff die Augen zusammen. »Können wir uns setzen?« Er zeigte auf zwei Klappstühle, die bei den Überresten des Lagerfeuers standen. Hier hatte ich gemeinsam mit Penny gesessen, bevor ich ihr Leben in eine andere Richtung gelenkt hatte.

Als wir uns setzten, erkannte ich die Ironie des Schicksals in dem Bild, das sich mir bot: Noch vor Stunden hatte hier das

Leben getobt, das Feuer gelodert, Musik gespielt. Aber nun war das Feuer erloschen, niemand lachte mehr. Alles, was blieb, war dieser schwarze Rest.

Ich gab ihm eine Minute.

»Rudolfo«, begann ich langsam und legte eine Hand auf sein Knie, »du kennst Penny. Das passt nicht zu ihr. Es muss etwas vorgefallen sein.«

Er sah mich schockiert an. »Was denkst du, Rosa? Wir reden hier von Gino, verdammt!«

»Das weiß ich«, versuchte ich, ihn leise zu beruhigen. »Ich weiß nicht, was passiert ist. Keiner weiß es, außer Gino und Penny. Du ...«

»Ich rufe sie an. Wo ist sie?«, unterbrach er mich und holte sein Handy hervor.

»Ich weiß es nicht.«

Während er ihren Namen im Speicher auswählte, wusste ich bereits, was passieren würde. Und ich hatte recht.

»Mailbox«, sagte er Sekunden später und steckte das Handy wieder weg.

»Ich bin mir sicher, es war eine Kurzschlussreaktion und sie ... muss sich sammeln. Sie wird sich melden, Rudolfo. Gib ihr etwas Zeit, und wir werden bald wissen, was passiert ist. Ziehe keine voreiligen Schlüsse.«

Er stützte sich mit den Ellbogen auf den Knien ab und wandte sich mir zu. »Du auch nicht, Rosa.« Sein Blick hatte etwas Flehendes. »Gino ist ein guter Junge, und das weißt du.«

»Das weiß ich, Rudolfo, aber das heißt nicht, dass gute Menschen immer gute Entscheidungen treffen.«

Er starrte auf die längst ausgebrannte Glut und die schwarzen Holzscheite vor uns. Ich wusste, dass er an Beatrice dachte. »Das stimmt.«

Dass seine Frau ihn vor Jahren mit einem Kleinkind zurückgelassen hatte, setzte ihm immer noch zu. Das Leben hatte ihm übel mitgespielt. Beatrice war nicht wie verabredet zurückgekommen.

»Ihr ... seid doch vorhin vom Lagerfeuer weg, Penny und du«, rekonstruierte Rudolfo die Geschehnisse des Abends. »Worüber habt ihr gesprochen?«

Mir wurde heiß.

»Über die Ehe.«

»Das heißt?«

Ich wusste, dass er nicht lockerlassen würde.

»Sie war nachdenklich. Es war viel für sie. Sie hatte Fragen.«

»Wie meinst du das? Welche Fragen?« Seine Reaktion verriet, dass er in die richtige Richtung dachte. Eine Richtung, über die er nicht weiter nachdenken durfte. Rudolfo durfte nicht erfahren, dass ich sein Vertrauen missbraucht hatte, um ehrlich zu Penny sein zu können.

»Zu mir und Enes, unserer Geschichte, unserem Leben. Das alles.« Ich versuchte, es so oberflächlich und unwichtig abzutun wie nur möglich. Mittlerweile machte sich ein schlechtes Gewissen in meiner Magengegend breit, dass ich Penny gegenüber meine Meinung nicht offen kundgetan hatte. Ich hätte ihr sagen sollen, dass sie frei entscheiden konnte, dass sie erwachsen war, und dass sie, wenn sie dieses Leben, diesen Mann ablehnte, dafür einstehen sollte, ohne sich zu rechtfertigen.

»Wo ist sie hin? Sie hat nichts und niemanden außer diesem Zirkus.« Rudolfo stützte den Kopf in die Hände und zog sich an den Haaren.

Ich legte ihm eine Hand auf den Rücken und streichelte ihn sanft in Kreisen. So, wie ich es früher immer getan hatte, als er noch ein kleiner Junge gewesen war. Die Berührung eines Menschen, den wir liebten, verlor nie ihre beruhigende Wirkung.

»Was, wenn ihr etwas zugestoßen ist?«

»Das denke ich nicht«, versuchte ich, ihn zu beruhigen, obwohl seine Sorge berechtigt war. »Sie wird ihre Zeit brauchen. Es wird sich alles klären, Rudolfo. Gib ihr die Zeit, die du ihr schon längst hättest geben müssen. Ich bitte dich.«

Er sah mich mit tränennassen Augen an. Sein Blick gab mir recht.

»Wenn sie in zwei Tagen nicht wieder hier ist oder wir sie immer noch nicht erreichen, rufen wir die Polizei.«

Ich nickte.

»Rosa?«, hörte ich Enes' Stimme in einiger Entfernung hinter uns.

Rudolfo und ich drehten uns um und sahen ihn verwirrt im Schlafanzug in der offenen Tür unseres Wohnwagens stehen.

»Lass uns ins Bett gehen. Das war genug Aufregung für heute Nacht.« Ich tätschelte Rudolfos Oberschenkel und erhob mich mühsam. »Wir sollten noch zwei Stunden schlafen. Da wir ohnehin nicht weiterfahren können, gönnen wir uns alle ein bisschen Ruhe. Was meinst du?«

Mir war weder nach Schlafen noch nach Ruhe zumute. Aber ich musste mich sammeln, mit Enes sprechen und vor allem: Ich musste vorerst Rudolfo und seinen Fragen aus dem Weg gehen. Bis ich mehr wusste und einen Plan gefasst hatte. Es fiel mir nicht leicht, ihn anzulügen und ihm Dinge zu verheimlichen. Aber ich kannte ihn so gut, dass ich wusste: Es war momentan die beste Lösung.

Er fuhr sich gestresst und übermüdet mit beiden Händen mehrmals grob über das Gesicht. »Du hast recht.«

Die letzten Jahre hatten ihn gezeichnet, er sah älter aus, als er war, und der Alkohol tat sein Übriges. Das Leben auf Rädern, die Rastlosigkeit hatten einen Zauber inne. Fehlten jedoch Kontrolle und Selbstbeherrschung, wurde einem dieses Leben zum Verhängnis.

»Geh ins Bett, Rudolfo. Du brauchst deinen Schlaf.« Ich ging langsam in Richtung Wohnwagen, wo Enes immer noch auf mich und meine Antwort wartete.

Als ich die Tür schon erreicht und meinem Mann eine Hand auf die Schulter gelegt hatte, hörte ich Rudolfos Stimme hinter mir. »Rosa? Wiederholt sich die Geschichte?«

»Das Leben ist ein hervorragender Lehrer. Dinge wiederholen sich so oft, bis man die Lektion gelernt hat« – diesen Spruch hatte meine Grandma Daisy einmal zu mir und Eireen gesagt. Er hätte in diesem Moment mehr als gepasst. Aber ich sprach ihn nicht aus. Stattdessen drehte ich mich um, lächelte und antwortete etwas anderes. »Alles im Leben ist eine Abfolge von Wiederholungen. Nicht mehr und nicht weniger.«

Dann zog ich hinter mir und Enes die Tür zu.

»Was hast du da draußen gemacht so früh am Morgen? Müssen wir jetzt nicht ohnehin aufstehen?« Enes gähnte und legte sich gemeinsam mit mir wieder ins Bett. Er war schlaftrunken und ich wusste, dass ihn die Erzählungen über die heutige Nacht aus diesem Zustand reißen würden. Aber ich musste ihn einweihen.

Ich drehte mich zu ihm, nahm seine Hände in meine und atmete mehrmals tief durch. »Penny hat Gino mitten in der Nacht mit einer Bierflasche bewusstlos geschlagen und wohl noch den Notruf alarmiert. Sie haben ihn mitgenommen und werden untersuchen, ob er ernste Kopfverletzungen davongetragen hat. Wir können später anrufen und ...«

»Was?« Enes riss schockiert die Augen auf und starrte mich an. »Was redest du da, um Himmels willen?« Es musste wie wirres Zeug klingen, das einem Albtraum glich.

»Jedenfalls ist sie weg, Enes. Penny ist weg.«

Er blickte mich schweigend an. Ich wusste, was er dachte.

»Weiß Rudolfo schon davon?«

»Dass sie weg ist?«, fragte ich verwirrt.

»Dass du ihr die Dose gegeben hast.«

»Natürlich nicht, und wir werden es ihm auch nicht sagen«, mahnte ich ihn streng.

Ich fasste für ihn das Gespräch zusammen, das ich mit Rudolfo draußen geführt hatte. Enes lauschte stumm meinen geflüsterten Worten.

»Der Brief und die Blechdose sind nicht der Grund, weshalb Penny weggelaufen ist«, schloss ich meine Ausführungen. »Gino muss etwas getan haben, dass sie so gehandelt hat. Und …« Ich brach meinen Satz ab und sah ihn vielsagend an. »Es fällt mir nur eine Sache ein, bei der sich eine Frau nachts derart zur Wehr setzt.«

»Du glaubst …«

»Wir werden es herausfinden. Wenn Gino wiederkommt.«

»Wir fahren also heute nicht weiter?«

Ich strich ihm leicht über das Haar und küsste ihn sanft auf die Lippen.

»Nein, wir bleiben vorerst hier. Bis Gino zurückkommt.«

* * *

Gino hatte keine weiteren Verletzungen erlitten, aber die Wunde am Kopf musste mit mehreren Stichen genäht werden. Penny hatte ganze Arbeit geleistet. Er blieb einen weiteren Tag im Krankenhaus und kam dann zurück. Die Vorstellungen fielen für zwei Tage aus. Obwohl es Rücklagen gab, verschlechterte sich Rudolfos Laune zunehmend. Er sorgte sich um Penny und machte sich insgeheim Vorwürfe, der Verlobung so viel Raum gegeben zu haben. Er sprach es nicht aus, aber ich kannte ihn besser als jeder andere hier und konnte in ihm lesen wie in einem offenen Buch.

Nach seinem Telefonat mit der Polizei war er deprimierter als vorher. Man hatte ihm gesagt, Penny sei erwachsen und könne sich frei bewegen. Rudolfo erwähnte einen möglichen Streit zwischen Gino und Penny, nachdem sein Schwiegersohn in spe betrunken in den Wohnwagen zurückgekehrt sei. Doch die Beamten belächelten den Vorfall. Da es gerade nach Streitigkeiten häufiger zu solchen Situationen kam, forderte man Rudolfo auf, Geduld zu haben.

Aber Rudolfo machte sich auch Sorgen um den Zirkus. Viele vergaßen, dass er ebenfalls Geschäftsmann war. Das passte in den Köpfen der Menschen anscheinend nicht zusammen: Ein Zirkusdirektor, der die Freiheit liebte und heute hier, morgen da war und dennoch klare Regeln und Ziele hatte, was das Wirtschaften anging.

An dem Tag, an dem Gino wiederkam, halfen alle mit, den Zirkus reisefertig zu machen.

Ich verstaute gerade die Sachen im Kassenwagen, als Gino mich ansprach. »Wo ist Pen, Rosa?«

Ich schloss die letzte Schublade ab und trat auf den Schotterplatz hinaus.

»Penny? Ich weiß es nicht, Gino.« Ich wiederholte ihren Namen absichtlich korrekt, weil ich die Abkürzung hasste, die er für sie benutzte, und es ihn spüren lassen wollte. »Wie geht es dir?«, fragte ich, weil ich ihn zuvor nur von Weitem beim Aussteigen aus Rudolfos Auto gesehen hatte.

Es war ehrliches Interesse. Ich kannte Gino seit seinem achtzehnten Lebensjahr. Er war ohne Eltern und ohne jegliches Urvertrauen zum Zirkus gekommen. Man merkte ihm an, dass ihm Nestwärme gefehlt hatte. Enes hatte ihn damals aufgesammelt wie einen Straßenhund.

»Rudolfo sagt, sie hätte an dem Abend mit dir gesprochen. Was hat sie gesagt?«, wollte er wissen, ohne meine Frage nach seinem Gesundheitszustand zu beantworten.

Ich schloss die Tür des Kassenwagens ab und steckte den Schlüssel ein. Dann drehte ich mich langsam zu ihm um.

»Wir haben belangloses Zeug gesprochen. Sie hat nichts …«

Er schaute mich eindringlich an, als er mir ins Wort fiel. »Hör zu, Rosa … Ich weiß nicht, ob ich dir das glauben kann. Wenn du mit ihr sprichst oder sie sich bei dir meldet …«

»Sie hat sich nicht bei mir gemeldet, Gino. Ich weiß genauso wenig wie du oder Rudolfo.« Das war nur eine halbe Lüge.

Er blieb noch einen Moment vor mir stehen. Dann drehte er sich um und ging Richtung Zirkuszelt.

Ich sah ihm nach. Plötzlich spürte ich Regentropfen auf meiner Haut und schaute zum Himmel. Innerhalb von Sekunden bildeten sich Pfützen auf dem Schotterplatz.

»Rosa!« Enes stand am Wohnwagen und winkte mich zu sich herüber. »Komm, wir wollen in einer Stunde los!«

Während ich zu ihm zurückkehrte, dachte ich an Penny und hoffte, dass sie bei dem Wetter nicht irgendwo draußen schlafen musste. Wo immer sie war.

Eines aber wusste ich ganz genau – bei Gott, Gino würde es nicht erfahren, wenn sie sich bei mir meldete. Sie hatte ihm diese Verletzung nicht grundlos zugefügt. Sie brauchte Abstand und Zeit, um sich zu sammeln. Das war ich ihr schuldig.

Kapitel 6

Dingle, Irland, 1970

»Ich hoffe, du magst gebrannte Mandeln.« Enes stand mit einer trichterförmigen Papiertüte am Treffpunkt und wartete auf mich.

»Klingt lecker.«

»Das sind sie«, sagte er und beugte sich zu mir. »Sie werden hier mit braunem Zucker gemacht. Damit schmecken sie um Welten besser als die, die man im Laden oder auf der Kirmes bekommt«, flüsterte er. Während er sprach, berührte sein Gesicht mein Haar, und ein Schauer lief mir über den Rücken.

Wir warfen uns einen stummen Blick zu und ich wusste, dass er genau das Gleiche fühlte wie ich.

Er übergab mir die Papiertüte, und obwohl ich in seinem Blick versank, nahm ich sie intuitiv entgegen.

Kurzes Schweigen.

Dann musste ich verlegen lächeln und wandte den Blick ab.

»Okay, Rosa, was willst du zuerst sehen?« Er klatschte in die Hände und unterbrach damit das Knistern zwischen uns. Wie ein Lichtschalter, der knutschende Teenager dazu brachte, sich voneinander zu lösen.

»Ich gebe mich ganz in deine Hände, Enes. Führ mich einfach herum.«

Er sah mich von der Seite an. Und obwohl es metaphorisch gemeint war, streckte er mir eine Hand entgegen.

Manchmal ist das Leben süß und manchmal bitter, ging es mir durch den Kopf. Lächelnd ergriff ich seine Hand.

Es fühlt sich ungewohnt an, sagte der Kopf.

Es fühlt sich himmlisch an, sagte das Herz.

Ein Gefühl zwischen Neugierde und Angst breitete sich in mir aus. Dieser Mann war nicht irgendein Mann, den ich auf der Durchreise eines Zirkus kennengelernt hatte. Er veränderte mich, und ich war gerade dabei, es wahrzunehmen.

»Bist du schon mal geritten, Rosa?«

Ich schüttelte den Kopf.

Wir setzten uns in Bewegung und ich folgte ihm wie eine Blinde durch Zeltöffnungen, Vorhänge und über für mich fremde Wege.

»Schade«, sagte er und umschloss meine Finger mit seinen, »dabei verleihen sie uns Flügel, die wir nicht haben. Willst du dich frei fühlen?«

Dass er mir genau diese Frage stellte, traf mich mitten ins Herz. Er hatte keine Ahnung, wie sehr ich mich danach sehnte.

Ich blieb stehen und blickte in sein Gesicht.

»Ja, sehr gern.«

Er zeigte mir die Pferde und half mir, auf eine weiße Stute zu steigen. Dann führte er die Stute durch einen Durchgang in die verlassene Manege. Ich befühlte das Fell am Hals, nahm die Wärme des Körpers wahr und schloss die Augen. Ich spürte, was er mit Freiheit meinte.

»Wie heißt sie?«, erkundigte ich mich und schaute zu ihm herab.

»Destiny.«

Destiny. Schicksal. Das Gespräch von Mittwochabend kam mir wieder in den Sinn. Ich musste lächeln.

In dem Moment fragte ich mich, ob er ein beliebiges Pferd gewählt oder ob er es extra für mich ausgesucht hatte. Reiner Zufall konnte es nicht sein, dafür war es zu magisch.

»Ich habe sie mit der Flasche großgezogen. Die Mutter ist bei der Geburt gestorben, sie hätte es sonst nicht geschafft. Ich bin jeden Tag bei ihr.«

Was er gerade gesagt hatte, machte ihn für mich unfassbar attraktiv. Plötzlich konnte ich Mütter verstehen, die es anziehend fanden, wenn ein Mann sich aufopfernd um die Kinder kümmerte. Dieser Beschützerinstinkt war zu reizvoll.

»Jetzt verstehe ich langsam ...« Ich tätschelte Destiny und hielt den Blick auf Enes gerichtet. »Als du von verletzten Knöcheln gesprochen hast, meintest du die der Pferde, richtig?«

Er sah zu mir herauf und lächelte verschmitzt. Es war seine Art, mir zuzustimmen.

Sein Blick löste ein Hitzegefühl in mir aus. Es war fast schon übersinnlich.

»Wie geht's eigentlich dem Handgelenk?«

Intuitiv befühlte ich es. »Gut, ab und an zieht es noch ein wenig, aber zwei Tage Kühlen und Schmerztabletten haben es anscheinend gerichtet.«

»Das freut mich.«

»Dass du beim Zirkus bist, ist eine echte Überraschung für mich«, versuchte ich, das Gesprächsthema zu wechseln, um meine Neugierde zu stillen.

»Ich bin hier großgeworden. Kenne nichts anderes«, erklärte er, während Destiny anhielt. Wir waren wieder am Startpunkt unserer Runde angekommen und sie wusste, dass unser Ritt beendet war. Er strich ihr sanft über den Hals und fuhr fort: »Meine Eltern waren schon bei diesem Zirkus. Ich habe als kleines Kind mit meinem Vater zusammen angefangen, mit den

Pferden zu arbeiten und ... es geliebt. Ich bin dabei geblieben. Nur eben jetzt ... ohne meinen Vater.«

»Das tut mir leid«, flüsterte ich und dachte schmerzlich an Daisy.

»Das muss es nicht«, sagte er und sah zu mir hoch, während er mir die Hand entgegenstreckte. »Jetzt führe ich dieses Erbe allein weiter.«

Ich fragte mich, ob »allein« heißen sollte, dass es keine Frau an seiner Seite gab, oder ob es nur ein Hinweis darauf war, dass seine Eltern beide verstorben waren.

Kopf aus. Herz an.

»Allein? Es gibt keine Misses ...« Erst jetzt fiel mir auf, dass ich seinen Nachnamen nicht wusste. Ich griff nach seiner Hand, war aber unsicher, wie ich so von einem ungesattelten Pferd steigen sollte. Ich wollte mich nicht zum Affen machen.

Er hatte feine Antennen und spürte meine Gehemmtheit. »Warte, darf ich?« Er hielt beide Arme nach oben und fasste mich links und rechts an der Hüfte. Dann hob er mich von Destinys Rücken und stellte mich sanft auf die Füße.

Unsere Gesichter waren nur Zentimeter voneinander entfernt. Er sah mir in die Augen. Eine seiner dunklen Haarsträhnen hatte sich wieder gelöst und hing ihm in die Augen. Mit einer kleinen Kopfbewegung rückte er sie wieder zurecht.

So standen wir in der Manege mit diesem Pferd, das den Namen Schicksal trug. Seine Hände ruhten an meinen Hüften, ich hielt seine Oberarme umfasst. Sein Blick versank in meinem.

»Nein«, sagte er ruhig, ohne den Blick abzuwenden, »es gibt keine Misses Payne. Ich heiße Enes Payne.«

»Rosa O'Malley«, erwiderte ich wie paralysiert. Dass ein Mann mir die Luft zum Atmen nahm, war eine absolut neue Erfahrung für mich. Etwas, das ich bisher gar nicht für möglich gehalten hatte.

Ein plötzlicher Lärm trennte uns unsanft voneinander. Erschrocken fuhr ich herum. Zwei Männer liefen durch die Stuhlreihen und klappten die Stühle zusammen, um sie dann zu stapeln.

»Tut mir leid, ich glaube, wir müssen die Führung woanders fortsetzen. Hier beginnen sie jetzt mit dem Abbau.«

»Abbau?«

Jetzt erst begriff ich, dass es gar keine Möglichkeit gab, mich auf diesen Mann einzulassen. Er würde Dingle mit dem Zirkus hinter sich lassen und ich würde ihn nie wiedersehen.

»Der Zirkus zieht morgen weiter. Wir packen heute alles ein und reisen morgen früh ab.«

»Ich will dich nicht aufhalten, Enes«, versicherte ich ihm. »Du hast sicher noch alle Hände voll zu tun.«

Enes führte Destiny durch den Hinterausgang, ich lief nebenher.

»Du hältst mich nicht auf«, erklärte er und lachte.

Wir betraten eine Art Stallung, wo bereits fünf Pferde zwischen Heu und Wassereimern standen und zufrieden schnaubten.

»Das Leben im Zirkus ist anders als das, was du gewohnt bist. Wir packen ein und feiern dann den Abschluss. Ich hätte dir die Tour nicht vorgeschlagen, wenn es stressig für mich wäre.«

Ein Kloß formte sich in meiner Kehle. Und wieder kam mir Grandmas Zitat in den Sinn: »Das Leben ist manchmal süß und manchmal bitter.« Wie viel Wahrheit doch darin lag.

Ich genoss es, Zeit mit Enes zu verbringen, mich von ihm umgarnen zu lassen. Dennoch wusste ich, dass ich ihn nach heute Abend nicht wiedersehen würde. Egal, wie interessant ich diesen Mann fand, Enes Payne würde aus meinem Kleinstadtleben, aus meinem Alltag mit Eireen so schnell verschwinden, wie er gekommen war.

»Komm, ich zeige dir den Rest.«

Damit führte er mich nach draußen. Er zeigte mir den Schotterplatz mit den Wohnwagen und den Bereich hinter der Manege, wo die Technik untergebracht war. Es faszinierte mich, zu sehen, wie ein Zirkus funktionierte. Es waren Einblicke, die man sonst nicht bekommt. Zeit, die besonders war. Immer wieder tauchten Mitarbeiter oder Artisten auf, grüßten uns freundlich und verschwanden wieder. Niemand fragte, wer ich war oder was ich hier wollte. Es fühlte sich normal und richtig an.

Als wir wieder am Vorzelt ankamen, war der Zauber und Glanz fast schon erloschen. Die bunten Lichter waren ausgeknipst und wurden auf Kabeltrommeln gewickelt. Die Popcornmaschine fuhr auf einer Sackkarre an uns vorbei.

»Denkst du daran, dass du die Boxen für die Pferde vorbereiten musst?« Eine junge Frau stand in einem freizügigen Bühnenkostüm mit mehreren Ringen und aufgewickelten Bändern beladen vor uns. Ich erinnerte mich daran, wie sie in der Manege durch die Lüfte geglitten war. Sie hatte sich kopfüber hängen lassen und an den Tüchern emporgezogen. Anmut, Eleganz und Noblesse.

Aber in diesem Moment, jenseits des Rampenlichts, wirkte sie genervt und fast schon wütend auf Enes. Sie musterte mich von oben bis unten. Zum ersten Mal an diesem Tag fühlte ich mich unwohl und fehl am Platz.

Enes antwortete ihr nicht, sondern nickte nur stumm. Als er sich wieder mir zuwandte, sah ich die Wut in ihrem Gesicht.

»Ich schätze, ich muss mich verabschieden. Ich rufe dir ein Taxi.«

»Das ist nicht nötig«, wehrte ich ab, während wir nebeneinander Richtung Haupteingang liefen.

»Oh doch, ich kann dich unmöglich allein im Dunkeln zurücklaufen lassen. Denk an das letzte Mal, als du abends allein unterwegs warst.« Wir mussten beide lachen. Er drehte sich um und pfiff laut durch zwei Finger.

Ein junger Mann drehte sich um. »Barron! Rufst du bitte ein Taxi?«

»Ein Taxi?« Er schien verwirrt, fragte aber nicht weiter nach.

Enes hob dankend die Hand.

Als das Taxi kam, wartete ich nur darauf, dass er mich küsste. Es wäre der perfekte Abschied gewesen, und ich sehnte mich nach seiner Nähe. Aber nichts dergleichen geschah.

»Es war schön, dich kennengelernt zu haben.«

»Das kann ich nur zurückgeben«, antwortete ich leise, »und danke für die exklusive Führung und dass du mich Destiny vorgestellt hast.«

Er verbeugte sich gespielt vor mir. »Es war mir ein Vergnügen.« Dann öffnete er die Tür und ließ mich einsteigen.

»Falls du wieder mal in der Stadt bist ... weißt du, wo du mich findest.« Es kostete mich einige Überwindung, das zu sagen.

»Im O'Blue oder im Blumenladen«, betete er mir vor, »... oder auf irgendwelchen Feldwegen auf dem Heimweg vom Ballett.«

Wir lachten wieder.

»Pass auf dich auf, Rosa.« Er schlug sanft die Autotür zu und streckte die Hand durch das geöffnete Fenster, um nach meiner zu greifen. »Und vor allem ... verliere nicht deinen Traum aus dem Blick. Das Leben ist manchmal süß und manchmal bitter. Niederlagen gehören dazu.«

Es war wie ein Schock, als er Daisys Weisheit aussprach. Etwas, das ich ihm gegenüber nie erwähnt hatte. Wie konnte das Schicksal mir nur so hämisch ins Gesicht lachen und mich mit einem Mann zusammenbringen, der wie für mich geschaffen war, nur um ihn mir dann so schnell wieder zu entreißen?

Das Taxi ließ den Motor an und Enes löste seine Finger.

Ich schaute ihm durch das offene Fenster nach, bis das Zirkusgelände hinter einem grünen Hügel verschwand.

Als ich die Wohnungstür aufschloss, war es nach zweiundzwanzig Uhr. Im Flur brannte Licht. Ich zog Schuhe und Jacke aus und ging ins Wohnzimmer, wo ich den Fernseher durch die Glastür flimmern sah.

Zeit, die Wogen zu glätten.

Ich liebte Eireen. Sie war meine Zwillingsschwester. Ein unsichtbares Band war um unsere Seelen gewickelt. Auch wenn Eireen speziell war und ich mich oft nicht mit ihr verbunden fühlte, blieb sie ein Teil von mir.

»Hey.« Ich setzte mich auf den Sessel und sah sie an.

Sie starrte in den Fernseher und ignorierte mich. Sie war wütend. Hier kamen unsere Unterschiede zum Tragen. Ich war die Vernünftige von uns beiden. Diejenige, die nachgab, aufhörte, zu diskutieren, und fünf gerade sein ließ.

»Sprichst du nicht mehr mit mir?« Ein zweiter Versuch.

Eireen starrte immer noch auf die Werbeanzeigen, die vor ihr über den Bildschirm tanzten. Waschmittel – *So weiß wie Wolken am Himmel. Der Duft himmlisch.* Schwachsinn.

»Eireen, komm schon, ich ...«

Bevor ich meinen Satz beenden konnte, drehte sie sich mir zu. Ihre Wangen waren gerötet, ich konnte sehen, dass sie alles andere als ruhig war. »Du hast mich angelogen.«

»Angelogen womit?«, fragte ich perplex.

»Mit diesem Mann. Du hast gesagt, es gibt da niemanden. Dann bringt dich dieser ...« Sie gestikulierte mit den Händen auf der Suche nach dem passenden Wort.

»Er heißt Enes.«

»... dieser Mann nach Hause, und wie von Zauberhand steht genau der zufällig heute Abend im Zirkus? Für wie blöd hältst du mich?«

Ich war bestürzt. Darüber, dass sie glaubte, ich hätte ihr etwas vorgespielt. Darüber, dass ein so schönes Erlebnis durch die falschen Worte so schnell zu etwas Hässlichem werden konnte.

Dennoch versuchte ich, zwischen uns zu schlichten. Ich hatte das Gefühl, ihr das schuldig zu sein. Uns. Und Daisy.

Ich rutschte weiter nach vorn, um mehr Nähe zu ihr aufzubauen, und stützte mich mit den Ellbogen auf meinen Knien ab.

»Hör zu, ich kann verstehen, dass das komisch wirkt, aber ich verspreche dir, dass ich genauso überrascht war wie du, als er im Zirkus vor mir stand. Als er vor einigen Tagen in den Laden kam, da wusste ich noch nicht einmal ...«

Sie sprang auf. »Er war im *Daisies*?!«

Ich hatte ganz vergessen, dass sie das bis jetzt noch nicht gewusst hatte.

»Er wollte Blumen kaufen, Eireen.«

Sie verließ das Wohnzimmer und ich folgte ihr. Im Bad benetzte sie ihr Gesicht mit Wasser.

Ich stellte mich in den Türrahmen und beobachtete sie dabei, wie sie in den Spiegel starrte und ihr nasses Gesicht dann mit dem Handtuch trocknete.

Ich fasste mir ein Herz und lenkte das Gespräch in eine völlig andere Richtung.

»Was wäre so schlimm daran, wenn ich einen Mann kennenlerne?«

Sie drehte langsam den Kopf und sah mich mit Tränen überschwemmten Augen an. »Verstehst du denn nicht? Wir haben nur noch uns. Nur noch uns und diesen Blumenladen«, wimmerte sie mir mit tränennassem Gesicht entgegen. »Mom und Dad sind tot. Daisy ist tot, und wir zwei sind übrig.«

Ich musste augenblicklich weinen und ging auf meine Schwester zu, legte beide Arme um sie und zog sie sanft an mich. Die Mauer, die sie um sich aufgebaut hatte, bröckelte und fiel ganz, als sie sich gegen meine Schulter lehnte und herzzerreißend schluchzte.

Ich gab uns beiden die Zeit, das zu beweinen, was uns passiert war. Die letzten Wochen, Monate, ja sogar Jahre. Immer hatten wir nur funktioniert und uns nie die Möglichkeit eingeräumt, das Ganze zu verarbeiten. Wir hatten nur einmal umschlungen miteinander geweint, als wir nach Daisys Tod abends im Laden gestanden und einen Kranz für sie gebunden hatten. Einen Kranz, den wir als Symbol für unendliche Liebe flochten und in den Wind hängten. So, wie sie es sich gewünscht hatte.

Nach einer Weile hielt ich sie an den Schultern ein Stück von mir weg, nahm ihr nasses Gesicht in die Hände und sprach bestimmt zu ihr. »Eireen, egal, wer in mein Leben kommt, ich bleibe deine Zwillingsschwester. Daran wird niemand etwas ändern. Verstehst du?«

Sie nickte stumm, und ich fing neue Tränen mit den Fingern auf, bis sie sich beruhigt hatte. So, wie wir es schon als Kinder getan hatten.

»Kaffee?«, fragte sie nach einigen Minuten der Stille, und wir mussten beide lachen.

»Kaffee«, erwiderte ich und band meine Haare im Nacken zusammen. »Ich mache mich nur frisch.«

Mit sanfter Gewalt zog ich meine Ringe von den geschwollenen Fingern und legte sie auf der Waschmaschine ab. Einer davon verselbstständigte sich und rollte in den Schlitz zwischen Maschine und Wand.

»Mist!« Ich ging direkt auf alle viere, um ihn herauszufischen. Mit einer Hand tastete ich blind an der Wand entlang auf der Suche nach dem Erbstück, das Daisy mir vermacht hatte. Da war etwas. Und obwohl es kein Ring war, sondern ein Stück Papier, zog ich es hervor und ließ mich erschöpft auf den Boden sinken.

Meine Hand war mit Wollmäusen übersät. Zwischen den Fingern hielt ich einige aufgerissene Umschläge. Stirnrunzelnd zog ich den Inhalt heraus.

»Magst du deinen Kaffee irisch mit einem Schuss Whiskey?«, hörte ich Eireen aus der Küche rufen.

Ohne zu antworten, faltete ich eines der Schreiben auseinander und überflog murmelnd den Inhalt. »... freut es uns, Ihnen mitzuteilen, dass Sie an der *Irish School of Modern Arts* angenommen wurden ... bitten wir Sie um Rückmeldung bis zum unten aufgedruckten Datum, da wir Ihren Platz sonst anderweitig vergeben müssen ...«

Hektisch warf ich das Schreiben beiseite und zog einen weiteren Bogen aus einem anderen Umschlag heraus.

»... bitte schicken Sie uns für eine fristgerechte Einschreibung im *Ireland International Centre of Dance* die unten aufgelisteten Unterlagen zu ...«

In allen vier Briefen stand ein ähnlicher Text. Es waren die Tanzschulen, von denen ich damals nichts gehört hatte.

»Ich hab dir jetzt keinen Whiskey reingetan, falls du aber ...« Eireen stand im Türrahmen und verstummte augenblicklich.

Ich sah mit den Briefen in den Händen zu ihr hinauf. »Was um Himmels willen ist das?« Es war mehr ein Flüstern. Ein Hauchen mit gebrochener Stimme.

Meine Schwester stand mit zwei Kaffeetassen im Türrahmen und starrte auf das Papiermeer, in dem ich auf dem Boden unseres gemeinsamen Badezimmers saß.

»Wann kamen all diese ... Briefe? Du hast sie vor mir verheimlicht? Ich ... ich hatte Möglichkeiten, Eireen. Wie konntest du ...?«

Eireen stellte beide Tassen ab und sammelte hektisch die Briefe ein, als machte es jetzt noch einen Sinn, mir diese zu entwenden.

»Das macht doch keinen Unterschied mehr, es ist Jahre her und wir haben den Laden. Uns geht es hier gut. Das stammt aus einem anderen Leben, vor dem, was sich dann ereignet hat.«

Ich stand auf und riss ihr die Umschläge aus den Händen. Dann ging ich an ihr vorbei. Ich fühlte mich wie im Rausch. Berauscht von Wut und Zorn stürmte ich in mein Zimmer und begann völlig überstürzt, eine Tasche zu packen.

»Jahrelang dachte ich, ich bin nicht gut genug! Jahrelang dachte ich, ich schaffe es einfach nicht. Ich habe mich damit abgefunden, ein Leben zu leben, das ich eigentlich nicht wollte! Dein Leben!« Ich schrie es ihr fast entgegen, während ich wahllos Kleidungsstücke ohne System in die Tasche stopfte.

»Was tust du denn da?!« Sie starrte auf die Tasche auf meinem Bett.

Ich ging ins Bad zurück, nahm die restlichen Briefseiten an mich, meine wichtigsten Utensilien aus dem Spiegelschrank und verstaute sie.

»Das, was ich schon längst hätte tun sollen.« Ich zog den Reißverschluss zu und ging durch den Flur.

Eireen folgte mir hektisch, während sie schluchzend meinen Namen rief.

An der Wohnungstür blieb ich stehen und sah sie erschöpft an. »Du hast mir eine Zukunft genommen, die für mich bestimmt war, um die zu leben, die du dir für uns beide ausgemalt hast. Ich muss das erst einmal verarbeiten. Ich kann jetzt nicht hierbleiben und so tun, als wäre nichts passiert.« Ich schloss die Tür und öffnete damit mein Herz.

Als ich die Stufen im Treppenhaus hinunterstieg, hörte ich sie schreien.

Ja, Daisy hatte recht. Das Leben war manchmal süß und manchmal bitter.

Kapitel 7

»Ich hab noch ein Zimmer. Nicht groß, nichts Besonderes. Aber das wäre sofort beziehbar.«

»Ich nehme es.« Es kam wie aus der Pistole geschossen.

Mo legte mir einen Schlüssel mit einer silbernen drei auf den Tresen. Ich kannte Mo seit Kindheitstagen. Seit ich denken konnte, kaufte er für seine Frau jede Woche eine Rose im Laden. Er hatte Daisy gekannt. Ihm gehörte der Pub mit den sechs Fremdenzimmern im Obergeschoss.

Das *Mighty Elm* war ein Pub in Dingle. Ein Ort, an dem viel gelacht und getrunken wurde. Ein Ort mit schweren Holzmöbeln, an dem man – egal, um welche Uhrzeit – das Gefühl hatte, es wäre spät am Abend oder mitten in der Nacht. An den Wänden hingen Fotos von Mo und seinen Gästen. Schwarz-Weiß-Aufnahmen von Mos Vater, dem der Pub zuvor gehört hatte. Über der Theke hingen zahlreiche Flaschen mit Hochprozentigem, die er von Zeit zu Zeit gekonnt mit einer einzigen Handbewegung herunterholte und deren bernsteinfarbene oder klare Inhalte er in Auf- und Abbewegungen in Gläser unterschiedlicher Größe und Breite laufen ließ. Die Wand hinter der Theke war tapeziert mit Bierdeckeln, die über und über bekritzelt waren mit Namen, Preisen, Getränken. An der Seite war eine alte schwere Gusseisenglocke befestigt. *Last order* – wenn Mo sie läutete, war es an der Zeit, das letzte Bier, den letzten Whiskey oder Scotch zu bestellen. Traditionen waren hier heilig und sie vermittelten mir ein Gefühl von Heimat.

Mo schwang das Küchenhandtuch über seine rechte Schulter und stützte sich mit beiden Händen auf der Theke ab, während er mich musterte.

»Ist alles in Ordnung, Rosa?«

»Sicher«, antwortete ich müde und griff nach dem Zimmerschlüssel mit Anhänger.

Er wischte nervös über die Holztheke. »Ich meine nur … weil du eine Bleibe suchst …«

»Ich muss mir über ein paar Dinge klar werden, schätze ich«, flüsterte ich, während er ganz selbstverständlich ein Glas hervorholte und mir einen Whiskey einschenkte.

»Probier es damit«, sagte er augenzwinkernd.

Ich nahm das Glas und kippte die warme Flüssigkeit in einem Zug hinunter. Ich verzog das Gesicht. Der Whiskey brannte in meiner Kehle, tat aber gut. Mit einem Griff nach meiner Tasche erhob ich mich vom Barhocker.

»Danke, Mo«, sagte ich und wandte mich zur Treppe, die ins Obergeschoss führte.

»Rosa!«, rief er mir hinterher. Ich drehte mich auf dem Absatz um. »Du solltest nicht allein dort oben sitzen und grübeln. Hier unten sind zwei offene Ohren für dich.«

Ich lächelte ihn dankbar an.

Das Zimmer war wie angekündigt zweckmäßig. Es war rustikal eingerichtet und verfügte über einige sichtbare Dachbalken, die ihm einen gewissen Charme verliehen. Der Boden knarzte leicht bei Bewegungen. Es hatte kein eigenes Badezimmer, WC und Dusche waren auf dem Gang. Im Zimmer gab es eine Waschschüssel mit Spiegel und ein Bett, bezogen mit frischen weißen Laken. Aber es hatte etwas. Unter anderen Umständen hätte ich wohl einen gewissen Zauber darin erkannt. Aktuell war ich zu verwirrt und zu niedergeschlagen, um ihn zu erkennen.

Ich ging zum Fenster und öffnete es, um die kühle Nachtluft hineinzulassen. Mein Blick schweifte über den Marktplatz. In einiger Entfernung konnte ich das O'Blue erkennen und fragte mich, was Eireen wohl gerade tat. Ich war wie erschlagen von den Ereignissen des Abends, von der Enttäuschung, die ich von der Person erfahren hatte, die eigentlich meine bessere Hälfte war. Vor allem fragte ich mich, was mit mir geschehen wäre, wenn ich eine dieser Zusagen damals erhalten hätte.

Wo wäre ich jetzt?

Wer wäre ich jetzt?

Was wäre jetzt?

Ich wusste nicht, wie es weitergehen sollte. Ich hatte weder ein Ziel noch einen klaren Gedanken im Kopf. Wohin sollte ich gehen? Es gab für mich keinen Platz auf dieser Welt, außer der gemeinsamen Wohnung und Daisys Laden. Unserem Laden.

Ich wollte mich nur noch im Bett verkriechen. Wut, Trauer, Enttäuschung, Rat- und Hilflosigkeit. Die Gefühle übermannten mich und ließen mich keinen klaren Gedanken fassen. Ich setzte mich auf die Bettkante und fuhr mir geistesabwesend durch die Haare. Ich hatte keine Ahnung, ob Eireen diesen Bruch zwischen uns, den ihr Verrat herbeigeführt hatte, jemals kitten konnte. Ich wusste nur eines: So wie bisher konnte ich unmöglich weitermachen. Nicht mehr.

Irische Volksmusik drang die Treppe herauf. Ich dachte an Enes und die gemeinsamen Stunden im Zirkus. Ich schloss die Augen und sah die Ereignisse des Tages plötzlich noch einmal deutlich vor mir: die Schlange um meine Schulter, Enes und ich in der Manege, der Geruch von Destiny. Seine Blicke. *Das Leben ist manchmal süß und manchmal bitter.* Enes und ich beim Taxi. Ich dachte an den Blick durchs Taxifenster. Wie er sich immer weiter von mir entfernte. Und an das Gefühl, das mich in diesem Moment des Abschieds beschlichen hatte. Sein Blick, der so tief ging, dass ich am liebsten ganz darin versinken wollte.

Wer war ich wirklich? Und was wollte ich vom Leben?

Ich dachte an Mos Worte: *Du solltest nicht allein dort oben sitzen und grübeln.* Dann erhob ich mich und ging die Treppe hinunter in den Schankraum, aus dem die Musik kam.

»Gib mir noch so einen wie vorhin«, begrüßte ich Mo und ließ mich auf einen Barhocker fallen.

Er nickte lächelnd und füllte Whiskey in ein Glas. »*Sláinte Mhath*«, prostete er mir auf Irisch zu. »Habt ihr euch gestritten?«

Ich nickte und fuhr gedankenverloren mit dem Zeigefinger über den Glasrand.

»Schlimm?« Mo versorgte die Gäste um uns herum mit Drinks, schrieb auf Bierdeckel an und füllte Schalen mit Nüssen und Knabbereien auf.

Ich wusste nicht, was ich antworten sollte. Daher zuckte ich mit den Schultern und stierte geradeaus.

Im Hintergrund rumpelte es, einige Stühle fielen um. Zwei Männer gerieten in eine Rangelei – in einem Irish Pub nicht ungewöhnlich. Einige tranken hier lediglich ihr Feierabendbier. Andere wiederum wussten nicht, wo ihre Grenzen waren und wann es an der Zeit war, zu gehen. So schnell, wie die Gemüter sich erhitzten, beruhigten sie sich aber in der Regel wieder.

Als ich mich wieder zur Theke drehte, nahm ich im Augenwinkel wahr, dass sich jemand auf den Barhocker neben mir setzte.

»Drei Red Ale, bitte.«

Mein Herz pochte. Die Stimme kannte ich. Ich drehte mich zur Seite und sah in Enes' Gesicht.

Als er mich erkannte, schüttelte er ungläubig den Kopf. Einer seiner Mundwinkel zog sich nach oben, seine Stirn legte sich in leichte Falten.

»Ich hätte nicht gedacht, dass wir uns noch mal sehen. Zumindest nicht heute.«

»Ich auch nicht«, flüsterte ich ihm zu. Ich erinnerte mich daran, was er beiläufig über den Abschluss in einer Stadt erzählt hatte. An die kleine private Feier, bevor der Zirkus weiterreiste.

Wir sahen uns in die Augen, niemand sprach.

Mo schenkte drei Starkbier ein und betrachtete uns abwechselnd.

Als mein Blick auf das Starkbier fiel, erklärte er sich. »Ich bin mit zwei Freunden und Arbeitskollegen hier, wir …«

»… feiern den Abschluss in Dingle. Ich erinnere mich«, beendete ich seinen Satz. Ich wollte ihm zeigen, dass ich zugehört hatte. Dabei wusste ich gar nicht, wieso mir das so wichtig war.

»Kommst du öfter hierher?«

Ich schnaubte und ließ mir von Mo einen weiteren Whiskey einschenken. »Nein«, antwortete ich gedankenversunken, »aber heute ist alles anders.« Ich spielte mit dem Schlüssel und dem Zahlenanhänger, den ich bislang in der geschlossenen Hand gehalten hatte.

»Was ist mit dem O'Blue passiert?«, fragte Enes und zeigte auf meine Hand.

Ich drehte den Schlüssel hin und her. »Die Frage ist eher … was ist mit mir und meiner Schwester passiert.«

Er schwieg und ich trank meinen dritten Whiskey.

»Klingt, als hättet ihr euch gestritten.«

»Du hast keine Ahnung, Enes«, murmelte ich und unterdrückte die Tränen, die meine Augen füllten und mir die klare Sicht nahmen.

»Ich bin gleich zurück«, sagte er und trug zwei der Gläser zu einem Tisch weiter hinten. Dort saßen zwei Männer. An den einen konnte ich mich erinnern. Er war ins Zirkuszelt gekommen, um die Stühle zu stapeln, während Enes mich auf Destiny herumgeführt hatte. Enes sprach mit ihnen und kam dann zurück.

»Es tut mir leid, Enes«, erklärte ich und vergrub mein Gesicht peinlich berührt in den Handflächen. »Ich wollte dir den Abend nicht mit meinen privaten Problemen verderben.«

»Ich kann mir hier an meinem letzten Abend keine bessere Gesellschaft vorstellen«, sagte er.

Ich lächelte.

»Wir sollten anstoßen«, sagte er dann und hob feierlich sein Glas.

»Anstoßen worauf?«, fragte ich. In meiner aktuellen Situation schien es fast schon paradox, auf irgendetwas anzustoßen. Ich fühlte mich, als säße ich inmitten eines Scherbenhaufens.

»Darauf, dass wir uns wiedergesehen haben, ohne es vorher zu wissen«, sagte er und sah mir in die Augen. »Das Schicksal ist einfach zu gerissen.«

Ich musste erneut lächeln und auch Enes' Mundwinkel zogen sich langsam nach oben.

»Das ist es ...«, flüsterte ich ihm zu.

»Zu Hause in England stößt man Gläser so fest aneinander, dass sie klirren«, sagte er und stieß gegen mein Glas. »Cheers!«

»Hier in Irland machen wir das so ...« Während ich es ihm erklärte, schenkte mir Mo einen weiteren Whiskey ein. Ich nahm das Glas in die Hand und forderte Enes auf, dasselbe zu tun. Dann verhakte ich meinen Unterarm in seinen und führte das Glas zum Mund. Enes tat es mir mit dem Red Ale nach.

Wir sahen uns beim Trinken an und ich versank in diesen dunkelgrünen Augen, die ich mit neu gewonnener Freiheit verband.

Mo stellte eine Wasserflasche und zwei Gläser vor uns auf dem Tresen ab.

»Mach langsam, *mo stór*«, warnte er mich und zog die Augenbrauen nach oben.

Enes griff nach der Flasche, goss Wasser ein und schob eines der Gläser näher zu mir. »Trink! Sonst wachst du morgen mit einem dicken Schädel auf. Glaub mir, ich weiß, wovon ich rede.«

Als ich das Wasser ausgetrunken hatte, sah ich ihn an.

»Erzähl mir, was passiert ist«, sagte er sanft.

Ich konnte spüren, wie sich in meinem Hals ein Knoten bildete. Ich kämpfte dagegen an, aber der Whiskey tat sein Übriges.

Da ich schwieg, griff er nach meiner Hand. Eine Geste, die mir in Sekunden eine Gänsehaut über den gesamten Körper jagte. Es war wie ein Stromschlag, der meinen Körper mit einer geballten Ladung Adrenalin versorgte.

»Was es auch ist, erzähl es mir«, ermutigte er mich und befühlte meine Finger. »Ich bin morgen weg und du siehst mich nie wieder. Du wirst dich besser fühlen. Das Leben ist wie eine Ballonfahrt, verstehst du? Manchmal muss man Ballast loswerden, damit es wieder aufwärtsgeht.«

Und ich erzählte es ihm. Am Tresen des *Mighty Elm* in der kleinen Küstenstadt Dingle erzählte ich dem jungen Zirkusartisten Enes Payne die Geschichte von meiner Zwillingsschwester Eireen und mir. Unser Schicksal und die Wendung, die es heute genommen hatte. Ich erzählte ihm von unserer Kindheit, von Daisy, die uns Mutter und Vater zugleich gewesen war, vom Tod unserer Eltern. Zwei Unbekannte, die dennoch Konstanten in meinem Leben waren. Wenn auch nur auf alten Fotos, die in ledernen Alben eingeklebt und beschriftet waren. Der Gedanke daran, dass ich diese Bilder zurückgelassen hatte, brach mich fast entzwei. Ich erzählte ihm vom Blumenladen, Daisys Krankheit und ihrem Tod. Von Eireens Traum und meiner Bereitschaft, ihn zu meinem zu machen. Von dem Band, das uns beide umgab, und von meinem Tagesablauf. Vom Blumenbinden, Gestecke herrichten und vom Großmarkt in Kerry. Ich erzählte ihm, was sich nach meiner Rückkehr am heutigen Abend ereignet hatte. Von den versteckten Briefen hinter der Waschmaschine im Bad, von Eireens Argumenten, die keine waren, von meinem Traum, der jahrelang mit Füßen getreten und als lästiges Anhängsel beiseitegeschoben worden war.

Er hörte mir geduldig zu, trank das zweite und dritte Red Ale, schenkte mir Wasser nach und wandte kaum den Blick von mir ab. Es war, als sähe er in meine Seele und berührte mich emotional an Stellen, die bisher unentdeckt geblieben waren. Von denen nicht einmal ich wusste, dass sie existierten.

Irgendwann fragte er: »Wer bist du wirklich?«

Irritiert legte ich die Stirn in Falten und sah ihn an. Mein Kopf und meine Zunge fühlten sich schwer an. Mittlerweile war ich Mo dankbar für das Wasser und vor allem dafür, nicht weiter Whiskey in mich hineingekippt zu haben.

»Wie meinst du das? Ich habe dir gerade meine ganze Geschichte erzählt. Du müsstest doch jetzt wissen, wer ich bin.«

»Nein.« Er schwenkte den restlichen Bierschaum in seinem Glas und ließ ihn dann wie in Zeitlupe in seine Kehle laufen. »Ich weiß, was dir passiert ist, ich kenne deine Geschichte. Ich kenne deine Zwillingsschwester, ihre Träume und Wünsche. Aber was ist mit dir? Selbst nach dem, was dir heute Abend passiert ist, vergisst du dich selbst.«

Es traf mich wie ein Schlag. Wie konnte jemand, dem ich jetzt viermal zufällig begegnet war, die Sache so auf den Punkt bringen?

Der Alkohol half mir, meine Gedanken in Worte zu fassen. »Das ist das vierte Mal, dass sich unsere Wege zufällig kreuzen. Ich habe das Gefühl ...« Ich kniff die Augen zusammen, um klarer denken zu können. »Seit du in mein Leben getreten bist, ist nichts mehr, wie es sein sollte. Was ... ist das zwischen uns?«

Er sah mich an und stieß die Luft aus. »Ich weiß es nicht«, sagte er leise, während er leicht den Kopf schüttelte, »aber das Schicksal wird seine Gründe haben.«

Ich konnte nicht antworten. In dem Moment, an der Bar des *Mighty Elm*, spürte ich, dass er mich vollkommen einnahm, dass er mich in seinen Bann gezogen hatte, ohne es selbst zu merken.

»Man könnte sagen, der Verstand liebt die Abwechslung«, fuhr er fort und leckte nachdenklich einen Schaumrest von seinen Lippen, »aber das Herz die Wiederholung.«

Ein Geläut ließ mich hochschrecken. Mo betätigte die schwere Glocke und rief zur letzten Bestellrunde auf.

»Ich kann nicht glauben, dass ich all diesen Whiskey getrunken habe«, murmelte ich und griff mir mit der Hand an die Stirn.

»So schwer es mir fällt, das zu sagen, aber du solltest schlafen gehen.«

Ich drehte mich um und warf einen Blick zur Treppe.

Als könnte er meine Gedanken lesen, sagte er: »Ich bringe dich nach oben.«

»Das musst du nicht«, wehrte ich ab und stand vom Barhocker auf. »Du hast morgen sicher einen langen Tag. Musst du nicht früh aufstehen an Abreisetagen?«

»Das passt schon. Ich bin nicht aus Zucker«, witzelte er.

Oh doch, das bist du, ging es mir durch den Kopf, während ich sein Gesicht musterte.

»Ich habe dich die letzten beiden Male auch nicht einfach allein nach Hause gehen lassen und fange jetzt sicher nicht damit an. Du musst mich mit einem guten Gefühl gehen lassen, Rosa.«

Ich lächelte und gab mich geschlagen.

Er lief neben mir her und behandelte mich auf der Treppe nach oben wie ein rohes Ei – er stützte mich mit einem Arm unter den Achseln und gab mir Sicherheit, indem er meine unkoordinierten Bewegungen ausglich.

An der Tür mit der drei angekommen blieb ich stehen.

»Den Rest schaffst du allein?«

»Ja.« Ich schloss die Tür auf und trat einen Schritt ins Dunkle.

»Dann ist das jetzt der Abschied, den wir schon drei Mal geprobt haben. Ich wünsche dir, dass du dich findest, Rosa. Man sagt, ein Ziel ist ein Traum mit Termin. Du solltest nicht aufgeben.« Er griff nach meiner Hand und strich mit dem Daumen über meine Knöchel. Dann beugte er sich zu mir und küsste mich sanft auf die Wange. Schließlich hob er die Hand und entfernte sich von mir.

Ich schloss die Tür und lehnte mich von innen mit dem Rücken dagegen. Das Gefühl, das Enes Payne heute in mir ausgelöst hatte, erst im Zirkus, dann hier im *Mighty Elm*, war neu für mich. Ja, das Leben war manchmal süß und manchmal bitter. Ich wusste nicht, wie es weitergehen sollte oder was ich wollte. Aber ich wusste, dass ich *das* wollte.

Ohne nachzudenken, riss ich die Tür auf. »Enes!«

Er war bereits auf der Treppe nach unten, als er sich umdrehte und mich ansah.

Berauscht vom Alkohol, vom Lebensgefühl, das ich durch ihn erlangte, und von der Sehnsucht, ging ich zielstrebig auf ihn zu und küsste ihn. Ich legte meine Hände in seinen Nacken, fühlte seine kurzen Haare zwischen meinen Fingern und inhalierte den Geruch von Zigaretten, Red Ale und Minze. Wie eine Ertrinkende zog ich ihn in mein Zimmer und schloss die Tür.

Keuchend sahen wir uns im Dunkeln an.

»Ist das der Alkohol? Du solltest niemals …«

Ich verschloss seinen Mund mit meiner rechten Hand. »Nein«, sagte ich und blickte ihm tief in die Augen. »Du sagtest, ich muss dich mit einem guten Gefühl gehen lassen. Was ist mit meinem Gefühl?« Ich nahm die Hand fort und legte meinen Kopf an seine Brust. »Lass mich das, was heute im O'Blue zwischen mir und meiner Schwester vorgefallen ist, vergessen. Ich bitte dich.«

So standen wir eine Weile in dem dunklen Zimmer im ersten Stock des *Mighty Elm*. Ich verlagerte mein Gewicht von einem Bein auf das andere. Es knarzte. Die Musik im Erdgeschoss war verstummt. Dafür spürte ich sein Herz heftig in seiner Brust schlagen.

Enes nahm mein Gesicht in seine Hände und sah mich an. Seine Lippen berührten meine und es war so leise, dass man das Geräusch hörte, das seine Lippen machten, wenn sie sich immer wieder langsam von meinen trennten.

So vorsichtig. So unschuldig.

Und dann wurde der Schalter umgelegt. Die Lippen wurden fordernder und gieriger. Gemeinsam taumelten wir zum Bett und sanken darauf.

Ich schloss die Augen und gab mich seinen Küssen hin, die über mein Gesicht, meinen Hals und mein Dekolleté wanderten.

Ich war wie Wachs in den Händen von Enes Payne.

In Zimmer Nummer drei des *Mighty Elm*.

* * *

»Komm mit mir zum Zirkus.«

»Was?« Ich setzte mich abrupt auf und bedeckte meinen nackten Oberkörper mit einem der Laken.

»Komm mit mir. Was hält dich hier noch?«

Ich fuhr mir mit der Hand durch die Haare. Es klang so einfach.

Nach einer Zeit des Schweigens drehte ich mich zu ihm. Er lag zwischen zerknüllten Laken und streichelte meinen nackten Rücken.

»Ich kann nicht.«

»Da spricht dein Kopf. Dein Herz flüstert, du solltest es versuchen.«

Ich schwieg. Dann ließ ich mich zurück aufs Bett sinken, den Kopf auf seiner Brust. Ich lauschte seinem ruhigen Atem, genoss die warmen Hände auf meinem Körper. In diesem Moment war mir vor allem eins klar: Auch wenn ich immer noch nicht wusste, wie es weitergehen sollte, hatte mir Enes in den letzten Stunden das beste Gefühl meines Lebens geschenkt.

Das war das Erste, was ich von Enes Payne lernte – man baute zu einem Menschen nicht in Wochen, Monaten oder Jahren eine Beziehung auf, sondern in Momenten.

* * *

Ich wurde von lauten Geräuschen, die von draußen hereindrangen, unsanft geweckt. Stirnrunzelnd und mit einer Hand am zerzausten Haar setzte ich mich auf. Ich fühlte mich, als wäre ich gerade vor fünf Minuten eingeschlafen. Ich warf einen Blick auf meine Armbanduhr auf dem Nachttisch. Halb sechs morgens. Ich brauchte einige Sekunden, bis ich mich erinnerte, dass ich gestern Abend nicht allein ins Zimmer zurückgekehrt war.

Enes. Der Abend im Pub. Der Kuss auf dem Flur. Die Berührungen und Gefühle im Bett, in dem ich noch lag. Allein.

Auf dem Kissen neben mir lag ein Zettel:

Trifft man Entscheidungen, braucht man Mut, nicht Zeit.
Du bist nur eine Entscheidung von einem komplett neuen Leben entfernt. Enes.

»Scheiße«, flüsterte ich und sprang aus dem Bett.

Ich schlüpfte eilig in meine Kleider, die überall auf dem Boden verstreut lagen. Mit der Tasche unter dem Arm hastete ich die Treppe hinunter.

Mo stand bereits hinter der Bar und spülte Gläser. Als er mich sah, griff er nach einer Tasse und füllte sie mit Kaffee. Der Duft verteilte sich im Raum.

Hastig nahm ich einen Schluck.

»Hast du ein Blatt und einen Stift für mich?«

Er nickte und holte beides unter der Theke hervor.

Ich schrieb schnell die Gedanken nieder, die sich wie ein Wollknäuel in meinem Kopf verhedderten.

Wo sollte ich anfangen? Wo sollte ich enden?

Als ich fertig war, faltete ich das Blatt mehrmals, schrieb Eireens Namen darauf und steckte es ein.

»Kannst du mir ein Taxi rufen? Schick es zum *Daisies* bitte.«

Mo nickte.

Ich legte einige Scheine auf den Tresen, um mein Zimmer und die Zeche vom Vorabend zu bezahlen, und stürzte zum Ausgang.

Ich rannte durch die Straßen zum Blumenladen. Ich wollte vor Eireen dort sein und diesen Ort dann schnell wieder verlassen, ich wollte mich lebendig fühlen und keine Zeit verlieren. Völlig außer Atem schloss ich die Tür des *Daisies* auf und ließ sie sperrangelweit offen. Ich würde nicht lange bleiben.

Den Brief an Eireen legte ich auf den Verkaufstresen neben die Kasse. Dann sah ich mich um. Hätte mir gestern jemand gesagt, dass ich Abschied von diesem Ort nehmen würde, der meine Heimat war, mein Zufluchtsort und Anker, hätte ich ihn für verrückt erklärt. Aber ein Neuanfang brauchte ein Lebewohl.

Kurze Zeit später rollte ein Taxi über das Kopfsteinpflaster und blieb vor dem Laden stehen.

Energisch trat ich aus der Tür und schloss ab. »Zum *Gilmore Hügel* an der Küste«, sagte ich zum Fahrer, während ich auf der Rückbank Platz nahm.

Er blickte sich fragend um.

»Zum Zirkus Rosso.«

* * *

»Du bringst sie mit zum Zirkus? Bist du noch zu retten? Was ist in dich gefahren?«

Ich zuckte erschrocken zusammen und schloss die Augen, als jemand mit der Faust auf einen Tisch schlug. Durch die dünnen Wände des Wohnwagens konnte ich draußen jedes Wort hören.

Das Taxi hatte mich hierhergebracht. Ich war in der Morgendämmerung über den Schotterplatz auf Enes zugerannt wie im Film, hatte wild genickt und ihm recht gegeben. Ja, ich brauchte einen Neuanfang. Ja, ich musste nur Mut haben. Nein, mich hielt nichts mehr in Dingle.

Er hob mich hoch wie in einem großen Finale auf der Leinwand und wirbelte mich herum.

Ich vergaß, wer ich war und wie sehr Eireen mich verletzt hatte. Diese Enttäuschung war die Haltestelle in meinem Leben, die mich zum Umsteigen bewegt hatte.

Doch jetzt und hier – draußen vor dem Wohnwagen von Alvador und Maisie Rosso, den Inhabern des Zirkus, fühlte ich nichts mehr von dem Zauber, den der Neuanfang innehatte. Ich war nicht einmal eine Stunde hier und schon hatte ich das Gefühl, einen Fehler begangen zu haben.

»Ich habe genug davon. Du triffst dich mit ihnen, du bringst sie in die Vorstellung, nimmst sie manchmal mit in deinen Wohnwagen. Schön und gut. Aber jetzt bringst du sie hierher und sie soll … mitkommen? Wie stellst du dir das vor, verdammt? Hey, kommt mit mir zum Zirkus. Da gibt es für jeden was zu tun! Kommt und geht, wann ihr wollt!« Der Spott in der Stimme der Frau war so greifbar, dass ich mich fühlte, als spräche sie nur von mir.

Ich fühlte mich naiv und dumm. Wie konnte ich einem Mann vom Zirkus verfallen, mit ihm schlafen und mich als etwas Besonderes fühlen? Nach dem, was ich gerade gehört hatte, war es das für ihn nicht.

»Es reicht, Maisie«, hörte ich Enes ruhig, aber bestimmt antworten. »So ist es nicht. Es … fühlt sich anders an.«

»Anders als bei Angel?«

Wer war Angel?

Maisie lachte höhnisch.

»Schluss damit«, unterbrach der Mann mit tiefer Stimme die Diskussion. »Es ist nicht so, dass wir hier keine Leute gebrauchen könnten. Wer entschließt sich schon dazu, alles hinter sich zu lassen und sich einem Zirkus anzuschließen?«

Das fragte ich mich mittlerweile auch und konnte nicht fassen, dass ich genau das getan hatte.

Nach einer kurzen Pause sprach er weiter. »Du bist für sie verantwortlich. Du kümmerst dich um sie. Wir werden etwas für sie finden.«

»Ihr Männer seid einfach unglaublich«, sagte Maisie und stürmte aus dem Wohnwagen, an mir vorbei, ohne mich eines Blickes zu würdigen. Die Tür ließ sie offen.

Ich kam mir unerwünscht vor. Wie jemand, der ohne Einladung auf einer Geburtstagsfeier aufgetaucht war. Tausende Fragen gingen mir durch den Kopf. Wer war Angel, wovon hatte Maisie Rosso genug?

Enes brachte also ab und an Frauen mit zum Zirkus und zeigte ihnen seinen Wohnwagen. Das besondere Gefühl, das er mir vermittelt hatte, schwand, und ein Druck machte sich in meiner Herzgegend breit. Am liebsten wäre ich umgekehrt und die unbekannte Weggabelung des Schicksals wieder zurückgelaufen.

Plötzlich stand er in der offenen Tür und sah mich an. »Komm, ich zeige dir den Wohnwagen. Wir müssen uns beeilen, wir verlassen Dingle in dreißig Minuten.«

Er griff nach meiner Hand, aber ich entzog sie ihm wieder. Während wir nebeneinander über den Schotterplatz auf einen der Wohnwagen zusteuerten, biss ich so kräftig die Zähne aufeinander, dass es wehtat. Es war mehr der Zorn auf mich selbst als auf ihn.

Er öffnete die Tür und ließ mich zuerst eintreten.

Ohne mich umzusehen, warf ich achtlos meine Tasche auf den Boden und schaute ihn angriffslustig an. »Wie viele Frauen waren schon hier?«

Er schloss kurz die Augen und schnaufte. »Was hast du gehört?«

»Ich schätze zu viel.«

»Rosa.«

»Lass das!« Ich war wütend.

Er ging einen Schritt auf mich zu und griff nach meiner Hand.

Wütend riss ich mich frei. »So einfach ist das nicht.«

»Es ist ganz einfach«, widersprach er und sah mir in die Augen. »Es gab eine Zeit vor dir. Ich leugne das nicht. Aber ich war niemandem verpflichtet. Jeder von uns hat eine Vergangenheit. Aber ich meine es, wenn ich sage, dass es mit dir anders ist. Du gibst mir ein Gefühl, das ich lange gesucht und nie gefunden habe.«

Ich verlor mich in diesen Augen, obwohl ich dagegen ankämpfte. Aber dann siegte mein Kopf. »Ich muss nachdenken ... mich sortieren. Ich will nicht vorschnell handeln und mich

…« Ich stockte, weil es große Wort waren, die sich in meinem Kopf geformt hatten.

Er wartete geduldig, bis ich fortfuhr.

»… in einen Mann verlieben, für den ich nur eine von vielen bin.«

Ein erneutes Schnauben. »Das bist du nicht.«

Ich tat es ihm nach.

Als er nah an mich herantrat und meine Hände nahm, war ich wie erstarrt. »Ich gebe dir die Zeit, die du brauchst. Ich beweise es dir. Jetzt bist du hier und kannst du selbst sein. Abstand nehmen. Und du sollst wissen, dass du jederzeit gehen kannst, wenn du das möchtest. Es steht dir absolut frei. Du gehst keinerlei Verpflichtungen ein. Im Gegenteil. Du erhältst nur eine neue Chance. Du hast nichts zu verlieren. Sieh es als … Auszeit. Bleib, solange du möchtest.«

Ich hätte ihn am liebsten geküsst, aber ich konnte Maisie Rossos Worte nicht vergessen und hatte Angst, noch mehr zu riskieren. »Wir sind Freunde. Wir lernen uns kennen. Aber mehr kann ich dir zum jetzigen Zeitpunkt nicht geben.« *Ich bin hierhergekommen, um dir mehr zu geben. Ich wollte dir alles geben, was ich habe. Aber nach dem Gespräch von vorhin ist alles anders.* Es schmerzte mich, ihm das zu sagen. Aber es war die einzig richtige Entscheidung für den Moment. Es gab zu viele Fragen, zu viele Zweifel, und die Unsicherheit, ob ich einen Fehler begangen hatte, war zu groß.

»Das ist okay für mich.«

Ich löste meine Finger aus seinen. Er zeigte um sich und ich nahm erstmals die Einrichtung des Wohnwagens wahr, der mein neues Zuhause darstellte – er verfügte über eine Küchenzeile mit Hängeschränken, gegenüber war ein Esstisch mit zwei Sitzbänken. Im hinteren Teil befand sich ein Bett und eine kleine Tür daneben führte in ein Bad mit Waschbecken, Dusche und WC. Es war zweckmäßig, klein und wirkte nüchtern. Die

Vorstellung, mit diesem Mann in einem Wohnwagen zu leben und umherzureisen, war vor zwei Stunden noch romantisch gewesen. Aber die Infos, die ich durch Maisie Rosso erhalten hatte, überschatteten meine Vorstellung.

»Ich werde gebraucht. Wir brechen gleich auf. Sieh dich noch etwas um, ruh dich etwas aus.«

Ich sah ihm durch das kleine Fenster des Wohnwagens nach, wie er über den Schotterplatz zu den Pferdeboxen ging.

»Bleib, solange du möchtest. Du kannst jederzeit gehen.« Ich rief mir ins Gedächtnis zurück, was er gesagt hatte. »Du wolltest eine Auszeit«, flüsterte ich mir zu und fuhr mir mit beiden Händen durch die Haare.

Erst nach einer Weile spürte ich, dass fremde Blicke auf mir ruhten. Draußen stand in einiger Entfernung eine Frau. Mit verschränkten Armen und eiserner Miene starrte sie mich an. Ich erinnerte mich an sie. Sie war die Frau im schillernden Kostüm, die am Vorabend mit Enes gesprochen hatte, kurz bevor ich ins Taxi gestiegen war. Dass sie sich weder rührte noch etwas sagte, verunsicherte mich.

»Angel!« Die tiefe Stimme von Alvador Rosso tönte über den Platz.

»Ich komme!«, rief die Frau zurück, ohne den Blick von mir abzuwenden. Dann lief sie einige Schritte rückwärts, bevor sie sich umdrehte und in seine Richtung davonging.

Ein Schauer durchfuhr mich. Ich hatte das Gefühl, zu frieren, und schlang beide Arme um meine Mitte.

Kapitel 8

Birmingham, England, 2018

Es fühlte sich seltsam an, die Stadt ohne Penny zu verlassen. Als wir in einer Karawane losfuhren, schaute ich suchend aus dem Beifahrerfenster durch den strömenden Regen und hielt den Gedanken fest umklammert, Penny würde gleich über den gefluteten Platz rennen und in ein Auto einsteigen. Aber ich wusste, dass das nicht passieren würde. Ich vermisste Penny, aber ich kannte sie so gut, dass ich wusste, dass dieses Leben nicht für sie bestimmt war. Für sie war es ein Kompromiss gewesen, und Zugeständnisse dieser Art machten nicht glücklich. Das wusste ich aus eigener Erfahrung. In letzter Zeit dachte ich oft an Eireen und den Blumenladen, an den stillen Pakt, den ich vor so vielen Jahren mit mir selbst geschlossen hatte, nur um andere glücklich zu machen. Penny und ich hatten viele Parallelen. In diesem Moment bereute ich, dass ich ihr nie meine ganze Geschichte erzählt hatte.

Ich betrachtete den Mann neben mir am Steuer.

Er wandte den Kopf zu mir. »Was ist?«, fragte Enes lächelnd.

Es war einer dieser Momente, in denen mir wieder einmal bewusst wurde, welch ein Glück es war, dass Enes und ich uns getroffen hatten. Damals in Dingle. Dass das Schicksal uns so oft zusammengeführt hatte, bis ich es auch gesehen hatte. Dass ich im richtigen Moment den Mut gehabt hatte, für mich selbst einzustehen. Es war nicht immer leicht gewesen. Mein Anfang im Zirkus war holprig und mit vielen Stolpersteinen versehen gewesen. Aber es war ein ganzes Leben daraus erwachsen. Das Leben von Enes und mir. Unser Leben.

»Gar nichts«, sagte ich und blickte wieder aus dem Fenster.

»Denkst du an Penny?«

»Es geht mir nicht darum, dass sie nicht hier ist. Sie ist erwachsen und trifft endlich ihre eigenen Entscheidungen. Aber ich würde mich besser fühlen, wenn ich wüsste, dass es ihr gut geht. Verstehst du?«

Er antwortete nicht. Stattdessen legte er seine Hand auf meine und drückte sie leicht.

»Ich würde gern wissen, dass es ihr gut geht. Dann wäre es auch für Rudolfo leichter.«

»Wie willst du das anstellen? Sie geht immer noch nicht an ihr Handy. Es ist, als suchte man eine Nadel im Heuhaufen.«

Ich zückte mein Handy und ein Notizbuch mit Stift.

»Es ist zwecklos, sie ständig anzurufen, Rosa.«

»Ich rufe nicht Penny an«, erklärte ich und blätterte durch die Seiten. »Ich rufe die Krankenhäuser in der Umgebung an. Vielleicht ist ihr etwas zugestoßen.«

Während ich die erste Nummer wählte und den Kugelschreiber zückte, hielt Enes an der Ampel an. »Man wird dir keine Auskunft geben, befürchte ich.«

Ich sah ihn an, das Telefon schon am Ohr. »Mir nicht, flüsterte ich, »ihrer Mutter aber schon.«

In seinem Blick lag genau in diesem Moment so viel Schmerz, dass es sich anfühlte, als drückte mir jemand das Herz in der Brust zusammen.

»Oh, *mo cuishle*«, flüsterte er mir zu.

Selbst nach all den Jahren spürte ich noch den Schmerz, den dieses Thema in mir hervorrief. Wir spielten dieses Spiel, aber das Schicksal mischte die Karten, und wir hatten keinen Einfluss darauf, welches Blatt wir auf der Hand hatten. Das, was das Leben für uns bereithielt, war nicht verhandelbar. Im guten und im schlechten Sinne.

Ich kämpfte gegen den Kloß in meinem Hals an und konzentrierte mich auf die Gespräche am Telefon. Als ich auch die letzte Nummer abtelefoniert hatte, ohne eine brauchbare Information zu bekommen, schlug ich das Buch zu.

»Wieder nichts?«, fragte Enes, obwohl er die Gespräche mitbekommen hatte.

»Nein, niemand kennt sie oder hat von ihr gehört.«

»Aber das ist gut, das heißt, dass sie nicht schwer verletzt in einem Krankenhaus liegt.«

Ich zuckte mit den Achseln und atmete tief ein und aus, um mich zu beruhigen. Dann sagte ich geradeheraus, als die Ampel auf Grün umschaltete und die Räder losrollten: »Ich bin mir sicher, dass sie in London ist.«

»London?«

Ich nickte.

»Wieso denkst du das? Hat sie etwas erwähnt an dem Abend?«

»Ich habe ihr einen Hinweis in der Blechdose hinterlegt.«

»Rosa!«

Wir schwiegen eine Weile. Ich bereute nicht, was ich getan hatte. Ich hatte es für Penny getan.

»Ich habe *Covent Garden* auf die Rückseite des Fotos geschrieben.«

Enes sah mich kurz und eindringlich an, setzte dann den Warnblinker und hielt am Straßenrand an.

»Was tust du da?«

»Willst du mir damit sagen, du hast es bewusst gesteuert? Du wusstest, dass sie diesen Kampf mit sich selbst führt, und hast sie ... nach London gelockt?«

»Nein!«, rief ich und spürte, wie sich mein Puls beschleunigte, »ich habe lediglich dafür gesorgt, dass wir wissen, wo sie ist!«

Bevor Enes antworten konnte, hupte einige Meter vor uns ein Auto.

Rudolfo war im Pick-up ebenfalls links rangefahren. »Alles in Ordnung?«, rief er aus dem geöffneten Fenster.

Enes gab ihm mit der Hand ein Zeichen, dass wir weiterfahren konnten. »Du hast uns in Teufels Küche gebracht, Rosa. Wenn Rudolfo das erfährt, weiß ich nicht, was er tun wird. Seine Enttäuschung wird riesig sein.«

»Du scheinst zu vergessen, dass wir nicht nur ihn großgezogen haben, sondern auch Penny! Sind wir ihr nichts schuldig?« Ich war angriffslustig. Nicht, weil ich streitsüchtig war. Eher, weil ich mich verletzt fühlte.

Wir sahen uns an, während Enes den Motor anließ.

»Dann darf er es nicht erfahren.«

* * *

Kam der Zirkus in eine neue Stadt, war es wie ein neues Leben. Es war der Zauber, den jeder Anfang innehatte. Obwohl wir alle Hände voll zu tun hatten, dachte ich an Penny. Nach den Krankenhäusern rief ich bei sämtlichen Polizeistationen im Umkreis von Leicester an, aber die Antworten am Telefon blieben die gleichen.

»Ich bin mir sicher, es geht ihr gut«, versuchte Enes eines Abends kurz vor Vorstellungsbeginn, mich zu beruhigen.

»Sie hat sicher Angst«, sagte ich nachdenklich, während ich das erwirtschaftete Geld aus der Kasse nahm und das Häuschen zuschloss, um mit Enes ins Zelt hinter der Bühne zu gehen.

»Weil sie Gino bewusstlos geschlagen hat?« Ich sah ihn mit schmerzverzerrter Miene an.

»Sicher auch deswegen, aber ich denke, vor allem vor Gino selbst. Ich muss herausfinden, was sich an dem Abend zwischen den beiden abgespielt hat.«

»Mir wäre es lieber, du würdest dich zurückhalten.«

Dieses Versprechen konnte ich ihm nicht geben.

Und Enes wusste es.

Während Bip Bello die Menschen auf den Rängen zum Lachen brachte und in seinen Bann zog, wartete ich hinter dem Vorhang. Er war immer die letzte Nummer, bevor alle in die Manege traten und sich verbeugten. Vor Enes war eigentlich Penny an der Reihe. Aber die Nummer der Akrobatin gab es seit einer Woche nicht mehr. Es war seltsam, immer noch Plakate aufzuhängen, auf denen die schöne junge Frau abgebildet war, die sich durch die Lüfte schwang und so glücklich wirkte. Nur ich sah in diesen Augen, dass sie es nie gewesen war.

Ein Rumpeln brachte mich ins Hier und Jetzt zurück. Als ich mich umdrehte, sah ich Rudolfo durch den Eingang stolpern.

»Dann woll'n wir ma...«, lallte er und wollte den schweren Samtvorhang einen Spalt breit öffnen.

Mit einem festen Griff hielt ich ihn davon ab. »Halt! Was tust du da, um Himmels willen?«

»Wonach sieht es aus?« Er ließ vom Vorhang ab und betrachtete mich.

Erst jetzt fiel mir auf, wie er da vor mir stand: Das weiße Hemd mit den großen Knöpfen hing unordentlich aus der Hose und das rote Jackett saß schief.

»Danach, als würdest du einen großen Fehler begehen!«, antwortete ich mahnend auf seine ironische Frage.

Ihm stieß Luft auf und er drückte sich die Faust gegen die Lippen.

»Du bist betrunken«, flüsterte ich, als hätte ich Angst, die Leute hinter dem Vorhang könnten uns hören.

»Ich hatte nur ein paar Bier, spiel dich nicht so auf!« Er schrie mich fast an.

Ohne darauf einzugehen, packte ich ihn an den Oberarmen und drehte ihn in meine Richtung. »Enes ist noch da draußen. Und so«, ich zeigte auf sein Gesicht und dann auf sein Outfit, »kannst du unmöglich in die Manege einlaufen. Was sollen die Leute denken? Willst du den Zirkus ruinieren?!«

Ich konnte nicht fassen, dass er während der Arbeitszeit getrunken hatte. Rudolfo war bekannt dafür, dass er nach Feierabend gern ein Bier trank, aber noch nie hatte er während einer Vorstellung oder am Vormittag zum Alkohol gegriffen.

»Ich?«, fragte er wütend und wurde lauter, »ob ich uns ruinieren will? Sie ist einfach weggelaufen, verdammt noch mal! Abgehauen. Verdammte Scheiße.« Er ließ sich plump auf einer Kiste nieder, in der Jonglierbälle verstaut waren. Ich war mir nicht sicher, ob Rudolfo von Penny oder von Beatrice sprach. Erstmals dachte ich darüber nach, wie furchtbar die Erfahrung für ihn sein musste, von den wichtigsten Menschen in seinem Leben verlassen worden zu sein. Gleich zwei Mal. Er war das Ergebnis seiner Erfahrungen. So wie wir alle.

Und ja, die Geschichte wiederholte sich.

Ich versuchte, meine Gedanken beiseitezuschieben und zu funktionieren. Der Jingle wurde eingespielt, was ein Zeichen dafür war, dass die Bühnenshow nur noch wenige Minuten dauern würde. Es blieb wenig Zeit, und ich konnte Rudolfo unmöglich in diesem Zustand in die Manege lassen. Verzweifelt schaute ich von links nach rechts auf der Suche nach einer Idee, die das Ende der Vorstellung und unser Image retten könnte.

Hinter uns war ein Knarzen zu hören. Gino kletterte die Leiter herunter und sprang neben uns auf den Boden, der mit Sägespänen bedeckt war.

»Die Lichtanlage funktioniert, es war nur ein Kurzschluss gestern ...« Er unterbrach sich, klopfte sich die Hände an der Hose ab und betrachtete stirnrunzelnd Rudolfo, der mit geschlossenen Augen auf der Holzkiste saß. »Was ist los mit ihm?«

Bevor ich antworten konnte, verbarg Rudolfo das Gesicht in seinen Händen und ließ sich vornüberfallen. »Sie ist einfach gegangen und hat mich alleingelassen. Wo ist sie, verdammt noch mal? Wo bist du?!«

Den letzten Satz schrie er so laut, dass man zumindest Bruchteile davon hinter dem Vorhang gehört haben musste.

»Er ist völlig betrunken. Er kann so nicht da rausgehen«, erklärte ich knapp und drehte mich mit verschränkten Armen einige Male um meine eigene Achse. Verzweiflung und Panik kamen in mir auf.

Gino reagierte blitzschnell. Er zog Schuhe, Hose und Shirt aus und warf alles achtlos auf einen Haufen. »Ich brauche seine Sachen«, sagte er und begann bereits, Rudolfo die Stiefel auszuziehen.

»Du meinst ...« Ich verstummte und zeigte auf den Spalt im Vorhang, hinter dem nun Applaus ertönte.

»Ganz genau. Ich gehe raus. Es ist die einzige Möglichkeit, die wir jetzt haben«, sagte er und zog sich das Hemd und das Jackett über, bevor er wieder in seine Schuhe schlüpfte. »Wir sind nun schon der Zirkus mit davongelaufener Artistin. Wir können nicht noch der mit betrunkenem Zirkusdirektor sein.«

Enes schlüpfte durch den Spalt im Vorhang. Errötet und verschwitzt stand er da und blickte verwirrt auf einen Rudolfo in Unterwäsche.

Gino wartete nicht, sondern huschte in die Manege.

»Was ... ist hier los?«, fragte Enes außer Atem.

Aber ich musste ihm nicht antworten. Er verstand schnell, die Bilder sprachen für sich.

Gino stand kurz vor der Generalprobe seiner neuen Rolle.

* * *

Man könnte sagen, dass der damalige Abend ein Schlüsselmoment war: Dass Gino Rudolfo an jenem Abend die Haut rettete, verstärkte das unsichtbare Band, das bereits zwischen ihnen existierte, und Gino wurde mehr und mehr zu Rudolfos wichtigstem Mann. Die gemeinsame Trauer um Penny schweißte sie zusammen, und Gino war bald mehr als nur ein Vertrauter: Er war Rudolfos Schatten. Wo Rudolfo war, war auch Gino, und wenn Rudolfo schon früher als in den Abendstunden nach den Vorstellungen zur Flasche griff, war es Gino, der rettend zu Hilfe eilte, Hemd und Jackett anzog, den Zylinder aufsetzte und die Show offiziell beendete, während Rudolfo zu seinem Wohnwagen zurücktorkelte oder mit dem Kopf in den Händen hinter dem roten Vorhang saß. Leider kam dies immer häufiger vor, und der Alkohol entpuppte sich als Rudolfos fester Begleiter.

Es schmerzte mich, ihn so zu sehen. Es tat weh, dem Zerfall eines eigentlich erfolgreichen Zirkusdirektors hilflos zuzusehen. Aber noch mehr verletzte es mich, zu erkennen, was aus dem Jungen geworden war, den ich seit Kleinkindjahren hütete, beschützte und liebte.

Ich erinnerte mich an einen Tag eines längst vergangenen Sommers, an dem Rudolfo auf der Eckbank unseres Wohnwagens ein Softeis gegessen hatte. Er schleckte mit seiner Zunge rundherum, aber es war bereits so weich geworden, dass er die Creme einfach von der Waffel drückte. Sie landete prompt auf dem Boden und zerfloss so schnell, dass man dabei zusehen konnte. Er weinte bitterlich und war todunglücklich. »Sei nicht traurig, hatte ich ihn getröstet und sein Haar gestreichelt, manchmal passieren solche Dinge, egal, wie gut wir aufpassen. So ist das Leben. Dann probiert man es noch mal. Wir kaufen dir ein neues Eis. Und dann wirst du automatisch besser aufpassen. So funktioniert das.«

So fühlte es sich heute für mich an – ich war unendlich traurig über die Dinge, die um mich herum passierten, die dem Zirkus passierten, aber ich würde nicht aufgeben, und ich wusste, dass immer noch ein Teil des Mannes in ihm steckte, den ich wie ein Kind liebte. Auch heute noch.

* * *

Gino nahm seine neue Rolle sehr ernst. Er sah sich selbst als Rudolfos Stellvertreter und Schwiegersohn. Er sprach es selbst als so etwas Natürliches und Selbstverständliches aus, dass niemand daran zweifelte oder auch nur die Stirn runzelte. Es war wie ein Gesetz innerhalb des Zirkuszelts geworden.

Von Penny fehlte weiterhin jede Spur. Ich vertraute auf mein Bauchgefühl, sie sei in London, und hoffte inständig, dass es so war. Es war beruhigend, zumindest das Gefühl zu haben, sie verorten zu können. Auch wenn das völliger Quatsch war. Unbeirrt telefonierte ich wochenlang immer wieder Krankenhäuser, Notunterkünfte, Frauenhäuser und Polizeistationen in der Hauptstadt ab, gab mich als ihre Mutter aus und hoffte auf einen entscheidenden Hinweis.

»Was wirst du tun, wenn jemand wirklich Kontakt zu ihr hat?«, fragte mich Enes, während er seine Kartoffelsuppe aß.

Es waren mittlerweile mehrere Wochen ins Land gezogen. Der Zirkus war in Luton angekommen, die erste Abendvorstellung stand bevor.

Ich rührte mit dem Löffel in meiner Schale und schob das grobe Gemüse mehr von links nach rechts, als es zu essen.

»Nichts«, antwortete ich ehrlich, »aber es würde mir besser gehen damit, verstehst du?«

Er nickte und ergriff meine Hand. »Das verstehe ich, Rosa«, sagte er. Als ich hochsah, trafen sich unsere Blicke. »Ich bin mir sicher, dass sie früher oder später vor uns stehen wird.«

»Fragt sich nur, unter welchen Umständen«, murmelte ich vor mich hin. »Sie wird nicht zurückkommen. Und das ist gut so. Sie wurde in den Zirkus hineingeboren, hatte nie eine Wahl. Sie wollte dieses Leben nicht, und doch hätte sie ohne die Verlobung und die Ereignisse, die darauf folgten, nie den Mut gehabt, zu gehen. Es kommt einfach doch so, wie es kommen soll, schätze ich.«

Enes musste husten, was in einem seiner Anfälle endete. Er schob den Suppenteller von sich, und ich setzte mich neben ihn und strich ihm über den Rücken. Als es nicht besser wurde, holte ich sein Spray aus dem Badschrank. Erst dann konnte er wieder durchatmen und lehnte sich mit geschlossenen Augen erschöpft zurück.

»Du weißt, was der Arzt gesagt hat«, ermahnte ich ihn und unternahm einen neuen sanften Versuch, meinen Mann zur Vernunft zu bringen.

»Der Arzt sagt viel«, winkte Enes ab.

»Wir sollten noch mal darüber reden, ob Bip Bello noch ...«

Enes hielt mir eine Hand als Stoppzeichen entgegen. »Keine Diskussionen darüber. Du kennst meine Meinung.« Er klang nicht hart, aber mehr als deutlich. Und ich wusste es. Ohne wirklich triftigen Grund würde Enes niemals Perücke und Clownsnase seines Kostüms, das für ihn wie eine zweite Haut geworden war, an den Nagel hängen. Sein Gesundheitszustand war ihm nicht triftig genug. Und ich konnte nicht mehr tun, als ihm immer wieder ins Gewissen zu reden.

Ein Klopfen an der Tür unterbrach uns. Kurz darauf stand Gino im Raum, ein Blatt Papier in den Händen, auf das er konzentriert starrte. Er legte es auf die Küchentheke und kritzelte etwas darauf.

»Enes, ich würde deine Nummer gern an den Anfang der Bühnenshow legen. Ein Clown ist zu Beginn besser geeignet, weil er auflockert. Dafür würde Evaleska das Ganze mit Sprinkles beenden, ein Pony ist einfach ...«

»Wo ist Rudolfo?«, fragte ich irritiert darüber, dass Gino etwas am Programm änderte und sich dazu anscheinend Notizen gemacht hatte.

Er sah mich an. »Er hat sich hingelegt.«

»Ist er betrunken?«, fragte ich geradeheraus und räumte unser Geschirr in das Waschbecken.

»Es geht ihm nicht gut. Er hat sich hingelegt«, wiederholte er.

Ich ließ Wasser ins Spülbecken ein. »Wenn das zur Gewohnheit wird ...«

»Das ist es doch schon längst«, murmelte Gino und ließ sich auf der Sitzbank nieder. Er vergrub das Gesicht in seinen Händen. Er sah aus, als lastete die ganze Welt auf seinen Schultern.

»Dann müssen wir etwas tun«, antwortete ich, während ich Besteck und Teller schrubbte. »Es geht hier um die Zukunft von uns allen. Es ist nicht vorteilhaft für den Ruf eines Zirkus, wenn der Direktor nicht einmal bei der traditionellen Eröffnung der Show da ist, und ...«

»Wenn er verhindert ist, habt ihr einen Direktor – mich«, unterbrach Gino.

Enes und ich sahen uns an.

Ich ließ die Spülbürste ins Waschbecken sinken und strich mir eine Haarsträhne aus der Stirn, wobei ich Schaumreste an meiner Stirn platzierte.

»Du solltest mit Rudolfo sprechen, Gino. Er hört auf dich. Du musst ihm klarmachen, dass das der Untergang des Zirkus Rosso sein wird. Wenn er so weitermacht, dann …«

»Ich glaube nicht, dass er sich von mir etwas sagen lässt.«

»Wir müssen es versuchen. Gemeinsam«, sagte ich entschieden und wandte mich zu Enes und Gino um, die einander gegenübersaßen.

»Wir machen uns alle Sorgen. Penny ist weg …« Bei der Nennung ihres Namens hob Gino kurz den Blick, um sich danach mit beiden Händen durch die Haare zu fahren. »Vieles hat sich verändert, Rudolfo geht es nicht gut, und wir wollen nur helfen.«

Enes berührte Gino über die Tischplatte hinweg am Oberarm. »Das ist viel für dich, Gino. Du stolperst gerade in diese Rolle hinein. Ich kenne dich seit deinen Jugendjahren. Du warst fast noch ein Kind, als ich dich hierhergebracht habe.«

»Ich liebe den Zirkus. Ich liebe diesen Zirkus«, erklärte er und blickte von Enes zu mir. »Er ist alles, was ich habe. Ich will nichts falsch machen, habe aber das Gefühl, dass mir Rudolfos Schuhe eine Nummer zu groß sind. Ich kenne mich mit der Technik hinter der Bühne aus, mit den Tieren, aber mit dem ganzen Rest?«

»Gino«, begann ich und ging zum Tisch hinüber, »wir müssen Rudolfo helfen, wieder auf die Beine zu kommen. Aber wir werden dir dabei helfen, wenn dir das hier so wichtig ist und du das wirklich willst. Wir alle machen Fehler, wir sind nur Menschen, keine Maschinen.«

Gino sah mit wässrigen Augen zu mir hoch. Ich wusste, dass er die Anspielung in meiner Aussage erkannte und sie ihre Wirkung nicht verfehlte: Gino hatte in der Nacht, als Penny weggegangen war, einen Fehler gemacht, und das wusste er. Aber jeder verdiente eine zweite Chance, und dieser Zirkus brauchte Gino. Er hatte die nötige Leidenschaft für diesen Ort, um ihn zum Erfolg zu führen. Und ihn zu erhalten.

Rudolfos Leidenschaft war in den letzten Wochen einfach verpufft. Als hätte Penny sie mitgenommen, als sie dem Zirkus den Rücken gekehrt hatte.

Gino erhob sich seufzend und griff nach seinem Zettel.

Enes war schneller und legte seine Hand darauf. »Wenn du es ausprobieren möchtest, machen wir es so. Ich beginne in der nächsten Vorstellung die Show. Probier dich aus, Gino. Nur so lernt man.« Damit ließ er den Zettel los.

Gino erhob sich. Er nickte Enes lächelnd zu. Dankbarkeit lag in seinem Blick.

Bereits an der Tür drehte er sich noch einmal um. »Es gibt genau zwei Dinge, die hart für mich sind: meine Zeit vor dem Zirkus und die Angst, verlassen zu werden. Auf Ersteres habe ich keinen Einfluss mehr. An dem anderen werde ich festhalten.«

Die Tür fiel ins Schloss und ich stieß die Luft aus.

»Zeiten verändern sich und sie ändern dich«, flüsterte ich, während ich Gino durch das Wohnwagenfenster nachblickte.

»Er war so unsicher und gebrochen, als ich ihn damals aufgelesen habe. Jetzt sieh ihn dir an.«

Schweigend sahen wir ihm nach, bis er im Vorzelt verschwand.

»Ich muss Bip Bello zurechtmachen«, sagte Enes und küsste meine Wange. »Wir sehen uns später.«

Als er den Wohnwagen verließ, hustete er erneut und hielt inne. Unsere Blicke trafen sich und ich öffnete den Mund, um meine Bedenken zu äußern. Enes wusste, was kommen würde, und bremste mich mit seinem Blick, bevor ich etwas sagen konnte.

»Schon gut«, ich zwang mich zu einem matten Lächeln. »Geh schon.«

Dann verließ er unseren Wohnwagen.

Kapitel 9

Die Wochen zogen ins Land und der Sommer kam mit einer solchen Hitze, dass die Nächte im Wohnwagen nur mit offener Dachluke und Eingangstür erträglich waren. Städte kamen und gingen. Menschen lachten und bestaunten die Zirkuswelt mit offenen Mündern, aßen gezuckerte Äpfel und Popcorn. Je weniger Rudolfo sich zeigte und je mehr Gino in seine neue Rolle schlüpfte, desto mehr dachte ich darüber nach, wie sehr sich dieser Ort gerade veränderte. Aber der Zirkus war unsere Welt und wir liebten sie. Auch wenn ich mich seit etlichen Jahren nicht mehr durch die Lüfte schwang, an Ring und Tüchern elegante Figuren zeigte, so war dies meine Heimat. Sie hatte mir meinen Traum, ein Publikum zu begeistern, über Jahre erfüllt. Enes hatte mich hierhergebracht und mir all das möglich gemacht.

Ich erinnerte mich an meine ersten Wochen im Zirkus. Daran, wie er mich sprichwörtlich auf Händen getragen, mir ein Gefühl gegeben hatte, als wäre ich die einzige Frau auf dieser Welt. Die Einzige, die er wahrnahm. Die Frau, die ihn zu einem besseren Menschen machte. Zum ersten Mal nach all den Jahren dachte ich an Angel zurück. Ich fragte mich, was passiert wäre, wenn sich unsere Wege nicht gekreuzt hätten, wenn sie nicht Teil des Zirkus gewesen wäre, als ich hinzugekommen war, wenn sich an diesem einen Tag nicht alles verändert hätte.

Wer wären Enes und ich heute?

Am Abend zuvor war Bip Bello zum ersten Mal nicht aufgetreten. Seine Atemnot war so schlimm gewesen, dass er trotz hochsommerlicher Temperaturen mit dem Dampfinhalator auf dem Bett lag, verkabelt und mit Maske über Mund und Nase. Erschöpft war er eingeschlafen und schlief immer noch. Ich hingegen hatte die ganze Nacht wach gelegen und mich um meinen Mann gesorgt, der erstmals auf die zweite Haut des Clownskostüms verzichtet hatte. Noch vor einigen Wochen hätte ich dies für unmöglich gehalten.

Ein Kichern drang durch die offene Wohnwagentür hinein und stoppte mein Gedankenkarussell.

»Du treibst mich in den Wahnsinn.«

Ich erkannte Ginos Stimme und hielt inne. Das Lachen kam von einer Frau. Ich warf einen Blick durch das Fenster. Dort standen Gino und Lyla.

Lyla Fadden war Kontorsionistin im Zirkus. Sie konnte sich auf eine Art und Weise verbiegen und verrenken, als hätte ihr Körper keine Knochen.

Mit ihren langen schwarzen Haaren lehnte sie an der Außenwand des Wohnwagens. Gino stand vor ihr, den Kopf an ihrem Hals vergraben. Er schien ihr Dinge zuzuflüstern, die sie zum Lachen brachten. Sie hakte beide Daumen in seinen Hosenbund und zog ihn ruckartig an sich. Dann küssten sie sich.

Gino und Lyla.

Ich lächelte, während ich meine Arbeit fortsetzte. Es war gut, dass sich Gino für eine andere Frau interessierte. Heute war es auf den Tag genau drei Monate her, dass Penny den Zirkus verlassen hatte. Als ich einen weiteren Blick aus dem Fenster in ihre Richtung warf, ließ ich vorsichtig die Jalousie herunter, um ihnen mehr Privatsphäre zu geben, obwohl sie mich gar nicht gesehen hatten.

In meinem Kopf kreisten die Gedanken und erstmals bekam ich in dem Gewirr einen klar zu fassen: Gino war in Rudolfos Rolle geschlüpft, wenn auch nur inoffiziell. Er tat es, um Rudolfo zu helfen, der wie ein Ziehvater für ihn war. Aber er tat es auch, weil er den Zirkus so sehr liebte und ihn schützen wollte. Penny hatte ihn verlassen und er hatte sich auf Lyla eingelassen. Eine junge Frau, die denselben Traum hatte wie Gino. Sie war hier großgeworden und liebte den Zirkus.

Penny war weg. Rudolfo war nicht mehr er selbst. Enes machte seine Lungenkrankheit immer mehr zu schaffen und die körperliche Anstrengung war Gift für ihn. Der Zirkus ordnete sich neu. Unser Leben veränderte sich. Ich spürte es schon eine ganze Weile, ohne dem Gedanken mehr Raum zu geben. Erstmals dachte ich darüber nach, ob auch unsere Zeit des Umbruchs gekommen war.

Ich erinnerte mich an einen Bibeltext – »Alles hat seine Zeit«, hieß es darin. Und so war es tatsächlich.

Zum ersten Mal kam mir die Frage, wie es wäre, mit Enes den Zirkus zu verlassen.

* * *

Am nächsten Tag suchte ich das Zirkusbüro auf, das in einem separaten Wohnwagen untergebracht war, und öffnete die Post, die liegen geblieben war. Es war Rudolfos Welt, und alles hier schien nur darauf zu warten, dass er durch die Tür trat und auf dem Ledersessel hinter dem Schreibtisch Platz nahm. Und trotzdem fühlte ich mich nicht fehl am Platz. Im Gegenteil. Es vermittelte mir ein warmes Gefühl und erinnerte mich an Maisie und meine Anfangszeit im Zirkus Rosso. Damals, als ich Enes und dem Ruf meines Herzens zum Zirkus gefolgt war.

Gino war ein Entertainer, das musste man ihm lassen. Er verstand es, Rudolfo in der Manege zu vertreten und die Show am Laufen zu halten. Aber von Zahlen, Rechnungen und Gehaltsschecks hatte er keine Ahnung. Briefe türmten sich auf dem Schreibtisch.

Zwischen weißen Briefumschlägen fand sich eine Postkarte von Ruby und Barron. »Nirgends ist der Duft von Orangen so betörend wie unter der Sonne Spaniens«, las ich mir flüsternd die Worte auf der Rückseite vor und lächelte.

Seit die beiden vor zehn Jahren den Zirkus verlassen hatten, flatterte fast monatlich eine Karte ein, die einen Spruch trug, der mir mitten ins Herz ging. Ich vermisste meine Freundin schmerzlich, verstand aber, wieso sie und Barron zu ihrer Familie nach Spanien gezogen waren. Ich erinnerte mich noch an den Tag, als sie abgereist waren, und an das Abschiedsessen. Ich vergoss keine Träne und freute mich mit Ruby auf das neue Leben, das dort draußen auf sie wartete. Aber als mir bewusst wurde, dass sie weg war, weinte ich einen Tag lang und schaffte es nicht aus dem Bett. Unsere Freundschaft war tief, ehrlich und bedingungslos. Neben Maisie war sie die beste Freundin, die ich jemals hatte. Aber die Zeit heilte die Wunden.

Seufzend legte ich die Postkarte beiseite, um sie später mit zu Enes zu nehmen. Dann schrieb ich Überweisungen und Schecks, sortierte sie und schaffte Ordnung auf dem Schreibtisch. In einer Schublade fand ich mehrere leere Glasflaschen, die ich allesamt seufzend entsorgte. Ich zog Fotos von Beatrice und Penny hervor, die Rudolfo ebenfalls hier hineingelegt hatte. Ich fragte mich, ob er die beiden Fotos schon immer zusammen verstaut hatte oder ob Penny erst seit ihrem Verschwinden dort ihren festen Platz gefunden hatte.

Ich sammelte den restlichen Müll ein und betrachtete mein Werk, bevor ich die Tür hinter mir zuzog.

Gino war nicht in seinem Wohnwagen. Ich fand ihn bei den Tieren, wo er frisches Heu auflockerte und die Wassereimer füllte.

»Hier steckst du«, sagte ich, während ich langsam auf ihn zuging. Er drehte sich zu mir um. »Ich wollte dir nur sagen, dass ich mich um die Post im Büro gekümmert habe. Dann kannst du dich auf die Auftritte konzentrieren.« Zögernd wartete ich, wie er darauf reagierte.

»Danke«, sagte er und stellte sich zu mir. Er klopfte sich das Heu von der Hose und betrachtete seine Arbeit.

»Ich habe die Gehaltschecks ausgestellt und sortiert. Rudolfo ... oder du … müsst sie nur noch verteilen.«

»Ich habe keine Ahnung von Buchhaltung und ... diesem ganzen Rest. Ich bin nicht gut darin, glaube ich.«

»Ich habe mich immer um die Rechnungen des Ladens gekümmert. Damals, bevor ... ich hierher gekommen bin.«

Gino wusste nicht viel von meiner Vergangenheit. Er wusste, dass es eine Zeit vor dem Zirkus und vor meiner Karriere als Artistin gab. Er wusste, dass ich einen Blumenladen geführt hatte. Er wusste nichts von Eireen, nichts von Daisy, nichts von den Details zwischen mir und Enes.

Ich wandte mich zum Gehen, als er mich aufhielt. »Rosa!«

Darauf hatte ich gehofft. Ich drehte mich zu ihm um. Ich sah ihm an, dass er mit sich rang.

»Kann ich ... auf deine Hilfe hoffen, was das angeht?«

»Natürlich.« Ich trat zu ihm und legte ihm eine Hand auf die Schulter. »Du weißt, dass du Enes und mich immer um Hilfe bitten kannst, Gino.«

Da war er wieder. Der Blick des Jungen von damals. Der Junge, der auf der Suche nach seiner Identität und einem Platz auf dieser Welt zum Zirkus gekommen war. Allein.

Ich traute mich noch ein Stück weiter vor. »Hör zu«, sagte ich entschlossen und zog meine Hand zurück, »wir machen es so: Du rufst mich, wenn ich im Büro die Schreibtischarbeit erledigen soll. Natürlich nur, wenn es Rudolfo nicht kann. Einverstanden?«

Und dann lächelte er das erste Mal seit Wochen, seit Monaten. Seine Mundwinkel hoben sich leicht und er senkte verlegen den Blick.

»Abgemacht«, sagte er. Ich konnte seine Erleichterung regelrecht hören.

Nach einer kurzen Pause traute ich mich noch ein Stückchen weiter in seine Komfortzone vor. »Du und Lyla?« Ich sagte es ohne Vorwurf, ohne ihn an unserem Vertrauensverhältnis zweifeln zu lassen.

Er zupfte Heu auseinander und zuckte mit den Schultern.

Als er nicht antwortete, sprach ich weiter. »Das ist okay, Gino. Ich verurteile dich nicht dafür.«

Er sah mich an. »Nein?« Gino war sichtlich verwundert.

»Nein«, sagte ich ehrlich. »Penny ist weg und ... sie wird nicht wiederkommen. Sie hätte nicht gewollt, dass du ihr nachtrauerst. Ich denke, es ist gut so, wie es gekommen ist. Auch wenn es nicht einfach war und ... die Umstände unschön.

»Ich habe das Gefühl, ich kriege noch mal eine Chance, verstehst du?«

Ich witterte die Gelegenheit, mehr darüber zu erfahren, was sich in der Nacht der Verlobungsfeier zwischen Penny und ihm abgespielt hatte. »Eine neue Chance bezüglich was?«

»Eine Chance auf eine Familie, auf jemanden ... der das genauso will wie ich.«

»Und das siehst du in Lyla?«

»Sie ist ein Mädchen aus dem Zirkus und ...«

»Das war Penny auch«, warf ich ein.

Er zog beide Augenbrauen nach oben. Es war Antwort genug und ich wusste, dass er recht hatte. »Nur weil sie die

Tochter des Direktors ist, heißt das nicht, dass sie das hier lebt und fühlt. Das weißt du doch, Rosa.«

Ich wusste es. So sehr. »Lyla ist erst einundzwanzig, Gino.«

»Aber sie hat die gleichen Träume wie ich.«

»Welche Träume? Erzähl mir davon«, ermunterte ich ihn und machte es mir bequem, »ich habe Zeit.«

Er schaute mich ernst an. »Ich möchte diesen Zirkus leiten, Rosa, und sie ist die Frau, die ich dabei neben mir sehe.« Er stand auf und tätschelte dem Shetlandpony Sprinkles die Flanke. »Sie ist weggelaufen, ohne sich zu verabschieden, ohne zu sagen, wohin. In einer Nacht-und-Nebel-Aktion.« Er nahm zwei leere Eimer und stellte sie ineinander. »Wir haben uns gestritten, aber ich war zu betrunken, um mich an Details zu erinnern.« Dann drehte er sich zu mir und blickte mir direkt in die Augen. »Ich werde ihr nicht verzeihen, dass sie mich verlassen hat. Egal, was in dieser Nacht passiert ist.« Dann verschloss er die Einzäunung der Ponys und verließ das Tierzelt.

Man könnte sagen, dass aus ihm der verletzte Stolz sprach. Wurde eine Frau verlassen, stand sie emotionale Qualen durch und stieg nach einer Zeit wie ein Phoenix aus der Asche gestärkt daraus hervor. Wurde ein Mann verlassen, fühlte er sich zurückgestoßen und in seiner Ehre gekränkt. Doch aus Gino sprach an diesem Tag mehr als verletzter Stolz. Er hatte verstanden, dass Penny nie mehr zurückkommen würde und gegangen war, um ihr Leben selbst in die Hand zu nehmen. Ein neues Leben zu beginnen. Ohne ihn.

Aber offenbar war auch er bereit, den nächsten Schritt zu gehen. Gemeinsam mit einer neuen Frau.

* * *

Nach der Vorstellung am Abend zog ich mich mit meinem Mobiltelefon hinter den Wohnwagen zurück. Dort hatten

Enes und ich in den heißen Monaten unsere Gartenmöbel aufgestellt.

Ich ließ mich nieder und wählte die einzige Nummer, die ich auswendig kannte.

»Blooming?«

»Ich bin es. Rosa.«

Kurzes Schweigen in der Leitung. »Hallo, Rosa.« Eireens Stimme war wie ein Flüstern. »Der alljährliche Pflichtanruf?«

Ich musste lachen. »Nicht ganz. Es ist noch Zeit bis Weihnachten.«

»Und Ostern«, ergänzte sie und stimmte in mein Lachen ein.

»Wie geht es dir?«, fragte ich sie.

»Wie soll es mir schon gehen? Mir fehlt die Arbeit.«

»Das kann ich mir vorstellen, aber denk nur daran, wofür du nun Zeit hast. Das ist doch großartig.«

Eireen hatte sich erst vor Kurzem zur Ruhe gesetzt, aber ihre Liebe zu den Blumen, zum Geruch von Erde, zur hohen Luftfeuchte, verursacht durch das starke Bewässern im Pflanzenhaus, stand ihr zu sehr im Weg, als dass sie ihr Rentnerdasein genießen könnte.

Sie schnaubte. »Wenn es so großartig ist, wieso arbeitest du dann noch beim Zirkus? Es wäre an der Zeit, findest du nicht?«

Ich schloss kurz die Augen. »Das ist etwas anderes. Ich lebe, wo ich arbeite.«

»Danke für die Erinnerung.«

Es war wie ein Beil, das zwischen uns niedersauste und uns augenblicklich voneinander entfernte. Wie damals, als ich mich entschlossen hatte, mein Leben selbst in die Hand zu nehmen und Dingle zu verlassen.

Dingle und den Blumenladen.

Und Eireen.

In diesem Moment spürte ich am Telefon die Kluft, die es seit Langem zwischen uns gab.

»Mir fehlt Harry«, durchbrach sie unser Schweigen und gab mir damit einen kurzen Einblick in ihre Seele.

»Ich weiß.«

»Das kannst du nicht wissen. Du bist nicht hier und hast das nicht miterlebt, Rosa.«

Ich schwieg.

Eireen schnaubte. »Tut mir leid.«

»Schon gut«, sagte ich flüsternd. Ich wusste, dass sie recht hatte.

Es war seltsam, über einen Mann zu sprechen, den ich nie getroffen hatte. Eireen hatte ihn vor vielen Jahren kennengelernt und geheiratet. Ich hatte die gleichen Meilensteine in ihrem Leben verpasst wie sie in meinem. Dinge, die einmalig waren. Die große Liebe, ein Ja-Wort, das aus einem Ich und Du ein Wir formte.

Sie waren in einen Bungalow in Dingle gezogen. Harry war an Krebs erkrankt und hatte jahrelang dagegen angekämpft. Obwohl es nicht gut aussah, hatte ich damals versucht, Eireen in den seltenen Telefonaten, die wir miteinander führten, Mut zu machen. Doch letztlich hatte Harry den Kampf verloren und sie allein zurückgelassen.

»Genug davon.« Es hörte sich an, als klatschte sie in die Hände. »Wie geht es dir? Euch?«

Enes ist zu alt und krank, um weiterhin den Clown in einem Zirkus zu spielen, der durch Rudolfos Alkoholsucht dem Untergang geweiht ist. Penny hat Gino vor Monaten nachts bewusstlos geschlagen und ist seitdem verschwunden – das Gedankenkarussell nahm volle Fahrt auf.

»Gut«, log ich und war mehr als dankbar, dass sie direkt weiterredete und nicht mehr von mir hören wollte.

»Stell dir vor, Mos Sohn hat vor, die Wohnungen über dem *Mighty Elm* fest zu vermieten.«

»Die Fremdenzimmer?«, fragte ich erstaunt.

Die Neuigkeiten sprudelten nur so aus Eireen heraus und sie klärte mich innerhalb von Minuten über die neuesten Entwicklungen in der Küstenstadt auf. Mos Sohn hatte vor Jahren den Pub seiner Eltern übernommen und ging wie sein Vater völlig darin auf, sich die Probleme der Menschen in der Kleinstadt anzuhören, während er ihnen Whiskey, Starkbier und Schnaps ausschenkte. Er hatte die Fremdenzimmer im ersten Stock vergrößern und mit eigenen Bädern ausstatten lassen, sodass dort gerade zwei mittelgroße Wohnungen entstanden.

Das *Mighty Elm*. Enes und ich vor etlichen Jahren.

Der Ort, an dem unsere Geschichte geschrieben und in mein Herz eingraviert worden war.

Der Ort, an dem ich mich erstmals hatte fallen lassen, an dem ich die Entscheidung getroffen hatte, die mein ganzes Leben verändert hatte.

Der Ort, an dem ich beschlossen hatte, auf mein Herz zu hören.

»Bist du noch dran?«

Ich war so in Gedanken an längst vergangene Tage versunken, dass ich nicht weiter zugehört hatte. Ich schloss die Augen und drückte mit Daumen und Zeigefinger meine Nasenwurzel. »Entschuldige, ich war in Gedanken.«

»Das *Mighty Elm*?«

Ich nickte, obwohl sie mich nicht sehen konnte.

»Ich muss los. Ich wollte ... mich nur melden und ... deine Stimme hören.«

Als wir uns verabschiedet hatten, waren meine Gedanken noch immer beim *Mighty Elm*. Ich dachte darüber nach, welche Bedeutung die Bar und besonders Zimmer Nummer drei für mein Leben hatten. Ohne diese Fremdenzimmer im ersten

Stock hätte es mich vermutlich niemals hierher verschlagen und die Geschichte von Enes und mir wäre niemals geschrieben worden.

»Hier bist du.« Enes kam um den Wohnwagen herum und stellte sich hinter meinen Gartenstuhl. Er legte beide Hände auf meine Schultern und beugte sich zu mir hinunter, um mich auf die Wange zu küssen.

»Was tust du hier?«, fragte er und nahm in dem anderen Stuhl gegenüber von mir Platz.

»Ich habe Eireen angerufen«, erwiderte ich und schaute gedankenverloren auf das Telefon in meinen Händen.

»Wie geht es ihr?«, erkundigte er sich mit ehrlichem Interesse. Enes hatte über die Jahre alle Auf und Ab zwischen Eireen und mir miterlebt. Wie wir uns nach Jahren der Stille wieder einander angenähert hatten. Aber wie das Leben so spielte, wurde es nie mehr so, wie es einmal gewesen war.

»Schwer zu sagen«, murmelte ich nachdenklich und neigte den Kopf von links nach rechts. »Ohne die Arbeit, über die sie sich definiert, und ohne ihren Ehemann, um den sie immer noch trauert?«

Enes stieß die Luft aus.

Das *Mighty Elm* ploppte in meinen Gedanken wieder auf. »Hast du jemals darüber nachgedacht, wie ...« Ich hielt inne.

Er gab mir einige Sekunden, hakte dann aber nach, als ich meine Gedanken nicht weiter in Worte fasste. »Worüber nachgedacht?«

Woanders weiterzumachen, ging es mir durch den Kopf. *Es Ruby und Barron gleichzutun.* Ich schob die Gedanken beiseite und schüttelte kurz den Kopf. »Nichts«, sagte ich und zwang mich zu einem Lächeln, »gar nichts. Ich ... schätze, die Erzählungen über das *Mighty Elm* haben Erinnerungen geweckt. Das ist alles.«

Dann stand ich auf und küsste Enes auf die Stirn.

Zurück im Wohnwagen streifte ich einen Stapel Prospekte, der auf der Küchenarbeitsplatte lag, und die bunten Werbeseiten und Angebote in großen Lettern und Zahlen fielen auf den Boden.

»So ein Mist …« Ich bückte mich, um sie einzusammeln und im Mülleimer zu entsorgen. Dann hielt ich inne. Eine Werbepostkarte, die unter die Sitzbank gerutscht war, zog meine Aufmerksamkeit auf sich. Ich holte sie hervor und las: *Mit Mut fangen die schönsten Geschichten an.*

Das passte zu unserem Märchen. Es beschrieb unsere Vergangenheit. Unsere Geschichte. Erstmals kam mir in den Sinn, dass es auch auf unsere Zukunft zutreffen könnte.

Kapitel 10

Drogheda, Irland 1970

Ich atmete noch einmal tief durch, bevor ich die Münzen in den Schlitz steckte und die Nummer wählte. Die Nummer, die lange Zeit auch meine gewesen war. Jetzt gehörte sie nur noch meiner Zwillingsschwester.

Ich stand in einer Telefonzelle wenige Gehminuten vom Zirkus entfernt. Der Regen prasselte von außen an die Glasscheiben und ließ die Menschen auf der Suche nach Unterschlupf die Straße entlangeilen. Es war ein Unwetter angekündigt, das von *Muir Éireann* auf das Festland traf. *Muir Éireann* war die Irische See. Sie trennte Irland und Großbritannien voneinander. Während im Zirkus alle Vorkehrungen getroffen wurden, das Hab und Gut zu sichern, schlich ich mich davon, um meine Schwester anzurufen.

Vor einem Monat hatte ich Dingle und damit Eireen verlassen. Einen Monat lang hatte ich nicht mit ihr gesprochen, nicht ihre Stimme gehört, keine Zeilen an sie geschrieben und nicht versucht, die Wogen zu glätten. Das bedeutete jedoch nicht, dass ich nicht oft in Gedanken bei ihr war. Nicht nur, was ihren Verrat an meinen Zukunftsplänen und Träumen anging, sondern auch bei ihr als dem Menschen, der sie war. Sie war meine Zwillingsschwester, und das besondere Band, das uns beide vereinte, konnte auch meine Enttäuschung und Wut nicht zerschneiden. Ich hatte diese Zeit gebraucht, um zu mir selbst zu finden, um mich zu erden und meinen Ärger abklingen zu lassen. Ich war immer noch wütend auf Eireen und das, was sie getan hatte. Aber ich war in der Lage, den Kontakt zu ihr aufzunehmen. Sie wusste, dass es falsch war, was sie getan hatte. Sie wusste, dass sie damit alles aufs Spiel gesetzt hatte. Ich hatte ihr nach der Nacht im Pub eine Nachricht im Blumenladen hinterlassen. Dass ich eine Auszeit brauche, dass ich so nicht weitermachen könne und ich mich melden würde. Aber sie wusste weder, wo ich war, noch hatte sie eine Telefonnummer, die sie hätte wählen können. Sie wusste nicht, in welcher Stadt ich mich gerade befand. Ich wollte einen Schritt auf sie zugehen und ihr die Möglichkeit geben, den nächsten auf mich zuzugehen.

Zittrig führte ich den tutenden Hörer an mein Ohr. Eine Ewigkeit schien zu vergehen, bis ich endlich ihre Stimme hörte.

»O'Malley?«

Obwohl ich wusste, dass sie unseren Nachnamen nennen würde, war es in diesem Moment ein Schock, ein Stich ins Herz, der mir die Luft zum Atmen oder Sprechen nahm.

»Hallo?«

Angst machte sich breit, sie könnte auflegen. »Eireen«, sagte ich hastig, »ich bin's, Rosa.«

Stille.

Der Regen prasselte unaufhörlich gegen die Scheibe. Die Blätter fegten über die Straßen und das Geäst der Bäume wankte.

Ich fuhr mir mit der Hand durchs Haar. »Eireen?«

Ich hörte sie am anderen Ende tief Luft holen. »Wo bist du, Rosa?« Ihre Stimme klang flehend. Ich konnte hören, wie aufgelöst sie war, meine Stimme zu hören.

»In ... Drogheda«, stammelte ich, »das ist an der Küste vor England, also am anderen Ende der Insel.«

Sie schwieg. Und ich ebenso.

Ich wartete darauf, dass sie sich erklärte, einen Versuch startete, uns einander wieder näherzubringen.

»Du hast mir einen kurzen Brief hinterlassen«, sagte sie schließlich.

Ich nickte, obwohl sie mich nicht sehen konnte. »Ja, ich ... war in dieser Nacht im *Mighty Elm* in einem der Fremdenzimmer und ... habe meine Zeit gebraucht. Ich konnte dir das nicht persönlich sagen. Ich war ...«, ich dachte darüber nach, welche Worte ich wählen sollte, »enttäuscht und traurig.«

»Du hast mich hier einfach alleingelassen. Allein mit allem, was wir bisher gemeinsam gestemmt haben. Die Wohnung, den Blumenladen, das ganze Leben hier.«

»Dieses Leben gehörte schon immer zu dir, Eireen, ich passe dort nicht hinein. Ich habe es nur dir zuliebe getan. Dir und Daisy zuliebe. Weil ich dachte, dass ich in der Welt, in die ich eigentlich gehöre, keinen Platz finden kann. Verstehst du?«

»Was redest du da?« Ein wütender Unterton machte sich bemerkbar.

Ich kannte sie so gut wie mich selbst und wusste, dass sie nicht verstand, wovon ich redete.

»Ich meine damit, dass das nie mein Traum war, verstehst du? Es war deiner. Meiner war ein anderer. Ich muss mich frei fühlen, Eireen. Ich habe das Gefühl, es jetzt endlich zu spüren. Hier in diesem Zirkus ist es ...«

»Beim Zirkus, das war klar.« Sie lachte hysterisch ins Telefon und ich hielt den Hörer einige Zentimeter von meinem Ohr entfernt.

»Ich dachte zuerst, es wäre eine Auszeit. Ich wollte sehen, wo es mich hinführt. Aber mittlerweile fühle ich mich hier ... wohl und ...«

»Du kommst nicht zurück?«, unterbrach sie mich harsch.

Bevor ich antworten konnte, sprach sie weiter. »Du hast nicht angerufen, um mir zu sagen, wann du wieder hier sein wirst?«

Ich stieß die Luft aus und schloss die Augen. »Nein.«

»Du bleibst bei diesem ... Zirkus?« Das letzte Wort klang abwertend und wütend.

»Es fühlt sich gerade richtig für mich an.«

Sie lachte wieder hysterisch. »Es fühlt sich gerade richtig an? Richtig wäre es, zurückzukommen und das zu tun, was unsere Aufgabe ist. Das *Daisies*! Ich kann nicht glauben, dass du das wirklich tust, Rosa. Was ist nur los mit dir?«

Der Schmerz überrollte mich wie eine unaufhaltsame Welle. Ein heißes Gefühl fegte über mich hinweg, breitete sich von meinen Füßen bis zu meinem Kopf aus und beschleunigte meine Atmung. Ich spürte wieder den Kloß in meinem Hals, der mir die Luft abzuschnüren drohte. In diesem Moment wurde mir klar, dass es unmöglich war, einen Schritt auf Eireen zuzugehen. Sie würde es nicht zulassen. Es war, als schlüge sie meine Hand weg, die ich ihr zu reichen versuchte. Sie würde sich nicht für das entschuldigen, was sie getan hatte. Den Fehler, den sie begangen hatte, sah sie nicht einmal. Sie sah den Fehler in mir und meinem Weggang aus Dingle. Es fühlte sich an, als hielte ich das Band, das um uns gebunden war, in meinen Händen und drückte den Stoff fest in meine Haut, um ein mögliches Abreißen zu verhindern.

»Möchtest du mir gar nichts sagen, nachdem wir so lange nicht miteinander gesprochen haben?« Ich wünschte mir eine ehrliche Entschuldigung, ein einfaches *Wie geht es dir?*, ein *Wo kann ich dich sehen?* oder ein *Ich vermisse dich*. Aber nichts dergleichen kam.

»Ich kann einfach nicht fassen, dass du all das hinter dir lässt und einem Mann hinterherreist, den du überhaupt nicht kennst. Wenn Daisy das sehen könnte.«

Mit dem letzten Satz durchtrennte Eireen dieses Band, das ich so krampfhaft festgehalten hatte.

»›Eireen möchte mir im Garten helfen. Du möchtest tanzen, dann tanze‹, hat sie gesagt!«, schrie ich trotzig ins Telefon wie ein kleines Kind – verletzt von den Worten, die meine Zwillingsschwester mir gerade an den Kopf geworfen hatte.

»Mach's gut, Rosa.«

Bevor ich verstand, was passiert war, hörte ich das Geräusch in der Leitung, das verriet, dass Eireen aufgelegt hatte. Fast eine Minute lang stand ich mit dem Hörer in der Hand reglos in der Telefonzelle und starrte in den Regen hinaus. Schließlich legte ich weinend auf und rutschte mit dem Rücken an der Glasfront nach unten, bis ich auf dem Boden der Telefonzelle saß.

Es war mein Kopf, der mich tadelte: *Siehst du, sie wird sich nicht ändern.*

Es war mein Herz, das mich tröstete: *Das Gespräch hat dir die Augen geöffnet und mich ein Stück weit verschlossen.*

Und beide hatten recht.

* * *

»Zieh bitte drei Karten«, sagte Ruby und mischte die große Arkana mit einer Leichtigkeit, als wäre sie aus Pergament. Die einzelnen Karten glitten fast schon ineinander, wechselten ihren Platz und fanden wie durch Magie wieder zurück. Ich beobachtete das Spiel und versuchte, mir einzelne Karten zu merken. Aber ich verlor den Überblick und meine Augen blieben nicht an ihnen haften.

»Drei?«, fragte ich nach, als Ruby den kompletten Kartensatz fächerförmig verdeckt vor mir ausbreitete.

»Drei«, wiederholte sie und strich sich eine lange dunkle Haarlocke hinter das Ohr. Ihre Kreolenohrringe klimperten dabei leicht, und mir entfuhr ein Lachen bei dem Gedanken, dass ich im Zelt einer Wahrsagerin saß. Es war jetzt sechs Wochen her, dass ich Dingle verlassen und Enes mit dem Zirkus gefolgt war. Und knapp zwei Wochen seit meinem gescheiterten Versuch, mit Eireen zu sprechen.

In der Zeit, in der ich beim Zirkus war, hatte ich mehr von Irland gesehen als in den siebenundzwanzig Jahren meines bisherigen Lebens. Wegen des Ladens hatten Daisy, Eireen und ich es kaum über die Stadtgrenzen hinausgeschafft. Nun reiste ich durch das Land und traf Leute, über die ich zuvor rein gar nichts gewusst hatte und denen ich stets mit Vorurteilen begegnet war. Eine dieser Personen war Ruby White. Sie war die Frau von Enes' Freund Barron, für dessen Hochzeit er damals die Boutonnière im Blumenladen gekauft hatte. Als wir uns das erste Mal begegnet waren – an meiner provisorischen Ballettstange im *Daisies.*

Es kam mir vor, als wäre dieser Moment eine halbe Ewigkeit her. Dieses neue Leben fühlte sich so normal, so richtig an, dass mein altes Ich völlig in den Hintergrund getreten war. Ich vermisste das Ballett. Und Eireen fehlte mir – trotz der Abweisung am Telefon und allem, was sie getan hatte, um mich an sie und unseren Alltag zu binden. Ich hatte einmal gehört, dass wir Menschen die Hälfte der erlebten Jahre in Monaten bräuchten, um über Verluste hinwegzukommen. Bei Eireen und mir wären das ungefähr 13 Monate. Über ein Jahr würde meine Psyche also benötigen, um zu verarbeiten, worunter ich immer noch litt – unter Eireens Verrat und dem Gefühl, belogen worden zu sein.

Da mein Leben so im Umbruch war, dachte ich auch oft an Daisy. Einzelne Momente mit ihr und ihre Sprüche kamen mir in den Kopf. Jedes Mal, wenn ich Flieder sah oder nur den typischen Geruch wahrnahm, schossen mir Tränen in die Augen, weil Daisy ihn so geliebt und uns zu Lebzeiten immer wieder gesagt hatte, dass Flieder ein Bote erwachender Gefühle sei und für erste zarte Bande stehe.

»Sei damit stets vorsichtig, so etwas braucht Zeit.« Das waren ihre Worte gewesen.

Die Sehnsucht nach dem Ballett konnte ich nur in Ansätzen stillen. Am späten Abend, wenn die Lichter gelöscht waren und sich die Nacht über den Zirkus legte, stand ich in Enes' dunklem Wohnwagen und nahm Positionen ein, die zu meiner festen Trainingsroutine gehört hatten. Ich stellte mir ein Publikum vor, das mich umgab, und fühlte Leidenschaft.

Bisher hatte ich im Zirkus verschiedene Aufgaben übernommen, die Maisie und Alvador mir zuteilten. Ich half an der Kasse aus, versorgte die Tiere abends mit frischem Wasser und Heu, wobei ich immer mehr Zeit als nötig bei Destiny verbrachte. Sie symbolisierte für mich das, was mich hierhergebracht hatte: Freiheit und Selbstbestimmung. Ihr Name war mehr als passend.

Ruby und ich hatten uns auf Anhieb verstanden. Sie war trotz der relativ kurzen Zeit eine Vertraute, eine Freundin für mich geworden. Obwohl wir gleich alt waren, hatte sie etwas Mütterliches an sich. Etwas, das mich schnell Vertrauen zu ihr fassen ließ. Als ich mich eine Woche nach meiner Ankunft verrechnet hatte und die Kasse nicht stimmte, fing sie mich auf. Sie drückte mich an sich, um meine Tränen zu stillen, und steckte mir dann fünfzehn irische Pfund zu. »Leg es in die Kasse, nun mach schon«, hatte sie geflüstert und mir aus der Patsche geholfen. Als ich ihr das Geld zurückgeben wollte, hatte sie abgewehrt. »Das macht man unter Freundinnen, und ich denke, wir brauchen beide eine, was meinst du?

Von da an wuchsen wir zusammen, und die Tatsache, dass sie für diesen Freundschaftsdienst nie etwas von mir zurückforderte, machte sie zu einer wahren Gefährtin für mich. Und sie hatte recht – die brauchte ich dringend. Ich dachte oft an Eireen und daran, dass ich meine Zwillingsschwester zurückgelassen hatte. Der Ärger über die versteckten Briefe und die Enttäuschung über meinen gescheiterten Versuch, uns beide wieder mehr zueinanderzubringen, verebbten, und mit der Zeit trat an ihre Stelle so etwas wie Akzeptanz. Aber der Gedanke an sie schmerzte.

Angel machte die Situation nicht leichter. Sie ließ keine Gelegenheit aus, mir meinen Platz im Zirkus immer wieder aufs Neue zuzuweisen und um Enes' Aufmerksamkeit zu buhlen. Dass er ihr die kalte Schulter zeigte und sie immer und immer wieder abblitzen ließ, imponierte mir. Er gab mir den Raum und die Zeit, die ich bei meiner Ankunft eingefordert hatte. Er schlief auf der ausklappbaren Eckbank im Wohnwagen und überließ mir das Bett. Er bedrängte mich nicht und brachte mir Respekt entgegen. Und dennoch kämpfte er tagtäglich um meine Zuneigung.

Am dritten Abend nach meiner Ankunft im Zirkus unternahm ich den Versuch, meinen Kummer und meine Unsicherheit zu ertränken. Er trug mich auf seinen Armen zum Wohnwagen und legte mich auf dem Bett ab. Ich erinnerte mich nicht mehr an viele Dinge dieses Abends. Aber ich erinnerte mich, dass sich unsere Gesichter so nah waren, dass unsere Lippen nur wenige Millimeter entfernt schienen. Trotzdem küsste er mich nicht. Bevor ich einschlief, sagte ich, dass mir der Geruch der Blumen fehle. Seitdem legte er mir jeden Morgen eine Blume auf die Anrichte. Ich fand sie, nachdem er den Wohnwagen bereits verlassen hatte. Es waren Blumen, die wild wuchsen. Er sagte mir, diese würden perfekt zu mir und meiner Geschichte passen – zu der, die schon geschrieben war, und zu der, die noch geschrieben werden würde.

Drei Wochen später bot ich ihm an, im selben Bett zu schlafen. Ich vertraute ihm und wusste, dass er die Situation nicht ausnutzen würde. »Ich würde nichts lieber tun, als mit dir in einem Bett zu schlafen«, antwortete er mir aus einem Meter Entfernung, »aber erst, wenn du dein Bett mit mir teilen willst und fühlst, was ich fühle. Nicht aus Mitleid, weil ich auf einer Eckbank schlafe.«

Wenn wir uns zufällig berührten, jagten elektrische Impulse durch meinen Körper. Wenn er meinen Namen aussprach, war es wie flüssiger Honig, der über seine Lippen tropfte. Wenn er mir etwas zuflüsterte, fühlte sich sein Atem an wie eine echte Berührung. Er sah mich an, als gäbe es nur uns beide, und seine Blicke holten Bilder zurück in meinen Kopf, die aus der Nacht im *Mighty Elm* stammten. Ich war diesem Mann hoffnungslos verfallen und kämpfte mit allen Mitteln meiner Vernunft gegen meine Gefühle und Gedanken an.

»Rosa«, holte Ruby mich ins Hier und Jetzt zurück, »drei Karten. Sei spontan, fühle es einfach.«

Sie nahm meine rechte Hand und ließ sie über dem Kartenfächer hin- und hergleiten. Dann ließ sie los und ich tippte blind auf drei Karten. Sie zog sie heraus und drehte sie nacheinander um. Unsere Blicke trafen sich.

»Und?«

»Bist du etwa aufgeregt?«, neckte sie mich. »Ich dachte, du glaubst nicht an Hokuspokus.« Ruby lachte und bewegte ihre dunklen Finger spielerisch über der Glaskugel, die neben ihr stand. Sie legte seit Jahren die Karten für Zirkusgäste. Es war für viele das i-Tüpfelchen eines lustigen Abends im Zirkus Rosso. Die zuvor lachenden und erheiterten Besucher verließen ihr kleines Zelt stets ruhig und nachdenklich.

Ruby erklärte mir, dass Dinge wie die Glaskugel, der schwarze Kater Mortimer und die Dekoration im Zelt Show waren. Sie erfüllte damit die Erwartungen der Gäste und spielte mit Vorstellungen und Vorurteilen. Aber das Kartenlegen und die Voraussagungen waren eine alte Familientradition, die sie von ihrer Mutter gelernt hatte. Sie reichte bis zu ihrer Ururgroßmutter zurück. Laut Ruby war es etwas, das man lernen konnte, die Gabe dafür aber wurde einem in die Wiege gelegt. Sie liebte, was sie tat, und glaubte daran.

Ich zweifelte immer noch daran, was ich hier eigentlich tat. Aber heute hatte ich mich ihr zuliebe überreden lassen. »Es wird dir guttun. Das Schicksal lenkt uns, aber es ist hilfreich, zu wissen, in welche Richtung wir schauen sollen«, hatte sie nach der heutigen Vorstellung zu mir gesagt. Das Vertrauen, das ich zu ihr hatte, brachte mich schließlich in dieses Zelt.

»Die erste Karte steht für deine Vergangenheit, die mittlere für die Gegenwart und diese hier«, sie zeigte auf die letzte in der Reihe, »sagt etwas über deine Zukunft.«

Ich sah den Karten die Zeit an, mit ihren römischen Zahlen und der alten geschwungenen Schrift, die für mich unmöglich zu lesen war. Die Abbildungen erinnerten an alte Gemälde.

»Welche Karten sind das? Was bedeuten sie?«, fragte ich.

»Langsam«, sagte sie und legte ihre Hand auf meine. »Wir fangen mit der Karte der Vergangenheit an. Bist du bereit?«

Ich nickte.

»Deine Vergangenheit repräsentiert der Eremit«, sagte sie, nahm die Karte mit dem weißhaarigen Mann in die Hand und drehte sie in meine Richtung.

Ich sah sie schweigend an und wartete, bis sie weitersprach.

»Er steht für einen Lebenswandel, den du mitgemacht hast. Er bedeutet Geduld, Weisheit und Einkehr.«

Nach allem, was Ruby über meine Vergangenheit wusste, war es nicht sehr verwunderlich, dass sie das über meine

Geschichte sagen konnte. Ich hatte ihr an dem Abend, an dem sie mir das Geld für die Kasse gegeben hatte, von meiner Vergangenheit im Blumenladen in Dingle erzählt und davon, wie Enes und ich uns kennengelernt hatten. Sie wusste von der Nacht im Pub, aber nichts von den Bewerbungen an die Tanzschulen und von meiner Zwillingsschwester.

»Aber«, erzählte sie weiter und übergab mir die Karte, damit ich sie näher in Augenschein nehmen konnte, »bei aller Aufrichtigkeit, die der Eremit symbolisiert, steht er auch für Stille und Einsamkeit. Man könnte sagen, du warst sehr genügsam und geduldig mit deinem Leben, aber die Selbsterkenntnis, dass etwas anderes auf dich wartet, du von etwas anderem träumst, war stets da, wenn auch für dich nicht offensichtlich.«

Ich stutzte. Ihre Worte beschrieben ziemlich genau, was sich in den letzten Jahren in meinem Leben und meinen geheimsten Gedanken abgespielt hatte. Aufgeregt legte ich die Karte nieder und nahm die nächste in die Hand, die meine Gegenwart beschreiben sollte.

»Der Wagen …«, sagte Ruby und zeigte mit dem Finger auf das Gefährt auf der Vorderseite. »In deinem Leben verändert sich gerade sehr viel, alles ist im Aufbruch. Deine Lebenseinstellung formt sich neu. Der Wagen kündigt oft einen Umzug an, aber das klingt jetzt wohl wie eine absolute Täuschung für dich, wenn man bedenkt, dass du dich uns angeschlossen hast und ich davon längst weiß.« Sie zwinkerte mir zu.

Ich nickte und lachte.

»Dann zieh noch eine zweite Gegenwartskarte. Mal sehen, ob sie uns etwas sagt, was ich nicht weiß.« Sie forderte mich mit beiden Händen auf, noch einmal blind eine Karte auszuwählen.

Ich spielte mit. Es gab nichts zu verlieren.

Als ich die Karte aus dem Fächer zog und umdrehte, lächelte sie und stützte den Kopf in ihre Hand, während sie mich über den Tisch hinweg ansah.

»Ich wusste es«, flüsterte sie.

»Was?«

»Das ist die Karte des Mondes«, hauchte sie mir entgegen und sah mir in die Augen.

»Das heißt, ich schlafe zu wenig?«, witzelte ich.

Ruby schüttelte den Kopf. »Die Karte des Mondes bedeutet, dass du wegen einer Sache unsicher bist. Du fühlst dich an einem Scheideweg angekommen, und sie fordert dich auf, dich deinen inneren Ängsten zu stellen. Der Mond zeigt Erkenntnis. Er symbolisiert tiefe Sehnsucht und unsere Angst, ihr nachzugeben.«

Unsere Blicke trafen sich. Niemand verzog eine Miene. Ich wusste, was die Karte mir sagen wollte, und ich spürte, dass Ruby das Gleiche dachte.

Enes. Ich und Enes. Meine Gefühle und Unsicherheit. Angel und Enes' andere Frauengeschichten aus der Zeit vor mir – ein großer Graben zwischen uns und zwischen meinen Gefühlen und meinem Verstand.

Dann fasste ich mir ein Herz. »Du weißt, um wen es geht.«

»Ich kann es mir denken«, sagte sie leise und spielte mit der Karte in ihren Händen. »Darf ich dir eine Frage stellen?«, fuhr sie fort.

Ich nickte stumm.

»Diese Zweifel«, sagte sie nachdenklich, »worauf gründen sie? Was verunsichert dich so sehr und lässt dich mit angezogener Handbremse fahren, was Enes angeht?«

Ich vergrub den Kopf in meinen Händen. Und dann sprach ich zum ersten Mal aus, was ich seit meiner Ankunft im Kopf hatte, was mich immer wieder ins Wanken brachte und meine Bedürfnisse unterdrückte. »Ich habe Angst davor, mich auf etwas einzulassen, was nicht echt ist.«

»Nicht echt?«

»Nicht real, eher ein Märchen. Eine Vorstellung, eine Seifenblase, die zerplatzt, sobald ich mich darauf einlasse. Es gab bisher immer wieder Frauen in Enes' Leben, rein sexuelle Begegnungen. Er hat sie mit in den Zirkus gebracht. Angel und er ...«

Sie unterbrach mich, indem sie mir eine Hand auf die Schulter legte. »Halt!«, schnitt sie mir das Wort ab. »Jeder hat eine Vergangenheit, das war seine. Und Angel ist ein Teil davon. Aber lass dir eines gesagt sein, Rosa, und das sage ich aus tiefster Überzeugung: Ich kenne Enes. Seit du in sein Leben getreten bist, existieren für ihn keine anderen Frauen mehr. Es ist, als wäre er eine andere Persönlichkeit. Diese Gefühle sind da, sie sind echt.«

Ich sah nach unten auf meine Finger, die ich nervös knetete.

»Rosa«, sagte sie und ich hob den Blick, »wir sind alle Künstler, wir sind beim Zirkus. Stell dir vor, jemand hätte die Wahl, in der Manege zu stehen oder nur am Rand zuzuschauen. Was würde die Person wählen?«

Damit traf sie bei mir genau ins Schwarze.

Ohne eine Antwort abzuwarten, sprach sie weiter. »Du hast nichts zu verlieren. Du kannst loslassen und dich selbst glücklich machen oder weiter darauf warten, dass sich das bestätigt, wovor du Angst hast, und dadurch die Chancen des Lebens verpassen.«

Was sie sagte, traf mich direkt ins Herz.

»Da seid ihr.« Barrons Stimme ließ mich zusammenzucken. Er stand plötzlich mit Enes im Zelt. »Legst du Rosa die Karten?«

Ich sah in Enes' Augen. Sehnsucht. Leidenschaft. Alles andere verschwand aus meinen Gedanken und aus meinem Sichtfeld.

»Raus mit euch. Wir brauchen noch ein paar Minuten«, sagte Ruby streng und wedelte mit den Händen in Richtung der beiden Männer.

Während Barron um den Tisch herumging, um seine Frau zu küssen, konnte ich meinen Blick nicht von Enes abwenden. Seine Augen hielten mich fest und ließen mich nicht los, bis er das Zelt wieder verließ.

»Willst du noch die dritte Karte wissen?«, fragte Ruby und zeigte auf den Zelteingang, durch den die beiden Männer verschwunden waren.

»Machst du Witze? Auf jeden Fall!«

Sie tippte auf die bereits aufgedeckte Karte auf dem Tisch. »Das ist die Karte der Liebenden. Es müssen Entscheidungen getroffen werden, bei denen das Herz eine größere Rolle spielt als der Verstand. Sie steht für Liebe und Partnerschaft.«

Ich schüttelte lachend den Kopf. »Lass mich noch eine ziehen«, warf ich ein, während ich bereits eine weitere Karte aus dem Fächer herauszog und ihr hinlegte.

»Wie du willst«, sagte Ruby ruhig, »aber du wirst keine andere Antwort finden als die richtige.«

»Und?«, fragte ich neugierig und zog die Augenbrauen hoch.

»Der Stern«, sagte sie und warf mir die Karte triumphierend entgegen. »Wünsche werden sich erfüllen. Sie steht für Hoffnung, Erfolg und Glück.«

Ich griff nach der Karte und betrachtete sie.

»Ich denke, du hast deine Antworten gefunden, die du schon längst hattest. Wenn das Schicksal zwei Menschen zusammengeführt hat, wird es alles tun, damit sie wieder zueinanderfinden, Rosa.« Sie stand auf und löschte das Licht. »Und jetzt komm.«

Ich griff nach ihrer Hand und wir verließen das Zelt.

* * *

»So eine verfluchte Scheiße!«

Das Schimpfen drang aus dem Wohnwagen von Maisie und Alvador Rosso. Ich war gerade auf dem Weg zu ihnen, um die Tageseinnahmen der Kasse abzugeben, blieb aber draußen stehen. Obwohl die Tür offenstand, fühlte ich mich, als würde ich lauschen.

»Wieso machst du es nicht so, wie Giuliano es gemacht hat?« Hände krachten auf Holz und ich zuckte zusammen.

»Weil er nie erzählt hat, wie er es geschafft hat, den Überblick zu behalten, und wir uns nicht damit befasst haben, deswegen!« Maisies Stimme war laut und konnte ohne Probleme mit der ihres Mannes mithalten.

»Wir müssen das in den Griff bekommen, egal, wie«, entgegnete Alvador, »aber in diesem Chaos hier ist es …«

»Ich tue mein Bestes, aber ich habe noch nie Abrechnungen und Monatsabschlüsse gemacht, verdammt noch mal!«

»Hör auf, zu schreien!«

»Du schreist doch selbst!«

Dann waren Schritte zu hören und Alvador stürmte heraus. Wir stießen fast zusammen und ich hob entschuldigend die Hände mit dem Umschlag hoch. Bevor ich etwas sagen konnte, lief er vor sich hin murmelnd über den Schotterplatz zum Zirkuszelt.

Zögernd klopfte ich an der offenen Tür und trat ein.

Maisie saß hinter dem Schreibtisch, den Kopf in die Hände gestützt. Sie hob kurz den Kopf und winkte mich zu sich. »Rosa, hi.« Dann trank sie einen Schluck Wasser und setzte sich aufrecht hin. »Was gibt es?« Sie klang gestresst, müde und kraftlos.

Ich ging zögernd zu ihr hinüber und legte den Umschlag mit den Einkünften aus der Tages- und Abendkasse auf den Tisch. »Hier sind die Einnahmen von gestern. Ich habe einen

Zettel dazugelegt, damit du siehst, wie viele Karten mittags und abends verkauft wurden. Vorbestellungen habe ich separat aufgelistet, ebenso wie die Kartenkategorien. Mir ist aufgefallen, dass wir weniger Plätze in Kategorie zwei haben, als gefragt sind. Wenn wir die Plätze anpassen würden, könnten wir damit ...«

Sie lehnte sich mit verschränkten Armen und gerunzelter Stirn im Stuhl zurück und sah mich an. »Woher weißt du das alles?«, unterbrach sie mich.

Ich brauchte einen Moment, um zu verstehen, was sie meinte. »Na ja, ich habe mit meiner Schwester einen eigenen Laden geführt. Man kann die Einnahmen erhöhen, wenn man ein bisschen Recherche betreibt.«

»Recherche in einem Blumenladen?«, fragte sie interessiert.

»Ja.« Ich setzte mich auf einen der beiden leeren Stühle vor dem Schreibtisch. »An welchen Tagen und zu welchen Uhrzeiten die meisten Blumen gekauft werden und vor allem, wer die Zielgruppen an bestimmten Tagen sind. Valentinstag oder Weihnachten ... da waren sie vor allem männlich.« Ich lächelte bei dem Gedanken an all die Männer, die jährlich am vierzehnten Februar Schlange standen, um ihrer Liebsten Blumen zu kaufen. Im einzigen Blumenladen in Dingle.

»Meiner war sicherlich nicht dabei ...«, flüsterte Maisie und fuhr sich durch ihr braunes dickes Haar.

Ich musste lächeln und sagte: »Ich habe den Streit gehört.« Dann realisierte ich, dass es so wirken musste, als hätte ich die beiden belauscht. »Also … nicht absichtlich, ich ... stand vor der Tür, sie war offen.«

Sie winkte ab und wirkte nun fast entspannt. In diesem Moment fiel mir auf, was für eine hübsche Frau sich unter dem Glitzerkostüm und all dem Make-up verbarg. Maisie Rosso war eine starke Persönlichkeit. Sie leitete dieses Unternehmen an der Seite von Alvador, der oft aufbrausend und mürrisch war.

»Schon gut«, sagte sie und schenkte mir ein Glas Wasser ein, das sie zu mir hinüberschob. »Alvador kriegt sich wieder ein. Aber er hat nicht ganz unrecht.«

»Es ging um die Buchhaltung, wenn ich das richtig verstanden habe?«, fragte ich zögernd.

»Giuliano hat sich jahrelang darum gekümmert, er hat das schon bei Alvadors Eltern gemacht.«

Ich wusste, dass Giuliano kurz vor meiner Ankunft verstorben war. Er war ein fester Teil dieses Zirkus gewesen und hatte nicht in der Manege, sondern ausschließlich im Bürowagen gearbeitet. Seit seinem Tod kümmerte sich Maisie um die Buchhaltung.

»Für mich ist das Neuland. Ich bin es gewohnt, aufzutreten, im Rampenlicht zu stehen, und nicht, Ordnung in dieses Chaos von Zahlen und Rechnungen zu bringen. Ich mache es, so gut ich kann, aber sieh dir diese Flut an Briefen an.« Sie zog eine Schublade heraus und schüttete einen Haufen weißer Umschläge auf den Schreibtisch.

Ich erschrak. »Was ist das alles? Darf ich?«

Sie nickte.

Ich griff in das weiße Meer vor mir und zog einen Brief heraus. Der Umschlag war bereits geöffnet worden.

Flashback. *Ich im Bad des O'Blue – die vielen geöffneten Briefe der Tanzschulen – Eireen mit zwei Kaffeetassen im Türrahmen stehend.*

»Rechnungen, Vereinbarungen, laufende Kosten«, zählte Maisie auf.

Als ich den Mund aufriss, griff sie nach meiner Hand.

»Es ist alles gelesen, bezahlt, beantwortet«, beruhigte sie mich, »aber ich habe keinen Überblick, welche Dinge zu den laufenden Kosten gehören, welche einmalig bezahlt werden müssen, wenn wir in eine neue Stadt kommen, wie man einen professionellen Monatsabschluss macht, all das eben …« Sie legte den Kopf auf ihren Unterarmen ab.

Dann setzte sie sich wieder aufrecht hin und blickte mir in die Augen. »Ich kann mit Schlangen sprechen, Jade ist Wachs in meinen Händen, verstehst du? Ich kann Tiere bändigen, vor denen die meisten Menschen schreiend weglaufen, ich habe mich jahrelang durch die Luft über der Manege geschwungen«, flüsterte sie über den Tisch, »aber ich kann keine Büroarbeiten erledigen.«

Nach drei Sekunden Stille mussten wir beide lachen. Es war der Moment, in dem sich mein Schicksal im Zirkus änderte. Ich nahm Maisie, die starke Frau an Alvadors Seite, die hier die Zügel in der Hand hatte, als Frau mit natürlichen Schwächen wahr. Wie damals, als ich mich gegen mein bisheriges Leben und für den Zirkus entschieden hatte, nahm ich mein Schicksal selbst in die Hand und sprach es aus. Ich hatte nichts zu verlieren.

»Ich kann dir helfen, Maisie.«

Statt abzuwinken, schwieg sie und hörte mir aufmerksam zu.

»Was wir brauchen, ist ein System, eine richtige Ablage. Ordnung und Struktur. Ich könnte Monatsbücher führen, die Rechnungen nach Datum sortiert abheften. Laufende Kosten könnten wir von Einmalzahlungen trennen und für dich sichtbar machen, sodass du auf einen Blick siehst, was wann anfällt. Es dauert etwas, aber es lohnt sich und es macht auf lange Sicht vieles einfacher.«

Sie schüttelte langsam und fast unmerklich den Kopf. Ich wusste nicht, was nun folgte. Vielleicht hatte ich mich zu weit aus dem Fenster gelehnt, indem ich Maisie Rosso als Neuling im Zirkus einen Vorschlag machte, wie sie besser arbeiten könnte.

»Als Enes dich hierhergebracht hat, dachte ich, du würdest spätestens nach zwei Wochen das Handtuch werfen. Ich dachte, du wärst wie all die Frauen vor dir.«

Obwohl ich wusste, wovon sie sprach, versetzte es mir erneut einen Stich.

Enes – Frauen – ich – eine von vielen.

»Aber Enes hat recht«, murmelte sie, »du bist anders. Wir machen es so, wie du gesagt hast.«

Damit änderte sich meine Rolle im Zirkus Rosso.

* * *

Am nächsten Abend war Enes bereits im Zelt, in dem die Tiere untergebracht waren, als ich dort ankam, um sie mit frischem Futter und Wasser zu versorgen. Er kniete neben Destiny, die im Einstreu auf der Seite lag.

Ich stellte den Eimer ab und ging zu ihm hinüber. »Ist alles in Ordnung?« Der Anblick beunruhigte mich.

»Nein«, sagte er ruhig und strich Destiny über den Hals, um ihn dann sachte zu tätscheln, »sie hat eine Kolik. Es geht ihr nicht gut.«

Ich hatte viel über Pferde gelernt, seit ich beim Zirkus war, aber von einigen Dingen hatte ich trotzdem keine Ahnung. »Was bedeutet das?«, fragte ich und wollte in den Eimer greifen, um ihr die allabendlichen Möhren hinzulegen.

Enes hielt mein Handgelenk fest und hinderte mich daran. »Sie darf jetzt auf keinen Fall fressen.«

Ich nickte und stellte hastig den Eimer beiseite. »Was kann ich tun?«, fragte ich und krempelte meine Blusenärmel nach oben. Ich war bereit, alles zu machen, damit es ihr besser ging. Sie bedeutete mir viel, und sie so zu sehen, brach mir das Herz. Enes zu sehen, wie er neben dem Pferd kniete, das er selbst aufgezogen hatte und täglich pflegte, schmerzte mich noch mehr.

»Geh zu Alvador und Maisie. Sie sollen den örtlichen Tierarzt holen. Sag ihnen, es ist eine Kolik.«

Als ich wartend neben ihm stand, immer noch bereit, Infos oder Anweisungen zu erhalten, wurde er nervös und ungeduldig. »Geh!«, rief er und machte eine ausladende Bewegung zum Schotterplatz hinter dem Zelt, wo die Wohnwagen standen.

Ich konnte die Panik in seiner Stimme hören und rannte zum Wohnwagen des Ehepaares Rosso.

»Ich bin mir relativ sicher, dass sie eine Krampfkolik hat. Ich spritze ihr etwas, das sie entspannt und die Krämpfe löst. Es sollte ihr schnell besser gehen.«

Doktor Mossland zog eine klare Flüssigkeit aus einer kleinen Glasampulle in eine Spritze auf und verabreichte sie Destiny. Sie schnaubte und trat mit einem Huf aus.

»Ruhig, sch!«, sprach Enes besänftigend auf sie ein und fuhr ihr mit der Hand durch die Mähne.

Ich streichelte vorsichtig ihren Kopf und war fasziniert davon, mit welchem Blick sie den Mann ansah, der sich so aufopfernd um sie kümmerte.

Während der Tierarzt alles zurück in den Koffer packte, erklärte er, was nun wichtig war. »Sie sollte die nächsten vierundzwanzig Stunden nichts fressen. Wasser nur in Maßen anbieten, sie darf nicht zu viel oder zu hastig trinken. Keine Auftritte oder Anstrengungen in den nächsten zwei bis drei Tagen. Aber Bewegung ist wichtig. Sollte sich ihr Zustand verschlechtern, rufen Sie mich. Wenn es diese Nacht ruhig bleibt, hat sie es überstanden.«

Enes erhob sich und klopfte sich das Heu von der Hose. »Ich bringe Doktor Mossland noch zum Auto. Bleibst du bei ihr, bis ich wieder da bin?«

»Natürlich«, versicherte ich ihm und strich Destiny über den Rücken.

Ich sah den beiden nach, als sie das Zelt verließen, und konnte sie draußen am Jeep noch miteinander sprechen hören. Unter meinen Händen spürte ich, dass sich Destinys Atmung und ihr Herzschlag bereits beruhigt hatten. Das war ein gutes Zeichen, trotzdem hatte mir die Aussage, dass es gelte, die anstehende Nacht abzuwarten, Angst gemacht. Ich wusste nichts über Koliken, erst durch Doktor Mosslands Erklärungen verstand ich, dass sie für Pferde sehr gefährlich sein konnten und manchmal sogar tödlich endeten.

Als Enes zurückkam, musste ich unwillkürlich gähnen. Es war spät geworden und ich war erschöpft. Wir hatten beide noch nichts gegessen, da wir seit zwei Stunden im Stall waren.

Er ließ sich neben mir im Heu nieder. »Geh ruhig in den Wohnwagen und leg dich schlafen. Du kannst von innen abschließen. Ich werde die Nacht hierbleiben.«

Ich war von einem auf den anderen Moment hellwach. »Bist du dir sicher?«

»Ich kann ohnehin nicht schlafen«, erklärte er und machte es sich bequem. »Ich habe sie mit der Flasche großgezogen, sie ist ein einsamer Wolf wie ich. Ich bleibe bei ihr.«

Kurzes Schweigen zwischen uns.

»Okay, dann ...«, flüsterte ich und tätschelte ein letztes Mal Destinys Seite, bevor ich rückwärts gehend das Zelt verließ. »Gute Nacht.«

Im Wohnwagen angekommen verschloss ich die Tür und lehnte mich kurz mit dem Rücken an die Wand, um durchzuatmen. Ich war kein gläubiger Mensch, aber in diesem Moment hatte ich das Bedürfnis, ein Stoßgebet gen Himmel zu schicken.

»Bitte ...«, flüsterte ich und vollendete den Satz in Gedanken – *hilf Destiny.*

Dann ging ich ins Badezimmer und putzte mir die Zähne. Als ich den Blick hob und mein Spiegelbild betrachtete, hielt ich inne. Ich brauchte einige Sekunden, bis es mir wie Schuppen von den Augen fiel.

»Was tue ich hier überhaupt?«, flüsterte ich.

Ich verstaute meine Zahnbürste im Spiegelschrank und tat das einzig Richtige.

Beladen mit einem Korb, in dem sich eine Kanne Eistee, Sandwiches, einige Kerzen in Gläsern und eine Decke befanden, machte ich mich auf den Weg zurück zum Zelt, in dem die Pferde untergebracht waren. Noch bevor ich den Eingang erreichte, kam mir mit schnellen Schritten Angel entgegen. Sie rauschte an mir vorbei, ihr langes Haar flatterte im Wind hinter ihr her, ihre festen Schritte lösten ein knirschendes Geräusch auf dem Schotter aus. Ich blieb stehen und drehte mich nach ihr um. Obwohl wir alles andere als ein gutes oder gar freundschaftliches Verhältnis zueinander hatten, wollte ich sie fragen, ob alles in Ordnung war. Aber dazu kam es nicht.

Sie blieb abrupt stehen, hielt kurz inne und drehte sich dann wutentbrannt zu mir um. Dann kam sie so nah an mich heran, dass ich ihren Pfefferminzatem riechen konnte.

»Spar dir dieses Nette-Mädchen-Getue, Rosa.« Sie sprach meinen Namen langsam, leise und angewidert aus, als wäre er eine ansteckende Krankheit.

Ich runzelte die Stirn und war im Begriff, sie zu fragen, was sie damit meinte, aber es sprudelte nur so aus ihr heraus. Ich kam nicht zu Wort.

»Du zierst dich seit Wochen und mimst die Unnahbare, und jetzt arrangierst du dieses ... Stelldichein im Stall.« Sie zeigte abfällig auf den Korb an meinem Unterarm. »Aber das kannst du dir sparen. Er will allein sein. Allein mit diesem Gaul.«

Ich öffnete den Mund, schloss ihn jedoch wieder. Ich wusste intuitiv, dass es keinen Zweck hatte.

»Du denkst wohl, du bist was Besonderes«, sagte sie und betrachtete mich abfällig, »aber du bist nur eine von vielen.« Dann rauschte sie an mir vorbei und ließ mich stehen.

Ich blickte auf den Inhalt des Korbs und kam mir dämlich vor. Ich würde Enes den Korb vorbeibringen und wieder zurückgehen.

Als ich das Zelt betrat, legte er gerade behutsam eine Pferdedecke über Destiny.

»Ist ihr darunter nicht zu warm? Es ist immerhin Sommer. Nicht, dass sie zu sehr schwitzt«, äußerte ich meine Bedenken und stellte meinen Korb ab, um ihm zu helfen.

Er sah mich verwundert an, ehe er antwortete. »Nein, das ist eine Art Schwitzdecke. Durch die Schmerzen hat sie sich so erhitzt, dass sie sich leicht erkältet.« Sein Blick fiel auf den Korb. Bevor er fragen konnte, erklärte ich mich.

»Oh, ich ... habe dir Eistee und etwas Kleines zum Essen gemacht. Du bist schon seit Stunden hier und ... ich dachte, du könntest einen Bissen vertragen.«

Er griff nach den beiden Gläsern im Korb und hielt sie mir hin. »Für mich allein?«

Ich gab mich geschlagen. »Eigentlich war es für uns beide«, gab ich zu und schaute betreten zu Boden. »Als ich zurück im Wohnwagen war, fühlte es sich ... falsch an. Ich hatte das Bedürfnis, bei dir und Destiny zu sein.«

Er sah mich schweigend an. Es war diese Tiefe in seinen Augen, die mich wieder zum Schmelzen brachte, bei der ich mich auf meine Knie konzentrieren musste, damit sie nicht nachgaben.

»Aber ich verstehe es, wenn du allein mit ihr sein willst. Sie soll sich beruhigen und entspannen. Das kann sie am besten mit dir.« Ich hob leicht die Hand und verabschiedete mich.

Aber als ich am Zeltausgang angekommen war, rief er: »Rosa!«

Mein Name. Wie Honig auf seinen Lippen. Ich drehte mich um und sah ihn an.

»Bitte bleib. Also bleib, wenn du möchtest.«

Ich lächelte ihn an und nickte. »Das würde ich sehr gern.«

»Erzähl mir von früher.«

Enes sah mich stumm an. Wir saßen im Stroh auf der Decke, die ich mitgebracht hatte, neben uns lag Destiny und atmete ruhig. Da ihr die Medikamente zu helfen schienen, war auch Enes entspannter, und ich konnte einen Schritt wagen. Einen Schritt in die Vergangenheit, um zu erfahren, wer Enes Payne gewesen war, bevor ich ihn kennengelernt hatte.

Er nahm einen Schluck von seinem Eistee und blickte dann hinunter in sein Glas. »Was möchtest du wissen?«

»Wer du wirklich bist«, flüsterte ich und drehte mich zu ihm.

Nach kurzem Schweigen legte er sich zurück und machte es sich bequem. »Okay«, sagte er und sah zur Zeltdecke.

Und dann erzählte er mir von seiner Vergangenheit, erzählte seine Geschichte. Er war der Sohn eines Schausteller-Ehepaares, das Ponyreiten auf dem Rummel betrieben hatte. Er war von klein auf an das Reisen gewöhnt, sodass der Anschluss an einen Zirkus keine große Veränderung für ihn gewesen war. Um mehr Sicherheit zu bekommen und intensiver mit den Pferden arbeiten zu können, schlossen sich die Paynes dem Zirkus Rosso an. Enes war hier aufgewachsen. Er arbeitete gemeinsam mit seinem Vater mit den Pferden und studierte Nummern mit ihnen ein.

»Es war eine unbeschreibliche Zeit, ich denke gern daran zurück, auch wenn sie längst verblasst ist. Die Bilder sind noch da.« Enes sah immer noch zur Decke und ich merkte, dass er ebendiesen verblassten Bildern vor seinem inneren Auge Leben einhauchte.

»Was ist passiert?«, flüsterte ich und studierte seine Gesichtszüge.

Der Geruch von Tabak und Minze wurde durch eine seiner Bewegungen zu mir herübergetragen und ließ mich kurz die Augen schließen. Ich hatte fast das Gefühl, ihn schmecken zu können.

Er spielte nachdenklich mit zwei Strohhalmen. »Mein Vater lernte eines Tages eine Frau kennen und ... war von heute auf morgen aus meinem Leben verschwunden. Aus unserem.«

Ich stützte meinen Kopf in eine Hand. »Wie alt warst du damals?«

Er zuckte kurz mit den Schultern. »Siebzehn, schätze ich.«

»Und deine Mom?«

»Sie war eine echte Mom«, sagte er und lächelte. »Sie war für mich da und hat für mich gesorgt, bis sie es nicht mehr konnte und wir die Rollen getauscht haben. Dann habe ich mich um sie gekümmert.«

Ich fragte nicht nach. Ich wusste, dass dieses Gespräch alte Wunden aufriss, die brannten.

Enes sprach weiter und ließ mich teilhaben. »Krebs. Gehirntumor. Sie haben operiert, bestrahlt. Aber am Ende kam es, wie es kommen musste. Ich habe es von Anfang an gewusst, habe mich aber lange Zeit selbst belogen. Mich und meine Mutter. Um ihr Mut zu machen und um mir das Gefühl zu geben, sie sei immer noch hier.« Er schwieg kurz und trank einen Schluck. »Das muss sich alles verschroben anhören.«

Ich setzte mich auf und schüttelte energisch den Kopf. »Nein, nicht für mich. Daisy ist an Krebs gestorben. Eireen und ich haben sie bis zum Schluss gepflegt. Ich fühle, was du sagst«, antwortete ich leise, »ich fühle, was du fühlst, Enes. Jedes Mal, wenn ich Flieder rieche, ihre Lieblingspflanze, treibt es mir Tränen in die Augen. Verstehst du?« Schnell wischte ich mir mit dem Handrücken aufkommende Tränen aus den Augenwinkeln.

»Mehr, als du denkst«, flüsterte er und starrte geradeaus ins Stroh. »So geht es mir, wenn ich Spaghetti alla Puttanesca esse. Jedes einzelne Mal.«

Er hielt kurz inne, als kostete es ihn Kraft, darüber zu sprechen.

»Meine Mutter machte die Spaghetti alla Puttanesca – wörtlich übersetzt Spaghetti nach Hurenart – im ursprünglichen Sinne. Es wurden einfach alle Reste darin verarbeitet. Wir lebten nie im Überfluss, aber es gab Zeiten, da hatten wir wirklich wenig, weißt du?«

Dann trafen sich unsere Blicke und ich sah diese Sehnsucht in seinem Blick. Sie war so stark, dass ich den Blick abwenden musste.

»Was vermisst du am meisten?«

»Aus der Zeit davor?« Es war seltsam, dass sich mein Leben in zwei große Abschnitte teilte: das Leben vor und das mit dem Zirkus. Ich schnaubte und starrte vor mich hin. »Ich vermisse Eireen, auch wenn es mich sehr verletzt, was sie getan hat. Dass sie mir diese Chance genommen hat auf ein Leben, das ich mir gewünscht habe. Aber sie ist und bleibt meine Zwillingsschwester. Zwillinge kann man nicht so einfach trennen. Uns verbindet etwas ganz Tiefes.«

Er nickte.

»Das Ballett fehlt mir auch, die Ballettstunden in der Tanzschule, an Ballettstangen zu tanzen, Ballettschuhe zu tragen und Figuren einzuüben. Es war ein fester Teil meines Lebens. Es hat mich ausgemacht. Verstehst du?«

»Natürlich«, sagte er.

Ich stützte mich mit einer Hand auf dem Boden ab. Erschrocken spürte ich, wie seine Finger meine Kuppen berührten. Als wäre es etwas Verbotenes, zog ich die Hand zurück.

Und als wollte mein Verstand meinem Herzen eins auswischen, stellte ich eine Frage, die meine Zuneigung und meine Gefühle für Enes in Sekundenschnelle wieder in den Boden stampfte. »Was war mit den Frauen vor mir?«

»Du willst es hören?«, fragte er und stellte sein Glas ab. »Ich soll das aussprechen, was du längst ahnst oder bereits von anderen gehört hast?«

Ich nickte stumm, nicht sicher, ob ich meine Frage bereute.

»Okay, dann erzähle ich es dir«, sagte Enes und sah mich direkt an, während er mir die schonungslose Wahrheit präsentierte. »Wo auch immer wir waren, gab es meistens eine Frau. Ich habe sie in den Städten getroffen oder sie haben den Zirkus besucht. Ich habe ihnen alles gezeigt und sie mit in den Wohnwagen genommen. Ich hatte Sex mit ihnen und habe sie nie wiedergesehen. Ich war immer ehrlich und habe niemandem etwas vorgespielt oder gelogen.«

Er redete sich in Rage, ich konnte es an seinem Gesicht erkennen. »Vorher war ich einsam und habe versucht diese Lücke zu …« Er stockte.

»Sie zu füllen?«, half ich ihm.

Enes nickte.

»Vor was?«

Er runzelte die Stirn. »Was meinst du?«

»Du sagtest gerade, dass du *vorher* versucht hast, diese Lücke zu füllen.«

Das Schweigen zwischen uns war so laut, so präsent, dass sich Aufregung in mir breitmachte. So stark, dass mein Herz wild zu pochen begann und meine Hände schwitzig wurden.

»Du weißt, was ich damit meine.« Seine Stimme war ein Flüstern und das Bild des flüssigen Honigs füllte wieder meine Gedanken.

»Du hast mir den Wohnwagen damals nicht gezeigt«, sagte ich vorsichtig. Ich war fast schon verletzt deswegen. Wenn ich daran zurückdachte, wie sehr ich mir einen Kuss zum Abschied gewünscht hatte, als Enes mich zum Taxi brachte …

»Dafür war es zu besonders.«

»Um mir den Wohnwagen zu zeigen, in dem wir nun beide leben?« Ich musste lachen.

»Nein.« Seine Antwort war wie ein Messer, das zwischen uns niedersauste. »Du warst für mich von Anfang an keine dieser Frauen. Ich habe es gefühlt, als ich dich im Laden gesehen habe. Ich habe es gefühlt, als ich dich auf Destiny durch die leere Manege geführt habe. Du hast diesen Wohnwagen für mich zu einem Zuhause gemacht, obwohl wir dort nur als Freunde nebeneinander her leben. Erst seit du hier bist, habe ich das Gefühl, angekommen zu sein. Ich wünschte, du könntest sehen, was ich sehe, und mir glauben, dass ich so fühle.«

Unsere Blicke wurden von Destiny getrennt, die laut schnaubte und sich mit einem Ruck auf die Beine kämpfte. Ich war dankbar, ihm in diesem Moment nicht antworten zu müssen, weil mich seine Worte sprachlos machten.

»Sieht aus, als ginge es ihr tatsächlich besser«, sagte er erleichtert und klopfte ihr leicht auf die Seite.

»Ja, scheint so«, flüsterte ich nachdenklich und sah Enes über den Pferderücken hinweg mit ganz anderen Augen.

* * *

Als ich wach wurde, durchfuhr ein ziehender Schmerz meinen unteren Rücken. Die weiche Polsterung des Einstreu hatte mit der Zeit und unter dem Gewicht unserer Körper nachgelassen und ich spürte sofort, dass ich fast auf dem blanken Boden genächtigt hatte. Ich kämpfte mich in eine halb sitzende Position hoch und bemerkte, dass ich mit meinem Kopf in Enes' Arm gelegen hatte, der noch mit geschlossenen Augen dalag und schlummerte.

Ich stand auf und streckte mich mit schmerzverzerrtem Gesicht. Destiny stand zwei Meter von uns entfernt und scharrte mit den Vorderhufen auf dem Boden.

»Hey, du Hübsche«, begrüßte ich sie und ging zu ihr, um sie zu streicheln. »Du hast Hunger, was? Aber du darfst erst heute Abend etwas fressen. Vielleicht hilft dir ein Schluck frisches Wasser. Ich hole dir einen neuen Eimer.«

Als ich damit ins Zelt zurückkam, stand Enes neben seinem Pferd und befühlte ihre Flanken.

»Guten Morgen«, sagte ich und stellte den Eimer an Destinys Kopf ab. »Ich dachte, ein Schluck frisches Wasser wird ihr guttun. Ein wenig darf sie doch trinken, oder?«

Enes nickte. »Guten Morgen«, erwiderte er und lächelte.

Wir standen einen Moment schweigend beieinander. Ich hatte das Gefühl, das Gespräch der letzten Nacht hatte etwas zwischen uns verändert. Der Fluss der Veränderung brachte Menschen dazu, einen undurchdringbaren Staudamm oder aber ein nützliches Mühlrad zu errichten. Daran musste ich denken, als ich über Destinys Rücken strich und sich unsere Fingerspitzen wieder berührten.

Diesmal zog ich meine Hand nicht weg.

* * *

Drei Tage später sollte sich das Mühlrad, das ich angefangen hatte, zu errichten, in Bewegung setzen. Wir saßen spätabends auf dem Schotterplatz vor den Wohnwagen an einem Lagerfeuer. Es war der letzte Abend in Drogheda, morgen sollte der Zirkus weiterziehen und mit dem Schiff nach England übersiedeln. Der Gedanke, Irland zu verlassen, löste gemischte Gefühle in mir aus. Ich hatte die Landesgrenzen noch nie verlassen, fühlte mich aber mehr und mehr bereit für das Abenteuer, in dem ich mich bereits befand.

Ich röstete mit Ruby Marshmallows auf Stöcken. Als ich von den Flammen aufschaute, sah ich Angel, die mir auf der anderen Seite des Feuers gegenübersaß. Ihr Gesicht wirkte durch die Schattierungen der heißen Flammen paradoxerweise noch kälter und ihr Blick noch starrer.

»Wenn Blicke töten könnten, was?«, witzelte Ruby und zupfte pustend kleine Teile des angekokelten weißen Bällchens ab, um sie in den Mund zu stecken.

Ich sah sie von der Seite an. »Ich habe ihr nichts getan«, flüsterte ich ihr zu.

»Du nicht«, flüsterte sie zurück, »aber sie sieht in dir den Grund, weshalb Enes sich nicht für sie interessiert. Sie denkt, dass sie eine reale Chance bei ihm gehabt hätte, wenn du nicht aufgetaucht wärst.«

Ich beäugte Angel aufmerksam. Sie war das komplette Gegenteil von mir: Während ich klein und zierlich war und dickes blondes Haar hatte, war sie die große Amazone mit dunklem Haar, das ihr glatt über den Rücken fiel und bis zu ihren Hüften reichte. Sie war stets freizügig gekleidet und trank gern und nicht wenig Alkohol. Mein Kleidungsstil war eher hochgeschlossen, und ich trank zwar gern ein Bier oder ein Glas Wein, aber mehr aus Genuss als aus Gewöhnung. Angel war eine Erscheinung, eine attraktive Frau, die genau wusste, welche Knöpfe sie drücken musste, um Aufmerksamkeit und Zuneigung zu bekommen. Ich hingegen kam mir oft unbeholfen vor. Ich konnte verstehen, dass sie Eindruck auf Männer machte. Vielleicht war das und ihre angriffslustige direkte Art der Grund dafür, dass sie mich mit ihrer bloßen Anwesenheit und ihren Blicken verunsicherte.

Um mich zu beschäftigten, stocherte ich mit dem mittlerweile leeren Stock in der Erde herum. »Und, hat sie damit recht?« Ich versuchte, die Frage so beiläufig wie möglich zu stellen, aber Ruby kannte mich mittlerweile so gut, dass sie wusste, wie ernst und wichtig mir das war.

»Rosa …« Sie wischte ihre klebrigen Hände an den Shorts ab und faltete die Hände wie zum Gebet. »Das mit Enes und Angel war schon vorbei, als du hierherkamst, und sie wusste das. Sie war eine von vielen, aber eben die Einzige, die am selben Ort lebt. Er konnte ihr also gar nicht so aus dem Weg gehen wie den anderen davor. Es wurmt sie ungemein, dass er dir so den Hof macht und … richtige Gefühle für dich entwickelt hat.«

Wir sahen uns an und ich musste lächeln, obwohl ich versuchte, es zu unterdrücken. Mein Mund öffnete sich und ich biss mir leicht auf die Unterlippe.

»Oh, dieser Gesichtsausdruck ist neu«, stichelte sie und legte den Arm um meine Schultern, um mich zu ihr herüberzuziehen. »Gibt es da etwas, was du mir erzählen möchtest?«

Wir lachten beide und ich sah ihr in die Augen.

»Sag nichts«, flüsterte sie, »ich kann es fühlen. Und die Karten wussten es schon längst. Lass los, Rosa. Lass los und werde glücklich.«

Ich umarmte Ruby und drückte sie an mich. Eine stumme Hommage an unsere Freundschaft und ein Ausdruck meiner Dankbarkeit, hier eine Seelenverwandte gefunden zu haben.

»Aber ich bin mir sicher, dass sie keine Möglichkeit auslassen wird, das alles zu ignorieren und zu versuchen, dich zu verdrängen. Pass bitte auf. Sie ist verrückt«, flüsterte sie mir ins Ohr.

Über ihre Schulter sah ich zu Angel, die ihren Blick immer noch auf mich geheftet hielt. Der Stock in ihrer Hand krachte, dann warf sie beide Hälften ins Feuer und verließ ihren Platz.

»Wo sind Enes und Barron überhaupt?«, fragte ich und blickte mich suchend um. Ich hatte Enes zuletzt gesehen, als wir uns am Feuer niedergelassen hatten.

Ruby zuckte mit den Achseln. »Geheime Aktion. Ich habe keine Ahnung, und ehrlich gesagt genieße ich die Ruhe.«

Wir lachten und spießten weitere Marshmallows auf unsere Stöcke.

»Hey.« Enes kniete sich neben meinen Stuhl und lächelte mich an.

»Hey«, antwortete ich und bot ihm einen Marshmallow an, den ich gerade geröstet hatte.

Er schüttelte den Kopf. »Ich habe eine kleine Überraschung für dich.«

»Für mich?«

»Für wen sonst? Du müsstest mitkommen, ich muss es dir zeigen.« Er stand auf und hielt mir einladend die Hand entgegen, die ich zögernd betrachtete. Offenbar verunsichert zog er sie wieder zurück.

Ich stand auf und griff entschlossen nach seinen Fingern. »Dann lass uns gehen«, antwortete ich.

Enes lächelte. Er führte mich über den Schotterplatz zum Hauptzelt, wo sich die Manege befand. Am Eingang stellte er sich vor mich, sodass er mir den Weg und die Sicht nach innen versperrte.

»In der Nacht, die wir im Stall verbracht haben, hast du gesagt, dass du das Ballett vermisst. Ich kann dir keine Tanzschule und kein Ballettstudio bieten, keine professionelle Ausstattung, aber ich habe versucht, dir ein Stück deiner Welt hierherzuholen, in dein neues Leben.«

Er trat beiseite und führte mich an der Hand ins Innere der Manege. Dort stand eine Art hüfthoher Holzbarren. Am vorderen Ende war etwas festgebunden, das lose in der Luft baumelte.

»Deine Ballettschuhe waren in der Tasche, die gestohlen wurde. Ich dachte, neue Schuhe sind wichtig, wenn man neue Wege beschreitet …«

Ich löste mich von seiner Hand und ging mit offenem Mund auf den Barren zu, befühlte die Holzoberfläche, lief darum herum und drehte mich, um ihn von allen Seiten begutachten zu können. »Was ... ist das?«, fragte ich paralysiert, obwohl ich es mir denken konnte.

»Ich habe dir eine Ballettstange nachgebaut, die man einfach aufstellen kann, wenn du üben möchtest. Man kann sie zusammenklappen und ganz leicht verstauen. Sie reist also mit uns mit.« Er demonstrierte mir, was er damit meinte.

Ich konnte nicht fassen, was er für mich getan hatte. Mir schossen Tränen in die Augen, die mir die Sicht nahmen.

»Das hast du alles nur für mich getan? Nur weil ich es vermisse?«

»Ich wollte mich bei dir bedanken. Dass du die Nacht bei Destiny und bei mir geblieben bist. Das ist nicht selbstverständlich. Ich wollte dir etwas schenken, das etwas bedeutet. Etwas, das dir wichtig ist.«

Ich war sprachlos und hielt mir die Hände vor den Mund.

»Probier's aus!«, sagte er. Dann blickte er nach oben und pfiff.

Plötzlich ertönten Fidel- und Flötentöne aus den Musikboxen und ich spürte, dass ich die Tränen nicht länger aufhalten konnte.

»Das ist irisch«, flüsterte ich.

»Ich weiß, dass du Irland liebst«, antwortete er. »Wer tanzt sonst Ballett zu irischer Musik? Und jetzt probier es aus.« Er wirkte aufgeregt wie ein kleines Kind.

Ich war total ergriffen von dem, was Enes Payne für mich getan hatte. Und trotzdem juckte es mich in den Fingern, das zu tun, was mir so sehr gefehlt hatte. Meine Finger umfassten das Holz, ich schloss die Augen und richtete mich auf.

Es war ein Automatismus des Herzens. Ich tat, was es wollte.

Tanzen.

Es war spät, als ich an diesem Abend mit Enes in den Wohnwagen zurückkehrte. Nach der Premiere an meiner eigenen Ballettstange, die er mir mit Barron gefertigt hatte, hatte ich beim Zusammenräumen für die Weiterfahrt am nächsten Tag geholfen. Erst nach Mitternacht lief ich neben ihm mit den neuen Ballettschuhen in den Händen über den Schotterplatz.

»Das, was du da für mich getan hast, hat noch nie jemand für mich getan«, sagte ich leise und betrachtete die rosafarbenen Schuhe.

Er sah mich an. »Das, was du da für mich getan hast, hat noch nie jemand für mich getan«, wiederholte er und spielte damit auf die Nacht im Stall an.

Er öffnete die Tür des Wohnwagens und ließ mich vor ihm eintreten. »Eigentlich müsste ich mich bei dir für viel mehr bedanken als für die Nacht mit Destiny«, sagte er und bückte sich, um die Schuhe auszuziehen.

Ich sah nach unten und hatte das Gefühl, ihn durch andere Augen zu sehen. Das Geschenk, das er mir heute Abend gemacht hatte, zeigte nicht nur, wie er für mich fühlte und was er bereit war, für mich zu tun, sondern auch, was er für ein Mensch war. Ich fühlte mich dumm und kindisch, wenn ich daran dachte, wie ich in den letzten Wochen gehandelt hatte, und wollte mich am liebsten selbst ohrfeigen, dass ich diese Zeit so vergeudet hatte. Mit Grübeleien darüber, was vor mir passiert war und welche Rolle eine andere Frau für ihn gespielt haben könnte.

Er blickte vom Boden zu mir auf, mit einem Knie auf den Holzdielen. »Du hast diesen Wohnwagen für mich zu einem Heim gemacht, in das ich täglich gern zurückkomme. Vor allem, weil ich es liebe, dich um mich zu haben. Vorher war das für mich nur ein Ort, an dem ich geschlafen habe. Jetzt ist es …« Er brach ab und sah mir in die Augen. Sprachlos.

Ich legte beide Hände an seine Wangen.

Es war wie ein Impuls für ihn. Er lehnte seine Stirn an meinen Bauch und verharrte.

So verweilten wir eine Weile und ich erstickte den letzten meiner Hilferufe, wie ich Enes Payne gegenüber standhaft bleiben sollte.

Er legte die Hände an meine Hüften und sog meinen Geruch tief ein, inhalierte ihn regelrecht. »Tut mir leid«, flüsterte er.

Und das war der Moment. Der Moment, in dem ich eine Entscheidung traf. Ich zog ihn nach oben und ging einen Schritt auf ihn zu, unsere Gesichter nur Millimeter voneinander entfernt.

»Was tust du da?«, fragte er flüsternd.

Meine Nasenspitze berührte seine, ich schloss die Augen und ließ mich treiben.

Als meine Lippen seine berührten, beschleunigte sich sein Atem.

»Warte«, keuchte er und löste sich von mir, um mich anzusehen. »Wenn du das tust, dann will ich, dass du dir absolut sicher bist, verstehst du? Es gibt kein Zurück mehr. Entweder wir finden uns jetzt in diesem Moment oder wir verlieren uns.«

Ich schaute ihm tief in die Augen.

»Rosa«, flüsterte er, als erwartete er eine Antwort.

Ich antwortete nicht. Stattdessen zog ich ihn zu mir und küsste ihn. Ich küsste Enes Payne in den frühen Morgenstunden im August in unserem Wohnwagen. Zwischen Küchenzeile und Esstisch. Dort, wo er jede Nacht seit meiner Ankunft sein Lager aufschlug, um mir Raum und Zeit zu geben.

Ich brauchte keine Zeit mehr. Ich brauchte seine Nähe. Seinen Geruch, seine Hände und Lippen. Ich drückte meine Hände gegen seine Brust und führte ihn rückwärts in den hinteren Teil des Wohnwagens, wo er gegen das Bett stieß und sich dort hinsetzte. Während ich ihn anblickte, zog ich meine Shorts aus, setzte mich auf ihn und bedeckte seinen Hals mit Küssen.

»Rosa.« Es klang wie eine Ermahnung.

»Wir haben uns bereits gefunden, aber ich habe es nicht erkannt. Verzeih mir.«

Weitere Küsse auf Enes' Hals, Schlüsselbein, Kinn, Mund. Dann sah ich in seine Augen und flocht meine Finger in seine. »Wir werden uns nie mehr verlieren. Das schwöre ich dir.«

Und dann legte er alle Vernunft, alle Zweifel und Angst ab.

Diese Nacht war der Beginn einer einzigartigen Geschichte, die an Märchen glauben ließ.

* * *

In den frühen Morgenstunden lagen wir Arm in Arm in weiße Laken gehüllt unter der geöffneten Dachluke. Ich zeichnete gedankenverloren mit dem Finger kleine Kreise auf seine Brust. Meine Haut klebte an seiner. Es war heiß und die Nächte brachten keine Abkühlung.

»Als mein Vater damals von der Bildfläche verschwunden ist, hat meine Mutter gelitten wie ein Hund. Ich hatte mir geschworen, nie eine Frau so an mich heranzulassen, dass es mir schwerfallen würde, sie aufzugeben.«

Ich hatte Angst, etwas zu sagen, weil ich ihn nicht unterbrechen wollte. Ich wollte hören, was er zu sagen hatte und was tief in ihm begraben schien.

»Dann traf ich dich und alles fühlte sich anders an.«

Ich küsste seine Brust und fuhr mit der rechten Hand zu seinem Hals. »Ich habe lange gebraucht, um zu verstehen, was das zwischen uns ist. Ich werde mich nie wieder verlieren, uns nie wieder verlieren. Das verspreche ich dir, Enes.«

Plötzlich setzte er sich ruckartig auf und blickte auf mich herab. »Heirate mich.«

»Was?!«

»Heirate mich, Rosa.«

»Du bist verrückt.« Ich setzte mich ebenfalls auf und suchte in seinem Blick eine Erklärung für sein Hirngespinst. Bis ich merkte, dass er keine Witze machte.

»Ich meine es ernst. Du bist die Frau, die ich will. Nie war ich mir einer Sache so sicher. Ich bin vielleicht berauscht von den letzten Stunden«, er lachte kurz hysterisch auf, »aber ich weiß, was ich fühle.« Er sah mich an und nahm meine Hand, die er zum Mund führte und mit geschlossenen Augen küsste. »Ich liebe dich, Rosa O'Malley.«

Mein altes Ich schüttelte energisch den Kopf, geleitet von Vernunft und falschen Vorstellungen vom Glück. Mein neues Ich warf die Arme um Enes und schrie ihm die Antwort entgegen.

»Ja! Ja, ich heirate dich!«

Kapitel 11

Bournemouth, England, 2018

Wir waren mittlerweile in Bournemouth angekommen, und gerade hier an der Küste musste ich mehr und mehr an Irland denken. Eireens Erzählungen über das *Mighty Elm* holten mich immer öfter ein und stimmten mich – gepaart mit dem Anblick eines müden Bip Bello, der mehr Schlaf, mehr Ruhe und auch mehr Medikamente brauchte als noch vor einigen Jahren – nachdenklich.

»Was hast du, *mo cuishle*?«

Enes und ich liefen vom Kassenhäuschen zurück über den Schotterplatz. Ich war nach der Vorstellung noch einmal zurückgegangen, um die Einnahmen zu holen und sie ins Büro zu bringen.

»Nichts«, antwortete ich.

Es fühlte sich seltsam an, Enes nicht die Wahrheit zu sagen. Und ich wusste, dass es zwecklos war. Er kannte mich so gut wie niemand sonst.

»Wieso sagst du mir nicht, was dich bedrückt? Ich sehe, dass dich seit Längerem etwas beschäftigt. Ich dachte, wenn ich dir Zeit gebe, sagst du es mir irgendwann.« Er griff nach meiner Hand und streichelte mit dem Daumen meinen Handrücken.

In unserem Wagen befreite ich mich von Jacke und Schal. Der Herbst war eingezogen und in Küstenregionen war es immer kälter und windiger als im Landesinneren. Auch das erinnerte mich an Dingle und ließ mich in Erinnerungen schwelgen.

»Ich schätze, ich vermisse Irland.«

»Wirklich?«

Ich nickte und bereitete zwei Tassen Tee zu, während er mir über den Rücken strich. »Du hast schon lange nicht mehr über Irland gesprochen.«

Wir setzten uns einander gegenüber auf die Eckbank.

»Das heißt nicht, dass ich nicht daran gedacht habe. Man bleibt Irin im Herzen, verstehst du?«

Er lachte leise auf. »Das sagt womöglich jeder über seine Herkunft.«

»Mag sein. Aber nirgends sind die Hügel so grün wie in Irland. Je älter ich werde, desto mehr denke ich darüber nach, einmal zurückzukehren.«

»Was hat Eireen erzählt?« Er wusste direkt, dass das Telefonat mit meinen Gedanken zusammenhing.

Ich trank von meinem Tee und rührte gedankenverloren in der Tasse. Und dann sprach ich es einfach aus. »Mos Sohn hat die Zimmer über dem *Mighty Elm* zu Wohnungen umbauen lassen. Er will sie fest vermieten.«

Enes sah mich an. »Wow, das klingt ...« Er wirkte irritiert, weil er nicht verstand, was die Wohnungen im *Mighty Elm* mit meinen Gedanken zu tun hatten.

Ich nickte stumm.

»Wir können darüber nachdenken, die Zelte für eine Zeit in Irland aufzuschlagen und England zu verlassen. Du könntest alte Orte und Freunde sehen. Eireen treffen, den neuen Blumenladen.«

Ich fasste mir ein Herz und sprach das aus, was mich wirklich beschäftigte: »Ich möchte nicht nach Irland reisen. Ich habe darüber nachgedacht, wie es wäre, wenn wir beide ...«, ich brach ab und atmete tief durch, »... uns zur Ruhe setzen.«

Enes sah mich stumm an. Er verzog keine Miene und sprach nicht. Ich hörte nur seinen regelmäßigen Atem und das Ticken der Wanduhr hinter uns.

»Zur Ruhe setzen?«, wiederholte er, als würde er meine Worte nicht begreifen.

Ich holte mit meinen Erklärungen weiter aus. »Hier verändert sich gerade alles. Rudolfo ist nicht mehr er selbst, Gino führt den Zirkus an seiner Stelle, hat aber keine Ahnung von all den Verpflichtungen und Regelungen, die er einhalten muss. Er kennt nur das Leben in der Manege.«

»Er wird es lernen, er wächst hinein.«

»Penny ist weg, deine gesundheitlichen Probleme, deine Lungenerkrankung und ... wir werden nicht jünger, Enes. Willst du noch mit neunzig in das Kostüm von Bip Bello schlüpfen?«

»Du hast dir schon länger Gedanken darüber gemacht. Das klingt wie ein Vortrag.«

»Ich will damit nur sagen, dass ... das vielleicht alles ein Zeichen ist.«

Er stellte seine Tasse mit einem Klirren ab. »Wofür? Unser Leben zu verlassen?«

»Mein Leben bist du, Enes!«, sagte ich energisch und griff nach seiner Hand. »Es ist nicht an einen Ort gebunden. Sonst wäre ich damals nicht mitgekommen.«

»Dann muss es auch nicht an einem anderen Ort fortgesetzt werden«, beendete er das Gespräch, küsste mich auf die Wange und stand auf.

Er verließ den Wohnwagen und ging in Richtung Tierunterkünfte davon.

Ich sah ihm noch nach, bis er im Zelt verschwunden war.

Dann setzte der Regen ein und überflutete den Platz innerhalb von Minuten.

* * *

Ich wusste, dass Enes Zeit brauchte, sich mit dem Gedanken anzufreunden. Der Zirkus war sein Leben, er kannte nichts anderes, und selbst unsere Geschichte war hier geschrieben worden, auch wenn sie in Irland begonnen hatte. Ich sprach das Thema nicht mehr an und gab ihm Zeit, zu verarbeiten, welche Bedenken ich geäußert hatte.

Als ich am nächsten Tag die Monatseinnahmen aus dem Büro holen wollte, öffnete ich einen leeren Safe. Ich war so perplex, dass ich immer wieder das Innere befühlte und meine Finger bis nach hinten gleiten ließ, als könnte dort ein verborgenes Geldbündel liegen.

Gino musste es geholt und weggebracht haben.

Ich fand ihn im Hauptzelt, wo er mit einigen Helfern die Schäden des gestrigen Regens beseitigte. Er legte sein Werkzeug ab und kam zu mir.

»Hast du die Einnahmen zur Bank gebracht? Wir brauchen den Anteil für den Tierarzt, um die Rechnung zu bezahlen.«

Als er mich mit gerunzelter Stirn ansah, beschlich mich ein ungutes Gefühl.

»Zur Bank gebracht? Machst du das nicht immer?«

Mein Herzschlag beschleunigte sich. Rudolfo.

Ich schloss kurz die Augen, um mich zu sammeln. »Das hatte ich vor, aber es war nicht im Safe, und ich dachte, du hast es vielleicht schon erledigt.«

»Es ist weg?« Gino sprach so laut, dass die anderen sich nach uns umdrehten.

Beschämt presste ich die Lippen aufeinander.

»Wer …?« Bevor er seine Frage ganz aussprach, dämmerte es ihm. Er riss die Augen auf und fuhr sich nervös mit den Händen durch die gegelten Haare. »Das hat er nicht getan!« Es klang wie ein Schwur. Eine Versicherung. Als würde er sein Leben verwetten, seine Hand für ihn ins Feuer legen.

Er wollte es nicht wahrhaben, aber wir wussten beide, was passiert war.

Gino rannte aus dem Zirkuszelt und über den Schotterplatz zu Rudolfos Wohnwagen.

»Gino, warte!« Ich hatte Mühe, mit ihm mitzuhalten.

Kurz nach ihm betrat ich den dunklen Wohnwagen. Ein stechender Geruch schlug mir entgegen. Es war, als würde man gegen eine Wand aus Schweiß, Alkohol und Essensgerüchen prallen. Die Jalousie war heruntergelassen, obwohl es helllichter Tag war. Das gewölbte Bettzeug ließ vermuten, dass Rudolfo dort lag und schlief.

»Rudolfo!«, rief Gino und ging direkt auf ihn zu. Er setzte sich aufs Bett und rüttelte an dem vollständig bedeckten Körper. »Steh auf.«

Von unterhalb der Decke drangen Laute nach oben, mürrische und verschlafene Töne durch einen geschlossenen Mund.

»Steh auf, verdammt!« Gino riss ihm die Decke weg.

Rudolfo lag in Jeans und Pullover bekleidet auf der Matratze und umschlang mit beiden Armen seine Mitte.

Gino öffnete die Jalousie über dem Bett mit einer einzigen Bewegung.

Die Helligkeit des Tages brachte Rudolfo dazu, sich das Gesicht mit beiden Händen zu bedecken. »Was soll das?«

»Steh auf, verdammt!« Gino presste die Worte durch zusammengebissene Zähne.

»Ich bin der Direktor, ich kann schlafen, wann ich will. Und jetzt raus!« Rudolfo lallte, aber seine Stimme war wie gewohnt kräftig. Es schmerzte mich, ihn so zu sehen. Aber ich wusste, dass ich machtlos war. Der Alkohol und dieses Leben hatten ihn fest im Griff.

»Wenn du der Direktor bist, dann verhalte dich auch wie einer!« Gino zitterte vor Wut und schlug mit voller Wucht gegen den Wandschrank. Sein Gesicht war schmerzverzerrt, aber ich konnte erkennen, dass es eher die Sorgen und Ängste um den Zirkus waren als der Schmerz in seiner Hand.

Zischend zog er seine Faust zurück. Blut tropfte von seiner Hand.

»Warte«, sagte ich und eilte zum Kühlschrank. Er war leer. Im Gefrierfach fand ich eine Packung Tiefkühlgemüse. Ich legte Gino ein Küchenhandtuch um die verletzte Hand und packte das Gemüse darauf. »Halt das so eine Weile. Es wird sicher dick werden.«

Als ich Gino im Profil betrachtete, musste ich wieder an Penny denken und an die Nacht, in der sie gegangen war. Gino war kein schlechter Kerl, aber er hatte das Potenzial, einer zu werden. Momente wie dieser zeigten, dass es eine Gratwanderung war. Gut oder böse – wir entschieden, wer wir waren.

»Wo ist das Geld?«, fragte Gino geradeheraus.

Rudolfo setzte sich auf und drückte sich beide Hände links und rechts seitlich an den Kopf. Ich schenkte ihm ein Glas Wasser ein und suchte im Schrank nach Kopfschmerztabletten. »Welches Geld?«, fragte er mit fast geschlossenen Augen.

»Das Geld aus dem Safe! Die Septembereinnahmen!« Gino schrie es ihm entgegen und ließ im Eifer des Gefechts die Tüte mit dem Gemüse auf den Boden fallen.

Rudolfo richtete sich auf und setzte sich auf die Bettkante. »Es ist weg.« Er sagte es ohne Lallen, ohne zu schreien oder zu flüstern. Ganz neutral sprach er das aus, was den Zirkus und uns weiter in den Ruin treiben würde.

»Hast du es versoffen?«

Rudolfo antwortete nicht.

Gino stand auf und ging rastlos auf und ab, bewegte seine blutende Hand, ballte sie zur Faust und entspannte sie wieder. Dann blieb sein Blick auf mir hängen. »Das ganze Monatsgeld ist weg?«

Ich war sprachlos. Dann flüsterte ich: »Rudolfo, was hast du getan?« Vor meinem geistigen Auge sah ich alle Kosten und Verpflichtungen, die monatlich auf den Zirkus zukamen, sah die Menschen, die hier arbeiteten und auf ihr Geld warteten.

»Heißt das, das Geld eines ganzen Monats ist weg? Was ist mit den Gehältern, wovon sollen wir alle ...«

Ich unterbrach Gino und führte ihn zur Bank, damit er sich setzte. »Sch, beruhige dich«, sagte ich und stellte ihm ein weiteres Glas Wasser hin. »Wir werden sehen, was auf dem Konto ist. Das bringt gerade nichts.«

Rudolfo hatte sich wieder hingelegt und bekam nichts von unserem Gespräch mit.

»Ich werde Vater.«

Der Satz traf mich mit voller Wucht.

»Lyla ist schwanger?« Ich wusste, wie sehr er sich eine eigene Familie wünschte, und musste an unser letztes Gespräch denken.

Er stützte den Kopf in die Hände und sog die Luft scharf durch die Nase ein.

»Ist das nicht das, was du dir so sehr gewünscht hast?«

Er sah mich mit geröteten Augen an. Sein Blick sprach Bände. Gino war verzweifelt und wusste nicht weiter. »Das ist meine Bestimmung, verstehst du? Dass … sie mich verlassen hat, ändert nichts daran.« Er machte eine kurze Pause und bewegte schmerzverzerrt seine verletzte Hand, bevor er wieder die Packung Tiefkühlgemüse darauflegte. »Lyla und ich, wir wollen eine Familie gründen, diesen Zirkus leiten. Gemeinsam. Rudolfo kann es nicht mehr und wird mir früher oder später die ganze Verantwortung überschreiben.« Er flüsterte und drehte sich kurz nach Rudolfo um, um sicherzugehen, dass er uns nicht zuhörte. »Aber jetzt fährt er alles gegen die Wand und zerstört das Lebenswerk seiner Eltern. Er zerstört damit auch meine Zukunft. Und die meines ungeborenen Kindes. Ich weiß nicht, was ich tun soll, Rosa.« Dann begann er, zu weinen.

Ich seufzte und setzte mich neben ihn. Ich strich ihm sanft über den Rücken, bis er nachgab und sich an mich lehnte.

Und so saßen wir eine ganze Weile, bis uns Rudolfos Schlafgeräusche wieder ins Hier und Jetzt zurückholten.

»Wir müssen nachsehen, wie viel Geld auf dem Konto ist, und davon die Rechnungen bezahlen. Dann können wir schauen, was wir den Leuten auszahlen. Behalte es vorerst für dich, sonst bricht Panik aus. Wir kümmern uns darum, Gino. Alles wird sich fügen.«

Als ich aufstand, blickte er zu mir hinauf. Er war wieder der Junge, der mit siebzehn Jahren hier Zuflucht und eine Familie gefunden hatte.

»Danke«, flüsterte er, als wir beide den Wohnwagen verließen.

Ich hoffte, dass ich ihm nicht zu viel versprochen hatte und wirklich alles gut werden würde.

* * *

Ich wartete noch einen Tag ab, bis ich Enes von den jüngsten Ereignissen erzählte. Vorher erkundigte ich mich nach dem Kontostand und rechnete mit Gino aus, wie viel noch übrig war, sobald wir die dringenden Rechnungen beglichen hatten. Der Lohn fiel für alle Mitarbeiter des Zirkus mager aus. Ich wusste nicht, wie man ihnen vermitteln sollte, dass ein großer Fehler passiert war, ohne Rudolfo ans Messer zu liefern.

Enes saß sprachlos vor mir und kaute an einem Fingernagel. »Aber die Leute sind nicht dumm, Rosa. Sie sehen Rudolfos Zustand seit Monaten. Sie werden wissen, dass er das hart erarbeitete Geld des Monats schlichtweg versoffen oder für irgendwelchen Mist ausgegeben hat.«

Ich nickte nachdenklich und zuckte mit den Schultern. »Was, wenn Mitarbeiter kündigen und beschließen, woanders zu arbeiten, für einen anderen Zirkus oder Schaustellbetrieb? Sie werden Angst haben, dass sich das so fortsetzt.«

»Was sollen wir tun?« Er starrte geradeaus und schnaubte.

»Wir können nicht viel tun. Gino kümmert sich um das Geschäft und wir helfen ihm, so gut es geht. Rudolfo darf auf keinen Fall an die restlichen Rücklagen des Zirkus gelangen. Das wäre der Untergang für uns alle. Ich hoffe, er kommt zur Vernunft, überschreibt Gino den Zirkus und lässt sich selbst helfen.«

Enes sah mich entgeistert an. »Gino soll einen Zirkus leiten? Bist du von allen guten Geistern verlassen?«

»Er wird erwachsen und vernünftig. Er wird es lernen. Lyla ist schwanger. Sie bekommen ein Baby, Enes. Das ... ändert oft alles.«

Der Schmerz, der sich in meiner Brust ausbreitete, übermannte mich nach all den Jahren nicht mehr. Ich konnte ihn zulassen und kontrollieren. Aber er war da. Noch nach all der Zeit war er da und erinnerte mich daran, dass das Schicksal uns oft ins Gesicht lachte, während wir Pläne schmiedeten.

»Gino ist die einzige Chance, die der Zirkus hat. Penny ist die Alleinerbin, aber sie will ihn nicht. Gino will ihn unbedingt, auch wenn er noch in den Kinderschuhen steckt. Er wird es lernen, Enes. Es ist das, was er will. Und wir beide wissen, dass es das Einzige ist, was wirklich zählt.« Ich betonte jedes einzelne Wort meines letzten Satzes ganz besonders, um Enes die Ernsthaftigkeit meiner Worte klarzumachen.

»Mein Gott, was passiert hier?«

»Ich weiß es nicht.«

»Denkst du, Rudolfo wird Gino ganz offiziell die Leitung übergeben?«

Ich zuckte mit den Achseln. »Jetzt noch nicht. Er denkt, er hätte kein Problem und das Ganze plätschert vor sich hin. Er realisiert nicht, dass der Zirkus längst am Boden wäre, wenn Gino nicht im Hintergrund die Fäden in der Hand hielte und sich ohnehin schon um alles kümmern würde.«

»Mit deiner Hilfe«, merkte Enes an und küsste mich auf die Stirn.

»Mit unserer Hilfe«, ergänzte ich.

»Es tut mir leid, dass ich neulich mitten im Gespräch über das *Mighty Elm* gegangen bin. In dem Moment hat es mich überfordert.«

Seitdem hatten wir kein Wort mehr darüber verloren.

Ich nickte. »Ist schon gut. Ich will nur, dass du über diese Option nachdenkst.«

»Es ist nur eine Option? Kein Plan?«

»Wie könnte ich einen Plan schmieden ohne dich?«

Lächelnd umarmte er mich und küsste meine Nasenspitze.

»Du bist mein Zuhause, Enes Payne. Daran ändert sich nichts. Den Rest wird das Schicksal richten.«

»Das Leben ist manchmal süß und manchmal bitter.« Nach all den Jahren sagte er immer noch diesen Satz, der mich an Daisy erinnerte.

»Ja, scheint so«, antwortete ich.

* * *

Als ich am nächsten Tag Rudolfo sah, als er Kabel auf Trommeln wickelte, nutzte ich die Gelegenheit, um mit ihm zu sprechen.

Ich glaubte nach wie vor an das Gute in dem Mann, den ich einst als Jungen wie meinen eigenen Sohn großgezogen hatte.

Mit zwei Tassen Kaffee ging ich nach draußen.

»Kann ich dir helfen?«, fragte ich und reichte ihm eine Tasse.

»Danke«, sagte er und inhalierte den Duft mit geschlossenen Augen. »Genau das, was ich gebraucht habe. Mein Kopf dröhnt.« Er trank einen Schluck und schaute auf das aufgewickelte Kabel zu seinen Füßen. »Ich bin fast fertig.«

Als er sich mit dem Jackenärmel über die Stirn wischte, roch ich den Alkohol. In sanften Wellen schwappte der Geruch von Spirituosen zu mir herüber. Es waren Überbleibsel von gestern, jetzt wirkte er klar.

»Wie geht es dir, Rudolfo?« Ich strich ihm über den Arm und unsere Blicke trafen sich. »Wollen wir uns setzen? Wir haben schon lange nicht mehr miteinander gesprochen.«

Er zögerte. Ich konnte an seinem Gesichtsausdruck sehen, dass er mit sich rang.

»Na, komm schon. Wir haben immer miteinander geredet.«

Er nickte und wirkte dankbar für meine Hartnäckigkeit.

Wir setzten uns hinter unseren Wohnwagen auf die Gartenstühle. Der Wind pfiff, der Regen hatte bereits Pfützen auf dem Boden gebildet. Es war typisches Herbstwetter. Aber von der Küste konnte ich die Wellen und Möwen hören. Als Küstenkind genoss ich diese Geräuschkulisse so sehr, dass ich trotz der Kälte viel Zeit draußen verbrachte.

Ich holte uns zwei Decken und reichte eine davon Rudolfo. »Ich sehe dich kaum noch draußen. In der Manege warst du schon länger nicht mehr.« Mit der Tasse mit dampfendem Kaffee in der Hand und Hoffnung im Herzen versuchte ich, einen Zugang zu ihm zu finden.

»Mir ging es in letzter Zeit nicht sonderlich gut. Gino hat mir viele Dinge abgenommen. Dafür bin ich ihm dankbar.«

»Das stimmt. Er macht das großartig, so gut er kann. Und er holt sich Hilfe, wenn er nicht weiterweiß.«

Er sah mich fragend an.

»Die Abrechnungen, Überweisungen, Gehaltsschecks«, ergänzte ich. »Ich habe ihm bei dem bürokratischen Kram geholfen. Aber ich bin mir sicher, er wird es bald allein können. Also, nicht allein, aber ohne meine Hilfe.«

»Das wird er nicht müssen«, sagte Rudolfo bestimmt und leerte seine Tasse in einem Zug. »Ich habe ihm viele Aufgaben übertragen in letzter Zeit. Und ich bin ihm dankbar dafür. Er hätte es aber nicht tun müssen.«

»Er hat einen Traum, Rudolfo.«

»Wie meinst du das?«

Mich beschlich ein unwohles Gefühl. »Er möchte den Zirkus führen. Gemeinsam mit Lyla.«

»Ist das ein Putschversuch?« Er lachte hämisch.

»Red keinen Unsinn.«

»Ich werde bald wieder der Alte sein. Gib mir noch ein wenig Zeit, dann nehme ich die Zügel wieder in die Hand.«

Ich zog die Augenbrauen hoch. »Rudolfo«, flüsterte ich und packte sein Handgelenk. »Das glaubst du doch selbst nicht. Du hast ein Problem. Bitte, lass dir helfen. Du könntest ihm die Leitung übertragen, bis du wieder gesund bist. Wir suchen einen Arzt, eine Klinik. Nimm dir doch Zeit, alles zu verarbeiten.« Damit meinte ich nicht nur sein Alkoholproblem, sondern auch alles, was er in den letzten Jahren erlebt hatte. Mit seiner Mutter, mit Beatrice und Penny, die ihn und all das hier verlassen hatten.

Er sah mich eine Sekunde flehend an. Es war sein Herz, das mich ansah. Aber dann riss er den Arm unter meiner Hand weg und stand auf. Die Decke fiel unsanft zu Boden und sog das Wasser auf. Der helle Lilaton wurde mehr und mehr zu einem dunklen Violett und erinnerte an Blut, das aus einer Wunde heraussickerte.

Es war sein Kopf, der antwortete. »Ich habe kein Problem.« Er wirkte wie ein Kind, das daran glaubte, unsichtbar zu sein, solange es die Augen schloss.

Als er sich zum Gehen wandte, rief ich seinen Namen.

Er drehte sich zu mir um und sah mich an. Es kostete mich Überwindung, ihm direkt auf den Kopf zuzusagen, was ich befürchtete. Aber ich wusste, dass ich offen mit ihm sprechen musste, um ihn zur Vernunft zu bringen.

»Du wirst den Zirkus und das Lebenswerk deiner Großeltern und Eltern an die Wand fahren, wenn du dir nicht helfen lässt.«

Aus mir sprach die Verzweiflung. Nicht die Angst davor, dass meine Vorhersage eintreffen würde, sondern davor, Rudolfo endgültig zu verlieren. Ich hatte das Gefühl, als entglitte er mir immer mehr und ich könnte ihn nicht halten. So sehr ich es auch versuchte.

»Du kehrst gesund zu uns zurück und … lässt dich in Zukunft mehr unterstützen. Du bist nicht allein, Rudolfo.«

Rudolfo schwieg und ließ mich mit wehendem Haar auf dem Gartenstuhl zurück. Auf dem Schotterplatz des Zirkus Rosso.

Die Möwen kreischten über mir, als kündigten sie an, was uns bald erwartete.

Und obwohl ich mir Schlimmes ausmalte, hatte ich keine Ahnung, was da auf uns zurollte. Nicht ansatzweise.

* * *

In den nächsten Wochen verlief es nicht anders als zuvor. Rudolfo kroch oft erst mittags zerknautscht aus dem Bett und war zu Vorstellungsbeginn wieder so betrunken, dass Gino wie üblich den Zirkusdirektor gab. Gino nahm seine Aufgabe ernst, und er hätte Anerkennung dafür verdient, dass er den Schein für Rudolfo aufrechterhielt. Wer den Zirkus besuchte, ahnte nichts davon, dass er eigentlich ohne Direktor geführt wurde.

»Du hättest zumindest eine Gehaltserhöhung verdient für das, was du leistest«, sagte ich eines Tages zu Gino, als ich ihm die Gehaltsschecks der Mitarbeiter übergab.

»Wie soll das gehen? Wir sind immer noch im Rückstand. Der Zirkus schuldet den Mitarbeitern Geld, einige Rechnungen sind noch offen. Wir müssen Materialien kaufen, um die Schäden zu reparieren, die der Regen hinterlassen hat.«

Ich wusste, dass er recht hatte.

»Ich kann nichts zur Seite legen für Lyla und mich, für unser Kind. Wir leben praktisch von der Hand in den Mund.«

Ich betrachtete ihn und realisierte, welche Wandlung er durchgemacht hatte. Er wollte das wirklich. Das Leben mit einer Familie, diesen Zirkus. Es wirkte, als wäre er nach Pennys Weggang vom Zirkus erwachsen geworden. Oder gerade deshalb.

»Es ist nicht nur das Geld. Wir haben immer noch keine Luftakrobatin. Sie ist weg und Lyla kann schwanger nicht an Ringen und Tüchern durch die Lüfte gleiten. Dabei ist es das Aushängeschild eines Zirkus.«

Gedanken an die Luftakrobatik waren wie Stiche in meinem Herzen. Immer noch. Jahre später. Ich nickte stumm.

»Und wo sollen neue Artisten herkommen? Wer schließt sich einem Zirkus an, der die Rechnungen nicht bezahlen kann und verschuldet ist?« Er fuhr sich mit den Handflächen über das Gesicht. Er hatte Pennys Namen nicht ausgesprochen: *Sie ist weg*.

»Enes und ich unterstützen dich, so gut wir können. Aber Rudolfo ist nicht bereit, den Zirkus freizugeben und die Verantwortung der Leitung zu teilen. Er sieht nicht, dass er ein Problem hat. Zumindest noch nicht.«

»Denkst du, das wird er irgendwann?«

»Ich hoffe es«, seufzte ich und verließ vor Gino den Wohnwagen, in dem das Büro untergebracht war. »Ich glaube, du bist die einzige Chance, die der Zirkus hat.«

Als ich in unseren Wohnwagen zurückkehrte, saß Enes am Tisch und hatte die Hände vor den Lippen gefaltet.

»Was ist los?«

»Setz dich, Rosa.«

Angst machte sich in mir breit. Ich spürte, dass etwas geschehen war, dass er mir etwas sagen wollte, das mich erschüttern würde.

»Hat sich jemand wegen Penny gemeldet?«

»Nein«, sagte er, als ich mich ihm gegenüber an den Tisch setzte, und griff nach meinen Händen. »Nein, ihr geht es gut.« Dann schüttelte er den Kopf und korrigierte sich. »Ich meine, nein, es ist nicht wegen Penny. Wir haben nichts von ihr gehört. Tut mir leid, ich bin durcheinander.«

»Enes«, ermahnte ich ihn, mir zu sagen, was los war.

Ich blickte auf das Mobiltelefon, das auf dem Tisch lag. Er folgte meinem Blick und dann blieben unsere Augen aufeinander gerichtet.

»Deine Freundin Shae. Sie hatte einen Unfall.«

»Einen Unfall?« Ich schüttelte stirnrunzelnd den Kopf und versuchte, zu sortieren, woher Enes die Info hatte und warum er mir das hier und jetzt sagte.

»Sie ist tot, Rosa.«

Ich erinnerte mich an verschiedene Situationen in meiner Jugend. Momente mit Shae. Wie Blitzlichter tanzten sie vor meinen Augen – Shae, Totty, Eireen und ich als unzertrennliches Team. Shae und ich nach der Schule in einem satt grünen Feld. Wie ein Wahrzeichen Irlands ragte es zwischen den

Hügeln auf. Es lag auf dem Nachhauseweg. Jeden Tag fuhren wir daran vorbei und Shae sagte immer wieder, dass sie eines Tages mit nackten Füßen durch dieses Feld laufen wolle. Als wir sechzehn waren, sprang sie eines Tages vom Rad, warf es zur Seite und zog sich Schuhe und Socken aus. »Komm schon, machen wir etwas Verrücktes!«, hatte sie mir zugerufen. Es war November und bitterkalt. Das war mehr als verrückt. Aber ich konnte ihr nicht widerstehen. Und so rannten meine Freundin Shae und ich mit nackten Füßen durch das Kleefeld, umarmten uns lachend und fielen auf den Rücken, wo wir liegen blieben.

Als ich an diesem Tag zu spät und völlig verfroren nach Hause kam, schimpfte mich Daisy. Sie steckte mich in die heiße Wanne und dann ins Bett, aber ich hatte mich bereits erkältet, genau wie Shae, und wir mussten beide drei Tage das Bett hüten.

Aber wenn ich heute die Augen schloss, drang direkt der Geruch von Klee in meine Nase, Shaes unbeschwertes Lachen in meine Ohren und das Bild der grünen Weiten vor meine Augen.

Ich erinnerte mich an den Tag, als sie nach London gegangen war, um dort Jura zu studieren. Wir lagen uns am Hafen weinend in den Armen. Eireen, Totty, Shae und ich. »Eigentlich will ich nicht weg von euch, nicht weg von hier«, schniefte sie.

Ich will nicht, dass du gehst, sagte mein Herz.

Das ist eine einmalige Chance. Du wirst eine tolle Anwältin werden in einer Metropole. Wir werden dich besuchen, dir schreiben und telefonieren, sagte mein Kopf.

Aber wie das Leben so spielte, kam es nicht, wie wir vier es uns ausgemalt hatten. Wir wurden erwachsen und lebten unterschiedliche Leben. Shae in London, wo sie nach ihrem Universitätsabschluss als Anwältin arbeitete, ihren Mann kennenlernte und eine Tochter bekam – Isabel. Und obwohl wir uns seit Jahren nicht gesehen hatten, war sie immer noch meine

Freundin. Meine Freundin, die mir zu meinem Geburtstag und zu Weihnachten eine Karte schrieb und mich am St. Patrick's Day anrief. Meine Freundin, der ich jedes Jahr ein Päckchen schickte und stets den Gruß »Bis bald« hinzufügte. Eine Person, der ich mein Herz geöffnet und die mir ihre Wünsche und Träume anvertraut hatte. Der Gedanke, dass sie nicht mehr war, traf mich, stimmte mich traurig und zeigte mir wieder einmal, wie vergänglich alles war.

Ein Klopfen riss mich aus meinen Gedanken und ich ließ vor Schreck die Briefumschläge fallen, die ich geistesabwesend in den Händen gehalten hatte. Ich sammelte sie mühevoll ein, das Bücken war schwierig geworden. Als ich nach oben sah, erblickte ich Enes im Türrahmen.

»Wie geht es dir?« Er kam zu mir und setzte sich neben mich auf unser Bett.

»Es fühlt sich komisch an. Surreal, dass sie nicht mehr da sein soll.«

»Was ist das?«, fragte er und zeigte auf die Umschläge.

»Briefe von Shae. Wir haben lange miteinander geschrieben.«

»Ich erinnere mich«, sagte er nachdenklich. »Wann habt ihr das letzte Mal voneinander gehört?«

Ich zuckte mit den Achseln. »Das ist schon länger her. Wir haben hier und da mal telefoniert, aber die letzten Jahre wurde es eher still. Doch die Karten und alljährlichen Päckchen sind geblieben.«

»Was hat Eireen gesagt?«

Ich seufzte und stand auf, um die Briefe wieder in der Kiste zu verstauen, die mich an all das erinnerte, was längst hinter mir lag. Dann ging ich zur Küche und zeigte Enes fragend eine leere Tasse. Er nickte und ich setzte Teewasser auf.

»Die Trauerfeier findet am Donnerstag statt«, erklärte ich nachdenklich. »In London.«

»Wir fahren morgen nach Winchester weiter.«

»Ich habe Eireen gesagt, dass ich nicht dabei sein kann.«

Er stand auf und kam zu mir hinüber. »*Mo cuishle*, wieso?«

Ich seufzte und goss heißes Wasser über die beiden Teebeutel in den Tassen. »Ihr braucht mich, Gino braucht meine Unterstützung«, begann ich aufzuzählen und meine Antwort zu rechtfertigen. »Ich muss ein Auge auf Rudolfo haben und die Finanzen, die Einnahmen verwalten. Es steht schon schlecht genug. Was, wenn …«

»Sch!« Enes hob die Hand, um mich sanft zum Schweigen zu bringen. »Ich habe Winchester nicht erwähnt, um dir zu sagen, dass du nicht fahren kannst, im Gegenteil.« Er nahm mir beide Tassen aus den Händen, mit denen ich nervös hantierte, und stellte sie auf der Arbeitsplatte ab. »Es ist nur eine Stunde von London entfernt. Du setzt dich Donnerstagmorgen in den Zug und fährst dorthin. Du übernachtest in einem Hotel und fährst Freitag früh ausgeruht zu mir zurück.«

»Ich kann nicht weg, Enes.« Es fiel mir schwer, es auszusprechen.

»Doch, du kannst. Es sind nur zwei Tage, Rosa. Zwei Tage.« Die letzten beiden Worte betonte er besonders. »Du wirst fahren. Du brauchst diesen Moment. Mit Shae. Für Shae. Jeder Abschied ist die Chance auf ein Wiedersehen. Du wirst Eireen sehen. Es wird dir guttun. Du gehst hin. Ende der Diskussion.«

Ich öffnete den Mund, um etwas zu entgegnen. Dann schloss ich ihn wieder und gab mich geschlagen. Ich lehnte mich an Enes' Brust.

* * *

Einen Tag später reisten wir nach Winchester weiter. Die Geldsorgen des Zirkus folgten uns. Drei Tage danach brachte mich Enes zum Bahnhof und ich machte mich auf den Weg, um von meiner Freundin Shae Abschied zu nehmen.

Kapitel 12

Bristol, England, 1970

»Du siehst wunderschön aus.« Nachdem Ruby den Reißverschluss an meinem Rücken geschlossen hatte, legte sie beide Hände auf meine mit dünner Spitze bedeckten Oberarme.

Ich betrachtete mich im Spiegel und fuhr mit den Fingern über den Stoff des elfenbeinfarbenen Kleides, das sich wie eine zweite Haut an mich schmiegte und nur in Höhe der Knie weiter ausfiel.

»Das Kleid ist wunderschön«, sagte ich und drehte mich vom Spiegel zu meiner Freundin. »Was du hier geschaffen hast, ist von unsagbarem Wert für mich, weißt du das?«

Ihre dunklen Augen füllten sich mit Tränen. Ruby hatte das Kleid für mich geschneidert. Stundenlang hatte sie in ihrem und Barrons Wohnwagen Maß von mir genommen und mich ermahnt, still zu stehen. Sie nähte seit Jahren Kostüme für die Artisten und hatte als Kind von einer eigenen Schneiderei geträumt. Und obwohl Träume sich ändern konnten, war ich mir sicher, dass er immer noch in Rubys Herzen wohnte.

Als auch meine Augen wässrig wurden, wedelte sie schnell mit beiden Händen vor meinem Gesicht. »Nein, hör auf, Rosa, dein Make-up!« Sie drückte mich kurz und nahm dann meine Hände, um mich noch einmal von oben bis unten zu betrachten. »Er wird ausflippen, wenn er dich sieht.«

Und dann, mitten in einem Moment der Freude und Sentimentalität, überkam mich die Panik. »Tue ich das Richtige?«

»Hey!«, erwiderte Ruby mahnend und führte mich an der Hand zum Bett, wo wir uns beide niederließen. »Es ist völlig normal, dass du kalte Füße bekommst. Ich sag dir was, hör gut zu.«

Ich sah sie mit vor Trauer verzerrtem Gesicht an. Sie ließ meine Hände nicht los.

»Dieser Mann ist dein Schicksal. Viermal seid ich euch zufällig begegnet. Wann hört man solche zauberhaften Geschichten? Die Karten haben dir gesagt, dass es richtig ist. Du glaubst vielleicht nicht so sehr an diese Dinge wie ich, Rosa. Aber wenn sich zwei Menschen begegnen, die füreinander geschaffen sind, dann wird das Schicksal sie zusammenführen. Zeit spielt keine Rolle. Sag mir, bei wem hat sich das so sehr gezeigt wie in eurem Fall?«

Nach ihrem kleinen Vortrag fiel eine Last von mir. Sie hatte recht. Es gab einen Grund, wieso mir all das passiert war.

Alles im Leben hat einen Sinn, und es ist dumm und töricht von uns, zu denken, wir Menschen hätten Einfluss auf alles und jeden. Manche Dinge werden durch höhere Mächte gesteuert. Kämpfe nicht gegen Titanen, Rosa, hallten Daisys Worte in meinen Gedanken.

»Du hast recht«, stimmte ich ihr zu und erhob mich. »Lass uns heiraten.«

»Da ist noch etwas«, sagte sie und schniefte.

Dann ging sie ins Bad und kam kurz darauf mit einem kleinen Strauß in Weiß und Lila zurück.

Der Anblick versetzte mir einen Stich in die Herzgegend – Flieder in Weiß und Lila, zusammengehalten von einem pastellfarbenen Band.

Flieder. Daisy. Zarte Bande.

»Ruby«, flüsterte ich und hielt mir eine Hand vor den Mund.

»Ich dachte, ein Teil von ihr muss dabei sein. Der Flieder soll dir heute zeigen, dass …« Sie brach ab und blinzelte schnell die aufkommenden Tränen weg, die sie mit der freien Hand wegfächeln wollte.

Arm in Arm saßen wir auf dem Bett im Wohnwagen und hielten uns fest.

Enes und ich heirateten an einem Sommertag im Zirkus Rosso in Bristol. Ich hatte keinen Vater, der mich zum Altar führte, aber Destiny brachte mich als treue Begleiterin auf ihrem Rücken zu einem Altar im Freien. Enes, im dunkelblauen Anzug, hob mich vom Pferd und vergrub kurz den Kopf in der Stelle zwischen meiner Schulter und meinem Hals. Ruby war meine Trauzeugin und Barron, mittlerweile auch mein Freund, traute uns als freier Redner unter freiem Himmel. Als Enes mir den Ring an den Finger steckte und mich zu seiner Frau machte, konnte ich förmlich spüren, wie sein Name in meine Haut gebrannt wurde. Als ich Enes den Ring an den Finger steckte, griff er mit beiden Händen nach meinem Gesicht und küsste mich.

So fühlt sich also Glück an, klang es in meinem Kopf.

So fühlt sich Liebe an, flüsterte mein Herz.

Abends tanzten wir in der Dämmerung zwischen den Linden auf der angrenzenden Wiese zu irischen Klängen. Maisie hatte Glühbirnen über eine Kordel verbunden und aufgehängt. Enes, eine Hand zwischen meinen Schulterblättern, die andere auf meiner Hand an seiner Brust, hatte die Stirn an meine gelegt. Ich fühlte mich geborgen und war mir in diesem Moment sicher, dass ich nie wieder an einem anderen Ort sein wollte.

Als ich meinen Blick in die Runde schweifen ließ, tanzten Maisie und Alvador Rosso, Ruby und Barron White und alle anderen um uns herum im Schein der Glühlampen unter den Linden neben dem Zirkuszelt, das wie ein Gigant aus dem Boden ragte. Aber Eireen fehlte, und der Gedanke, dass meine Schwester an diesem wichtigen Tag nicht dabei war, versetzte mir einen Stich ins Herz, den ich sofort wieder verdrängte.

Der Zirkus war mein Zuhause. Unser Zuhause. Hier hatte ich einen Platz gefunden, an dem ich sein konnte, wie ich war. Ich tanzte auf keiner Bühne, aber ich fühlte mich frei. Ein Gut, das vielen Menschen verwehrt war.

»Ich habe kein Gelübde geschrieben«, flüsterte Enes mir zu, während er seine Wange an meine schmiegte und wir uns sanft von links nach rechts wiegten. »Nicht, weil ich es nicht wollte, sondern weil ich bestimmt nicht sonderlich gut darin bin.«

»Das macht nichts«, antwortete ich ehrlich und schloss die Augen. Ich sog den Moment auf wie ein Lebenselixier.

»Aber ich möchte dir hier und heute etwas sagen und den Moment einfangen, ihn besonders machen.« Er machte eine kleine Pause, um mich auf den Hals zu küssen. »Mein Name hat eine türkische Herkunft und steht für einen Menschen, der nie allein ist. Das fand ich immer paradox, wenn man überlegt, dass ich bisher allein durchs Leben gezogen bin.«

Wir mussten beide lächeln.

»Aber«, fuhr er flüsternd fort, »durch dich habe ich verstanden, was meine Mutter mir mit diesem Namen mit auf den Weg gegeben hat. Enes steht nämlich auch für Licht, einen nahen Freund und einen ... Gefährten.«

Ich löste mich einige Zentimeter von ihm und sah ihm in die Augen, die mir fast die Luft zum Atmen raubten.

»Das werde ich für dich sein, *mo cuishle.*«

Tränen schossen mir in die Augen, als er diesen irischen Kosenamen aussprach.

»Ich habe es nachgeschlagen. Es heißt *Puls meines Herzens, mein Puls.*« Als ich schwieg, wurde er unsicher. »Ich hoffe, ich habe nichts völlig Falsches herausgefunden.«

»*Tá mo chroí istigh ionat*«, antwortete ich mit tränenerstickter Stimme.

»So gut ist mein Irisch nicht. Das heißt – noch nicht. Du musst es mir beibringen.«

Ich kämpfte gegen den Kloß in meinem Hals an. »Ich könnte dir auf Irisch mit *Ich liebe dich* antworten, aber …«

»Aber?«, unterbrach mich Enes und lachte.

»Nein«, sagte ich fest, »es würde dem Ganzen hier nicht gerecht werden. Es gibt noch eine andere, eine stärkere Art, es in Worte zu fassen. *Tá mo chroí istigh ionat* bedeutet so viel wie: Mein Herz ist bei dir. Man sagt es im Irischen, wenn man wahnsinnig in jemanden verliebt ist. Es geht über ein *Ich liebe dich* hinaus. Verstehst du?«

Enes zog mich an seine Brust und strich mir über das Haar. »Du ahnst nicht, wie gut ich es verstehe.«

Als die Feier in den frühen Morgenstunden vorbei war, die Lichter gelöscht waren und die Musik verstummt war, zog mir Enes im Dunkeln in unserem Wohnwagen das Kleid aus, das Ruby mir geschneidert hatte. Er berührte mit dem Mund jeden Zentimeter meiner Haut. Er küsste mich nicht, sondern ließ seine Lippen zart über meinen gesamten Körper wandern. So, dass sich eine Gänsehaut auf mir ausbreitete.

Immer noch in seinem dunkelblauen Anzug legte er mich nackt auf das Bett. Er flüsterte irische Worte in mein Haar und löste nach und nach die Spangen, die es zu einer Frisur zusammenhielten.

»*I gá duit* – ich brauche dich.«

Ich schloss die Augen und lauschte seinen Worten, die mich betörten.

»*Ba mhaith liom tú* – ich will dich.«

Ich öffnete die Augen und sah in sein Gesicht. Sein Atem zitterte und kleine Schweißperlen zeichneten sich auf seiner Stirn ab.

Ich hielt meine Hand an seine Wange und schlang beide Beine um ihn. Dann antwortete ich ihm flüsternd in meiner Landessprache und küsste ihn.

»*Le haghaidh eternity* – für die Ewigkeit.«

Kapitel 13

Die Wochen und Städte zogen vorüber. Enes und ich waren süchtig nach der Nähe des anderen, und das Gefühl, so von jemandem geliebt und begehrt zu werden, beflügelte mich auf eine ganz besondere Art und Weise. Er lernte mehr und mehr irische Ausdrücke und flüsterte sie mir im Vorbeigehen zu, was mir jedes Mal einen Schauer über den Körper jagte.

Vormittags verbrachte ich die Zeit damit, gemeinsam mit Maisie ein System in die Buchhaltung zu bringen und eine übersichtliche und einfach strukturierte Ablage zu schaffen. Schon bald glitten unsere Arbeitsschritte ineinander, als hätten wir nie anders gearbeitet, und wenn Alvador in den Bürowagen kam, witzelte er über uns, wir seien *Zwei Engel für Alvador*, in Anlehnung an »Drei Engel für Charlie«. Maisie hinterfragte keinen meiner Vorschläge, und was ich an Verbesserungsmöglichkeiten vorbrachte, akzeptierte sie sofort als eine Art ungeschriebenes Gesetz. Sie setzte es einfach um. Und das zeigte mir, wie sehr sie auf mich und mein Wort vertraute. Schon bald entwickelten wir eigene Insiderwitze, die nur wir verstanden, und ich hatte das Gefühl, eine weitere Freundin gefunden zu haben. Dachte ich an meine Ankunft vor einigen

Monaten zurück, schien es, als wäre diese Maisie eine völlig andere Person.

Wenn Enes nach seiner Arbeit mit den Pferden vorbeischaute, sprachen alle von »deine Frau«, nicht von »Rosa«. Es gefiel mir, weil es mir zeigte, dass ich Teil dieser Gemeinschaft war und die Skepsis mir gegenüber verschwunden war.

Nur bei einer Person überwogen weiterhin Misstrauen und Missgunst. Angel war die Einzige, die nicht zur Hochzeit und der anschließenden Feier gekommen war. Angeblich wegen Migräne verbrachte sie den Tag in ihrem Wohnwagen. Doch ich wusste wie alle anderen, dass es eine Ausrede war, um der Zeremonie nicht beiwohnen zu müssen, in der Enes einer anderen Frau Liebe und Treue schwor. Auch mein freundschaftliches Verhältnis zu den Zirkusinhabern Maisie und Alvador war Angel ein Dorn im Auge. Die Blicke, die sie mir zuwarf, zeigten mehr als alle Worte der Welt, was sie dachte und wie sie fühlte.

»Wie lange wird sie brauchen, bis sie mich akzeptiert?«, fragte ich eines Mittags Ruby, während wir einen großen Topf Suppe für die ganze Mannschaft kochten.

Ich liebte die gemeinsamen Essen im Freien. Es war paradox: Das Klappern der Teller beim Tischdecken und das der Löffel während des Essens hatte für mich etwas Heimeliges, obwohl durch so viele Menschen immer Unruhe herrschte. Ganz anders als bei zwei Frauen, die täglich gemeinsam einsam am Tisch saßen. Ganz anders als bei Eireen und mir damals. Ich dachte noch oft an meine Zwillingsschwester. Aber ich war mir bewusst, dass unsere Leben sich in so unterschiedliche Richtungen entwickelt hatten, dass wir uns mehr und mehr voneinander entfernten und ich an eine Person dachte, die so sicherlich nicht mehr existierte. Auch ihr Leben war in den letzten Wochen weitergegangen. Obwohl sie seit dem Telefonat wusste, wo sie mich finden und kontaktieren konnte, tat sie es nicht. Das schmerzte. Zwei Wochen vor der Hochzeit hatte ich einen letzten Versuch unternommen, die beiden abgerissenen Enden unseres Bandes wieder miteinander zu verknüpfen, aber schon kurz nach meiner Begrüßung hatte Eireen das Gespräch beendet. Dass sie einen großen Meilenstein, meine Hochzeit, verpasst hatte, versetzte mir selbst Wochen später noch einen Stich in der Brust. Andererseits konnte ich mich nicht erinnern, wann ich die letzten Tränen wegen des Bruchs zwischen mir und meiner Schwester vergossen hatte. Es war der Lauf der Zeit, den niemand aufhalten konnte.

Vielleicht war es wirklich die Zeit. Vielleicht war es die Faszination meines neuen Lebens. Vielleicht war es die Angst vor Ablehnung, vor einer weiteren Enttäuschung.

Rubys Stimme holte mich aus meinen Gedanken zurück. »Ehrlich gesagt, glaube ich nicht, dass sich das mit Angel ändern wird.« Sie nahm einen Stapel Teller und verteilte sie auf die einzelnen Sitzplätze.

»Das mit Enes und ihr ist schon so lange her. Sollte sie die Sache nicht langsam abhaken? Das habe ich auch getan, auch wenn es mir am Anfang schwerfiel.«

»Sollte sie«, stimmte sie mir zu, »aber ich denke, dass da mehr dahintersteckt.«

»Was meinst du damit?« Ich rührte ein letztes Mal mit dem Holzlöffel in der Suppe und klopfte den Stiel am Kochtopf ab.

»Es liegt nicht nur daran, dass sie gern deinen Mann hätte. Sie hätte gern dieses Leben. Dein Leben. Jeder mag dich, du hast das Vertrauen von Maisie und Alvador gewonnen, sie schätzen dich. Maisie hört auf dich. Sie vertraut dir. Du hast eine wichtige Rolle bekommen. Und dann dieses Märchen zwischen dir und Enes. Man kann sich gar nicht vorstellen, wie es hier einmal ohne dich war.«

Ich ging zu ihr hinüber und drückte ihr einen Kuss auf die Wange.

»Ruby«, sagte ich und strich ihr die Locken aus dem Gesicht, »das klang wie eine Liebeserklärung.«

»Das war eine«, bekräftigte sie und drückte mich an sich.

Sie war genau, was ich brauchte.

Während des Essens war ich in Gedanken bei dem, was Ruby über Angel gesagt hatte. Sie saß am Ende des Tisches und wich mir aus, wenn sich unsere Blicke kreuzten. Dass ich ein Leben führte, um das ich beneidet wurde, war eine völlig neue Erfahrung und eine seltsame Vorstellung für mich.

Nach dem Essen erledigte ich mit Ruby den Abwasch. Es wurde zunehmend kühler, und wir standen in dicken Pullovern, Mütze und Schal an den Waschschalen.

»Was tut ihr da?«, fragte Maisie entrüstet, als sie uns bei der Arbeit antraf.

»Wonach sieht es denn aus?«, fragte ich entgeistert.

»Das kommt nicht infrage, ihr habt schon genug gemacht. Wir müssen hier alle mithelfen«, redete sie vor sich hin.

Kurze Zeit später kam sie mit Angel im Schlepptau zurück.

»Du trocknest das Geschirr.« Damit stellte sie Angel bei uns ab wie eine nicht bestellte Ware.

Wortlos nahm Angel von Ruby ein zweites Handtuch entgegen und trocknete schweigend die Teller und Schüsseln ab, die ich aus dem dampfenden Spülwasser zog und weiterreichte.

Als Ruby von Barron gerufen wurde, blieben Angel und ich allein zurück. Wir schwiegen. Ich wusste nicht, was ich sagen sollte, und Angel versuchte es erst gar nicht. Ich spürte ihre Abneigung.

Ein Knall im Hintergrund ließ mich zusammenzucken. Ich drehte mich um und sah in weiter Ferne ein Feuerwerk am Himmel.

»Wie schön«, flüsterte ich, fasziniert von den bunten Punkten, die das Dunkel erleuchteten.

Blind reichte ich Angel ein Messer. Als ich nach dem nächsten Geschirrstück griff und es ihr tropfend nass weiterreichte, durchzuckte ein heißer Schmerz meine Hand und ließ mich zusammenfahren. Als ich den Blick senkte, bemerkte ich das Blut, das von meiner Hand tropfte.

Angel stand mit dem Schneidemesser neben mir. »Wie dumm von dir«, sagte sie monoton, »du hast genau in die Schneide gefasst. Du solltest besser aufpassen, Rosa. Das hier ist noch schmutzig.«

Dann legte sie das Messer wieder ins Spülbecken und ließ mich allein zurück.

»Wie ist das passiert? Das sieht tief aus.« Ruby drückte ein Küchenhandtuch auf meine Wunde und betrachtete das Messer im Spülwasser.

»Ich war abgelenkt vom Feuerwerk und ... habe direkt in die Klinge gefasst.«

»Wo ist Angel? War sie bei dir?«

»Sie hat abgetrocknet.«

»Hat sie dir das Messer hingehalten?« Sie schrie beinahe, so aufgebracht war sie.

»Nein, es war ein Unfall. Ich habe nicht hingesehen und in die Klinge gefasst, als ich ihr das Geschirr gereicht habe. Das ist alles.«

»In diesem Zusammenhang glaube ich nicht an dumme Zufälle, wenn ich ehrlich bin. Du musst es Maisie sagen. Angel ist neidisch und missgünstig. Ich habe dir schon einmal gesagt, dass sie verrückt ist. Ich habe das ernst gemeint, Rosa. Das war nicht nur ein Spruch.«

»Bitte«, betonte ich – bemüht, keine große Sache daraus zu machen, »sag nichts zu Maisie. Es war meine Schuld. Ich möchte nicht noch mehr Unruhe zwischen Angel und mich bringen.«

Sie seufzte und drückte auf meine Wunde. »Wie du meinst. Ich sage nichts. Aber eins musst du mir versprechen«, sagte sie und hob mahnend den Zeigefinger. »Kommt es noch einmal zu so einem Zufall …« Beim letzten Wort malte sie mit den Fingern Anführungszeichen in die Luft.

»… dann rede ich mit Maisie, versprochen. Und kein Wort zu Enes!«

»Gut.« An ihrem Tonfall konnte ich hören, dass sie sich mit ihrem Versprechen unwohl fühlte. »Dann werden wir das hier mal nähen lassen.«

* * *

Die Wunde an meiner Hand wurde mit drei Stichen genäht, heilte jedoch innerhalb von zwei Wochen. Der Verband behinderte meine Arbeit an der Kasse und bei Maisie im Büro kaum. Was mir schwerer fiel, war der Verzicht auf meine Ballettstunden an der neuen Stange. Auch musste ich immer wieder an Rubys warnende Worte in Bezug auf Angel denken, und mich beschlich immer mehr das Gefühl, dass sie möglicherweise recht hatte und es kein Unfall gewesen war.

* * *

Als ich nach drei Wochen zur abschließenden Kontrolle der Nähte vom Arzt zurückkehrte, juckte es mich den ganzen Tag in den Fingern, meine Ballettschuhe anzuziehen und mich von den Klängen treiben zu lassen. Aber ich musste bis abends warten. Die Manege wurde für Proben genutzt, und ich hatte jede Menge Arbeit, die erledigt werden musste.

Als ich abends das verlassene Zirkuszelt betrat, meine Ballettstange ausklappte und festschraubte, hatte ich ein Gefühl von Nachhausekommen. Ich schloss die Augen, lauschte den Klängen aus der Musikbox und ließ mich treiben. Ich vergaß Raum und Zeit, vergaß mich selbst und fühlte mich trotz der Spannung in meinem Körper so leicht wie eine Feder. Meine Arme umarmten leeren Raum, meine Füße nahmen die erste bis fünfte Position ein. Vor meinem geistigen Auge sah ich Menschen, die meinen Bewegungen mit ihren Blicken folgten. Die große Bühne, von der ich so lange geträumt hatte.

Mit dem letzten Klang des Liedes ließ ich die Arme sinken und verbeugte mich vor imaginären Zuschauern. Ein Klatschen ertönte und ich riss die Augen auf.

Maisie saß auf einem Stuhl in der verlassenen Loge und applaudierte. Sie stand auf und ging zu mir in die Manege.

»Ich habe dich nicht bemerkt«, sagte ich und bückte mich, um die Ballettschuhe auszuziehen.

»Das habe ich gesehen, du warst völlig weg. Woanders.«

Ich schüttelte den Kopf und schmunzelte.

»Was ist?«, fragte sie und holte meine Aufmerksamkeit zurück, indem sie mir eine Hand auf den Oberarm legte, »habe ich etwas Falsches gesagt?«

»Nein, nein, hast du nicht«, antwortete ich und musste lächeln, da sie keine Ahnung hatte, wie sehr sie mit ihrer Aussage ins Schwarze getroffen hatte. »Ich bin auch woanders gewesen. Zumindest hier.« Ich tippte mir mit dem Finger an die Schläfe.

»Verrätst du mir, wo?«

Gemeinsam setzten wir uns in die Loge.

»Du lachst mich nicht aus?«

Sie kräuselte die Lippen und warf mir einen vorwurfsvollen Blick zu.

Ich gab mich geschlagen. »Okay, na schön … Ich hatte lange Zeit diesen Traum. Den Traum, ein Publikum zu begeistern, zu tanzen. Menschen zu zeigen, wie man für etwas brennen kann. Verstehst du?«

»Niemand besser als ich …«, flüsterte sie gedankenverloren und ließ ihren Blick durch die Manege schweifen.

Ich erzählte ihr von meinen Bewerbungen an den Tanzschulen und von Eireens Verrat. Von den Briefen hinter der Waschmaschine, meiner Flucht ins *Mighty Elm*, von Enes und mir. Jetzt kam es mir seltsam vor, dass ich Maisie erst nach Monaten meine Geschichte erzählte, obwohl ich ihr mittlerweile vertraute und täglich Zeit mit ihr verbrachte. Vielleicht war es ein Zeichen dafür, wie sehr ich mein neues Leben adaptiert hatte.

»Und jetzt? Heute?« Sie sah mich von der Seite an.

»Was meinst du?«

»Was ist aus der jungen Frau geworden, die einst diesen Traum hatte? Gibt es sie noch?«

Ich sah ihr in die Augen. »Ja, es gibt sie noch«, antwortete ich und lächelte matt. »Aber das Leben spielt eben nicht nach unseren Regieanweisungen. Durch den Zirkus habe ich wenigstens das Gefühl, dabei zu sein.«

»Das muss nicht so sein.«

Ich runzelte die Stirn.

Maisie erklärte, was sie meinte, indem sie mir ein Angebot machte, das alles veränderte. »Wenn du die große Bühne willst, Rosa, kann ich sie dir bieten. Du willst ein Publikum? Dann kriegst du eins.«

Völlig perplex versuchte ich, den Knoten an Fragen in meinem Kopf zu entwirren, um die richtigen zu stellen. »Du meinst …«, begann ich vorsichtig, wusste aber nicht, wie ich mich ausdrücken sollte.

Maisie nahm mir diese Aufgabe ab. »Ich meine, dass du auftreten wirst. Ich trainiere dich, und bald wirst du so gut sein, dass du deine Bühne bekommst. Und dein Publikum. Vorausgesetzt, es ist das, was du möchtest.«

Ich starrte sie an. »Du meinst, ich könnte das?«

»Du bewegst dich mit einer Anmut, die fast schon schwerelos ist. Dein Körper ist wie gemacht für das Schweben über der Manege. Es ist wie Tanzen ohne Boden, schweben an Ringen und Tüchern. Ich weiß, dass du das kannst, du hast es mir gerade bewiesen. Du hast bereits alles, was nötig ist. Die Menschen werden dich lieben.«

Ich stand auf und lief aufgeregt hin und her. Maisie bot mir das an, was ich mir immer gewünscht hatte. Doch dann bekam ich plötzlich Angst.

»Ich weiß nicht, ob ich das kann, Maisie. Tanzen, ja, das ist meine Leidenschaft. Aber als Akrobatin durch die Lüfte schwingen?«

»Du kannst, wenn du willst. Ich trainiere dich persönlich. Wir machen aus dir eine Artistin, über die ganz Großbritannien sprechen wird. Willst du? Du musst nur Ja sagen, Rosa.«

Ich stand vor ihr und rang mit mir. Mein Herz, das auf und ab hüpfte, jegliche Zweifel von sich warf und jauchzte. Mein Kopf, der grübelte, hin und her lief und nach Ausreden suchte, aus Angst, der Aufgabe nicht gerecht zu werden.

Ich erinnerte mich an Daisy und das, was sie damals zu mir gesagt hatte, als sie mich zur Ballettschule in Dingle brachte: »Du möchtest tanzen. Dann tanze.« Es war vielleicht die letzte Chance, die ich bekam.

»Du hast mir in den letzten Wochen geholfen. Nun lass mich dir helfen, deinen Traum zu erfüllen.« Maisie hielt mir die Hand hin.

Ohne weiter zu zögern, griff ich danach. »Okay, wir versuchen es.«

Dann umarmte sie mich und wiegte sich leicht mit mir hin und her.

»Soll ich dir etwas verraten?«, flüsterte ich lächelnd. »Seit ich hierhergekommen bin, habe ich das Gefühl, eine Familie gefunden zu haben, die ich so nie hatte. Danke dafür.«

»Soll ich dir auch etwas verraten?«, flüsterte sie zurück und kam mit ihren Lippen nah an mein Ohr heran. »Diese Familie wächst.«

Ich sah sie mit gerunzelter Stirn an und brauchte einige Sekunden, um die Botschaft zu verstehen. »Bist du schwanger?«

Maisie legte die Hände auf ihren Bauch. Sie war so schlank wie immer, ich sah nicht die kleinste Wölbung. »Du bist die Erste, der ich es sage.« Sie strahlte mich mit glänzenden Augen an.

»Das ist großartig, Maisie. Ich freue mich für dich, für euch!«

»Alvador weiß es noch nicht.«

»Ich sage kein Sterbenswörtchen, versprochen!« Ich formte mit Daumen und Zeigefinger einen imaginären Schlüssel, der meine Lippen versiegelte.

Als wir später Arm in Arm Richtung Wohnwagen liefen, fiel alle Euphorie von mir ab. Ich musste an Angel denken, die die Akrobatin des Zirkus war.

»Was hast du?«, fragte Maisie und musterte mich.

»Was ist mit Angel?«

»Was soll mit ihr sein?«

»Sie ist immer noch nicht gut auf mich zu sprechen, und ich kann mir vorstellen, dass es die Kluft zwischen uns vergrößern wird, wenn ich mich jetzt noch in ihre Show einmische.«

Maisie blieb stehen, nahm meine Hände in ihre und sah mir in die Augen. »Rosa«, begann sie, und ich seufzte, weil ich ahnte, was sie mir sagen wollte. »Hör auf, immer erst an andere zu denken! Das hat mit Angel nichts zu tun. In einem Zirkus ist Platz für mehrere Artistinnen. Sie muss sich damit abfinden, dass sie weder das Monopol auf Enes noch auf die Artistenshow hat. Punkt.«

Schweigend ging ich weiter neben ihr her, bis wir unseren Wohnwagen erreichten. »Dein Wort in Gottes Ohr«, flüsterte ich Maisie zum Abschied zu.

* * *

Die kommenden Wochen waren hart. Neben meinen Tätigkeiten an der Kasse und in Alvadors Büro trainierte ich fast jede freie Minute mit Maisie in der Manege an Tüchern und Seilen und am Ring. Sie war eine gute Lehrerin, streng und perfektionistisch. Viele Übungen und Figuren wiederholten wir gefühlt hundertmal, bis sie mit dem Ergebnis zufrieden war. Durch all die Jahre Balletttanz fiel es mir leicht, Balance und Körperspannung zu halten, aber es war das Anstrengendste, was ich je gemacht hatte. Am Ende des Tages, wenn ich neben Enes ins Bett fiel, spürte ich jeden einzelnen Knochen. Mahlzeiten ließ ich oft aus. Mir war schwindelig, und ein flaues Gefühl im Magen wurde zu meinem ständigen Begleiter.

»Übernimmst du dich nicht etwas?«, fragte Enes eines Abends, als er mir die Socken auszog, um meine geschundenen Füße zu massieren.

Durch die Balanceübungen auf dem dicken rauen Seil hatte ich Blasen davongetragen, die schmerzten, sobald ich die Schuhe auszog. Mit verzerrtem Gesicht legte ich mich zurück und versuchte, gegen das Schwindelgefühl anzukämpfen, indem ich die Augen schloss und tief durch den Mund ein- und ausatmete.

»Nein, aber es wäre gelogen, wenn ich behaupten würde, es wäre einfach. Es ist hart. Aber ich wollte das so lange und habe jetzt endlich die Chance bekommen, mir den Traum vom Publikum zu erfüllen. Wenn ich es jetzt nicht mache, dann nie. Verstehst du? Ich muss es tun. Für mich. Für Daisy.«

Er nickte stumm und knetete vorsichtig meine verkrampften Zehen. »Versprich mir nur, dass du auf dich achtgibst und aufhörst, wenn es nicht mehr geht.«

Ich nickte, wusste aber bereits im selben Moment, dass ich das Versprechen nicht würde halten können. Ich würde nicht aufgeben. Ich würde mir diesen Traum endlich erfüllen.

* * *

Als Maisie ihre Schwangerschaft verkündete, wirbelte Alvador sie durch die Luft und zeigte sich so herzlich und verliebt, wie man ihn selten gesehen hatte. Es schien das perfekte Glück zu sein, das das Zirkusdirektorenpaar im Winter 1970 erlebte.

»Aber dass eins klar ist«, ermahnte er seine Frau und gleichzeitig mich als Komplizin, »du hörst jetzt auf, bei Rosas Proben durch die Lüfte der Manege zu schwingen. Du bist schwanger, bleib bitte mit deinen Füßen auf festem Boden. Du kannst Rosa auch allein durch die Manege fliegen lassen und ihr von unten Anweisungen geben.«

Wir lächelten beide. Er machte sich Sorgen um Maisie und sein ungeborenes Kind. Dieses Kind würde einmal das alte Familienunternehmen erben, den Zirkus Rosso leiten und das weiterführen, was seine Eltern schon von deren Eltern übernommen hatten. Es erinnerte mich an den Blumenladen. Daisys Erbe. Ich musste an Eireen denken und dachte zum ersten Mal darüber nach, ob auch sie so ein Glück würde erleben dürfen, ob sie eine Person fände, die sie ausfüllte und glücklich machte.

Obwohl ich mir Mühe gab, regelmäßig zu essen und Wasser zu trinken, ging es mir nicht besser. Am Silvestertag war es so schlimm, dass ich mich ins Bett legte und nicht trainieren konnte. Auch am späten Nachmittag, als die Kasse hätte geöffnet werden müssen, konnte ich mich nicht ohne Würgereiz aufsetzen.

»Das reicht. Du bleibst hier liegen und ruhst dich aus«, schimpfte Enes und legte mir einen kalten Waschlappen auf die Stirn. »Ich sage Maisie Bescheid, und nach der Show sehen wir weiter.«

»Aber ...«

»Kein Aber«, erstickte er meinen Protest, »du bleibst hier und basta.«

»Es ist Silvester«, murmelte ich, obwohl mir nicht nach Feiern zumute war.

»Wir werden später sehen, ob wir mit den anderen feiern und anstoßen oder nicht. Ansonsten bleiben wir beide hier. Für mich ist wichtig, dass es dir gut geht. Der Rest ist mir egal.«

Ich gab mich geschlagen.

Er küsste mich sanft auf den Handrücken. »Kann ich dich allein lassen? Ich zeige heute die neue Nummer mit Poppy und Arkansas. Ansonsten kann ich ...« Poppy und Arkansas waren die Shetland-Ponys, die Enes monatelang trainiert hatte. Heute war ihre Premiere.

Ich wusste, wie sehr ihm die Arbeit mit den Pferden am Herzen lag, und brachte es nicht übers Herz, ihn hierzubehalten, wo er ohnehin nichts tun konnte. »Nun hau schon ab!«, rief ich und schob ihn mit einer Hand von der Bettkante.

Ich genoss die Ruhe und Dunkelheit, als Enes endlich nachgegeben und den Wohnwagen verlassen hatte, und sank in einen tiefen Schlaf.

Als ich wach wurde, hörte ich Feuerwerkskörper explodieren. Ich schreckte hoch und erinnerte mich im Dunkeln des Wohnwagens daran, dass ich hier zurückgeblieben war. Als ich mich umschaute, sah ich Enes im Dunkeln am Tisch sitzen und aus dem Fenster schauen.

»Wie geht es dir, *mo cuishle*?«, fragte er und kam zu mir, um mir einen Kuss auf die Stirn zu geben.

»Besser«, murmelte ich schlaftrunken. »Habe ich es verpasst?«

»Keine Sorge, 1971 fängt gerade erst an«, witzelte er und wir lachten beide.

»Lass uns rausgehen, ich möchte das Feuerwerk sehen.«

»Bist du fit genug?«

Ich krabbelte aus dem Bett und zog mir eine dicke Jacke und Wollmütze über. »Mir geht es besser, wirklich«, beteuerte ich, »und ich möchte das neue Jahr nicht allein mit dir im Wohnwagen verbringen, sondern draußen mit unseren Freunden. Die frische Luft wird mir guttun.«

Draußen umarmte ich Maisie und Ruby, die mit einem Trinkglas in der Hand gen Himmel starrten.

»Das wird dein Jahr«, verkündete Maisie und küsste mich.

»Unser Jahr«, ergänzte ich und drückte sie und Ruby links und rechts fest an mich. »Wir haben es verdient.«

In diesem Moment, während Raketen in den Himmel sausten und ihn für Sekunden in buntes Licht tauchten, begrüßte ich offiziell mein neues Leben. Aber ich dachte auch an Eireen, mit der ich all die Jahre zuvor am einunddreißigsten Dezember stets eine Wunschrakete abgefeuert hatte.

Kapitel 14

Gloucester, England, 1971

»Du bist so weit.«

Keuchend ließ ich meinen Oberkörper nach unten hängen. »Was?!«

Maisie stand an der Bande, die Hände auf ihrem Bauch. Inzwischen war ein kleines Kügelchen zu sehen.

»Du bist so weit«, wiederholte sie und begann, die Seile in der Manege wieder aufzuwickeln. »Du kannst auftreten.«

»Nein, die Nummer sitzt noch nicht zu hundert Prozent. Du hast gestern selbst gesagt, dass ich mehr Körperspannung reingeben muss, wenn ich meine Füße ...«

»Rosa.« Es kam einer Ermahnung gleich. »Du bist so weit. Ich verstehe, dass du Angst hast. Das ist normal. Angst sorgt für Adrenalin und löst Fluchtverhalten in uns aus. Aber du bist an einem Punkt angekommen, an dem ich dich loslassen kann. Du wirst diese Nummer aufführen.«

Zweifelnd sah ich sie an und setzte mich auf den Boden der leeren Manege, um meine Füße zu kneten. »Wann?«, fragte ich schließlich, obwohl ich mich vor der Antwort fürchtete.

»Wir reisen in einer Woche weiter nach Worcester. Das wäre der perfekte Start. So haben wir noch genug Zeit, einige Dinge vorzubereiten.«

»Vorzubereiten?«

Sie kam auf mich zu und packte mich an den Schultern. »Du kriegst das ganze Programm, das verspreche ich dir.«

Ich war perplex. Was meinte sie damit?

»Warte hier«, sagte Maisie, »ich zeige es dir.« Damit lief sie zum Zelteingang und ließ mich zurück.

Als sie wiederkam, hatte sie einige Rollen Papier unter dem Arm. Sie nahm eine der Rollen und zog die Enden auseinander.

Ich blickte in mein eigenes Gesicht – Maisie hielt mir ein Werbeplakat des Zirkus entgegen, auf dem ich kopfüber am Ring in der Manege hing. Sprachlos und mit aufgeklappter Kinnlade sah ich sie an.

»Ich habe das Foto gemacht, als du im Kostüm geübt hast«, erklärte sie. »Es war ohnehin Zeit für etwas Neues und Frisches. Eine Schwangere mit meterlangen Schlangen um den Hals würde sicher für weniger gute Presse sorgen.« Sie kicherte und klebte das Plakat zur besseren Ansicht an einen Pfosten.

Bisher hatte Maisie mit schillerndem Bühnenoutfit und Jade um ihre Schultern die Werbeplakate des Zirkus Rosso geziert, die in jeder Stadt aufgehängt wurden.

»Und da hast du an mich gedacht?«, fragte ich immer noch sprachlos und hielt mir die Hände vor den Mund.

Maisie stellte sich neben mich und betrachtete gemeinsam mit mir ihr Werk. Sie legte den Arm um meine Schultern und drückte mich leicht.

»Nur an dich. Man wird dich lieben, Rosa. Glaub mir, du bist wie für die Bühne gemacht. Das hast du all die Jahre über selbst gespürt. Das wird ganz groß. Dein Traum erfüllt sich. Fast wie im Märchen, findest du nicht?«

Lachend fiel ich ihr um den Hals. »Maisie«, flüsterte ich und küsste ihre Wange. »Danke.«

»Was ist das?« Angels Stimme hallte scharf durch das Zelt wie ein Beil, das ein Stück Holz in zwei Teile spaltete.

Gemeinsam drehten wir uns um.

Maisie fand zuerst ihre Stimme wieder. »Wonach sieht's denn aus?«, stellte sie die Gegenfrage und schaute lächelnd auf ihr Werk. »Wir haben neue Plakate drucken lassen.«

»Und da habt ihr *sie* gewählt?«

»Alvador und ich hielten es für eine gute Idee. So können wir das Debüt einer weiteren Artistin angemessen publik machen.«

»Das ist nicht euer Ernst.« Angel begann, hysterisch zu lachen. »Sie ist nicht einmal vom Zirkus! Sie weiß nicht, worauf sie sich einlässt. Was, wenn sie es nicht schafft? Was dann?«

Maisie griff nach meiner Hand. »Oh, ich denke, sie hat es schon längst geschafft.« Sie zog mich hinter sich her und wir verließen gemeinsam das Zirkuszelt.

Meine gute Laune und meine Freude waren getrübt. Es fühlte sich an, als würde eine dunkle Wolke über mir schweben.

»Hör nicht auf sie, sie wird sich wieder einkriegen. Sie muss es jetzt lernen.«

»Vermutlich hast du recht«, sagte ich mehr zu mir und hielt mir die Hand an die Stirn.

»Der Schwindel?«, fragte sie und betrachtete mich besorgt.

»Er kommt und geht.«

»Wenn es nicht aufhört, werden wir dich zum Arzt schicken müssen. Sicher ist sicher.«

»Es ist nicht schlimm. Es geht mir schon um Welten besser.«

»Kein Widerspruch. Wenn es in Worcester nicht besser ist, bringe ich dich zu einem Arzt.«

Ich seufzte. »Okay.« Damit gab ich auf.

Kapitel 15

Worcester, England, 1971

»Entspann dich, *mo cuishle*!«

Nervös ging ich im Bademantel auf und ab. Maisie hatte bereits meine Hochsteckfrisur und mein Make-up fertiggestellt. Ich wartete darauf, dass sie mir das Bühnenoutfit brachte, in dem ich schon einige Male trainiert hatte.

»Was, wenn ich den Ablauf vergesse?«

»Dann improvisierst du.«

»Und wenn niemand applaudiert?«

»Dein Gesicht und dein Körper zieren jedes Plakat in ganz Worcester und du bist hinreißend. Wahrscheinlich könntest du dort oben einfach nur flache Witze erzählen und die Menschen würden klatschen.«

»Was, wenn ...«

»Rosa!« Enes stand auf und ging auf mich zu. Er nahm meine Hände und sah mir in die Augen. Die Augen, die mir schon damals die Fähigkeit raubten, klar zu denken. Die Augen, die mich magisch anzogen und mich weich wie Butter werden ließen. »Hör auf«, flüsterte er.

Ich schloss die Augen und atmete mehrmals tief durch.

Es klopfte an der Wohnwagentür. Ruby kam mit einem weißen Kleidersack in der Hand herein.

»Was machst du hier?«, fragte ich aufgeregt und fiel ihr um den Hals.

»Denkst du, ich lasse dich da rausgehen, ohne dir über die Schulter zu spucken? Du bist jetzt eine Artistin. Da gehört sich das so.« Sie zog mich zu sich heran und spuckte mir gespielt dreimal über die linke Schulter.

Mein irritierter Gesichtsausdruck brachte sie in Erklärungsnot.

»Das machen Artisten und Schauspieler, um sich vor einem Auftritt Glück zu wünschen.«

»Okay, okay ...«, sagte ich aufgeregt und schloss die Augen, um mich zu sammeln.

»Ich habe etwas für dich.« Ruby öffnete den Kleidersack und zog ein weißes Bühnenkostüm heraus, das über und über mit Pailletten und Perlen bestickt war.

»Was ist das?«, fragte ich ergriffen und streckte die Hand nach dem Kostüm aus.

»Dein Bühnenoutfit natürlich. Ich hatte noch alle Maße von der Hochzeit und habe eins gemacht, bei dem ich mir sicher war, es würde dir gefallen. Ich weiß, dass du keine tiefen Ausschnitte magst, also habe ich es am Dekolleté mit Spitze vernäht. Unter dem Rock ist eine kurze hautfarbene Hose eingenäht, damit du dich sicherer fühlst. Heute beginnt für dich ein neuer Lebensabschnitt, Rosa. Eine Artistin braucht für ihre Premiere ein neues Outfit. Ich habe dir deins selbst geschneidert und ...«, sie klappte das eine Ende des Rockes hoch, »auf die Innenseite ein vierblättriges Kleeblatt aufgestickt. Nur du weißt, dass es dort ist. *Ádh mór*!«, sagte sie und ich merkte ihr an, dass sie sich bei der Aussprache des irischen Ausrufes für *Viel Glück* konzentrieren musste.

»Du weißt nicht, was das für mich bedeutet«, flüsterte ich.

»Doch, das weiß ich«, antwortete meine Freundin Ruby leise und drückte mir das Kostüm in die Hand.

In der Manege vor vollen Rängen zu stehen, fühlte sich seltsam an. Nicht gut, nicht schlecht. Einfach nur seltsam, ungewohnt, merkwürdig. Aber der Gedanke, dass Enes, Ruby und Maisie hinter dem Vorhang auf mich warteten, erdete mich, und ich ließ die Kontrolle meiner Gedanken und Gefühle zu. Als meine Finger den Ring umschlossen, auf dem ich saß, hatte ich das Gefühl, die Macht über meinen Körper, die Bewegungen und über die Situation zu haben. Das aufgestickte Kleeblatt auf der Innenseite meines Saums ließ mich an die Illusion glauben, alles würde gut werden. Der Ring hob sich auf mein Zeichen in die Lüfte, die Atmosphäre wurde durch die Nähe zu den Scheinwerfern heißer und die Gesichter der Menschen unten immer kleiner. Ich befühlte das kalte Metall des Rings und schloss für einen Moment beruhigt die Augen.

Das Herz tat, was es wollte. Mein Körper bewegte sich grazil am Vertikaltuch hoch über den Menschen in der Manege des Zirkus Rosso. Ich fühlte mich frei. Frei und glücklich. Beschwingt und beseelt. Meine Hände hielten den Stoff fest umklammert, bis ich ihn wie eine sich windende Schlange um beide Knöchel gewickelt hatte, um einfach loslassen zu können. Dann griff ich mit beiden Händen nach dem Ring, der über der Manege auf mich wartete.

Und fiel.

* * *

Das monotone Piepen nahm ich wahr, bevor ich verstand, wo ich war. Es war wie ein Rhythmus, der mich aus der Ferne zurück in die Realität holte. Als zöge mich jemand tief aus der See nach oben an die Oberfläche. Dann fühlte ich die gewohnte

Wärme an meiner Hand. Eine Berührung, die mir vertraut war, ein mir bekannter Geruch nach Minze und Tabak durchdrang meine Sinne. Es war Heimat.

Enes.

Ich blinzelte durch meine schweren Augenlider, die mir wie Blei auf den Augen lagen und sie fest verschlossen.

Weiße Laken. Eine Kanüle mit dünnem Schlauch führte aus meiner Armbeuge zu einem durchsichtigen Beutel neben dem Bett, in dem ich lag. Vorsichtig drehte ich den Kopf und blickte durch eine verglaste Front, die den Blick auf Bäume freigab. Davor stand ein Tisch mit zwei leeren Stühlen. Blumen in einer altmodischen Vase.

Mein Blick glitt zu der streichelnden Bewegung an meiner Hand. Enes saß neben dem Bett und hatte den Kopf auf meinen rechten Oberschenkel gelegt. Er hatte die Augen geschlossen, meine Hand lag zwischen den seinen. Es kostete mich Anstrengung, den Mund zu öffnen. Es fühlte sich an, als hätte man meine Lippen mit Klebstoff versiegelt. Meine Zunge lag schwer in meiner Mundhöhle und kämpfte sich aus einem tiefen Schlaf.

Der erste Ton war eher ein unangenehmes Kratzen. Es hörte sich nicht wie meine Stimme an. Erst beim zweiten Anlauf kam der gewohnte Klang über meine Lippen. »Was ist passiert?«, fragte ich schlaftrunken.

Das Sprechen war anstrengend. Es kostete mich Kraft, die Worte auszusprechen.

Enes' Kopf schnellte hoch und er starrte in mein Gesicht. »Rosa.« Es klang wie ein Wimmern. Sein Gesicht war verzerrt.

Mein Ehemann saß an meiner Seite und weinte. Ich lag in einem Krankenbett und hatte keine Ahnung, was passiert oder wie ich hier gelandet war.

Enes rückte mit dem Stuhl näher an meinen Kopf, drückte sein Gesicht an meine Brust und schluchzte. Seine Hände legten sich an meine Wangen und befühlten meine Haut, glitten über meinen Hals und wieder zurück. »Rosa«, wiederholte er, und ich spürte, wie er das mir fremde Nachthemd mit Tränen benetzte.

»Bitte«, flüsterte ich und versuchte, seinen Kopf anzuheben, um ihm in die Augen zu sehen. »Sag mir, was passiert ist.« Mein Hals war so trocken, dass ich husten musste.

Enes eilte mit dem leeren Trinkglas vom Nachttisch zum Waschbecken am Ende des Raumes und füllte es mit Leitungswasser.

»Trink einen kleinen Schluck, *mo cuishle.*« Er stützte meinen Kopf im Nacken und hielt mir das Glas an die Lippen.

Wie eine Verdurstende versuchte ich, es in einem Zug zu leeren, was damit endete, dass ich die Hälfte des Wassers auf mir verschüttete. Das Kittelhemd klebte an mir und fühlte sich kalt an.

»Oh Mist«, flüsterte er und versuchte hektisch, das Wasser mit einem Tuch aufzusaugen. »Warte.« Dann drückte er einen Knopf an meinem Bett und einige Sekunden später öffnete sich die Tür.

»Sie ist wach«, rief er einer Frau in weißer Montur zu, die daraufhin wieder auf dem Flur verschwand.

Enes näherte sich meinem Kopf und legte die Stirn an meine. Seine Lippen berührten meine, doch es fühlte sich ungewohnt an. Seltsam. Spröde. Meine Lippen waren ausgetrocknet, rissig und erinnerten mich an Holz.

»Ich habe mir solche Sorgen um dich gemacht. Du bist mein Puls. Vergiss das nicht.«

Seine Worte trieben mir die Tränen in die Augen. Bilder vor meinem geistigen Auge: ein Traum aus weißen Pailletten und Perlen. Ein aufgesticktes vierblättriges Kleeblatt als Glücksbringer auf der Unterseite des Rocksaums. Ein Ring, Tücher und Scheinwerfer hoch oben in unmittelbarer Nähe der

Zirkusspitze. Menschen auf den Stühlen der Ränge so klein wie Spielfiguren.

Und dann Dunkelheit.

»Ich bin gefallen«, flüsterte ich gegen Enes' Gesicht und öffnete die Augen.

Seine Augen waren gerötet. Beim Blinzeln rollten Tränen über seine Wangen.

»Ja, Rosa«, flüsterte er verzweifelt. »Ja, du bist gefallen.«

Ich spürte, wie die Tränen nun auch meine Augen füllten. Panisch bewegte ich meine Gliedmaßen, um zu kontrollieren, ob sie funktionierten.

»Bin ich gelähmt?«, fragte ich angsterfüllt.

»Nein, nein, nein«, sagte Enes und bedeckte mein Gesicht mit Küssen. »Beruhige dich. Du bist nicht gelähmt.«

Die Tür ging auf und ein Mann und eine Frau in weißen Kitteln kamen ins Zimmer. Sie stellten sich vor mein Bett und lächelten matt auf mich herab.

»Mrs Payne, willkommen zurück.«

Ich konnte den Kommentar nicht einordnen.

»Zurück?«

»Sie waren fast achtundvierzig Stunden weg. Die Operation und die Schmerzmittel haben sie erst mal schlafen lassen. Das ist gut. Der Körper regeneriert sich so am besten. Der Geist übrigens auch.«

Ich sah zu Enes, der mit leerem Blick an meinem Bett saß. »Welche Verletzungen habe ich?«

Ich spürte nichts und wusste nicht, ob es an den Schmerzmitteln oder am Adrenalin lag, das mittlerweile durch meine Adern rauschte. Ich hatte keine Ahnung, welche Folgen der Sturz für mich hatte.

Die beiden Ärzte sahen sich an. Die Frau setzte sich auf die Bettkante und legte eine Hand auf meinen Arm. Die Geste machte mir Angst und ich spürte, dass sie mir gleich etwas sagen würde, was mein Leben veränderte.

»Mrs Payne«, begann sie langsam und sah mir ins Gesicht. »Sie hatten großes Glück. Die Fallhöhe war recht hoch.«

»Welche Verletzungen habe ich?«, presste ich zornig zwischen Tränen hervor.

Die Ärztin blickte zu ihrem Kollegen am Bettende, dann zu Enes, der fast schon emotionslos auf der anderen Seite des Bettes saß.

Die Ärztin seufzte, bevor sie weitersprach. »Sie haben eine Gehirnerschütterung und einige Rippenbrüche. Zudem mussten wir innere Blutungen stillen und dafür Ihren Bauchraum öffnen. Es tut mir leid, Mrs Payne. Sie haben das Baby verloren.«

Ich lag wie erstarrt im Bett. Es dauerte einige Sekunden, bis ich verstand, was sie mir gerade mitgeteilt hatte. »Das Baby?«, flüsterte ich weinend in ihre Richtung.

Sie nickte stumm und runzelte die Stirn. Ihr Blick wechselte von Enes zu mir, dann zu ihrem Kollegen. »Sie wussten es nicht?«

Ich war nicht in der Lage, zu antworten oder mich zu regen. Ich lag stumm im Krankenbett des mir unbekannten Krankenhauses und hatte das Gefühl, in die Rolle einer fremden Frau geschlüpft zu sein.

»Wir wussten es nicht, nein«, hörte ich Enes' Stimme sagen. Sie hörte sich an, als wäre sie unendlich weit weg.

»Sie waren wohl in der neunten oder zehnten Woche, Mrs Payne. Es tut uns sehr leid, dass Ihnen das passiert ist.«

Ich sah sie nicht an. Ich sah niemanden mehr an. Ich fixierte einen Punkt am unteren Ende des Bettes und konzentrierte mich auf meinen Atem.

»Da ist leider noch etwas, das wir Ihnen und Ihrem Mann in diesem Zusammenhang mitteilen müssen.«

Ich fühlte, wie Enes' Hände sich wieder um meine legten.

Und dann sagte sie es. So, als wäre es eine Sache, die jedem passieren könnte. Etwas Normales. Für mich und Enes veränderte sie damit jedoch den Lauf der Dinge, unsere ganze Welt.

»Die inneren Blutungen und die Fehlgeburt zwangen uns dazu, sehr schnell zu handeln, um Ihr Leben zu retten. Durch die Verletzungen ist Ihre Gebärmutter stark beschädigt worden, sodass wir sie entfernen mussten. Sie haben sehr viel Blut verloren, Mrs Payne. Es ist wichtig, dass Sie verstehen, wie viel Glück Sie ...«

Mein Kopf fuhr zu ihr herum. »Glück?« Ich lachte hysterisch und ließ all die Gefühle an die Oberfläche, die ich in den letzten Minuten noch nicht einmal gespürt hatte. »Welches Glück? Ich habe ein Baby verloren, von dem wir nicht einmal etwas wussten! Ich wurde in einer Sekunde schwanger und in der nächsten war ich es nicht mehr! Ich kann keine Kinder mehr bekommen. Ist es das, was Sie mir gerade mitteilen?«

Sie presste die Lippen aufeinander und schloss kurz die Augen. Ein Zeichen, mit dem sie alles, was ich ausgesprochen hatte, bestätigte.

Nach einer kurzen Pause erhob sie sich. »Ich lasse Sie mit Ihrem Mann allein. Sprechen Sie miteinander. Und klingeln Sie bitte, wenn Sie etwas brauchen oder es Ihnen nicht gut geht. Wir werden Sie noch einige Tage hierbehalten müssen. Aber auch nach der Entlassung müssen Sie sich erst einmal eine Weile schonen. Sie können längere Zeit nicht auftreten, Mrs Payne.«

Ich schloss die Augen und hörte, wie Sie noch einige Worte mit Enes wechselte. Morgen solle eine Psychologin mit mir sprechen. Ich müsse über dieses traumatische Ereignis reden, hörte ich sie zu Enes sagen.

Die Tür fiel ins Schloss.

Enes und ich lagen uns weinend in den Armen. Im Bett eines Krankenhauses irgendwo in England. Mein Baby, von dem ich gerade erst erfahren hatte, gab es nicht mehr.

Kapitel 16

London, England, 2018

»Ich kann nicht glauben, dass wir sie gerade beerdigt haben.«

Ich lief schweigend neben Eireen auf dem Londoner Friedhof umher, wo vor Kurzem Shaes Urne in die Erde gelassen worden war. Wir hatten uns am Bahnhof King's Cross getroffen und zusammen die Pension aufgesucht, in der wir zwei Zimmer für eine Nacht gebucht hatten. Eireen nach so langer Zeit wiederzusehen, tat gut. Sie zu umarmen und zu fühlen, beruhigte mein Herz. Egal, was die Zeit mit uns gemacht hatte, wir blieben doch Schwestern. Dass wir beide nur selten telefonierten und wir es in der Vergangenheit nur dreimal geschafft hatten, uns zu treffen, schwebte dennoch wie eine dunkle Wolke über uns. Auf dem Weg zur Beerdigung hatten wir uns Anekdoten über Shae erzählt und waren dann – gefangen zwischen Lachen und Weinen – am späten Vormittag auf dem Friedhof eingetroffen.

Mittlerweile hatten sich die Trauergäste auf dem Friedhofsgelände verteilt und überbrückten die Zeit bis zum Leichenschmaus mit einem Spaziergang zwischen alten Grabstätten und Grünanlagen.

»Ich auch nicht«, antwortete ich schließlich und wischte mir mit einem Taschentuch über mein noch feuchtes Gesicht.

Ich konnte die Worte des Predigers nicht vergessen. »Alles hat seine Zeit und jegliches Vornehmen unter dem Himmel seine Stunde. Geborenwerden hat seine Zeit und Sterben hat seine Zeit. Das Pflanzen hat seine Zeit und Gepflanztes auszureißen, hat seine Zeit ... Heilen hat seine Zeit. Weinen hat seine Zeit und Lachen hat seine Zeit. Klagen hat seine Zeit und Tanzen hat seine Zeit.« Ich sah die Parallelen zu meinem Leben, und vielleicht war es genau das, was mich während der Ansprache so ergriffen hatte: Ich hatte meine Zeit mit Eireen im *Daisies*. Ich hatte die Zeit des Weinens, als ich damals nach dem Sturz im Krankenhaus aufgewacht war. Ich hatte meine Zeit des Lachens, als Rudolfo als kleines Kind an meinem Rockzipfel hing. Die Zeit des Tanzens hatte das Alter mir dann genommen. Die Zeit des Klagens war die, die mich beunruhigte. Ich hatte das Gefühl, dass sie nun immer häufiger und stärker über Enes und mich kam, und durch seine Sturheit hatte ich das Gefühl, sie nicht als Zeitabschnitt hinter mir, hinter uns lassen zu können.

»Weißt du, ob sie regelmäßig getrunken hat?«

Eireen schüttelte den Kopf und zerrupfte ein Blatt zwischen den Fingern, während wir unseren Weg fortsetzten. Ich kuschelte mich tiefer in den Kragen meiner Jacke. Der Wind blies Ende Oktober kalt und verstärkte in diesem Moment nach der Beisetzung unserer Jugendfreundin Shae auf dem Friedhof in London das Gefühl der Verletzlichkeit und Einsamkeit.

»Nein, hat sie nicht. Anscheinend hat sie sich nach der Firmenfeier an dem Abend einfach überschätzt. Sie dachte wohl, sie könnte noch fahren. Es war eine Verknüpfung ungünstiger ... Zufälle.«

Ich schüttelte ungläubig den Kopf. Dass Shae bei einem Autounfall ums Leben gekommen war, machte deutlich, wie schnell das Leben vorbei sein konnte. Dass sie an besagtem Abend angetrunken in ihr Fahrzeug gestiegen und von der Firmenfeier nach Hause gefahren war, fügte meinen Gefühlen eine zusätzliche bittere Note hinzu. Auf der einen Seite war da Enttäuschung und unendlicher Schmerz – *wärst du doch nur nicht selbst gefahren*, ging es sicherlich jedem durch den Kopf, der sie kannte. Doch gleichzeitig waren meine Gedanken bei Rudolfo und der Vorstellung, ihm könnte das gleiche Schicksal widerfahren wie Shae. Der Gedanke brach mir das Herz. Und gleichzeitig merkte ich in diesem Moment, dass ich ihm nicht helfen konnte. Ich hielt bereits sein ganzes Leben lang seine Hand und würde sie auch nicht loslassen. Aber es lag an ihm selbst, den Schritt zu wagen in ein Leben ohne den Alkohol. Und ohne Penny.

»Es war schön, dass ihre Tochter jemanden aufgetrieben hat, der die *Uilleann Pipes* gespielt hat. Es hat auf ihrer letzten Reise ein Stück Irland hierhergebracht.« Die *Uilleann Pipes* waren die irische Variante des Dudelsacks. Die Töne hatten mich innerhalb von Sekunden nach Dingle getragen und noch einmal Momente erleben lassen, die ich längst tief vergraben hatte. Einer davon war, als Shae, Totty, Eireen und ich am Wochenende von Daisys Beerdigung am Hafen saßen. Wir warfen Fliederblüten in die aufbrausende See, reichten eine Flasche Whiskey von einem zum anderen und tranken reihum. Zwischen dem Kreischen der Möwen und dem Geräusch der brausenden Flut sprach Shae darüber, wie sie sich ihre eigene Beerdigung vorstellte. Das war eine Sache, über die ich bis heute niemals nachgedacht hatte. Damals, in jungen Jahren, war es zu weit weg, um mich damit zu befassen. Heute, im Alter, schob ich es von mir wie eine unangenehme Aufgabe, die man nicht erledigen wollte. »Ist mir egal, wie es ablaufen wird, aber versprecht mir eins: Zwei Dinge dürfen nicht fehlen – *Uilleann Pipes* und Früchtescones!«

»*Uilleann Pipes* und Früchtescones«, sagte Eireen mehr zu sich selbst und zeigte mir so, dass auch sie sich an diesen Tag erinnerte, der schon so lange zurücklag.

»Sie muss es ihrer Tochter erzählt haben. Es ist schön, dass sie ihr diesen Wunsch erfüllt hat.«

»Hast du die Adresse des Cafés?«, fragte Eireen und tastete suchend ihre Taschen ab.

Wir hatten Isabel unsere Hilfe bei der Organisation und Ausrichtung der Feier angeboten. So kam es, dass Eireen und ich die Früchtescones und die anderen Backwaren in einer Bäckerei abholen sollten.

»Habe ich. Wir nehmen uns ein Taxi«, antwortete ich und öffnete den gefalteten Zettel, den ich in meiner Jackentasche verstaut hatte.

»Okay, wo müssen wir hin?«, fragte Eireen, während sie ein Taxi heranwinkte.

»Zum Bahnhof Victoria Station«, las ich vor und öffnete die Autotür. »Das Café liegt wohl genau gegenüber. *The Doppio*.«

Das Taxi fuhr uns zur Victoria Station. Es war beeindruckend, dass es in einer einzigen Stadt mehrere Bahnhöfe gab. Ich war nie in London gewesen. Aber bei dem Flair, den die Stadt ausstrahlte, dem bunten Treiben, der Rastlosigkeit, verstand ich, welche Faszination sie auf viele Menschen ausübte.

»Das ist es«, sagte Eireen und zeigte auf eine verglaste Front auf der gegenüberliegenden Seite. *The Doppio.*

Der Name war auf einem nostalgischen Schild über der Tür angebracht. Es wirkte in diesem Großstadtdschungel fremd.

Und es stimmte. Als wir das Café betraten, hatte ich das Gefühl, in einer völlig anderen Welt zu sein. Die entschleunigenden Klänge, die hellen Farben, das warme Holz und der Geruch von Gebäck, Kuchen und auch Brot betörte meine

Sinne und gab mir ein Gefühl der Vertrautheit – an einem Ort, an dem ich noch nie zuvor gewesen war.

»Komm schon«, rief mir Eireen zu, die bereits am Tresen stand und auf mich wartete, »lass uns die Bestellung abholen.«

Eine junge Frau namens Jess holte aus dem hinteren Teil des Ladens mehrere Kartons und zeigte uns den Inhalt. Die Scones sahen aus wie gemalt und dufteten herrlich.

Erst als wir den Laden schon fast verlassen hatten, sah ich es. Ich ließ meinen Blick durch das Café schweifen und hätte beinahe einen der Kartons fallen lassen.

An der Wand hing ein riesiges Schwarz-Weiß-Foto von Penny.

»Was hast du?« Eireen stellte sich neben mich vor das Foto an der Wand.

Hier in diesem Café im Großstadtdschungel Londons.

Penny trug eine Backschürze und hatte mehlverschmierte Hände und Arme. Ihr Haar war zu einem lockeren Knoten geschwungen, einzelne Strähnen fielen ihr ins Gesicht. Sie lachte offen in die Kamera.

Nie hatte sie schöner und glücklicher ausgesehen. Die Kamera hatte einen Moment der Zufriedenheit und Liebe eingefangen. Pennys Liebe zum Backen.

Ich erinnerte mich an unendlich viele Momente. Penny mit ihrer ersten Backform in meinem Wohnwagen. Penny mit Kuchen, Torten und süßen Teilchen. Penny mit einem Traum, den sie zurückhielt. Anscheinend hatte sie sich nun diesen Traum erfüllt.

»Rosa.« Eireen fasste mich an der Schulter und beobachtete mich.

»Alles gut«, sagte ich irritiert, unfähig, den Blick von Pennys Gesicht abzuwenden.

»Wir müssen los, komm.«

Abwesend folgte ich ihr aus dem Laden. Nach einigen Schritten hielt ich inne. »Warte bitte auf mich, ich bin gleich zurück.« Ich drückte ihr die Kartons in die Arme, drehte mich um und ging zurück ins Café.

»Rosa!«, rief sie noch hinter mir her, aber ich war bereits durch die Tür und steuerte auf den Tresen zu.

Jess, die junge Verkäuferin, sortierte frische Backwaren in die Auslage ein. »Haben Sie etwas vergessen?«, fragte sie überrascht.

»Nein, nein, ich habe nur eine Frage«, antwortete ich und zeigte auf Pennys Foto an der Wand. »Sagen Sie mir bitte, wer diese junge Frau ist?«

Sie sah auf und lächelte. »Das?« Ihr Blick folgte meinem Finger. »Das ist Victoria. Sie hat Ihre Scones gebacken.«

»*Sie* hat diese Scones gebacken?«, fragte ich ergriffen und zeigte auf die Eingangstür, wo Eireen mit Kartons beladen auf mich wartete.

»Stimmt etwas nicht mit den Scones?«

Erst jetzt realisierte ich, dass sie nicht Pennys Namen genannt hatte. Konnte ich mich so irren?

»Victoria?«

»Ja, sie kam vor einem halben Jahr zu uns. Sie ist die beste Bäckerin, die ich kenne. Ein rothaariger Engel, sagt Claire.«

Kein Zweifel. Es war Penny.

»Kann ich ihr etwas ausrichten, Miss …?« Sie forderte mich indirekt auf, meinen Namen zu nennen.

Ich ignorierte ihren Versuch. »Wann kann ich sie heute sprechen?«

»Sie kommt heute nicht mehr ins Café. Morgen ist sie wieder hier. Ich kann ihr gern einen Zettel schreiben, wenn Sie möchten.«

»Wir müssen los!« Eireen wurde ungeduldig.

»Nein, ich komme wieder. Sie müssen ihr nichts ausrichten.«

Während ich mich umdrehte, fiel mein Blick auf ein kleines Namensschild in der Auslage. Es stand vor zwei Biskuitrollen mit bunten Füllungen – *Enes & Rosa.*

Mit klopfendem Herzen verließ ich das Café und nahm Eireen einen der Kartons mit Pennys Früchtescones ab.

So schloss sich der Kreis. Manche sagten, es sei Zufall. Ich sagte, es war Schicksal. Das Universum hatte vor langer Zeit vorherbestimmt, dass meine Jugendfreundin Shae nach London gehen würde, um hier zu studieren und sich ein Leben aufzubauen. Es war das traurige Schicksal gepaart mit dem Zahn der Zeit, dass sie bei diesem Autounfall ums Leben gekommen war. In der Stadt, in der Penny sich mit neuem Namen einen Lebenstraum erfüllte, fast wie ich einst als junge Frau.

Ich hatte sie gefunden. Penny war wirklich in London.

* * *

Der Leichenschmaus in Shaes Haus war eine Reise in die Vergangenheit. Sie war überall und nirgendwo. Im Flur hing ein Bild im Treppenaufgang, das Shae und Totty mit Eireen und mir in Dingle zeigte. Auf satten grünen Wiesen mit dem Wind in unseren Haaren. Erinnerungen an längst vergangene Tage wurden ins Hier und Jetzt transportiert. Ich blieb lange auf der Treppe stehen, um Erlebnisse Revue passieren zu lassen.

Aber auch die restlichen Bilder machten etwas mit mir. Sie zeigten Shae mit einer Urkunde in den Händen, hinter einem Schreibtisch in der Kanzlei. Die schwangere Shae mit ihrem Ehemann, seine und ihre Hände auf ihrem Bauch. Shae mit einem Baby im Arm, ein Lächeln auf dem Gesicht. Glückseligkeit, Vollkommenheit.

Ich dachte an meinen Sturz vor vielen Jahren zurück. Hier und heute in Shaes Haus wurden mir zwei Dinge bewusst: Man wusste nie, wann das Leben vorbei war, und musste jeden

Moment ganz bewusst leben und wahrnehmen. Und leider war es so, dass wir viele Dinge nicht beeinflussen konnten, egal, wie sehr wir uns bemühten.

»Rosa«, sagte eine Stimme hinter mir. Shaes Tochter Isabel stand am unteren Treppenabsatz und hielt zwei Tassen mit dampfendem Tee in den Händen. »Ich habe dir einen Tee mitgebracht. Möchtest du?«

Ich nahm die Tasse dankend entgegen.

Isabel stellte sich neben mich auf die Treppenstufe. »Mom hat gern Fotos mit besonderen Momenten hier aufgehängt. Sie hat diese kleine persönliche Galerie bereits begonnen, bevor ich geboren wurde. Es gibt Aufnahmen von diesem Treppenaufgang, da hängt lediglich das Bild von euch in Dingle und von meinen Eltern bei einem Date. Mit den Jahren wurden es immer mehr.«

Ich musste lachen. Schon damals war es meist Shae gewesen, die Fotoaufnahmen machen wollte, um alles festzuhalten, was uns widerfuhr.

»Das passt zu Shae. Deine Mutter liebte Fotos.«

»Sie hat mir als Kind bereits deine Geschichte erzählt.«

Ich sah sie von der Seite an. »Meine Geschichte?«

»Die Geschichte der jungen Frau, die dem Ruf ihres Herzens gefolgt ist.«

Wehmütig dachte ich an meine Freundin zurück.

»Das muss sehr mutig von dir gewesen sein, alles hinter dir zu lassen«, sagte sie und rührte in ihrer Tasse. »Ist das Leben im Zirkus nicht recht unbeständig? Ich meine, die Einnahmen sind je nach Jahreszeit und Laune der Leute nicht immer gleich. Ich stelle es mir schwierig vor.«

»Es steckt ein großes System hinter einem guten Zirkus. Er braucht eine gute Führung und Rücklagen, die in Krisenzeiten Sicherheit geben.« Nachdem ich das ausgesprochen hatte, überkam mich ein regelrechter Schauder. Ich erkannte, dass die Säulen, auf die ein erfolgreicher Zirkus gebaut war, für den

Zirkus Rosso nicht mehr existierten. Ich kniff die Augen zusammen und versuchte, die Warnungen beiseitezuschieben, wie so oft in letzter Zeit. »Isabel, kann ich dich etwas fragen? Dieses Café, in dem Eireen und ich die Scones abgeholt haben ...«

Sie unterbrach mich hektisch. »Rosa, es tut mir leid, ich hatte euch kein Geld mitgegeben. Was bin ich Eireen und dir schuldig?«

»Nein, nichts. Das ist das Mindeste, das wir beisteuern können«, wehrte ich ab. »Gehst du dort öfter hin?«

»Ja, Mom und ich sind oft gemeinsam dort gewesen. Es ist ganz besonders dort. Wieso fragst du?«

Ich überlegte kurz, wie ich meine Frage formulieren konnte. »Kennst du Victoria?«

»Die Geschäftsführerin?«

»Sie leitet das Café?«

Sie nickte eifrig. »Sie leitet es stellvertretend für Claire Westwood. Und Victoria backt fast alles selbst. Mit Unterstützung von Jess. Sie ist erst seit einem halben Jahr dort, aber wir alle fragen uns, wo sie davor gewesen ist. Es ist, als hätte man hier nur auf sie gewartet. Einfach verrückt.« Sie lachte und sah gedankenverloren in ihre Teetasse.

Im Wohnzimmer rief jemand nach Isabel.

»Ich komme gleich!«

»Rosa, meine Mutter hat dich sehr gemocht, und ich weiß, dass ihr gemeinsam schöne Zeiten in Irland hattet. Bitte such dir etwas von ihren persönlichen Sachen aus. Sie würde wollen, dass du etwas als Andenken an sie mitnimmst.«

Ein dicker Kloß schnürte mir die Kehle zu. Ich nickte stumm und lächelte.

»Isabel«, rief ich, als sie bereits auf dem Treppenabsatz war, »kann ich hier irgendwo ungestört telefonieren? Ich müsste meinen Mann anrufen.«

»Den Mann vom Zirkus?« Sie lächelte mich an.

»Ja.« Ich lachte auf. »Den Mann vom Zirkus.«

»Natürlich. Geh einfach hoch in den ersten Stock. Fühl dich wie zu Hause, Rosa.«

Ich ging in das erste Zimmer auf der rechten Seite mit der Aufschrift »Gästezimmer«. Dort setzte ich mich auf das Bett vor dem Fenster und wählte Enes' Nummer.

Nach mehrmaligem Tuten erklang schließlich seine Stimme. »*Mo cuishle.*«

»Wie geht es dir, Liebling?«

»Du fehlst mir.«

Ich seufzte. »Du fehlst mir auch.«

»Wie geht es dir nach ... der Beerdigung?«

Er zögerte, es auszusprechen. Und genau das brachte mich immer wieder ganz nah zu Enes: Er hatte so feine Antennen und ein Gespür für alles, was mich betraf. Er wusste, wie schwierig dieser Gang für mich gewesen war.

»Mir geht es gut«, seufzte ich. Und es stimmte. »Ich rufe an, um dir etwas zu erzählen.«

»Nämlich?«

Ich machte eine Pause und holte tief Luft. »Ich habe Penny gefunden, Enes.«

»Was?!«, schrie er fast ins Telefon. »Du hast was?!«

Ich versuchte, ihn mit meiner Gestik zu beruhigen, machte mir dann aber bewusst, dass das am Telefon sinnlos war.

»Sie arbeitet in einem Café mit Bäckerei in London. Kannst du dir das vorstellen? Es war das Café, in dem Shaes Tochter Isabel die Backwaren bestellt hat. Eireen und ich haben die Bestellung abgeholt und ...« Ich sah vor meinem geistigen Auge noch einmal das Schwarz-Weiß-Foto an der Wand des *Doppio*.

»Und?«, unterbrach mich Enes. Seine Stimme verriet seine Ungeduld.

»Sie war nicht da. Aber es hing ein Bild von ihr an der Wand.« Ich ergänzte die Informationen, die ich von Isabel bekommen hatte.

Enes hörte mir aufmerksam zu. »Unfassbar, dass du recht hattest und sie nach London gegangen ist.«

»Ich bin froh, dass wir das wissen. Es beruhigt mich irgendwie.«

»Mich auch«, antwortete er, »mich auch, *mo cuishle.*«

»Und mich beruhigt es noch mehr, zu wissen, dass sie sich ihren Lebenstraum erfüllt.«

»Ihre Geschichte ist deiner gar nicht so unähnlich, Rosa.«

Ich lächelte, weil es stimmte. »Ich werde morgen noch mal in dieses Café gehen. Wenn sie dort ist, kann ich sie sehen und mit ihr sprechen.«

In Gedanken spielte ich die Situation durch, plötzlich vor Penny in diesem Café zu stehen. Was, wenn sie sich nicht freute, mich zu sehen? Ich schüttelte den Gedanken ab und sammelte mich kurz. »Wie läuft es bei euch?«, wechselte ich das Thema, »kommt ihr zurecht?«

»Gino gibt sich Mühe. Rudolfo ... du weißt ja.«

Das bedeutete, dass sich nichts verändert hatte. Ich kam mir dämlich vor. Was war in vierundzwanzig Stunden Abwesenheit auch zu erwarten?

»Vielleicht bewegt ihn der Gedanke, dass Gino und Lyla ein Baby bekommen, ja doch dazu, sich helfen zu lassen. Was meinst du?«

»Ich weiß es ehrlich gesagt nicht«, meinte Enes. »Ich glaube, ihn würde nur der große Knall wachrütteln. Wenn überhaupt.«

Ich konnte hören, dass er sich sorgte. Ich war mir sicher, dass er mir nicht alle Details der jüngsten Ereignisse im Zirkus erzählt hatte.

»Ich bin morgen wieder da und dann reden wir.«

»Ich bin froh, wenn du wieder bei mir bist. *Mo ghrá thú*«, antwortete er ins Telefon.

»Ich liebe dich auch.« Dann drückte ich den roten Knopf auf meinem Mobiltelefon.

* * *

»Wann fährt dein Zug?«, fragte ich Eireen in der Bahnhofshalle. Es herrschte reger Verkehr. Menschen rannten mit Taschen und Rucksäcken an uns vorbei, sprangen in Züge, die abfahrbereit waren, oder rannten nach draußen, wo Busse auf die letzten Passagiere warteten.

Eireen warf einen Blick auf ihre Armbanduhr. »In zehn Minuten«, antwortete sie. »Dich müsste ich wohl eher fragen, wohin dein Zug überhaupt fährt.«

Wir lachten beide.

»Nach Winchester«, antwortete ich. Dass ich vorhatte, noch einmal in das Café von gestern zurückzukehren, erwähnte ich nicht.

Am Gleis standen wir einander schweigend gegenüber und blickten betreten auf unsere Schuhe. Momente des Abschieds wie diesen hatten wir nur einmal erlebt. Ich konnte an einer Hand abzählen, wie oft wir uns in den vielen Jahren gesehen hatten, seit ich mich dem Zirkus angeschlossen hatte.

Schließlich ging ich einen Schritt auf sie zu und umarmte sie. Wir drückten uns sanft aneinander und ich spürte diese Verbundenheit, die wir immer noch hatten. Wenn sie sich auch mit der Zeit verändert hatte.

»Grüß mir die grünen Hügel in Dingle«, flüsterte ich ihr ins Ohr.

Sie nickte und drückte mich an den Schultern ein Stück von ihr weg, um mir ins Gesicht blicken zu können. »Und du mir den Zirkus.«

Dann griff sie nach ihrer Tasche und stieg in den wartenden Zug. An der geöffneten Tür drehte sie sich noch einmal um und winkte. Ich hob die Hand und lächelte. Die Türen schlossen sich und ich sah Eireen hinter der Glasscheibe. Dann ging sie in das Abteil links davon und kippte das Fenster.

»Rosa!«, rief sie mir zu und ich lief einige Schritte mit dem Zug mit, der sich bereits in Bewegung setzte. »Komm mich in Dingle besuchen.«

Ich lächelte zu ihr hinauf. »Das mache ich. Irgendwann einmal.«

Der Zug nahm Fahrt auf und verließ wenige Sekunden später den Bahnhof von London. Einige Minuten stand ich noch auf dem Bahnsteig und sah ihm nach. Ich wusste, dass ich Eireen ein Versprechen gegeben hatte, das ich womöglich nie einlösen würde. Das Wort *irgendwann* war irgendwie ein anderes Wort für *nie*.

Mit schnellen Schritten verließ ich das Bahnhofsgebäude, um zum Café zu kommen. Obwohl ich Pennys Gesicht vor meinem geistigen Auge klar vor mir sah, mich an ihr Lächeln, an ihr Charisma erinnerte und ihre kupferroten Haare wehen sah, dachte ich darüber nach, wie sie wohl aussehen würde. Zufriedenheit spiegelte sich in unserem Gesicht wider. Sie machte etwas mit uns und zeigte eine natürliche Schönheit, die ausschließlich von innen kam. Wie würde Penny also aussehen? Wie würde sie reagieren, wenn ich plötzlich vor ihr stand? Hatte Jess ihr gesagt, dass eine Frau nach ihr gefragt hatte?

Plötzlich beschlich mich der Gedanke, dass ihr das Angst gemacht haben könnte. Meine Schritte beschleunigten sich und ich rannte fast über den Zebrastreifen, der auf die gegenüberliegende Seite führte, wo das Café lag.

Schnell drückte ich gegen den Türknauf, doch die Tür ließ sich nicht öffnen. Verwirrt trat ich einen Schritt zurück. »Wegen

Trauerfalles bis auf Weiteres geschlossen«, las ich murmelnd, was auf dem Zettel stand, der von innen gegen die Glasscheibe geklebt war.

Bis auf Weiteres? Mein Herz setzte einen Schlag aus, und es rutschte noch weiter nach unten, als ich die Tragweite der Nachricht verstand. Ich würde Penny heute weder sehen noch sprechen können. Ich wusste nicht, wann das Café wieder öffnete. Was nun?

Ich legte beide Hände an das Schaufenster und spähte hinein, als könnte ich so einen Hinweis erlangen, was ich tun sollte. Der Innenraum des *Doppio* war leer und verlassen. Die hochgestellten Stühle und die ausgeknipsten Lichter im Inneren spiegelten die traurige Wahrheit der Nachricht auf dem Zettel wider.

Seufzend nahm ich einen Moment auf der breiten Fensterbank Platz und lehnte mich mit dem Rücken an die Scheibe des Cafés. Die Menschen liefen mit Schirmen an mir vorbei, obwohl der Regen bereits aufgehört hatte. Um mich herum waren Pfützen entstanden, die auf dem Kopfsteinpflaster ruhig dalagen und an kleine Seen erinnerten.

Ich kramte in meiner Tasche und zog mein Handy hervor. Ich musste Enes sprechen. Wenn es einen Ruhepol für mich gab, dann ihn.

Er antwortete bereits nach dem zweiten Klingeln. »*Mo cuishle*, sitzt du im Zug?«

Seine Stimme war wie ein Impuls, ein Startschuss für meine Emotionen, einfach herauszulassen, was sich in den letzten Minuten angestaut hatte. Ich hörte das bekannte Klirren von Eisenstangen. Eine vertraute Geräuschkulisse beim Aufbau des Zirkuszelts.

»Enes«, begann ich hastig und ignorierte seine Frage, »es hat geschlossen. Ich kann Penny nicht sehen und nicht mit ihr sprechen. Auf einem Zettel steht, dass …«

»Rosa«, unterbrach er mich ernst, aber ich plapperte weiter und hörte nicht, welch ernster Unterton in seiner Stimme lag.

Die Leitung krachte, es hörte sich an, als riebe das Telefon an einem Hemdkragen.

»Was redest du da, verdammt noch mal?«

Als ich Rudolfos Stimme hörte, fuhr ich zusammen.

»Rosa«, hörte ich dann wieder Enes sagen, »ich habe den Lautsprecher an.«

Nachdem ich aufgelegt hatte, lief ich über den Zebrastreifen zurück zum Bahnhof. Ich musste nach Hause. Zu Enes. Zu Gino und zum Zirkus. Zu Rudolfo. Ich musste die Wogen glätten und meinen Verrat irgendwie rechtfertigen, ohne ihn ganz zu verlieren. Als ich bereits auf dem Weg zum Bahngleis war, blieb ich stehen und drehte mich noch einmal zu dem Café um, das in Miniaturgröße auf der gegenüberliegenden Seite der Hauptstraße lag. Ich war so nah bei Penny und doch so weit entfernt. Das Schicksal lachte mir wieder einmal ins Gesicht. Aber die Vergangenheit hatte mich auch gelehrt, dass alles so kam, wie es kommen sollte. Es sollte nicht sein. Ich musste nach Hause, um das Chaos, das gerade entstanden war, wieder in Ordnung zu bringen. Obwohl ich mir vorstellte, wie ich stundenlang mit Penny in diesem Café saß, das sie selbst führte, und wir die Zeit um uns herum vergaßen, so gab es eigentlich nur eine Sache, die ich ihr mitteilen wollte. Eine Nachricht, die tief aus meinem Herzen kam.

Ich seufzte und ging zurück zur verschlossenen Tür des Cafés. Ich griff nach dem Notizblock in meiner Tasche und riss ein Blatt heraus. Und dann schrieb ich. An der Scheibe des Cafés, das Penny leitete. Direkt aus dem Herzen.

Leannán,
ich hätte dich gern gesehen, aber das Café hat vorrübergehend geschlossen und ich muss heute

noch zurück. Ich habe dein Foto an der Wand gesehen, und auch wenn ich nur einen Bruchteil der Geschichte gehört habe, möchte ich dir etwas sagen: Ich bin stolz auf das, was du hier anscheinend auf die Beine gestellt hast. Du hast deine Träume als Wegweiser benutzt und bist dem Kompass in deinem Herzen gefolgt. Das erinnert mich an meine eigene Geschichte.

Uns geht es gut. Jeder muss die Hauptrolle in seinem eigenen Leben spielen.

Lebe deinen Traum, leannán. *Deine Geschichte ist bei mir sicher.*

Grá mór,

Rosa

Ich faltete das Blatt einmal und schrieb außen den Namen darauf, den sie nun führte – Victoria. Dann schob ich den Brief unter der Türschwelle durch und sah, wie er ein Stück über den Boden glitt und dann liegen blieb.

Es war Zeit, nach Hause zu fahren.

Kapitel 17

Sheffield, England, 1971

Die erste Zeit nach der Entlassung aus dem Krankenhaus war hart. Ich fühlte mich leer und betrogen. Es fühlte sich wie Verrat an, den man an mir begangen hatte: Ich fiel in einen langen Dornröschenschlaf, und als ich aufwachte, war ich bereits der Dinge beraubt worden, die mir niemand mehr zurückgeben konnte. Mein Baby, unser Baby, gab es nicht mehr. Ich fühlte mich schlecht, weil ich das Gefühl hatte, es wochenlang ignoriert zu haben, dabei hatte ich nicht einmal gewusst, dass ich schwanger war. Rückblickend kam ich mir nur dämlich vor. Die Zeichen waren da gewesen, aber ich hatte sie nicht richtig wahrgenommen und dem Stress zugeschrieben. Die Tatsache, kein eigenes Baby mehr bekommen zu können, kam zeitverzögert bei mir an. Zu beschäftigt war ich mit der Trauer um das Kind, das das Schicksal mir genommen hatte.

Das Krankenhaus entließ mich nach zehn Tagen. Nach der Rückkehr in den Wohnwagen verbrachte ich meine Tage und Nächte im Bett, verlor das Zeitgefühl und wusste nicht, welchen Tag wir hatten. Wenn Enes nicht die Jalousien hochzog, merkte ich nicht einmal, ob Tag oder Nacht war. Ich wollte nicht aufstehen, aber auch nicht schlafen. Wollte nicht essen und nicht reden. Meist lag ich unter der Decke in unserem gemeinsamen Bett und starrte an einen Punkt an der Wand oder nach draußen und wartete, dass der Tag endete.

Enes musste zusehen. Er versuchte alles in seiner Macht Stehende, um irgendwelche Emotionen in mir zu wecken. Er hielt jeglichen Stress von mir fern, ging morgens früh aus dem Wohnwagen, nachdem er sich mit einem Kuss auf meine Stirn verabschiedet hatte, erledigte seine Arbeit und kam zur Mittagspause zurück, um etwas zu essen. Immer bemüht, auch mich zu einer richtigen Mahlzeit zu überreden. Abends legte er sich zu mir ins Bett, umarmte mich von hinten und ließ mich seinen Atem und seine Anwesenheit spüren. Er versuchte nicht, mich zum Reden zu bringen oder davon zu überzeugen, das Bett zu verlassen. Er ließ mich einfach nur ich sein und gab mir die Zeit, die ich brauchte. Wie damals. Nur waren die Umstände ganz andere. Es waren Umstände, von denen ich niemals gedacht hatte, dass sie uns ereilen würden.

Ich konnte nicht fassen, dass Ruby von Anfang an recht gehabt hatte, was Angel anging. Ihre Missgunst war so groß gewesen, dass sie den Ring manipuliert und mich bewusst zum Sturz gebracht hatte. Ich erinnerte mich immer wieder an den Moment, als ich im Sprung nach dem Ring gegriffen und mich dabei in völliger Sicherheit gewogen hatte.

Im Bezug auf Angel behandelte mich jeder wie ein rohes Ei. Ich wusste nur, dass Maisie und Alvador sie sofort entlassen und zum Teufel gejagt hatten, nachdem sich herausgestellt hatte, dass sie den Ring manipuliert hatte. Sie hatte den Zirkus noch am selben Abend verlassen. Man könnte meinen, dass das Kapitel zu Ende war und ich weiterblättern musste. *Das Leben geht weiter*, sagte man. Aber für mich fühlte es sich Anfang 1971 so an, als hätte es bereits aufgehört.

* * *

»Klopf, klopf.« Maisies Stimme drang vom Eingang des Wohnwagens zu mir herüber.

Ich lag mit dem Rücken zu ihr und rührte mich nicht.

Das Knarzen auf den Dielen zeigte an, dass sie zu mir hinüberkam. Dann setzte sie sich auf die Bettkante und legte eine Hand auf meinen Oberarm. Sanft streichelte sie über die Stelle und drückte leicht zu – ein Ersatz für eine herzliche Umarmung, wie wir sie uns früher immer gegeben hatten.

Früher. Es war seltsam, dass man sein eigenes Leben nach solchen Ereignissen immer in ein Davor und Danach einteilte.

»Wie fühlst du dich?«, fragte sie flüsternd und beugte sich zu mir hinunter, um ihre Wange an meine zu legen. An meinem Rücken spürte ich ihren Babybauch, der sie daran hinderte, sich ganz an mich zu legen.

»Wie gestern. Und den Tag davor. Und den Tag davor und den Tag vor diesem Tag, schätze ich.« Es war mehr, als ich in den letzten Wochen mit irgendjemandem gesprochen hatte. Meine eigene Stimme zu hören, schien schon fast unwirklich.

Sie atmete hörbar aus und küsste mich sanft auf die Wange. »Hast du Hunger? Kann ich dir etwas kochen?«

Ich schüttelte stumm den Kopf.

»Oder möchtest du an die frische Luft? Ein Spaziergang würde dir sicher guttun.«

Wieder ein Kopfschütteln.

Dann saß sie stumm neben mir am Bett, hielt meinen Oberarm und war einfach nur da.

Nach einer gefühlten Ewigkeit fand ich die Worte wieder. »Du musst nicht deine ganze Pause hier bei mir sitzen. Du arbeitest viel und hart, Maisie. Sitz in dieser Zeit nicht hier bei mir. Ich bin gerade keine gute Gesellschaft, schätze ich.«

Sie seufzte und setzte sich mir gegenüber, sodass sie mich sehen konnte. Ihre Beine hievte sie mühevoll auf die Matratze und schlug sie übereinander.

»Red keinen Unsinn«, winkte sie ab, »du bist und bleibst für mich die beste Gesellschaft hier. Außerdem habe ich wirklich gar nichts mehr zu tun und langweile mich. Ich wollte dich einfach sehen.«

Was sie sagte, ließ mich aufhorchen. Ich drehte mich zu ihr um und sah sie an. »Was meinst du damit, du hast nichts mehr zu tun? Was ist passiert?«

Sie sah mich zweifelnd an, als überlegte sie, ob sie das ausführen sollte oder nicht. »Ich muss die Füße stillhalten, sagt der Arzt. Die Sache mit der Vorderwandplazenta ...« Sie rollte die Augen, um das Thema zu überspielen. »Ich soll viel ruhen und darf gerade noch spazieren gehen. Also müssen meine Aufgaben anderweitig verteilt werden. Es ist, wie es ist.«

Sie faltete die Hände über ihrem Babybauch, mein Blick blieb fast automatisch daran hängen.

»Rosa ...«, sprach sie leise in meine Richtung, bis sie meinen Blick einfangen konnte, »ich wollte darüber nicht sprechen. Es ... tut mir leid. Es tut mir leid, dass alles so gekommen ist. Du ahnst nicht, wie sehr.« Ihre Augen begannen, in Tränen zu schwimmen. Sie setzte sich auf und griff nach meiner Hand.

Es dauerte einige Sekunden, bis ich antworten konnte. »Das muss es nicht, Maisie«, sagte ich leise und stützte mich ab. In weißen Laken saßen wir uns auf dem Bett gegenüber und sahen uns in die Augen. »Du kannst nichts dafür, dass mir das passiert ist.«

Tränen liefen fast in Zeitlupe über ihre Wangen und fielen auf das Laken unter ihr. »Ich will dich nicht damit belasten, verstehst du?«

»Womit belasten? Was meinst du?«

Sie griff mit beiden Handflächen auf ihre Babykugel, die sich unter ihrem engen Shirt abzeichnete. »Ich kann mir nicht ausmalen, wie du dich fühlst. Dass ich ein Baby unter dem Herzen trage und du nicht mehr, muss schrecklich für dich sein. Ich habe Angst, dass all das, was nun kommen wird, eine Mauer zwischen uns errichtet. Das ist das Letzte, was ich möchte. Ich bin so froh, dass du mit Enes zu uns gekommen bist, dass wir uns kennengelernt haben und du mich und diesen Zirkus bereicherst.«

Meine hochschwangere Freundin und Chefin Maisie Rosso, die Direktorin dieses Zirkus, saß schluchzend auf meinem Ehebett zwischen weißen Laken.

Es brach so unmittelbar aus mir heraus, dass sie fast erschrak, als ich weinend aufsprang und ihr um den Hals fiel. Es war das erste Mal, dass ich weinte, seit ich in meinem Krankenbett neben Enes die Nachricht erhalten hatte. Nicht weil ich nicht todunglücklich und traurig war, vielmehr, weil ich mich unendlich leer fühlte. Wir weinten Schulter an Schulter und ich ließ an die Oberfläche, was ich tief in mir hatte verschließen wollen.

Danach fühlte ich mich erschöpft, aber gut. Der Gefühlsausbruch und Maisies Anteilnahme hatten etwas in mir befreit und ich war letztendlich einfach nur froh darüber, dass sie in den letzten Wochen immer wieder den Weg zu mir gesucht und mich nicht aufgegeben hatte. Egal, wie wenig ich mit ihr gesprochen hatte. Egal, wie still es seit langer Zeit in diesem Wohnwagen war.

»Dieses Baby wird niemals eine Mauer zwischen uns errichten«, versicherte ich ihr und legte meine Handfläche auf ihren Bauch. Ich meinte es ernst. Es war das Baby meiner Freundin. Wie könnte ich es nicht lieben? Wie könnte ich sie spüren lassen, wie verletzt und traurig ich wegen meines eigenen Verlustes war? Das hatte rein gar nichts mit ihr zu tun.

Sie lächelte mich durch ihren Tränenschleier an und griff nach einem Taschentuch.

Wir saßen eine Weile schweigend nebeneinander, bis ich auf das Thema von vorhin zu sprechen kam. »Wie kommt der Zirkus klar, wenn du erst mal aussteigst?«

Sie presste die Lippen aufeinander und wiegte den Kopf leicht von links nach rechts. »Es ist enorm viel Arbeit für alle, wenn gleich drei Personen ausfallen. Aber irgendwie wird es schon gehen. Es ging bisher immer.«

Draußen war ein Krachen zu hören. Maisie reckte den Kopf, um einen Blick aus dem kleinen Fenster am Bett zu erhaschen. Ich tat es ihr gleich. Alvador und Barron hatten einen ausklappbaren Holztisch fallen lassen, der nun gebrochen vor ihnen lag.

»Das darf doch nicht wahr sein«, murmelte sie genervt und bewegte sich mühevoll aus dem Bett.

Erst jetzt wurde mir bewusst, welche Bedeutung die letzten Monate für den Zirkus gehabt hatten – Angel war gekündigt worden, ich lag seit etlichen Wochen im Bett und zerfloss in Selbstmitleid, während meine schwangere Freundin Maisie sich aufopferte und alles zusammenhielt, jetzt aber ebenfalls ausfiel und nicht mehr arbeiten durfte.

Ich stand auf und zog das Laken glatt.

»Was tust du?«, fragte Maisie irritiert.

Es war das erste Mal seit einer gefühlten Ewigkeit, dass mich jemand anderes als Enes außerhalb des Bettes sah.

»Das, was schon längst überfällig ist«, antwortete ich und band meine Haare im Nacken zusammen, sodass ein sehr kurzer Zopf entstand. »Ich bringe dich zu deinem Wohnwagen. Du ruhst dich aus und ich sehe nach dem Rechten.«

»Rosa«, wehrte sie ab, »du musst nicht …«

»Und ob!«, sagte ich resolut. »Ich habe getrauert und gelitten. Und das tue ich immer noch. Aber du brauchst mich, der Zirkus braucht mich.«

»Dein Mann braucht dich«, sagte sie leise und sah mich wehmütig an. »Er sorgt sich, Rosa. Schließ ihn nicht aus.«

Ich antwortete nicht, weil ich genau wusste, was sie mir sagen wollte. Während ich trauernd um unser totes Baby alles und jeden von mir gestoßen hatte, hatte ich vergessen, dass einer von ihnen mein Ehemann war. Enes litt ebenso unter dem Verlust wie ich. Es war nicht fair, alles auf ihm abzuladen.

Das würde sich jetzt ändern. »Ich ziehe mich um und dann gehen wir.«

»Bist du dir sicher, dass du das packst?«, fragte sie sanft, während ich aus dem Wandschrank frische Kleidung herauszog.

Ich drehte mich zu ihr um und sah ihr direkt in die Augen. »Absolut. Du hast mir damals geholfen, du hast mir in den letzten Wochen und Monaten geholfen. Jetzt ist es meine Aufgabe, Maisie. Lass mich dir helfen.«

Sie lächelte matt und nickte.

* * *

Die nächsten Wochen ertrank ich regelrecht in Arbeit: In den Morgenstunden arbeitete ich im Büro und kümmerte mich um Rechnungen, Gehaltsschecks, Verträge und Gelder, anschließend machte ich mit Enes eine kurze Mittagspause. Meist bereitete ich Essen vor und brachte Maisie eine Portion in den Wohnwagen. Anschließend half ich dort, wo Unterstützung nötig war, und am frühen Abend saß ich im Kassenhäuschen, um Tickets zu verkaufen, bis die Show begann. Die Auftritte selbst sah ich mir hinter der Bühne an. Es erinnerte mich an meine Anfangszeit beim Zirkus. Maisie und Ruby hatten oft bei mir hinter dem schweren Vorhang gesessen und wir waren die Reiseroute der nächsten Wochen und die Zeitpläne durchgegangen.

Wenn andere ins Bett fielen und nach langen anstrengenden Tagen endlich die Glieder von sich streckten, kam der körperlich anstrengendste Teil: Ich baute meine Ballettstange auf und zwang mich zu Körperspannung und grazilen Figuren. Und genau das war es: ein Zwang. Ich wollte mehr, als mir zu diesem Zeitpunkt möglich war. Die Rippenbrüche waren verheilt und der Arzt erlaubte mir die Aufnahme des Trainings, solange ich es nicht übertrieb. Dennoch hatten sich meine Muskeln abgebaut und ich fühlte mich wie ein Holzklotz. Ich ließ die Vertikaltücher weit nach unten herab und versuchte ungeduldig und verkrampft, innerhalb von nur wenigen Tagen direkt zu der Form zurückzukehren, die ich bei täglichem Training gewohnt war. Ich zog mich ein Stück nach oben, merkte aber schnell, dass ich keine Kraft hatte, mein Körpergewicht zu halten und dabei noch grazil auszusehen, meine Gesichtsmuskeln zu entspannen und zu lächeln. Mein Puls beschleunigte sich und meine Muskeln zitterten unter der ungewohnten Belastung.

Keuchend löste ich die Tücher von meinen Handgelenken und hüpfte zurück auf den Boden der Manege. »Scheiße!« Fluchend trat ich nach dem Ende der Ballettstange, die neben mir aufgebaut war, und drückte die Fingerkuppen gegen meine Schläfen. Mit geschlossenen Augen atmete ich tief ein und aus – ein Versuch, mich zu beruhigen.

»Du musst dir Zeit geben, Rosa«, hörte ich plötzlich eine Stimme hinter mir. Enes hatte sich lautlos herangeschlichen. Jetzt betrat er die Manege in Shirt und Jogginghose, lehnte sich mit verschränkten Armen gegen die Bande und gähnte. Er sah müde aus. Als ich aus unserem Wohnwagen geschlichen war, hatte er bereits geschlafen.

»Ich muss irgendwann wieder anfangen, zu trainieren. Mir fehlen mittlerweile Monate. Ich möchte auftreten, da kann ich nicht herumsitzen und mir Zeit geben.«

»Ich sage nicht, dass du herumsitzen sollst«, korrigierte er mich sanft und fuhr sich mit einer Hand durch die dunklen Haare, die ihn ungekämmt noch attraktiver machten, als er ohnehin schon war. »Ich meine damit nur, dass du dir mehr Zeit geben musst und nicht so hart mit dir sein darfst. Du kannst nicht erwarten, dass dein Körper nach allem, was er durchgemacht hat, und nach der langen Pause auf dem Stand von damals ist. Das ist unmöglich.«

Ich wusste, dass er recht hatte. Der Druck, den ich auf mich selbst ausübte, gepaart mit falschem Ehrgeiz, war lediglich der Versuch, mich selbst so sehr zu beschäftigen, dass ich keine Zeit hatte, in Gedanken immer wieder dem nachzugehen, was ich in den letzten Monaten durchgemacht hatte. Es war mein Weg, diesen Schmerz zu betäuben und ihm nicht mehr die Alleinherrschaft in meinem Leben einzuräumen.

Betreten blickte ich zu Boden und zuckte mit den Achseln. Ich kam mir vor wie ein törichtes, trotziges Kind. Mit meinen nackten Füßen malte ich kleine Kreise auf dem Boden.

»Bist du dir sicher, dass du schon so weit bist?«

Ich sah zu ihm auf und hatte das Gefühl, als zöge sich eine Schlinge um meinen Hals und drückte mir die Luft ab.

»Ich werde wohl niemals so weit sein. Ich fühle mich, als wäre ich gefangen in einem Film und jemand hätte nach den schlimmsten Szenen einfach die Pausetaste gedrückt. Und jetzt soll ich da weitermachen, wo ich aufgehört habe. Aber es funktioniert nicht.«

»Und das ist nicht schlimm!«, sagte er eindringlich und kam zu mir hinüber. Er stellte sich vor mich und legte beide Hände an meine Wangen. Ein zärtlicher Versuch, meinen Blick einzufangen, meine ganze Aufmerksamkeit zu gewinnen.

Ich sah in seine Augen. Diese Augen, die mich immer noch verzauberten und mich völlig einnahmen. Zu einhundert Prozent.

»Ich will, dass der Schmerz aufhört«, flüsterte ich, »und das hier hilft mir dabei.« Ich zeigte mit einer Armbewegung um uns herum.

Enes seufzte und küsste meine Nasenspitze. »Ich werde dir dabei helfen. Uns dabei helfen. Sag mir, was ich tun kann, *mo cuishle*.«

* * *

Die hochschwangere Maisie ließ es sich nicht nehmen, mich wieder persönlich zu trainieren.

»Bist du dir sicher?«, fragte ich zweifelnd, während sie in ihrem Wohnwagen versuchte, zwei Gläser aus dem Wandschrank zu holen. Ich sprang ihr zur Seite.

»Ich war mir noch nie so sicher«, sagte sie entschlossen.

»Alvador wird es nie erlauben«, entgegnete ich und schenkte uns beiden Wasser ein.

»Er wird«, sagte sie standhaft und zwängte sich auf die Sitzbank, wobei sie sich quer hineinsetzen musste, damit die Tischkante ihr nicht in den Bauch drückte.

Es waren noch drei Wochen bis zum errechneten Termin und mittlerweile fielen Maisie alltägliche Dinge schwer. Sie gähnte ständig, da die Nächte unruhig und kurz waren. Die heißen Temperaturen machten es ihr schwerer, als es ohnehin schon war. Und dennoch hätte ich jede Sekunde mit ihr tauschen wollen. Wenn sie wieder einmal lautstark das Ende der Schwangerschaft herbeisehnte, wechselte sie zügig das Thema. Sicherlich, weil sie mir gegenüber ein schlechtes Gewissen hatte. Mir – der Frau, die in einem anderen Leben genauso kugelrund und hoffnungsvoll neben ihr sitzen würde.

Zwei Dinge mussten wir Alvador versprechen: Ich musste mir und meinem Körper die Zeit geben, die er brauchte, und nicht überstürzt handeln. Maisie sollte entscheiden, wann ich mich wieder an Tücher und Ring hängen durfte. Außerdem willigte er nur in das tägliche Training ein, wenn seine Frau sich schonte und mir überwiegend von einem Stuhl aus Anweisungen und Korrekturen zurief.

Sie war so glücklich über die willkommene Abwechslung, dass sie ihm bereits während seines moralischen Vortrags um den Hals fiel und gleich darauf mit mir die Manege aufsuchte, um loszulegen.

Und so verbrachten wir nun täglich die frühen Morgenstunden und die Abende damit, eine Show einzustudieren, was mich sämtliche Kraft kostete. Spätabends fiel ich neben Enes ins Bett und schlief so tief und fest wie schon lange nicht mehr. Es erschöpfte mich, und das war es, was ich gerade brauchte: etwas, das mir alle Kraft nahm, damit ich keine Energie mehr übrig hatte, über das Schicksal nachzudenken und darüber, wie übel es uns mitgespielt hatte.

* * *

»Du musst mich nicht mit Samthandschuhen anpacken, Maisie«, betonte ich eines Morgens, als sie mitten im Satz aufhörte, zu sprechen, nachdem sie gerade noch ihre angeschwollenen Füße beklagt hatte.

Maisie sah mich von ihrem Stuhl aus an, während ich mir das Vertikaltuch um die Fesseln schlang.

»Deine Schwangerschaft, dein Baby hat nichts damit zu tun, was mir passiert ist«, erklärte ich, während ich mich vorsichtig und anmutig mit dem Oberkörper nach unten gleiten ließ. »Ich freue mich auf dein Baby und will, dass du mich teilhaben lässt. Ich kann es nicht erwarten, bis die Kleine auf der Welt ist.«

Und ich meinte es so.

»*Der* Kleine«, korrigierte sie mich und strich sich sanft über den prallen Bauch.

Ich befreite mich von den Fesseln und ging zu ihr hinüber. »Ein Junge?« Aufgeregt kniete ich mich neben ihren Stuhl. »Woher weißt du das?«

»Ich fühle es«, sagte sie und legte ihre Hand auf meine, »und Ruby hat in die Karten geschaut.«

Wir lachten beide.

»Das war vor ein paar Wochen, aber … ich möchte nicht …« Maisie brach ab und sah mich flehend an.

Ich drückte ihre Hand. »Maisie«, sagte ich und blickte ihr in die Augen, »dieses Baby ist ein Geschenk. Ich liebe es jetzt schon. Bitte hör auf damit. Dein Schicksal ist nicht für meins verantwortlich.«

Ihre Augen schwammen regelrecht in Tränen und ich spürte, dass da noch etwas anderes war, was ihr auf dem Herzen lag.

»Was hast du? Ist alles in Ordnung mit ihm? Hat der Arzt etwas gesagt?«

Sie fächelte sich mit der Hand Luft zu, um die aufkommenden Tränen zu trocknen.

»Nein, das ist es nicht«, sagte sie mit kratziger Stimme und sah zu mir herunter. »Ich würde dich nur gerne etwas fragen, weiß aber nicht, wie oder ob ich es überhaupt tun soll. Ich habe Angst, dass es egoistisch von mir sein könnte, dir das zuzumuten. Das Letzte, was ich möchte, ist …«

»Maisie«, unterbrach ich sie und legte meine Hand auf ihren Bauch, »was ist es? Raus damit.«

Sie schloss die Augen und atmete kurz durch. »Sei die Patentante meines Kindes, Rosa.«

»Was?« Sprachlos starrte ich sie an.

Sie verurteilte sich direkt dafür, es laut ausgesprochen zu haben. »Es tut mir leid, ich hätte nicht …«

»Ja.«

»Was?«

»Ja«, wiederholte ich lächelnd, »ich werde die Patentante deines Kindes.«

Ihr Gesicht hellte sich augenblicklich auf und sie strahlte mich an. Und bevor sie mir um den Hals fallen konnte, fühlte ich Bewegungen unter meiner Handfläche. Das Baby, das mein Patenkind werden sollte, drückte sich unter Maisies Bauchdecke gegen meine Hand.

»Rudolfo«, flüsterte sie und schaute auf ihren Bauch, »wir werden ihn Rudolfo nennen.«

»Ein schöner Name.«

»Weißt du, was er bedeutet?«

Ich schüttelte den Kopf.

»Es heißt so viel wie *ruhmreicher Wolf*. Das Imperium, das Alvadors Eltern geschaffen und das wir weitergeführt haben, wird einmal ihm gehören. Der Wolf gilt als kraftvolles und starkes Tier. Aber er liebt die Gemeinschaft, die Familie. Er lebt im Rudel und tut alles, um dieses zu verteidigen.«

»Es scheint, als wäre Rudolfo perfekt«, antwortete ich und stand auf, um Maisie aus dem Stuhl zu helfen.

»Das ist er, Rosa«, sagte sie, »und ich kann es kaum erwarten, ihn kennenzulernen.«

* * *

Ende Juli 1971 erreichten wir Leeds. Die Stadt, in der alles eine Wendung nahm.

Kapitel 18

Leeds, England, 1971

»Oh mein Gott, du warst fantastisch!«

Ruby fiel mir direkt um den Hals und drückte mich an sich, als ich völlig erschöpft und verschwitzt, aber glücklich lächelnd den Bereich hinter der Bühne betrat. Ich schloss zufrieden die Augen und berührte mit meinen noch zittrigen Händen ihren Rücken. Alle Anspannung fiel von mir ab.

»Sie lieben dich, Rosa«, redete sie weiter auf mich ein und löste ihre Umarmung, um mich zu betrachten. »Sie haben jede deiner Bewegungen verfolgt und konnten ihre Blicke nicht von dir lösen. Sie haben vergessen, zu atmen, als du kopfüber an diesen Ringen hingst! Man konnte an ihren Gesichtern sehen, wie sie die Luft anhielten. Sie ...«

»Wo ist Enes?«, unterbrach ich sie und sah mich im Zelt um.

Ruby holte lächelnd Luft und strich mir über die Haare. »Oben an der Lichtanlage. Er kommt sicher gleich.«

Nach Maisie fragte ich nicht. Seitdem sie vorzeitige Wehen bekommen hatte, war sie ans Bett gefesselt und zählte die Tage, bis ihr Baby geboren wurde. Sie hatte die achtunddreißigste

Schwangerschaftswoche erreicht und wir warteten täglich darauf, dass es losging.

»Wie fühlst du dich?«, fragte Ruby und wir setzten uns auf die beiden Holzkisten, die umgedreht auf dem Boden standen.

Ich nickte und sah sie direkt an. »Gut«, antwortete ich ehrlich, »ich fühle mich gut. Berauscht.«

Sie lachte und lehnte sich an meine linke Seite. »*Du* warst berauschend. Du bist es!«

Ich drückte ihre Hand zum Dank für ihre Freundschaft, ihren Beistand und auch für das neue Kostüm, das sie mir genäht hatte. Es war ganz anders als das letzte. Es war nicht weiß und unschuldig. Es hatte einen moosgrünen Farbton und war eine Hommage an Irland – »Du bist, wer du bist, Rosa, und egal, was passiert, niemand kann dir das nehmen.« Das waren ihre Worte gewesen, als sie mir erklärt hatte, wieso sie sich für diese Farbe entschieden hatte. Und ich liebte es. Mein Herz jauchzte und verliebte sich in das Geschenk, das meine Freundin mir gemacht hatte. Aber mein Kopf mischte sich auf leisen Sohlen ein und mahnte mich, vorsichtig zu sein – die grüne Farbe für das ganze Kostüm statt nur für ein kleines Kleeblatt als Glücksbringer könnte der Ausdruck dessen sein, dass ich viel mehr Glück nötig hatte, als ich dachte.

Aber dem war nicht so. Ich dachte keine einzige Sekunde an Angel und an das, was damals passiert war. Hoch oben in der Luft blitzte lediglich kurz der Gedanke auf, wie dieser Moment mein Leben für immer verändert und meine Geschichte umgeschrieben hatte. Aber so war das Leben – es war Zeichnen ohne Radiergummi. Und als die ersten Töne der Musik erklangen, die ich in den letzten Wochen immer und immer wieder während der Proben gehört hatte, schob ich den Gedanken beiseite und konzentrierte mich auf das, worauf ich Einfluss hatte – meinen Traum, den ich nun endlich wahr machen konnte.

Im Hintergrund war ein Knarzen zu hören und ich sprang auf. Ich wusste, dass es Enes ankündigte, der die Leiter hinunterkletterte.

Schwer atmend kam er mit eiligen Schritten auf mich zu. »Ich habe mich beeilt, es tut mir leid, dass ich nicht hier war, als du fertig warst«, entschuldigte er sich keuchend und umfasste meine Hüfte, um mich durch die Luft zu wirbeln.

Ich lachte von oben in sein Gesicht hinab und legte die Hände an seinen Hals. Meine Daumen strichen über seine Wangen. Ich konnte das Kratzen seiner Bartstoppeln spüren. Ein Gefühl, das meinen Körper an ihn zog wie ein Magnet. Er setzte mich vorsichtig auf der Erde ab und legte seine Stirn an meine. Enes atmete schwer mit geschlossenen Augen durch die Nase ein und aus. Und ich tat es ihm gleich. In diesem Moment vergaß ich, wer und wo ich war. Es gab nur ihn und mich. Und diesen Moment. Ich küsste seine Lippen.

»Das war unglaublich. Das ist deine Bühne, Rosa. Die Menschen lieben dich, und ich kann sie nur zu gut verstehen.«

Es war wie im Märchen. In meinem ganz eigenen, in dem ich endlich die Hauptrolle spielte.

Später am Abend, als die Lichter erloschen waren und die Musik verstummt war, lief ich mit verbundenen Augen vor Enes her, der seine Hände an meine Hüfte gelegt hatte und mich so führte.

»Ich möchte mit dir den Moment genießen und den Tag heute feiern. Komm mit mir, ich zeige dir etwas.«

Auf diese Worte hin war ich ihm gefolgt. »Wohin gehen wir?«, fragte ich zum gefühlt hundertsten Mal.

»Gedulde dich noch einen Moment, wir sind gleich da.«

Ich hatte mir die ersten Meter des Weges gemerkt, doch dann verlor ich die Orientierung und ließ mich von ihm leiten. Es brauchte viel Vertrauen, um sich jemandem so auszuliefern.

Aber ich wusste, dass mir nichts passieren konnte, solange Enes mich hielt. Ich schritt vertrauensvoll in die Richtung, in die er mich führte, legte mich ganz in seine Hände und konnte es gleichzeitig nicht erwarten, das Tuch abzunehmen. Immer noch berauscht von meiner eigenen Premiere, dem Rampenlicht, dem Applaus und dem Blitzlichtgewitter nach der Vorstellung, war ich trotz so später Stunde hellwach.

Es hieß, dass alle Sinne geschärft seien, sobald einer ausfiel. Und so war es: Ich sah nichts, konnte aber die Gräser im Wind hören und fühlte das weiche Gras unter meinen nackten Füßen.

»Wir sind da.« Enes zog mir das Tuch vom Kopf.

Ich brauchte einige Sekunden, um mich zu orientieren und zu erkennen, wo ich war. Mit dem Rücken an Enes gelehnt, seine Arme um mich geschlungen, standen wir am Ufer des nahe gelegenen Sees, der von Schilf und hohen Gräsern umrahmt war. Die Wasseroberfläche war ganz ruhig und wirkte fast unberührt.

»Warte«, flüsterte er, ließ mich los und bückte sich, um etwas aufzuheben. Erst jetzt sah ich, dass dort Gläser mit Kerzen aufgestellt waren und eine Decke im Gras lag.

Enes zündete die Lichter an und machte diesen Ort zu einem noch schöneren.

Das hier erwärmte mein Herz. Es waren oft die kleinen Dinge, die sich in unser Herz schlichen und uns nicht mehr losließen. So ein Moment war es. Ein Moment, der mir alles bedeutete, mich wärmte und mir genau das gab, was ich so sehr brauchte.

»Das ist wunderschön, Enes.« Ich legte meine Hände an seine Wangen und stellte mich auf die Zehenspitzen, um ihn zu erreichen. »Danke.«

Ich saß vor Enes auf der Decke an einen breiten Baumstamm gelehnt. Vor uns lag der See, der durch die Windstille absolut regungslos war. Enes füllte Guinness in zwei Pappbecher und reichte mir einen davon. Ich trug immer noch das moosgrüne Kostüm von Ruby und hatte eine Strickjacke darübergezogen.

»Wie fühlst du dich?« Enes Arme lagen um meine Mitte, seine Finger waren mit meinen verflochten. Sein Kinn lag auf meiner Schulter.

»Gut«, flüsterte ich und schmiegte meinen Kopf an seinen.

»Dich dort oben zu sehen, war magisch«, hauchte er an meinem Hals, so nah, dass seine Lippen meine Haut berührten. »Magisch und unfassbar schön. Du in diesem grünen Kostüm.« Seine Hände befühlten den Stoff, während er mich küsste und ich die Augen schloss.

»Das Kostüm ist wirklich unfassbar schön«, antwortete ich leise und legte meine Hände über seine, die links und rechts an meinem Körper entlangfuhren.

»Ist es«, sagte er vorsichtig, »aber ein Kostüm ist nur eine Hülle und so schön wie die Person, die in ihm steckt.«

Ich atmete hörbar tief ein und aus.

»Ich vermisse meine Frau«, flüsterte Enes mir zu.

Ich konnte die Sehnsucht hören, die in seiner Stimme lag. Und er hatte recht. Ich vermisste ihn ebenso. Seine Körpernähe, die Liebkosungen und intimen Momente, die wir miteinander geteilt hatten. Aber durch die Ereignisse der letzten Monate hatte ich eine Mauer um mich herum gebaut und ihn kaum und körperlich gar nicht an mich herangelassen. Durch die Entscheidung, das Training fortzusetzen, hatten sich die beiden Magnete, wie ich uns gern beschrieb, wieder aufeinander zubewegt, aber sie waren noch längst nicht in der Position, wo sie einst gewesen waren – so eng beieinander, dass kein Blatt dazwischenpasste.

»Ich weiß«, flüsterte ich. »Es tut mir leid, dass ich dich zum Teil ausgeschlossen habe. Ich weiß, dass es auch für dich nicht leicht war, nicht leicht ist.«

Er legte die Lippen auf meinem Schlüsselbein ab. Ohne dass er etwas sagte, verstand ich seine Antwort. Es war, als würde der Schmerz, den wir beide empfanden, plötzlich so präsent, dass man ihn beinahe greifen konnte.

Ich drehte mich um und setzte mich breitbeinig auf seinen Schoß, um sein Gesicht sehen zu können. In seinen Augen hatten sich Tränen gesammelt und er sah mich mit schmerzverzerrtem Gesicht an. Es war wie ein Impuls, der auch bei mir auslöste, dass sich meine Gefühle entluden und ich gegen den Kloß in meinem Hals ankämpfte.

»Oh, Enes«, sagte ich leise und überdeckte sein tränennasses Gesicht mit Küssen, vermischte meine Tränen mit seinen und drückte meine Wange gegen seine.

Und so saß ich mit meinem Mann an einem späten Abend Anfang August auf einer Decke an einem stillen See, um uns herum Kerzenschein, und weinte mit ihm. Es war ein Feuerwerk verschiedenster Gefühle. Trauer um das, was uns beiden passiert war. Akzeptanz dessen, was das für unsere Zukunft bedeutete. Glück aufgrund der Ereignisse an diesem Abend. Und Sehnsucht. Sehnsucht nach der Person, die alles für mich war.

Sein Gesicht in meinen Händen küsste ich mir einen Weg von seinem Hals zu seinem Mund. Enes' Hände wanderten währenddessen an meinem Rücken entlang zu meinem Haar und vergruben sich dort. Sein Atem ging schnell und unregelmäßig, er wirkte fast schon nervös. Und hungrig.

Ich rutschte näher an ihn heran, unsere Oberkörper berührten sich. Gierig küsste ich ihn, griff in sein dichtes Haar, zog ihn näher und näher an mich heran, obwohl dort kein Platz mehr war. Ich warf meine Strickjacke achtlos zur Seite, zog an der zweiten, noch zusammengefalteten Decke und warf sie über unsere Schultern. Wie ein Zelt schützte sie uns vor Blicken, obwohl außer uns niemand da war.

Meine Hände wanderten zu seiner Gürtelschnalle. Keuchend griff Enes mit Daumen und Zeigefinger nach meinem Kinn und hielt mich davon ab, ihn weiter mit Küssen zu bedecken. Ich hielt inne und sah von seinen Lippen in seine Augen. Sein Atem war auf meiner Haut zu spüren, so nah waren sich unsere Gesichter.

»Rosa …« Er schloss für einen Moment die Augen und schluckte schwer. »Wenn du das tust, will ich, dass du dir absolut sicher bist. Verstehst du?«

Ich legte meine Stirn an seine. Flashback. Enes. Ich. Der Abend, an dem er mir die Ballettstange gezeigt hatte, die er gemeinsam mit Barron für mich angefertigt hatte. Die neuen Ballettschuhe. *Neue Schuhe sind wichtig, wenn man neue Wege beschreitet.* Enes und ich im Wohnwagen. Küsse, Berührungen, große Gefühle.

»Ich bin mir absolut sicher«, flüsterte ich.

Und er hatte recht. Es gab kein Zurück.

Spät am Abend schlenderten wir Arm in Arm am See entlang zurück zum Zirkusgelände. Ich hatte meinen Kopf an Enes Schulter gelegt und war zufrieden, fast schon selig. Es war fast Mitternacht und ich begann, zu gähnen.

»Ich gehe morgen zurück und hole die Decken und den Korb«, sagte er und küsste mein Haar. »Jetzt kriechen wir in unser Bett und ich inhaliere diesen Duft, bis ich völlig benommen hinter dir einschlafe.« Demonstrativ vergrub er die Nase in meinem Haar und holte tief Luft.

Ich musste lächeln. »Es war ein langer Tag«, stimmte ich ihm zu. »Ich will morgen früh fit sein und trainieren. Mein Wecker klingelt um sechs Uhr.«

Er stöhnte. »Bitte übernimm dich nicht. Eine Pause würde dir hin und wieder guttun, *mo cuishle*.«

»Aber nicht morgen«, warf ich ein und hob mahnend den Zeigefinger.

Bevor er mir antworten konnte, erblickte ich in einiger Entfernung ein Blaulicht. »Was hat das zu bedeuten? Was ist das?«

Enes hob fragend den Blick. »Sieht nach Krankenwagen aus.«

Panik machte sich in mir breit. Was war in unserer Abwesenheit passiert?

»Wir müssen zurück, schnell!«

Und dann rannte ich los.

Aufgeregt und außer Atem von dem kurzen Sprint blieb ich neben dem Krankenwagen stehen. Ein Sanitäter schlug beide Türen am hinteren Ende zu und nahm auf der Fahrerseite Platz. Ruby und Barron standen Arm in Arm vor ihrem Wohnwagen daneben.

»Was ist passiert?« Ich ging zu den beiden hinüber und stützte mich keuchend auf meinen Knien ab.

»Wo wart ihr? Wir haben euch gesucht!«

»Am See.« Enes war mittlerweile zu uns gelaufen und stand ebenso schnaufend neben mir.

Ruby sah von mir zu Enes und zurück. Ihr Blick blieb an meinen Haaren hängen. Automatisch griff ich mir mit beiden Händen an den Kopf und kämmte mit den Fingern hindurch, um sie zu richten. Ich hatte keine Ahnung, wie ich aussah.

Endlich zeichnete sich ein Lächeln auf Rubys Gesicht ab. Und da wusste ich, dass nichts Schlimmes passiert war.

»Das Baby kommt«, sagte sie und strahlte. »Maisie bekommt ihr Baby.«

Selbst als der Krankenwagen schon längst weggefahren war, fand ich nicht in den Schlaf. Ich verbrachte die Stunden nach

Mitternacht und das Morgengrauen damit, rastlos hin und her zu wandern, legte mich dann wieder zu Enes ins Bett, der mich schlaftrunken berührte, aber zu müde war, um mit mir zu sprechen. Ich drehte Runden um den Wohnwagen und betrachtete das Zirkuszelt, wie es durch die ersten Sonnenstrahlen und Geräusche der Tiere zu erwachen schien. Ich striegelte Destiny, um mich abzulenken, lief zum See und sammelte die Überbleibsel unserer kleinen privaten Feier vom Vorabend ein.

Es war wie ein Befreiungsschlag, als Enes mir über den Platz entgegengelaufen kam.

Rudolfo war da.

* * *

Als ich neben meiner Freundin Maisie auf dem Krankenbett saß und das kleine Bündel in meinen Armen hielt, war ich fasziniert von dem Wunder des Lebens. Es war unglaublich, dass ich ihn in Maisies Körper hatte heranwachsen sehen und er nun vor mir lag. Maisie selbst war ausgelaugt und erschöpft. Immer wieder schloss sie die Augen und döste ein, Alvador tat es ihr mit verschränkten Armen auf einem Stuhl gleich. Enes saß neben mir und hielt den Arm um mich. Beide sahen wir in das verknautschte Gesicht des kleinen Jungen, der einmal all das erben würde, was uns so wichtig war.

»Willkommen auf dieser Welt, kleiner Rudolfo«, flüsterte ich ihm zu und küsste mein Patenkind sanft auf die Stirn.

Kapitel 19

Liverpool, England, 1971

»Was hat er denn nur? Ich weiß einfach nicht mehr, was ich noch tun soll.«

Maisie setzte sich auf das durchwühlte Bett und stützte den Kopf in die Hände. Durch das ohrenbetäubende Kreischen konnte ich sie kaum verstehen. Rudolfo lag in meinem Arm und schrie in Frequenzen, die mir fiese Kopfschmerzen bereiteten, während ich ihn hin und her wiegte, um ihn zu beruhigen. Er war bereits puterrot. In seinen kleinen Händen hielt er einen Stoffhasen, dessen Ohren völlig durchnässt waren, da er immer wieder auf ihnen herumkaute. Der Wohnwagen war eine Katastrophe. Überall stand Geschirr, die Wäsche türmte sich auf einem längst darunter verschwundenen Korb in einer Ecke.

»Er hat getrunken und wurde gewickelt, er war spazieren und bei den Tieren. Ich ...« Maisie verstummte und brach in Tränen aus.

»Maisie ...«

»Ich bin eine beschissene Mutter.«

»Das stimmt nicht, du tust alles, was in deiner Macht steht. Babys weinen einfach …« Es war ein verzweifelter Versuch meinerseits, sie zu beruhigen.

»Was hat er denn?« Sie schluchzte regelrecht und ich konnte die Verzweiflung in ihrer Stimme hören. Es war nicht nur Rudolfos Kreischen. Es war die gefühlte Überforderung und vor allem der Schlafmangel. Ich wusste, dass sie mehrmals in der Nacht aufstand und phasenweise mit Rudolfo wach war.

Bevor ich antworten konnte, klopfte es und Ruby kam herein.

»Er schreit immer noch?«

Ich drehte mich von Maisie weg und warf Ruby einen mahnenden Blick zu, die abwehrend die Hände nach oben hielt und die Augenbrauen hochzog.

»Was hast du denn?«, flüsterte sie und ging auf Rudolfo zu. Als sie mit der Hand seine Wange berührte, griff er intuitiv nach ihrem Zeigefinger und steckte ihn in den Mund.

»Au!« Mit Rubys Aufschrei verstummte das Weinen wie auf Knopfdruck. Maisie sah alarmiert in unsere Richtung.

»Was ist?«, fragte ich Ruby irritiert.

»Da ist etwas Hartes, Spitzes.«

»Sei nicht albern«, antwortete ich.

Maisie kam zu uns und nahm mir schniefend ihr Kind ab.

Ruby steckte ihren Finger wieder in Rudolfos Mund und blickte nach oben. Sie schien etwas zu suchen.

»Er zahnt«, sagte sie triumphierend und wischte sich den Finger an einem Spucktuch ab.

»Jetzt schon?« Maisie blickte aufgeregt von mir zu Ruby und wieder zurück.

»Manche Babys zahnen mit wenigen Monaten, andere erst mit fast einem Jahr«, warf ich ein. »Er ist drei Monate alt. Wieso nicht?«

»Seht ihr, nicht einmal das weiß ich«, begann Maisie aufs Neue und klopfte Rudolfo, der völlig erschöpft an ihrer Brust zusammensackte, sachte den Po.

Ruby betrachtete das Chaos um uns herum. Unsere Blicke trafen sich.

»Maisie«, sagte ich dann und nahm ihr Rudolfo wieder ab, der erneut zu quengeln anfing. »Lass dir helfen.«

Sie schniefte in eins der benutzten Spucktücher. Als sie Luft holte, um etwas einzuwenden, hielt ich sie mit erhobener Hand davon ab.

»Du legst dich in unserem Wohnwagen hin und schläfst dich aus. Enes ist ohnehin damit beschäftigt, mit Alvador das Zelt abzubauen. Ich kümmere mich solange um Rudolfo und gehe mit ihm in die Stadt zur Apotheke, um etwas gegen seinen Zahnungsschmerz zu besorgen.«

Als Maisie erneut etwas entgegnen wollte, schaltete sich Ruby ein. »Und ich bringe den Wohnwagen hier auf Vordermann. Ich kümmere mich um die Wäsche und putze mal durch. Wenn du zurückkommst, sieht es hier aus wie neu. Versprochen.«

»Ich kann doch nicht ...«, setzte Maisie an.

»Keine Widerrede. Wir brauchen dich gesund und ausgeschlafen. Rudolfo braucht eine gesunde und glückliche Mutter, keine gestresste, kranke, übermüdete Version ihrer selbst.«

Sie lächelte matt und legte die Stirn in Falten. »In Ordnung«, gab sie sich geschlagen, »aber wirklich nur heute. Morgen kümmere ich mich wieder selbst um alles.«

»Natürlich ...«, versicherte ich ihr zwinkernd und schob sie regelrecht aus dem Wohnwagen. »Sag ›Gute Nacht, Mami‹!« Dabei griff ich nach Rudolfos kleiner Hand und winkte Maisie damit hinterher, bis sie in unserem Wohnwagen verschwunden war.

* * *

So zogen die Wochen ins Land. Rudolfo bekam Zähne, und dank des leicht betäubenden Gels aus der Apotheke und den Tipps, ihm Gegenstände ins Eisfach zu legen, die er sich dann in den Mund schieben konnte, wurden die Nächte für Alvador und Maisie erholsamer, die Tage angenehmer und ihre Laune besser. Ich nahm ihr Rudolfo so oft es ging ab. Ich genoss es, ihn um mich zu haben. Er erinnerte mich daran, dass das Leben trotz eigener Schicksalsschläge noch schöne Dinge bereithielt und man nicht verbittert sein sollte. Ich liebte ihn, und noch mehr liebte ich die Tatsache, dass er schon bald gluckste und die Arme ausstreckte, wenn er mich sah. Er erkannte mich und akzeptierte mich voll und ganz, wenn Maisie ihre Trainingsstunden mit den Schlangen absolvierte oder mit Bürotätigkeiten beschäftigt war. Ich ging mit ihm spazieren, las ihm vor oder ging mit ihm zu den Tieren. Enes und ich setzten ihn auf Destinys Rücken, wo er jauchzend strampelte, als sie sich in Bewegung setzte. Er war mehr als mein Patenkind. Ich liebte ihn fast wie einen eigenen Sohn. Und wahrscheinlich war es das, was mir Maisies uneingeschränktes Vertrauen einbrachte.

Den Abschluss in Chester feierten wir im Dezember wie üblich an einem Lagerfeuer auf dem Festplatz. Es war kalt geworden, wir saßen mit Schals, Mützen und dicken Jacken auf Gartenstühlen und tranken Glühwein. Rudolfo lag dick eingepackt in seinem Kinderwagen und schlummerte selig. Als ich einen Blick hineinwarf, um mich zu vergewissern, dass er noch schlief, schmatzte er zufrieden im Schlaf. Nur sein kleines Gesicht schaute aus dem Schneeanzug hervor.

Zurück auf meinem Stuhl ergriff Maisie meinen rechten Oberarm und sagte etwas, das mein Herz berührte. »Danke.«

»Wofür?« Ich legte mir die von ihr angebotene Decke über die Beine und wärmte meine behandschuhten Hände an der heißen Tasse.

»Für alles, was du für uns tust. Dass du da bist und mich unterstützt.«

»Hast du nicht auch mich die ganze Zeit unterstützt?«

Sie lächelte mich an. »Ja, das habe ich, aber ich habe nur das zum Strahlen gebracht, was schon in dir angelegt war. Aber du bist mir und Rudolfo gegenüber so selbstlos. Durch dich kann ich eine bessere Mutter sein, verstehst du?«

»Hör auf«, sagte ich verlegen und blickte auf meine Füße, die in dicken Stiefeln steckten.

»Nein, ich meine es ernst.« Sie griff nach ihrem Glühweinglas, das sie auf dem Boden abgestellt hatte. »Ich habe dich nicht gefragt, ob du die Patentante meines Kindes sein möchtest, weil ich dachte, dass du dafür wie gemacht bist. Ich habe es wegen des Brauchs getan. Die Sache spukt mir seit meiner Schwangerschaft im Kopf herum und hat mich nie losgelassen.«

»Welcher Brauch?« Ich lehnte mich zurück und betrachtete ihr Profil. Gedankenverloren sah sie in die Flammen vor uns. Enes' und Barrons Gelächter wurde durch den Wind zu uns hinübergetragen. Sie saßen auf der anderen Seite und lachten über Alvadors Witze.

Ruby nahm im Stuhl neben mir Platz und begrüßte mich mit einem Griff an die Schulter.

»Stößt den Eltern eines Kindes etwas zu, wird es von den Pateneltern aufgenommen«, erklärte Maisie, ohne mich anzusehen.

»Ist das wirklich so? Kommt ein Kind nicht zu den Verwandten, die noch da sind? Großeltern, Geschwister?«, mischte sich Ruby in die Unterhaltung ein.

»Korrekt«, sagte Maisie und sah mir direkt in die Augen, »aber es gibt niemanden außer Alvador und mir. Wenn uns etwas zustößt, wächst Rudolfo bei dir und Enes auf. Und erst, seit ich das weiß, habe ich keine Ängste mehr, die mich heimsuchen.«

»Maisie …« Gerührt griff ich nach ihrer Hand.

»Es ist aber so«, sagte sie und wischte sich eine aufkommende Träne aus dem Augenwinkel. »Zu wissen, dass du in seinem Leben bist und ihn liebst, beruhigt mich. Es ist wie ein Seelenstreicheln, verstehst du? Welche Mutter wünscht sich nicht eine weitere Person im Leben ihres Kindes, die alles für dieses Kind geben würde?«

Sie blickte von mir zu dem dick eingepackten Bündel im Kinderwagen. Mein Blick folgte ihrem und ich verstand genau, was sie meinte.

Es war nicht mein Kind, nicht mein Fleisch und Blut, das sich dort langsam meldete, aber ich liebte ihn ebenso bedingungslos.

Kapitel 20

Wrexham, Wales, 1972

Ich wartete zwischen aufgeschlagenen Ordnern im Bürowagen von Maisie und Alvador und drehte mich gelangweilt auf dem Stuhl von links nach rechts. Die tickende Wanduhr zeigte Viertel nach drei. Vor einer Dreiviertelstunde war ich mit Maisie verabredet gewesen, um den Monatsabschluss vorzunehmen. Ich wusste aber, dass sie sich gern mit Rudolfo zu einem Mittagsschlaf hinlegte und es danach manchmal etwas länger dauerte, bis sie ihn gefüttert und umgezogen hatte. Also wartete ich.

Auf dem Schreibtisch stand ein gerahmtes Bild von Maisie, Alvador und Rudolfo. Es war an dem Tag aufgenommen worden, als sie das Krankenhaus verlassen hatten. Im Hintergrund sah ich die wehenden Fahnen des Zirkuszelts. Alvador stand mit vor Stolz geschwellter Brust hinter seiner Frau, die Rudolfo eng an sich gedrückt hielt und ihn anlächelte. Um den Bilderrahmen verteilt lagen Rechnungen und Gehaltsbriefe. Ich seufzte nach einem weiteren Blick auf die Uhr und begann damit, die Schreiben chronologisch zu sortieren und in die jeweils passenden Ordner abzuheften. Die Gehaltsbriefe steckte ich in Umschläge und beschriftete sie mit Namen.

Erst um sechzehn Uhr blickte ich erschrocken wieder hoch. Ich hatte Maisie ganz vergessen. Entschlossen klopfte ich mir auf die Oberschenkel, stand auf und ging über den Schotterplatz zu ihrem Wohnwagen.

»Na, da wird die Nacht aber kurz bei so einem langen Schläfchen«, witzelte ich vor mich hin und betrat leise den Wohnwagen.

Innen war es dunkel, die Jalousien waren heruntergelassen. Rudolfos Glucksen und Brabbeln war bereits zu hören, bevor ich ihn sah. Er saß aufrecht im Bett auf der weißen Decke und hatte ein Kuscheltier in den Händen. Maisie lag zugedeckt neben ihm.

»Hey, mein Kleiner«, flüsterte ich und streckte die Arme nach ihm aus. »Wie lieb von dir, dass du Mami so lange hast schlafen lassen. Die muss ja jetzt topfit sein, was?«

Rudolfo sah mich mit seinen dunklen Augen an und lachte mit offenem Mund. Er hatte inzwischen mehrere Zähne bekommen, die ich begutachtete. Zärtlich küsste ich sein Haar und atmete den typischen Babygeruch ein.

»Dann wollen wir Mami mal aufwecken, oder?« Ich setzte Rudolfo wieder auf dem Bett ab und legte Maisie vorsichtig eine Hand auf die Taille.

»Maisie«, sagte ich und versuchte, sie mit sanften Bewegungen aus dem Schlaf zu holen, »ich bin's, Rosa.«

Spielerisch klopfte Rudolfo auf ihre Oberschenkel, zog sich an seiner Mutter hoch und schaukelte vor und zurück. Aber selbst das weckte sie nicht.

»Maisie.« Ich griff nach ihrer Schulter und rüttelte etwas fester.

Ein ungutes Gefühl machte sich in meiner Magengrube breit. Rudolfo begann zu weinen und krallte sich in die Laken. Panisch drehte ich Maisie an der Schulter herum, sodass sie auf dem Rücken lag.

»Maisie, wach auf«, sagte ich ängstlich und griff mit mehreren Fingern an die Stelle seitlich unter ihrem Kinn.

Ich spürte kein Pochen. Kein rhythmisches Schlagen. Keinen Puls.

»Oh mein Gott.«

Ich schnappte den quengelnden Rudolfo und stürzte aus dem Wohnwagen. Nach Enes und Alvador schreiend rannte ich keuchend mit dem Kind in meinen Armen zum Hauptzelt, wo mir mein Ehemann bereits entgegenkam.

»Was ist los? Was ist passiert?«

Irritiert nahm er mir Rudolfo ab und griff an mein Gesicht, um meine Aufmerksamkeit auf sich zu ziehen.

»Ruf einen Notarzt, schnell«, keuchte ich und krallte mich mit einer Hand ängstlich in seinen Oberarm.

»Was ist passiert?« Er wiederholte seine Frage und sprach jedes einzelne Wort so langsam aus, dass es nicht mehr wie ein zusammenhängender Satz wirkte. Dann betrachtete er Rudolfo, suchte sein Gesicht und seine Ärmchen nach Blessuren ab.

»Maisie«, heulte ich verzweifelt. »Sie liegt im Bett und atmet nicht mehr.«

Mit Rudolfo in den Armen wiegte ich mich sanft vor und zurück und starrte ins Leere. Im Augenwinkel konnte ich die blinkenden und rotierenden Lichter des Krankenwagens sehen, die über die Wohnwagen und Zelte tanzten. Ich saß mit Rudolfo auf der Eckbank in unserem Wohnwagen und betrachtete abwesend das Geschehen vor dem kleinen Fenster.

Als zwei Männer mit einer Trage, beladen mit einem schwarzen Sack, Maisies und Alvadors Wohnwagen verließen, schloss ich gequält die Augen. Tränen suchten sich ihren Weg und liefen mir unaufhaltsam über die Wangen wie durch eine geöffnete Schleuse, die ich mit aller Kraft zuzudrücken versuchte, aber es gelang mir nicht.

Rudolfo griff mit seiner kleinen Hand an mein Gesicht und riss mich aus der Dunkelheit. Er strahlte mich an, völlig ahnungslos, welche Wendung sein Leben heute Nachmittag genommen hatte. Sein Lächeln ließ mich noch mehr weinen, und Sekunden später wurde daraus ein lautes Schluchzen, Klagen und Wimmern. Ich legte meine Hand an seinen Hinterkopf und versuchte, ihn an mein Schlüsselbein zu drücken. Maisie war tot und niemand wusste, wieso sie aus dem Mittagsschlaf nicht aufgewacht war. Ich musste an unser Gespräch am Lagerfeuer zurückdenken. Daran, wie sie über den inneren Frieden gesprochen hatte, den sie verspüre, weil sie Rudolfo in Sicherheit wusste. Dass sie sich keine Sorgen mehr mache, was aus ihm werden würde, wenn ihr und Alvador etwas zustoßen sollte. Im Nachhinein erschien es mir wie eine dunkle Vorahnung, wie ein kleiner Abschied.

Die Tür öffnete sich und Enes trat schweigend ein. Unsere Blicke trafen sich und ich konnte sehen, dass auch er geweint hatte. Seine Augen waren gerötet, sein Haar zerzaust, und er sah müde und geschafft aus. Er kam zu uns und kniete sich neben mich, während er eine Hand an Rudolfos Kopf legte.

»Es ist alles meine Schuld«, flüsterte ich ihm weinend zu.

»Was redest du denn da?« Enes sah gequält aus. Mich so zu sehen, machte das Ganze sicher nicht einfacher für ihn.

»Sie ist nicht zu unserem Treffen gekommen. Ich hätte direkt nachsehen sollen. Stattdessen habe ich angefangen, zu arbeiten, und die Zeit vergessen! Wenn ich nur früher ...«

Er legte mir einen Finger auf die Lippen, um mich zu unterbrechen. »Hör auf«, wimmerte er. »Wir wissen nicht, was passiert ist. Wir wissen noch gar nichts, Rosa.«

Ich schwieg und beruhigte Rudolfo, der nun auch zu weinen begonnen hatte.

»Der Arzt konnte zur Todesursache noch nichts sagen. Nach der ... Obduktion wissen wir hoffentlich mehr.«

Obduktion. Das Wort in Zusammenhang mit Maisie zu hören, war verstörend und surreal. Ich konnte nicht glauben, dass sie nicht mehr bei uns war. Traurig blickte ich auf Rudolfo hinunter, der meine Kette um seinen Finger wickelte. »Wo ist Alvador?«

»Er schläft«, sagte Enes und stand auf, um uns in der Küche Teewasser aufzusetzen. »Sie haben ihm ein starkes Beruhigungsmittel gespritzt, damit er zur Ruhe kommt.«

»Ich will mir gar nicht ausmalen, wie es ihm geht. Ich fühle mich schon so elend, aber er hat seine Frau verloren.« Meine Worte überschlugen sich und das übertrug sich auf Rudolfo, der immer unruhiger wurde. »Und Rudolfo seine Mutter. Was ist das für eine Welt, verdammt noch mal?« Ich stand auf und auch Enes erhob sich. Das Kind von Maisie und Alvador auf dem Arm stand ich ihm gegenüber.

Enes umarmte uns beide und küsste erst mich, dann Rudolfo auf die Stirn. »Er braucht uns jetzt und wir werden uns um ihn kümmern, so gut wir können.«

Ich sah ihn an und nickte.

Das würden wir.

Das war ich meiner Freundin Maisie schuldig.

Kapitel 21

Winchester, England, 2018

»Wo ist sie?«

Ich konnte die Verzweiflung in Rudolfos Stimme fast greifen. Diese Frage hatte er mir in der kurzen Zeit seit meiner Rückkehr bereits so oft gestellt, dass ich kurz die Augen schließen musste. Ich legte meine gefalteten Hände an die Lippen und riss mich zusammen, um nicht ebenso laut zu antworten.

»Rudolfo«, erwiderte ich aufs Neue. »Ich kann dir nicht sagen, wo sie genau ist. Ich kann ihr Vertrauen nicht missbrauchen. Wichtig ist, dass du weißt, dass ...«

»Ihr Vertrauen? Ich dachte, du hast nicht mit ihr gesprochen? Ist das eine neue Lüge?« Rudolfo lief nervös auf und ab, während Enes und ich auf den Stühlen hinter der Bande saßen.

»Nein, es stimmt, was ich dir gesagt habe«, stammelte ich. »Aber es fühlt sich wie Verrat an, wenn ich dir sage, wo sie ist.«

»Ich bin ihr Vater! Ich habe sie großgezogen und ein Recht darauf, zu wissen, wo sie ist!« Er schrie so laut, dass Enes aufstand, um ihn zu beschwichtigen.

Ich hielt ihn davon ab, indem ich seinen Arm festhielt. »Nicht«, flüsterte ich ihm zu, bevor ich mich wieder an Rudolfo wandte. »Sie ist erwachsen. Wenn sie will, dass wir wissen, wo sie ist, dann meldet sie sich. Das hat sie nicht, Rudolfo. Sie möchte nicht gefunden werden. Du musst ihre Entscheidung akzeptieren. Ich bitte dich.«

»Wo ist sie?« Es war ein erneuter verzweifelter Versuch, mich zum Reden zu bringen.

Ich stand auf und ging zu ihm hinüber. Er sah mich aus müden Augen an, die sich mit Tränen füllten. Ihn so zu sehen, brach mir das Herz und führte dazu, dass auch mir Tränen über das Gesicht liefen. Diese Situation im Zirkuszelt war nach der geballten Ladung an Emotionen in den letzten Wochen – Rudolfos Suchtproblem und sein Rückzug, die Geldprobleme des Zirkus, Enes' Gesundheitszustand, den er nach wie vor verdrängte, Shaes Tod und die Beerdigung, nicht die Möglichkeit zu haben, mit Penny zu sprechen – wie ein Ventil für meine Gefühle und die emotionale Überforderung. Etwas, das ich lange zurückgehalten hatte. Mit tränenbenetztem Gesicht schüttelte ich nur leicht den Kopf, was für ihn Antwort genug war.

Er drehte mir den Rücken zu und lachte hysterisch. Mit beiden Händen fuhr er sich mehrmals über den Kopf. Dann drehte er sich wieder zu mir um und traf mich mit seinem Blick bis ins Mark. »Nach alldem sagst du mir nicht, wo sie ist?«

Ich setzte zu einer Erklärung an, aber Rudolfo war noch nicht fertig mit mir.

»Du übergibst ihr heimlich Erinnerungsstücke, ohne das mit mir abzusprechen. Erst dadurch hat sie sich auf die Suche nach ihrer Mutter gemacht. Und nun sagst du mir nicht, wo ich sie finde?« Während er mir die Fragen entgegenschrie, zeigte er symbolisch mit ausgestrecktem Zeigefinger auf den Eingang des Zirkuszeltes. »Ohne diesen beschissenen Brief und dieses ... Erinnerungsstück wäre sie nie weg von hier! Sie wäre nie weg von mir! Wie konntest du nur? Wie konntest du mir das antun?«

Rudolfo sank auf die Knie, verbarg sein Gesicht in den Händen und schluchzte. Die Töne, die er von sich gab, erinnerten an ein verletztes Tier und weniger an den Mann, der Direktor des erfolgreichen Zirkus Rosso war. Es war wie eine Erinnerung daran, dass diese Zeiten vorbei waren.

Ich trat so nah an ihn heran, dass sein Kopf meinen Bauch berührte, und legte meine Hände an seinen Kopf. Auch in diesem Moment bereute ich nicht, ihm die Wahrheit gesagt zu haben – dass ich Penny in der Nacht der Verlobungsfeier den Brief und das Erinnerungsstück ihrer Mutter überreicht hatte. Ich hatte es tun müssen. Ich hatte ehrlich zu ihm sein müssen. Das war ich Rudolfo schuldig.

»Sie ist nicht deswegen von hier weg«, sagte ich und wiegte mich sanft im Rhythmus seines wankenden Oberkörpers. »Das war nur der Tropfen auf dem heißen Stein. Du wusstest, dass das nicht ihr Leben ist. Lass sie es dort draußen versuchen. Alles wird sich fügen, Rudolfo.«

Er blickte mit schmerzverzerrtem Gesicht zu mir hoch. »Was soll ich tun?«, fragte er flehend, während ich versuchte, seine Tränen mit meinen Fingern aufzufangen.

Da kniete er vor mir, mein Ziehsohn, der Direktor dieses großen Zirkusunternehmens, und weinte wie ein Kind.

Ich weinte auch, während ich ihm entgegenhauchte: »Du musst dir endlich helfen lassen. Bitte, lass dir helfen, Rudolfo.«

* * *

Gino erfuhr noch am selben Tag, was vorgefallen war. Er führte einen inneren Kampf mit sich, das konnte ich ihm ansehen. Er hätte mich zu gern nach allen Details gefragt, die ich bei meinem Besuch in London in Erfahrung gebracht hatte. Er hätte gern gehört, wo Penny war, welches Leben sie führte, und vor allem, mit wem. Fragen, auf die selbst ich zum Teil keine Antworten hatte. Und die Infos, die ich durch meinen kurzen Besuch in dem kleinen Café in London erhalten hatte, würde ich für mich behalten. Ich würde das Versprechen, das ich Penny in dem Brief gegeben hatte, einhalten und ihr Geheimnis bewahren. Nicht einmal Enes erzählte ich alle Einzelheiten, aber er fragte nicht weiter. Er kannte mich zu gut und wusste, dass meine Loyalität unumstößlich bleiben würde.

* * *

Als ich eines Vormittags das Kassenhäuschen auf Vordermann brachte und ihm mit Putzmitteln neuen Glanz einhauchte, suchte mich Gino dort auf. Es war das einzige Gespräch, das wir bezüglich Pennys neuen Aufenthaltsortes miteinander führten.

»Riecht gut. Limone?«

Ich fuhr erschrocken herum und sah ihn am unteren Ende der kleinen Trittleiter stehen.

»Du hast mich erschreckt«, sagte ich schwer atmend. Ich legte eine Hand auf meinen Brustkorb und nickte, während ich den Putzlappen in den Eimer mit dampfendem Wasser warf.

Gino zündete sich eine Zigarette an und zog den Jackenkragen nach oben. Es war kalt, der Winter im Anmarsch. »Auch eine?« Er hielt mir die geöffnete Schachtel entgegen.

Ich seufzte. »Weißt du, wie lange das her ist?«

»Das habe ich nicht gefragt.« Er grinste, die Zigarette zwischen den Lippen.

Ich stieg von der Leiter, zog meine Jacke über und ging ihm entgegen. Dann griff ich nach einer Zigarette und ließ mir von ihm Feuer geben. »Verrate mich nicht«, flüsterte ich und inhalierte den Rauch, der sich direkt vertraut anfühlte, obwohl ich seit Monaten keine Zigarette mehr angerührt hatte.

Wir setzten uns auf die beiden Stufen vor dem Wagen und rauchten eine Weile schweigend.

»Wie sah sie aus?«

Ohne dass er ihren Namen aussprach, wusste ich, dass es um Penny ging. »Du meinst, auf dem Foto, das ich gesehen habe?«

Er nickte und zog an seiner Zigarette.

»Gut. Wie immer. Sie sah immer gut aus.«

»Das stimmt.« Er lachte leise und starrte geradeaus. »Ich weiß, dass ich einen riesigen Fehler gemacht habe in der Nacht, in der sie weggegangen ist.«

Ich sah ihn von der Seite an.

»Ich habe sie fortgetrieben. Sonst wäre sie noch hier.«

»Gino«, mahnte ich ihn und legte eine Hand auf sein Knie. »Wir alle machen Fehler. Du hast deinen erkannt, das tun die meisten Menschen nicht. Davon abgesehen glaube ich nicht daran.«

Er blickte mich aus müden Augen an. »Ach nein?«

»Nein«, sagte ich fest und stand auf. »Sie hat nie hierhergehört.«

»Und dort, wo sie jetzt ist«, schlussfolgerte er, »gehört sie dahin?«

Ich sah ihn an und nickte. »Absolut, ja. Das ist ihr Platz.«

Er nickte gedankenverloren. Dann stellte er keine Fragen mehr zu Penny. Nie mehr.

Kapitel 22

Stratford, England, 2019

2018 ging, 2019 kam, und meine Hoffnung auf Rudolfos Sinneswandel, sich Hilfe zu holen, war in den letzten Wochen mehr und mehr verpufft. Es machte den Eindruck, als hätte er nur eingewilligt, Hilfe anzunehmen, weil ihn mein Auffinden von Penny getriggert hatte und er in der Manege an jenem Abend vor über einem Monat einen schwachen Moment hatte. Einen Moment, der mir in Erinnerung geblieben war. Schon kurz danach wollte er nichts mehr davon hören, was an diesem Tag gesprochen worden war, und igelte sich erneut ein. Er trank, versuchte dennoch die eine oder andere Aufgabe mehr schlecht als recht zu erledigen, und übergab das Ruder letztlich doch Gino, der Entscheidungen traf und immer mehr in die Rolle eines Zirkusdirektors hineinwuchs.

Als ich an einem Montagvormittag den Kontostand prüfte, erschrak ich über die hohe Summe, die ich auf dem Bildschirm lesen konnte.

»Wo kommt dieses Geld her?«

Gino reparierte gerade die Lichtanlage im Hauptzelt und ließ sich von Enes Werkzeug nach oben reichen, als ich mit ausgedruckten Kontoauszügen zu ihm hinaufwedelte.

»Welches Geld?«, rief er und versuchte, mit zusammengekniffenen Augen etwas auf den Ausdrucken zu erkennen, was aus der Entfernung unmöglich war.

»Eben!«

Gino kletterte die Leiter hinunter und sprang den letzten Meter. Irritiert nahm er mir die Zettel aus der Hand und warf mit Enes einen Blick darauf.

»Es wurde bar eingezahlt«, murmelte er und blätterte durch die Seiten, »aber nicht von mir.«

»Von mir auch nicht«, ergänzte ich.

Wir sahen uns an. Wenn es von uns niemand war, konnte es nur eine Person gewesen sein.

Gino dachte ebenso wie ich an Rudolfo. »Woher hat er auf einmal das ganze Geld?«

Ich zuckte mit den Schultern. »Ich weiß es nicht«, sagte ich nachdenklich, »aber zumindest ist es genug, um unsere restlichen Schulden bei den Mitarbeitern, aktuelle Rechnungen und Daueraufträge zu bezahlen. Damit schreiben wir endlich einmal wieder schwarze Zahlen.«

Gino biss sich auf die Unterlippe und schlug energisch mit einer Hand auf die Kontoauszüge.

»Endlich!« Er ging nervös umher und lächelte. Dann legte er beide Hände an seine Lippen und atmete hörbar ein und aus. »Endlich!«, wiederholte er und ging auf mich zu, packte mich bei den Schultern und sah mir in die Augen. »Wir können die Schulden bei unseren eigenen Leuten begleichen und sind aus dem Gröbsten raus? Bist du dir sicher?«

»Ich rechne es noch einmal genau nach, aber ja, ich bin mir ziemlich sicher«, antwortete ich ihm, woraufhin er mir um den Hals fiel und mich drückte.

Enes lächelte mich über Ginos Schulter hinweg an. Sein Freudentaumel war ansteckend und ich musste mit ihm mitlachen. Es war schön, zu sehen, wie wichtig ihm der Zirkus war, und in diesem Moment wurde mir einmal mehr bewusst, dass Gino die einzige Chance war, die dieses Unternehmen auf Dauer hatte. Es hätte Rudolfo sein sollen, der mir um den Hals fiel. Es hätte Rudolfo sein sollen, der so erleichtert war.

»Das ist doch großartig!«, rief Gino und klopfte Enes auf die Schulter, der sich mit ihm freute. »Ich muss es Lyla erzählen!« Damit stürmte er aus dem Zelteingang und ließ mich und Enes zurück.

Sobald er verschwunden war, erlosch mein Lächeln.

»Du glaubst nicht an dieses neue Glück, oder?«, fragte Enes.

Ich sah ihn direkt an und schüttelte den Kopf. »Nein«, flüsterte ich mit Blick nach draußen, wo ich Rudolfos heruntergelassene Jalousien am Wohnwagen erkennen konnte, »nicht wirklich.«

Rudolfos Antwort auf die Frage, wie der Kontostand zu erklären sei, war, dass er Geld gewonnen habe.

»So viel?«, fragte ich ihn, während wir gemeinsam die Absperrung für die Tiere auf dem Gelände aufstellten.

»Nicht nur«, ergänzte er schnaufend, »mir hat jemand Geld geschuldet, jetzt habe ich es zurück.«

Ich machte eine Pause und betrachtete ihn von der Seite. Ich konnte spüren, dass er meinen Blick mied und sich beobachtet fühlte.

»Rudolfo …«, setzte ich vorsichtig an, aber er schwieg.

Er wusste, dass ich ihm nicht glaubte und die Lüge durchschaute. Aber er wusste nicht, wie er mir begegnen sollte. »Ist es nicht egal, wo das Geld herkommt?«, verteidigte er sich und verband die einzelnen Stücke des Gatters miteinander. »Es ist da und wir können es mehr als gebrauchen. Mehr sollte uns nicht interessieren.«

»Ich mache mir nur Sorgen, verstehst du das nicht?« Es war ein verzweifelter Versuch, ihn zur Vernunft zu bringen – Vernunft, was die finanzielle Lage unseres Zuhauses anging. Vernunft, was seine eigenen Probleme betraf.

Er kam einige Schritte auf mich zu. Der Geruch von Alkohol folgte ihm unmittelbar und umhüllte mich regelrecht. »Ich hab alles unter Kontrolle.«

Das sagte seine Stimme, aber seine Augen verrieten das Gegenteil.

»Was ist mit dem, was wir in der Manege besprochen haben?«, fragte ich flehend und zeigte mit der rechten Hand auf das Hauptzelt neben uns. »Was ist mit der Einsicht, mit der Bereitschaft, Hilfe anzunehmen? Was ist daraus geworden?«

Er wandte den Blick ab und setzte seine Arbeit fort, indem er Heuballen aus der Schnürung schnitt und sie innerhalb der Umzäunung verteilte. »Mir geht es gut, ich hatte einen schwachen Moment. Das ist alles.«

»Du kannst ...«

Während er sich bereits einige Meter von mir entfernte, um Nachschub zu holen, drehte er sich um und unterbrach mich mitten im Satz. Er hob beide Hände und zwang sich zu einem Lächeln. »Mir geht es gut! Ein Mann braucht nur etwas Zeit. Gib sie mir, Rosa.«

Dann verschwand er mit der Schubkarre hinter dem Hauptzelt und ließ mich zurück. Der Himmel über dem Zirkuszelt verdunkelte sich. Es wirkte fast so, als würde sich etwas Unaufhaltsames zusammenbrauen, dem man nicht mehr entkommen konnte. Der Wind wehte mir um die Ohren und ließ mein Haar in einzelnen Strähnen wild um meinen Kopf fliegen. Nein, er brauchte keine Zeit. Zeit war das, was er am wenigsten brauchte. Zeit war das, was ihm zum Verhängnis werden würde. Was er wirklich brauchte, war Einsicht.

* * *

Es war ein Tag Anfang Februar 2019, an dem das über uns hereinbrach, was ich bereits geahnt hatte. Ich war mit Enes und Gino in die Stadt gefahren, um Dinge zu besorgen, die wir dringend brauchten. Dazu gehörten Enes' Medikamente, die er regelmäßig einnehmen musste, aber auch Waschmittel und Putzutensilien aus der Drogerie.

Trotz der noch kalten Temperaturen setzte sich Gino im Shirt und ohne Jacke auf den Fahrersitz.

»Du wirst dir den Tod holen«, mahnte ich ihn mütterlich, während ich mich anschnallte.

»Ich hänge sie mir über, wenn wir aussteigen«, versprach er und kreuzte symbolisch Zeige- und Mittelfinger, bevor er auf seine Jacke auf der Rückbank zeigte.

Der Grund für sein sommerliches Outfit war ein Tattoo, das frisch seinen Arm zierte: III.VIII.MMXVIII – die römische Zahl für den 3.8.2018 – das Datum, an dem Lyla und Gino ein Paar geworden waren. Es war mit einer durchsichtigen Folie abgedeckt, um es zu schützen. Vielleicht auch, um es zu beschützen – junge Liebe war zerbrechlich, junge Liebe war zart.

»Ich glaube, dass es jetzt bergauf geht«, sagte er mit auf die Straße gerichtetem Blick. »Ich glaube, dass die dunklen Zeiten vorbei sind.«

Ich konnte im äußeren Rückspiegel sehen, wie Enes seinen Blick nach draußen schweifen ließ. Gino war kein Kind mehr, er vertrug die Wahrheit. Er wurde bald Vater und hatte den Wunsch, diesen Zirkus mit Lyla gemeinsam zu führen. Es machte keinen Sinn, ihm etwas vorzumachen. Nur, um uns alle in Sicherheit zu wiegen.

»Glaubst du das wirklich?«

»Du etwa nicht?« Er drehte den Kopf für einen kurzen Moment in meine Richtung und sah mir in die Augen.

»Beantworte keine Frage mit einer Gegenfrage.«

Er lächelte und richtete den Blick wieder nach vorn. »Ich denke, Rudolfo rappelt sich auf. Es geht ihm besser.«

»Er kann sich nicht aufrappeln«, sagte ich seufzend, »jedenfalls nicht auf Dauer. Er wird immer gute Tage, vielleicht sogar gute Wochen haben, bevor der Teufelskreis von vorn beginnt. Er ...«, ich hielt die nächsten Worte kurz zurück, als würden sie dadurch an Gewicht verlieren und weniger hart klingen als die Realität, »... ist Alkoholiker.« Zum ersten Mal sprach ich es aus, obwohl ich es bereits seit Monaten wusste. Es machte es real. Es war ein Moment der Wahrheit.

Ohne zu antworten, setzte Gino den Blinker und hielt am Straßenrand an. Er drehte sich kurz zu Enes um, der auf der Rückbank saß, und blickte wieder zu mir. Dann legte er die Stirn auf das Lenkrad, das er mit beiden Händen fest umklammert hielt. »Ich weiß«, flüsterte er, ohne aufzusehen, »ich weiß doch.«

So saßen wir einige Minuten schweigend im Auto und stierten geradeaus. Autos fuhren an uns vorbei, die Welt drehte sich weiter, auch wenn man selbst gerade so sehr eine Pause brauchte.

Als er den Kopf hob, sah er mich aus müden Augen an. »Was können wir tun?«

Mit hochgezogenen Brauen presste ich die Lippen aufeinander und schloss die Augen. Langsam schüttelte ich den Kopf. »Ich schätze, nicht viel«, antwortete ich leise. »Rudolfo ist erwachsen. Er muss das selbst wollen. Wir können ihn zu nichts zwingen. Wir können nur hoffen, dass er an den Punkt kommt, an dem er wirklich Hilfe annimmt.«

Enes griff Gino von hinten an die Schulter. »Er muss einen Entzug machen. Das ist die einzige Chance, die er hat«, sagte er und packte ihn fester. »Du kannst diesen Zirkus leiten, Gino. Du tust es ohnehin seit Monaten.«

»Ich werde Vater«, flüsterte Gino, den Blick auf die Straße gerichtet, wie paralysiert. »Ich habe das, was ich mir immer gewünscht habe.«

»Eine Familie«, sagte ich und legte meine Hand auf seine.

»Eine Familie«, wiederholte er. »Und ich möchte, dass es meiner Familie gut geht, ich will ein gutes Vorbild sein, ich möchte nicht von der Hand in den Mund leben. Dieser Zirkus ist unser Heimathafen.« Er drehte sich zu Enes um. »Wir müssen es schaffen, ihn zu überzeugen – koste es, was es wolle.«

Dann startete er den Motor und fuhr los.

»Wessen Auto ist das?«

Als wir auf das Zirkusgelände einbogen, stand dort ein schwarzer SUV mit getönten Scheiben. Ich kannte das Modell und das Kennzeichen nicht. Es gehörte niemandem vom Zirkus.

»Vielleicht hat Rudolfo einen Termin vereinbart«, mutmaßte ich und schnallte mich bereits ab, obwohl das Auto noch fuhr.

Gino hielt an und stieg aus. Als er auf das Fahrzeug zuging, öffnete sich die Tür des Bürowagens und drei Männer kamen heraus.

»Wer um Himmels willen ist das?«, flüsterte Enes auf der Rückbank und löste den Gurt.

Ich wusste nicht, wer die Männer waren. Aber ich hatte sofort ein ungutes Gefühl. Sie erfüllten jedes Klischee von unseriösen Geschäftspartnern – große muskulöse Gestalten mit Lederjacken und Sonnenbrillen, obwohl keine Sonne schien.

Während wir aus dem Auto ausstiegen, sprach Gino den größten von ihnen an. Doch der antwortete nicht. Er drehte den Kopf lediglich in Ginos Richtung und schien ihn unter den abgedunkelten Gläsern zu mustern. Dann stieg er mit den anderen beiden in den SUV, der gleich darauf mit hoher Geschwindigkeit über den Schotterplatz raste und dabei eine Menge Staub aufwirbelte.

Plötzlich tauchte Lyla in der noch offenen Tür des Bürowagens auf. Sie sah panisch aus und hielt sich mit einer Hand den Bauch. Gino hastete ihr entgegen und hielt sie fest.

»Rudolfo«, flüsterte ich, eilte zum Wohnwagen und drückte mich an den beiden vorbei.

Rudolfo saß mit blutender Lippe auf dem verwüsteten Boden und starrte verloren zu mir hoch.

»Halt still!«

Rudolfo verzog vor Schmerzen das Gesicht, während ich die Blutspuren in seinem Gesicht mit einem feuchten Tuch beseitigte. Die Lippe war aufgesprungen und sein rechtes Auge schwoll mehr und mehr zu, sodass er nur noch mit dem linken blinzelte. Wir saßen auf dem Boden des Bürowagens zwischen Unmengen von Ordnern und Papier, zwischen all den Dingen, die ich regelmäßig sortierte und abheftete. Das schmale Wandregal war umgestoßen und lag mit zerbrochener Rückwand quer im Raum. Der Schreibtisch war leer gefegt, Schubladen lagen verkehrt herum auf dem Boden, dazwischen die leeren Flaschen, die Rudolfo im unteren Fach des Schreibtischs aufbewahrt hatte. Es kam der Verwüstung nach einem Erdbeben gleich. Jemand hatte ganze Arbeit geleistet.

»Hier.« Lyla kam zurück und öffnete neben mir den Verbandskasten.

Ich griff nach der Flasche mit der Jodtinktur und beträufelte damit die Tücher. »Das wird jetzt brennen, aber es muss sein«, warnte ich Rudolfo, bevor ich sein Gesicht damit behandelte.

Er stieß zischende Laute aus. Lyla reichte ihm zwei Schmerztabletten und ein Glas Wasser.

»Ich rufe jetzt die Polizei und einen Krankenwagen«, warf Enes ein, der sich bisher zurückgehalten und uns beobachtet hatte. Er griff nach dem Telefon auf dem Schreibtisch.

»Nein«, rief Rudolfo und rappelte sich auf, »keine Polizei.«

»Diese Typen haben dich zusammengeschlagen, du musst sie anzeigen«, sagte Enes aufgebracht, hielt das Telefon jedoch unschlüssig in der Hand. »Außerdem muss das sicher genäht werden. Zeig mal.«

Er drehte Rudolfos Gesicht am Kinn hin und her und begutachtete den Cut an der rechten Augenbraue.

»Keine Polizei«, wiederholte Rudolfo und schaute dann zu mir.

»Was wollten sie von dir? Geld?«

»Was, wenn sie Lyla etwas getan hätten? Sie war schließlich hier und ...«

»Sie hätten ihr nichts getan!«, rief Rudolfo mit geschlossenen Augen, während er eine energische Geste mit den Händen machte. »Sie wollten zu mir. Lyla war völlig uninteressant für sie.«

»Du kennst diese Typen?« Ich stellte die Frage, obwohl ich die Antwort bereits kannte. Vielleicht, weil ich hoffte, ich würde mich irren. Vielleicht, weil ich die Augen vor der Wahrheit verschloss. Vielleicht auch, weil ich immer noch an ein Happy End glaubte.

»Keine Polizei.«

Ich sah Enes verzweifelt an. Er nickte mir mit geschlossenen Augen zu und legte das Telefon beiseite.

»Okay.« Ich sah Rudolfo direkt in die Augen. »Du erzählst mir jetzt, wer das war und was sie hier wollten – ohne Geheimnisse, ohne Lügen.«

Stumm saß ich neben Rudolfo, Enes und Gino auf der Eckbank unseres Wohnwagens. Lyla hatte sich zurückgezogen, um sich auszuruhen. Die Aufregung der letzten Stunden hatte sie mehr mitgenommen, als sie zugegeben hatte. Sie war nicht nur schwanger, vor allem war sie mit ihren einundzwanzig Jahren selbst noch fast ein Kind. Eine Tatsache, die wir im Zirkus oft vergaßen.

Vor uns standen Tassen mit dampfendem Tee, Rudolfo hielt seine mit beiden Händen umschlossen. Es wirkte, als würde er sich daran festklammern. Auf der Oberfläche des Tees sah man die Erschütterung, die seine nervös wippenden Beine unter dem Tisch auslösten. Erstmals fiel mir auf, wie er in regelmäßigen und kurzen Abständen schniefte.

Nachdem Rudolfo uns die ganze Wahrheit offenbart hatte, sagte niemand ein Wort. Kopfschüttelnd saß ich ihm gegenüber und konnte nicht glauben, wie die Zeit uns allen mitgespielt hatte und er in diese Situation gekommen war. Meine Psyche spielte mir Streiche, indem sie Situationen aus längst vergangenen Tagen hervorholte und mich damit betörte: Rudolfo mit fünf Jahren, als wir eines Nachmittags einen Regenbogen am Himmel betrachteten.

»Ist das die Brücke zu Mommy?«, fragte er mich.

Ich nahm ihn auf den Arm und drückte seine Wange gegen meine. »Ja, das ist es. Aber wir können sie nicht begehen. Verstehst du?«

»Wieso nicht, Rosa?«

Das Gefühl der Verzweiflung, der Trauer und der Überforderung, das ich in diesem Moment gespürt hatte, kam nun mit voller Wucht zurück. Im Wohnwagen mit Rudolfo, der geschunden wie ein geprügelter Hund auf der Bank saß. Damals hatte ich von der nahe gelegenen Wiese eine Pusteblume gepflückt und gemeinsam mit ihm einen Gruß an Mama gen

Himmel geschickt. Ein einfacher Versuch des Trostes, voll kindlicher Naivität, der heute nicht mehr funktionieren würde.

Rudolfo hatte sich bei Kredithaien Geld geliehen, nachdem sein Gesuch bei der Bank abgelehnt worden war. Was einfach und problemlos anfing, war nun in einer Katastrophe geendet. Wir hatten mit dem Darlehen Rechnungen und vor allem die Schulden der letzten Monate bezahlt, sodass das Geld schnell aufgebraucht gewesen war. Es war nicht möglich gewesen, etwas zurückzulegen. Rudolfo war der Einzige, der gewusst hatte, dass die Rückzahlung immer näher rückte. Aber der Alkohol, der Rausch und die Ohnmacht hatten seine Sinne benebelt, er hatte das Geheimnis weiter für sich behalten und die Deadline verstreichen lassen. Nachdem er bereits einen Aufschub bekommen hatte, waren heute diese Gestalten hier aufgetaucht, um ihn daran zu erinnern, dass er ihnen Geld schuldete. Inklusive Zinsen.

»Wie lange?«, fragte Enes emotionslos und starrte aus dem Fenster in den Regen hinaus, der den Platz flutete.

Rudolfo tat es ihm gleich. »Nicht lange.«

»Wie lange?« Enes wiederholte die Frage mehr als deutlich und machte zwischen beiden Worten eine Pause, um ihnen mehr Ausdruck zu verleihen.

Rudolfo schnaubte und legte die Hände wie zum Gebet an die Lippen. »Eine Woche«, flüsterte er.

»Eine Woche?!« Gino stand auf und lief im Wohnwagen auf und ab. Er blieb mit dem Rücken an der Küchenarbeitsplatte stehen und stützte sich ab.

Enes erlitt einen Hustenanfall und stand auf, um seinen Inhalator im Badezimmer zu benutzen. Durch die angelehnte Tür konnte ich sehen, wie er sich auf dem Waschbecken abstützte und versuchte, tief und ruhig zu atmen. Stress dieser Art war Gift für ihn, das wussten wir beide. Vermeiden ließ er sich dennoch nicht.

»Wie sollen wir das schaffen? Das ist bei fast zehntausend Pfund nicht möglich! Was, wenn wir es nicht schaffen?« Gino überschlug sich fast beim Sprechen. »Was, wenn sie in einer Woche wieder hier auflaufen und wir nicht zahlen können? Wie sollen wir ...«

»Ich weiß es nicht, okay!« Rudolfo schrie ihm die Worte entgegen und schlug beide Hände flach auf den Tisch, sodass der Tee aus den Tassen auf das Holz schwappte. »Ich habe keine Ahnung, wie wir es anstellen sollen und was uns erwartet. Und ich bin ganz allein schuld daran.«

»Geht es dir besser?« Ich legte meine Hand in Enes Nacken und setzte mich neben ihn auf die Stufen vor dem Wohnwagen.

»Ja«, sagte er leise und drückte meine Hand, die auf seinem Knie ruhte. »Es war vielleicht einfach alles etwas zu viel in letzter Zeit.«

»Vor allem heute«, ergänzte ich und streichelte sanft seinen Haaransatz.

Er schüttelte langsam den Kopf und wandte sich dann zu mir. »Ich kann nicht fassen, dass das passiert ist.«

»Ich auch nicht.«

»Denkst du ...« Er unterbrach sich und suchte in meinen Augen nach der Antwort, ohne die Frage gestellt zu haben.

Aber ich wusste, was er fragen wollte. »Ich weiß es nicht, aber ich weiß, dass das eine ganze Stange Geld ist, die wir über Vorstellungen innerhalb so kurzer Zeit nicht erwirtschaften können.«

»Rosa«, sagte er, »wir könnten ...« Er verstummte.

Ich wusste, worauf er hinauswollte. Der Zirkus war ein hartes Geschäft. Man wusste nie, wie lange der Erfolg anhielt. Daher zahlten Enes und ich seit Beginn unserer Ehe monatlich Geld auf ein Konto ein, um ein Polster zu schaffen. Wir wussten beide, dass genug Geld vorhanden war, um Rudolfos Schulden zu begleichen und den Zirkus zu retten.

»Es ist unsere Vorsorge, Enes.«

»Ein kleiner Teil davon. Ich weiß.« Er kniff die Augen zusammen und holte tief Luft.

»Es geht mir nicht darum, dass ich es ihm nicht geben möchte. Wenn das die Probleme lösen würde, würde ich es eher heute als morgen tun. Das weißt du.« Enes nickte und griff nach meiner Hand. »Aber wenn wir ihm das Geld einfach so überlassen, fühlt er sich sicher und es löst gar kein Problem. Im Gegenteil. Es schafft neue Probleme. Er ... muss wie ein Kind aus der Situation lernen.«

»Aber zu welchem Preis?« Unsere Blicke trafen sich und ich legte meine Stirn an seiner Schulter ab. »Ich sollte ins Bett, ich habe das Gefühl, der kalte Windzug macht meiner Lunge noch mehr zu schaffen.«

Er stützte sich an meiner Schulter ab und stand auf. Dann betrat er, dicht gefolgt von mir, unseren Wohnwagen. Dabei überlegte ich laut, wie wir die Geldsumme doch noch anderweitig zusammenkratzen könnten. Da drehte sich Enes plötzlich in meine Richtung und sah mich panisch an. Mein Mann stand vor mir und griff mit einer Hand nach meinem Arm.

»Was hast du?«

Enes antwortete nicht. Er sackte vor meinen Augen zusammen und fiel zu Boden.

* * *

Das regelmäßige Piepen, das Enes' regelmäßigen Herzrhythmus hörbar machte, hatte etwas Beruhigendes. Es zeigte, dass sein Herz seine Arbeit verrichtete, auch wenn es so mitgenommen war. Enes hatte einen Herzinfarkt erlitten, der ihn das Leben hätte kosten können. Dass er immer noch hier war, grenzte an ein Wunder, für das ich unendlich dankbar war.

Ich drückte seine warme schlaffe Hand an meine Wange. Der Infusionsschlauch, der von seinem Handrücken zu einem Beutel hoch über seinem Kopf führte, fühlte sich kalt an. Der Kontrast brachte das zum Ausdruck, was sich in meinem Kopf immer mehr zu einem Bild formte – *bitte lass etwas so Schönes nicht zu etwas so Hässlichem werden.* Ein stummes Gebet, das ich nicht aussprach.

Der Stuhl fühlte sich kalt und unbequem an. Aber ich würde nicht weggehen. Seit Enes nach der Operation auf das Zimmer geschoben worden war, saß ich auf dieser Oberfläche aus weißem Hartplastik und rührte mich nicht vom Fleck. Ich dachte daran zurück, als unsere Rollen vertauscht gewesen waren. Damals lag ich in einem Krankenbett und Enes war derjenige, der um mich bangte, der mich hielt und auf mich wartete, bis ich ins Leben zurückkehrte.

Hinter mir öffnete sich die schwere Tür und ich wandte mich um. Gino kam mit zwei Pappbechern in den Händen herein.

»Hier.« Er reichte mir einen Becher, dann ließ er sich neben mir auf dem zweiten Stuhl nieder.

»Du bist noch hier?«

»Natürlich.«

»Geh nach Hause, Gino«, sagte ich müde und drückte mit Daumen und Zeigefinger an den höchsten Punkt meiner Nasenwurzel, um meine Kopfschmerzen abzuwenden. »Du kannst hier ohnehin nichts tun und Lyla wartet auf dich.«

»Sie weiß, dass ich hier bin, und ich werde nicht gehen.«

Ich lächelte ihn matt an und nahm einen Schluck des dampenden Kaffees aus dem heißen Becher.

Still saßen wir einige Minuten nebeneinander. Neben dem Piepen der Maschine war nur ein Ticken der Uhr am anderen Ende des Zimmers zu hören.

»Du hast gut reagiert, Rosa«, flüsterte er und blickte auf seine Schuhe, »damit hast du ihm das Leben gerettet. Bei einem Herzinfarkt zählt jede Sekunde.«

Ich schnaubte. In Gedanken hing ich dem Moment nach, in dem Enes vor mir zusammengesackt und reglos auf dem Boden unseres Wohnwagens liegen geblieben war. Es kam mir vor wie eine Ewigkeit, nicht wie drei, vier oder nur fünf Sekunden, bis ich zum Hörer gegriffen und den Notruf gewählt hatte. Ich wusste immer noch nicht, wie ich dazu imstande gewesen war. Aber so war das in solchen Situationen – man funktionierte, tat das Richtige, ohne es wirklich zu realisieren.

»Kam das aus heiterem Himmel?«

Ich sah ihn stirnrunzelnd von der Seite an, während Gino immer noch auf seine Schuhe schaute.

»Was? Nach all dem, was passiert ist, sagst du aus heiterem Himmel?« Ich schüttelte den Kopf.

»Nein«, korrigierte er und winkte mit einer Hand ab. »Ich meine, ob es Vorzeichen gab. Hast du das Gefühl, es hat sich ... wie sagt man ... angebahnt? War er anders in letzter Zeit? Hatte er Probleme, Schmerzen?«

Ich erinnerte mich an viele kleine Situationen in den letzten Wochen zurück. Ich kam mir dumm und naiv vor, nicht erkannt zu haben, dass etwas nicht stimmte. Enes nicht zu einem Arzt geschleppt zu haben. Ihn nicht genauer beobachtet zu haben. Und vor allem – ihm nicht eindringlicher klargemacht zu haben, dass sich unser Leben ändern musste.

Bevor ich antworten konnte, klopfte es erneut und zwei Ärzte in Weiß betraten den Raum.

»Mrs Payne?«

»Ja.«

Ich stand abrupt auf, aber der Größere der beiden bedeutete mir mit einer Hand, sitzen zu bleiben.

»Sind Sie der Sohn?«

Gino schüttelte den Kopf.

»Bitte«, antwortete ich fahrig, »sprechen Sie offen. Gino kann gern hierbleiben. Wir haben keine Geheimnisse.«

Die beiden warfen sich einen kurzen Blick zu.

»Die Operation ist gut verlaufen, wir konnten das Blutgerinnsel gut entfernen, das das Gefäß verschlossen und zu dem Herzinfarkt geführt hat.«

Ich nickte stumm und blickte in Enes' Gesicht, der weiterhin tief schlummerte und nichts von alldem mitbekam.

»Allerdings …«, er machte eine kleine Sprechpause, die mir Angst machte, »ist der Herzmuskel geschädigt worden.«

»Was bedeutet das?« *Sag mir die Wahrheit, verpack mir nichts mit netten oder schonenden Worten*, ging es mir durch den Kopf.

»Sie ... sind beim Zirkus?«

Ich runzelte die Stirn und nickte. Was hatte das mit dem Herzinfarkt zu tun? Ich wusste nicht, worauf er hinauswollte.

»Wieso ...« Gino versuchte, die Frage auszusprechen, die sich gerade in meinem Kopf formte, brach jedoch ab.

Der andere Arzt mischte sich in das Gespräch ein. »Nun, Mrs Payne«, begann er vorsichtig und setzte sich auf die Bettkante. »Wir konnten zwar das Gerinnsel entfernen, das den Herzinfarkt ausgelöst hat, aber aufgrund der Schäden, die das Herz Ihres Mannes davongetragen hat, raten wir Ihnen dringend, Ihren Lebensstil zu ändern.«

»Lebensstil?«, hakte Gino naiv nach. Ich hingegen wusste, was er mir sagen wollte. Ich wusste, was jetzt kommen würde.

»Das ständige Umherreisen, der Auf- und Abbau, die Auftritte …« Mit seiner Aufzählung traf er ziemlich ins

Schwarze. »Das alles ist nicht gerade förderlich, wenn es darum geht, das Herz zu schonen. Wir sind uns darüber einig, dass ...«

»Dass ...?«

»Dass es die Lebenszeit Ihres Mannes stark verkürzen wird, wenn sich für ihn nicht grundlegend etwas ändert. Es ist nicht nur das Herz. Es ist auch seine Lungenerkrankung. Die Funktionsleistung ist unterdurchschnittlich, um ehrlich zu sein.«

»Der Zirkus ist sein Leben.« Gino starrte geradeaus, während er sprach.

»Wir verstehen das«, antwortete der Große, auch wenn das leeres Gerede war. »Das ist lediglich eine Empfehlung, die wir Ihnen und Ihrem Mann geben. Entscheiden müssen das letztendlich Sie beide.«

»Stress und Rastlosigkeit sind Gift für ihn, um es ganz klar zu sagen.«

Der letzte Satz des jüngeren Arztes traf mich mit voller Wucht. Gift. Wie konnte etwas plötzlich Gift sein, was all die Jahre Lebenselixier gewesen war? Ich musste an den Bibelauszug denken – *alles hat seine Zeit*. Vermutlich war es wirklich so.

»Wir werden Ihren Mann ein paar Tage hierbehalten und noch ein paar Tests durchführen. Wenn alles in Ordnung ist, können wir ihn dann entlassen. Er wird ein weiteres Medikament nehmen müssen, um das Herz zu entlasten.«

Ich nickte stumm, wie erschlagen von all den Informationen.

Als die beiden das Zimmer verlassen hatten, sah mich Gino mit traurigen Augen an.

»War's das?«

»Was meinst du?«

»Unsere gemeinsame Geschichte. Der Zirkus.«

»Gino ...« Ich legte ihm eine Hand auf den Oberschenkel und klopfte mehrmals sanft darauf.

»Rudolfo hat alles versoffen, hängt an der Flasche und hat sich Geld von Kredithaien geliehen, das wir in einer Woche zurückzahlen müssen. Enes liegt nach einem Herzinfarkt im Krankenhaus und soll sich zur Ruhe setzen, sesshaft werden. Was bleibt dann noch?«

Ich griff energisch nach seiner Hand und sah ihn an. Plötzlich war er wieder der siebzehnjährige Junge von der Straße, der damals zum Zirkus gekommen war.

»Du«, sagte ich überdeutlich, »du bleibst dann noch, Gino. Du und Lyla. Und das Baby.«

Er drückte sich Daumen und Zeigefinger in die Augen und verzog schmerzvoll das Gesicht, aber er konnte die Tränen nicht vor mir verstecken. »Er wird mir die Leitung nicht übertragen, Rosa. Er lässt sich nicht helfen.«

Mit den jüngsten Ereignissen war ein Punkt erreicht, der keine Verhandlungen mehr zuließ. Es ging um das, was mir heilig war. Es ging um Enes.

»Oh doch«, prophezeite ich, »glaub mir, das wird er. Er hat gar keine andere Wahl.«

Und damit fasste ich einen folgenschweren Entschluss.

Gegen Abend schickte uns das Krankenpersonal nach Hause. Die Stationsschwestern versprachen mir, mich auch mitten in der Nacht anzurufen, wenn Enes aufwachen sollte. Nur unter dieser Bedingung verabschiedete ich mich schweren Herzens mit einem sanften Kuss auf seine Stirn und kehrte mit Gino zum Zirkusgelände außerhalb Londons zurück.

»Ich fahre dich morgen früh wieder hin. Sag mir nur, wann, und ich bin da.«

Ich legte voller Dankbarkeit eine Hand auf seine Schulter. »Heute ist Valentinstag, du hast den ganzen Tag mit mir in Enes' Krankenzimmer verbracht, statt bei deiner schwangeren

Freundin zu sein, der du heute einen Antrag machen wolltest, Gino.«

»Rosa«, ermahnte er mich und sah mich direkt an. »Wie kann ich an so etwas denken, wenn Enes im Krankenhaus liegt und sich von einem Herzinfarkt erholt?«

Ich schüttelte den Kopf. »Das hat nichts mit dir und Lyla zu tun, Gino.« Ich wollte nicht, dass er auf sein persönliches Glück verzichtete. Und ich wusste, dass auch Enes das nicht wollte.

»Lyla läuft mir nicht weg.« Wir sahen uns an. »Habe ich das gerade wirklich gesagt?«

Wir mussten beide lachen. Es war das erste Mal, dass ich an diesem Tag lachte. Und ich war Gino mehr als dankbar dafür, dass ich mich für drei Sekunden lebendig fühlte.

Dann schwiegen wir wieder.

»Was wirst du jetzt tun?«, fragte er mich leise.

Wir saßen im Dunkeln auf dem Schotterplatz im Auto. Ich zuckte mit den Achseln und löste den Anschnallgurt. »Ehrlich gesagt weiß ich es nicht.«

»Enes wird sich nicht alles aus der Hand nehmen lassen«, sagte Gino leise und senkte betreten den Blick. »Er wird sich nicht in einen Gartenstuhl setzen, während andere hier schuften. Er wird niemanden in die Rolle von Bip Bello schlüpfen lassen und das Kostüm an den Nagel hängen.«

Ich schüttelte langsam den Kopf, weil ich wusste, dass er recht hatte. »Solange wir hier sind, wird er das nicht tun.«

Gino sah mich von der Seite an, während ich stumm durch die Scheibe nach draußen starrte. Zwei Vögel pickten auf der Suche nach Essensresten im Dunkeln und stritten sich um Überbleibsel.

Als ich mich zu ihm drehte, stellte er mir die nächste Frage. Diesmal wortlos und nur mit Blicken.

»Ja«, flüsterte ich und zwang mich zu einem Lächeln, »ich schätze, das bedeutet es.«

»Wie geht es ihm?« Rudolfo sprang in die Höhe, als ich unseren Wohnwagen betrat.

Dass er hier auf mich wartete, brachte uns ein Stück näher zusammen. Als ich die angebrochene Flasche Bourbon auf dem Tisch stehen sah, entfernten wir uns wieder voneinander.

Er bemerkte meinen Blick und verschraubte sie hastig. »Das war nur die Anspannung«, entgegnete er, und wir beiden wussten, dass es eine Lüge war.

Ich schnaubte und nahm ihm gegenüber Platz. »Wir müssen reden«, sagte ich.

Dann erzählte ich Rudolfo, was sich im Krankenhaus ereignet hatte und was die Ärzte gesagt hatten. Ich erzählte ihm von Enes' Gesundheitszustand, den alten und neuen Problemen, von den Sorgen und Bedenken der Ärzte und ihren Empfehlungen und Ratschlägen. Er hörte mir zu, aber die Nervosität war sein ständiger Begleiter und zwang ihn regelrecht dazu, sich zu bewegen, seine Hände zu kneten und mit den Beinen zu wippen.

»Wir werden ihn rausnehmen, er wird nicht mehr so viel arbeiten wie bisher. Wir werden ihn schonen.«

Ich lachte verächtlich. »Das ist die Lösung?« Ich stützte die Ellenbogen auf und faltete die Hände, während ich meinen Blick über das Gelände vor dem Fenster schweifen ließ. »Enes schaut zu, wie andere das machen, was er all die Jahre getan hat, um ihn täglich daran zu erinnern, dass sein Leben nicht mehr so ist, wie er es sich wünscht?«

»Hast du einen anderen Vorschlag?«

Ich wartete einen Moment und sammelte mich. Dann griff ich nach seiner Hand und sah ihn an. »Wir werden ein neues Kapitel aufschlagen. Enes und ich. Wir werden fortgehen, Rudolfo. Wir werden uns zur Ruhe setzen.«

»Fortgehen?« Er sah mich ungläubig an.

»Hör mir zu«, sagte ich eindringlich und beugte mich zu ihm vor, als wollte ich ihm ein Geheimnis verraten. »Wir haben Geld gespart, Enes und ich. Wir geben dir das Geld, das du brauchst, um diese Kredithaie zu bezahlen. Wir fangen neu an, damit Enes sich erholen kann und wieder gesund wird.«

»Nein.« Seine Reaktion kam schnell, hastig und unüberlegt. Es war der Stolz. Denn im Grunde wusste er, dass es keine andere Möglichkeit gab, sich aus den Fängen dieser Menschen zu befreien und den Zirkus zu retten.

»Rede keinen Unsinn«, ermahnte ich ihn, »du weißt, dass es keinen anderen Weg gibt.«

Rudolfo sah mich aus müden Augen an. »Wirklich?« Er fuhr sich mit beiden Händen über den Kopf und wirkte, als würde er jeden Moment in Tränen ausbrechen.

Ich hob den Zeigefinger. »Unter einer Bedingung. Du lässt dir helfen und begibst dich in eine Klinik. Du machst eine Therapie und überträgst Gino die Leitung des Zirkus.«

Rudolfo sah mich an, als hätte ich ihm ins Gesicht geschlagen.

»Das ist nicht verhandelbar, Rudolfo.« Mir liefen Tränen über das Gesicht, während ich sprach. »Mir fällt es alles andere als leicht, dir die Pistole auf die Brust zu setzen, aber ich befürchte, das ist die einzige Chance, die du und der Zirkus noch haben. Entweder du lässt das jetzt zu oder diese Typen kommen in sechs Tagen zurück und ...«

Ich brach meinen Satz ab, weil ich nicht wusste, wie ich ihn enden lassen sollte. Weil ich nicht wusste, was passieren würde, wenn sie zurückkamen und das Geld nicht erhielten. Was würden sie tun? Was würden sie mit Rudolfo machen? Was wäre mit dem Zirkus? Mit Gino? Mit uns? Mit all den anderen?

Und plötzlich ging alles ganz schnell. Rudolfos Augen wurden überschwemmt von Tränen, ich griff blitzschnell nach seiner zweiten Hand und drückte beide fest. »Sei vernünftig.

Ich bitte dich«, flüsterte ich und legte meinen Kopf auf seine Hände. »Ich flehe dich an, Rudolfo. Wir lieben dich. Lass dir helfen.«

Dann weinten wir gemeinsam. Am Tisch unseres Wohnwagens auf dem Zirkusgelände in London ließen Rudolfo und ich unseren Tränen freien Lauf, und in diesem Moment wusste ich, dass ich erreicht hatte, was notwendig war, um all das hier zu retten.

* * *

»Hallo?!« Außer Puste, aber schlaftrunken sprach ich in den Lautsprecher meines Mobiltelefons. Das Klingeln hatte mich aus einem kaum erholsamen Schlaf gerissen, der mir nur wenige Stunden Ruhe gebracht hatte. Aufgebracht, verheult und emotional leer war ich nach dem Gespräch mit Rudolfo in den frühen Morgenstunden ins Bett gefallen. Erst als ich das Telefon bereits am Ohr hielt, erinnerte ich mich an die Geschehnisse des Vortages und daran, dass Enes im Krankenhaus lag, statt neben mir in unserem Bett.

»Mrs Payne, hier ist Schwester Leona aus dem ...«

Ich ließ sie nicht ausreden. »Hallo, ja, ich weiß.« Ich schluckte und atmete durch. »Ich weiß, wer sie sind. Was ist passiert?« *Bitte, lieber Gott.* Die Angst, eine schlechte Nachricht zu erhalten, übermannte mich so sehr, dass ich nicht mehr klar denken konnte.

»Es ist alles gut, Mrs Payne, beruhigen Sie sich«, sagte sie sanft. »Ihr Mann ist aufgewacht. Sie können zu ihm, wenn Sie möchten.«

Zwischen Gino und Rudolfo lief ich in großen und schnellen Schritten die gefühlt endlos langen Flure des Krankenhauses entlang. Nervös klammerte ich mich an meiner Handtasche fest, bis ich zu meiner Rechten Enes' Zimmernummer entdeckte.

Die Hand bereits auf der Türklinke sah ich erst in Rudolfos, dann in Ginos Gesicht. »Ich muss ihn erst allein sprechen. Ich rufe euch, wenn wir so weit sind.«

Dann betrat ich das Zimmer und begrüßte meinen Ehemann zurück im Leben.

Als ich Enes sah, war all mein Kummer verschwunden. Meine Erleichterung, dass er noch bei mir war, dass er mir und dem Leben nicht entrissen worden war, dass er hier lag und meine Wange streichelte, meine Tränen mit einem Zeigefinger auffing und matt lächelte, schoben für eine Zeit alle unausgesprochenen Dinge beiseite, die noch geklärt werden mussten.

Die ersten Minuten sprach keiner von uns. Es war einer der Momente, in dem Worte überflüssig waren, in denen wir uns verstanden, ohne zu sprechen.

»Wie fühlst du dich?«

Er zog sich am Griff über ihm hoch, um sich aufzusetzen. Ich half ihm, indem ich sein Kissen aufschüttelte und hinter seinen Rücken stopfte. Er griff nach einem Glas auf dem Nachttisch und nahm einen Schluck Wasser.

»Gut wäre übertrieben«, sagte er mit rauer Stimme, die eher fremd als vertraut für mich klang, »aber ich schätze, es könnte schlimmer sein.«

Ich lächelte und kämpfte erneut mit den Tränen.

Enes war ein starker und stolzer Mann. Ihn so zu sehen, machte etwas mit mir, und ich konnte und wollte es nicht vor ihm verstecken.

»Sag mir bitte eine Sache«, bat ich und griff nach seiner Hand.

»Was immer du willst, *mo cuishle*.«

»Hast du etwas gespürt? Ich meine davor? Gab es Anzeichen?« Ich hatte Angst vor dem, was er mir antworten würde, aber ich musste die Wahrheit kennen.

Mit der Antwort, die er mir gab, hatte ich allerdings nicht gerechnet. »Ja, die gab es«, sagte er und sah auf seine Hände. »Und ich war ein Idiot, sie so lange zu ignorieren. Ich wollte dich nicht belasten und dachte, es löst sich in Luft auf, wenn ich es nicht ausspreche und für mich behalte. Ich weiß, dass es knapp für mich war und es so nicht weitergehen kann. Ich weiß das, Rosa.«

Bei seinen Worten spürte ich eine Welle der Erleichterung, die über mich hinwegrollte und die Schleusen erst vollständig öffnete. Dass Enes verstand, dass sich für ihn etwas ändern musste, war mehr, als ich erhofft hatte. Dass er sich selbst eingestand, dass es so nicht mehr weitergehen konnte, weil er sonst mit seinem Leben dafür bezahlen würde, änderte alles.

Ich erinnerte mich an die Gespräche zurück, die wir wegen seiner Lungenerkrankung und seiner Atemprobleme bereits geführt hatten. Er hatte nie hören wollen, was ich dazu zu sagen hatte, er hatte alles abgeblockt und heruntergespielt. Heute und hier erkannte ich, dass er durch die jüngsten Ereignisse erstmals Angst verspürte und wusste, dass eine Veränderung seines Lebensstils, unseres Lebensstils, seine einzige Chance war.

Wir schwiegen wieder eine Weile und ich hielt neue Tränen mit der Kante eines gefalteten Taschentuchs zurück.

Enes schaute aus dem Fenster. »Welches Datum haben wir heute?«

»Den fünfzehnten Februar 2019.«

»Ich habe den Valentinstag verschlafen?«

Durch die Tränen hindurch musste ich lachen. Sie waren wie ein Nebelschleier, der mir die uneingeschränkte Sicht nahm.

»Das ist das erste Mal seit 1970, dass du keine Blumen von mir bekommen hast. Ich weiß, wie sehr du sie magst und dass sie dich an Dingle erinnern.«

Dingle – satte grüne Hügel, über denen Möwen kreisten, und Grasbüschel, die sich im Wind bewegten.

»Das ist mir gerade nicht wichtig, Enes.« Eine Träne stahl sich am Taschentuch vorbei und rollte meine Wange hinab. »Mir ist wichtig, dass du lebst und verstanden hast, dass es so nicht weitergehen kann.«

Seine Finger berührten meine Wange. »Ich wünschte, ich könnte dir auch eine Lösung nennen, *wie* es weitergehen kann.«

»Das musst du nicht«, sagte ich und setzte mich aufrecht hin. »Ich denke, ich habe eine gefunden, die für uns alle das Beste ist.«

Er verzog leicht das Gesicht und richtete sich noch mehr auf. »Uns alle?«

»Rudolfo und Gino warten vor der Tür«, antwortete ich und zeigte in die Richtung. »Wenn du einverstanden bist, hole ich sie herein. Wir sollten alle gemeinsam darüber sprechen.«

Er sah mich an, ohne eine Miene zu verziehen, und ein komisches Gefühl machte sich in mir breit. »Es sei denn, du fühlst dich zu schwach. Dann hat das Zeit, *mo stór*. Ich möchte, dass du ...«

Enes unterbrach mich sachte, indem er mein Handgelenk umfasste. »Ich war noch nie so bereit, etwas zu ändern. Glaub mir.«

Wir saßen zu dritt an Enes' Bett und ich weihte ihn genauso wie Gino, der noch nichts von alldem wusste, in das Gespräch und den Plan ein, den ich in der Nacht zuvor mit Rudolfo geschmiedet hatte – Enes und ich würden Rudolfo und den Zirkus mit unseren Ersparnissen freikaufen unter der Auflage, dass er sich in eine Therapieeinrichtung begab, um an sich und seinem

Alkoholproblem zu arbeiten. Die Zirkusleitung würde er für diese Zeit Gino übertragen, der bereits in den letzten Monaten Stück für Stück in Rudolfos Rolle geschlüpft war, ohne hierfür entlohnt zu werden oder die entsprechende Anerkennung zu bekommen. Nach Rudolfos Rückkehr würde er den Zirkus mit Gino als gleichberechtigtem Partner führen. Gino und Lyla würden den Zirkus übernehmen, wenn Rudolfo es nicht mehr konnte, und das Erbe weiterführen.

Enes hörte aufmerksam zu. Nachdem ich alles erklärt hatte, blickte ich von einem zum anderen und versuchte, die Emotionen in ihren Gesichtern abzulesen.

Enes war der Erste, der sprach. »Bist du dazu bereit, Rudolfo? Die Verantwortung offiziell für eine Zeit abzugeben und dich um dich selbst zu kümmern? Willst du das? Du musst es wollen, Rudolfo, sonst …«

Rudolfo fiel ihm ins Wort. »Ich habe keine Wahl. Ich will den Zirkus nicht aufgeben. Wenn ich diesen Weg nicht gehe, wird man mich dazu zwingen. Früher und unerbittlicher, als mir lieb ist. Und ich reiße andere mit in den Abgrund.« Er sah zu Gino hinüber. »Was sagst du dazu?«

Alle Blicke hafteten nun auf dem jungen Mann, der die Verantwortung für seine eigene Familie und das Zirkusunternehmen Rosso in Händen hielt.

»Der Zirkus ist das, was ich will. Das war er schon immer. Schon lange bevor …«, ich wusste, dass er an Penny dachte, und was er zu sagen versuchte, »… das alles passierte.«

Dann wandte er sich gezielt an Rudolfo. »Ich werde das Geschäft so führen wie du zu deinen besten Zeiten. Das verspreche ich dir. Wenn du gesund zurückkommst, kannst du stolz sein. Stolz auf das Lebenswerk deiner Eltern, auf deine Arbeit in all den Jahren und auf das, was Lyla und ich tun, um es neu zu beleben.«

In diesem Moment umarmte Rudolfo Gino über den Fußteil des Krankenbetts hinweg und drückte ihn an sich, klopfte ihm fest auf den Rücken und gab Laute von sich, die mir direkt Tränen in die Augen trieben. Es waren Laute, die Erleichterung, Freude, aber auch Angst und Wehmut ausdrückten. Laute, die man von Rudolfo so nicht kannte.

Enes betrachtete zufrieden die beiden Männer, die für ihn die wichtigsten in seinem Leben waren. Dann sah er wieder zu mir. »Was heißt das für uns beide, *mo cuishle*?«

Ich seufzte und bat Enes und Rudolfo, draußen zu warten. Es war persönlich, was ich meinem Ehemann sagen wollte. Es entschied darüber, wie unser Leben weiter verlaufen würde, und ich konnte ihn nicht vor anderen damit konfrontieren und ihn zu einer Entscheidung zwingen. Es war etwas, das nur mich und Enes anging.

»Enes«, begann ich und ergriff seine Hände, »ich möchte dir einen Vorschlag machen. Ich will, dass du mich bis zum Ende anhörst, bevor du etwas sagst. Es ist nur ein Vorschlag. Wir müssen gemeinsam entscheiden, wie es weitergeht. Ich bin dir ein paar Tage voraus und ... habe mir viele Gedanken gemacht.«

Ich atmete tief ein und aus und schloss kurz die Augen. Dann erzählte ich ihm noch einmal das, was ich bereits vor einiger Zeit von Eireen am Telefon erfahren und Enes im Anschluss berichtet hatte – dass Mos Sohn die Fremdenzimmer über dem *Mighty Elm* zu zwei Wohnungen umformen und sanieren ließ. Ich teilte ihm meine Überlegung mit, eine der Wohnungen zu mieten. Wir wären dort, wo alles angefangen hatte. Zurück im *Mighty Elm* in Dingle, wo die grünsten Hügel dem Rauschen der angrenzenden Wellen eine gute Nacht wünschten. Wo wir uns geküsst und das erste Mal geliebt hatten, wo ich den Zauber des Zirkus kennengelernt und mich entschlossen hatte, mit ihm fortzugehen. Eine Entscheidung, die ich nie bereut hatte. Eine, die vor vielen Jahren getroffen worden war.

Jetzt musste eine neue Entscheidung her. Eine, die zu uns und unserer Lebenssituation passte und Enes das Leben rettete. Eine Entscheidung, die mir wahrscheinlich leichter fiel als ihm.

Ich blickte suchend zwischen seinen Augen hin und her und strich immer wieder sanft über seine rechte Hand. »Was denkst du?«, fragte ich Enes vorsichtig.

»Früher war der Zirkus meine Heimat, mein Hafen, verstehst du?«

»Nun, das ist er immer noch«, meinte ich vorsichtig.

»Nein«, sagte er und wurde von einem Hustenanfall unterbrochen, weshalb er sich suchend auf dem Nachttisch umsah und nach dem Asthmaspray griff, bevor er weitersprach. »Du bist meine Heimat. Egal, wo das ist. Du bist der Hafen, Rosa.«

Ich nahm ihm das Spray ab und stellte es zurück auf den Tisch. Dann legte ich meine Hand an seine Wange und fühlte die Wärme, die er ausstrahlte. Etwas, das ich an Enes liebte. Er fühlte sich stets warm an, was mir ein Gefühl von Geborgenheit gab. Ganz egal, wie die Umstände waren oder zu welchen Entscheidungen uns das Leben zwang.

»Du hast vor all den Jahren für mich etwas aufgegeben. Vielleicht bin nun ich an der Reihe, das Gleiche zu tun, wenn du mich darum bittest.«

»Enes …« Ich schluckte schwer und die Worte schmerzten in meiner Kehle, da der aufkommende Kloß so groß war. »Ich würde dich nie um so etwas bitten.«

Tränen kämpften sich aufs Neue an die Oberfläche und ließen sich nicht zurückdrängen, nicht mit einem Taschentuch ersticken.

»Das Leben war gerade bitter zu uns. Lass es wieder süß werden, *mo cuishle*.«

* * *

Drei Tage später sollte Enes aus dem Krankenhaus entlassen werden. Ich hatte ein Essen geplant, mit allen, die ihm wichtig waren, und da es noch zu kalt war, um unter freiem Sternenhimmel zu essen und bis tief in die Nacht draußen zu sitzen, bauten wir Bänke und Tische mitten in der Manege auf. Gino dimmte die Beleuchtung, und alle wollten für das Buffet etwas beisteuern, was Enes gern aß. Ich stellte schmale Vasen mit Rosmarin- und Salbeizweigen auf die lange Tafel, die ihren natürlichen Duft versprühten. Eine LED-Kette mit kleinen Lichtpunkten beleuchtete das Holz in warmen Tönen. Mit etwas Abstand betrachtete ich mein Werk.

Hinter mir hörte ich ein Räuspern. Rudolfo.

Ich drehte mich um und sah ihn an der Bande der Manege stehen.

»Ich habe dich im Wohnwagen gesucht, dachte mir aber schon, dass du mitten in den Vorbereitungen steckst.«

Ich winkte ihn lächelnd zu mir. Als er neben mir stand, legte er einen Arm um mich und gab mir das vertraute Gefühl, mit dem ich ihn großgezogen hatte. Er hielt mir ein Bündel Fotos hin, die mit einer Kordel zusammengebunden waren.

»Was hast du da?«, fragte ich und nahm sie entgegen.

»Oh, ich habe alte Fotos von dir und Enes herausgesucht und dachte, dass du sie vielleicht gebrauchen könntest, um dem Ganzen eine persönliche Note zu geben.« Er zeigte mit einer Geste auf die lange Tafel.

»Jetzt hat es etwas von einem offiziellen Abschiedsessen.«

»Ich hoffe nicht«, sagte er lachend und strich mir sanft über den Rücken, während ich den Kopf an seine Brust lehnte. »Ich hoffe, dass wir dafür noch etwas Zeit haben. Und vor allem … dass ich dabei sein kann.«

Ich löste mich aus seiner Umarmung und sah ihn an. »Wieso solltest du nicht?«

»Ich ... habe vorhin einen Anruf bekommen.«

»Von der Klinik? Das ist ja großartig!« Ich drückte ihn erleichtert an mich, weil ich so besser daran glauben konnte, dass alles gut werden würde. Er würde keinen Rückzieher machen, diesmal nicht.

Er nickte. »Ich kann in zwei Wochen kommen. Es ist überraschend ein Platz frei geworden und ... diejenigen vor mir auf der Warteliste brauchen den Platz nicht mehr, weshalb auch immer ...«

»Das ist fantastisch, Rudolfo. Ich bin stolz auf dich.«

»Stolz auf mich, dass ich alles versoffen und fast euer aller Leben ruiniert habe?«

»Hey!« Ich ergriff seine Hände und stellte mich vor ihn. »Rede nicht so. Du hast viel durchgemacht, und nun kommt endlich die Zeit, das aufzuarbeiten. Die Therapie wird dir guttun. Nicht nur wegen des ... Alkohols. Auch wegen ... allem anderen.«

Er wusste, was ich damit meinte. Beatrice vor Jahren, ihr Betrug, Penny, die ihren Spuren nach London gefolgt und nicht mehr zurückgekehrt war, der Alkohol, die Kredithaie. All das war zu viel für einen einzelnen Menschen.

Eine Weile standen wir schweigend in der leeren Manege. Dann küsste er mich sanft auf die Wange und wandte sich zum Gehen.

»Ich habe noch einiges zu organisieren, zwei Wochen sind keine lange Zeit, also ... bis später. Soll ich dich zum Krankenhaus fahren?«

Ich winkte ab und schüttelte den Kopf. »Nein, kümmere du dich um das, was nötig ist. Gino fährt mich.«

Er lächelte und kratzte sich nervös am Hinterkopf. Einmal mehr fiel mir auf, was die Sucht aus dem Mann, der früher selbstbewusst und mit vor Stolz geschwellter Brust eine Manege nur mit seiner bloßen Anwesenheit eingenommen hatte, machte.

Er hob kurz die Hand zum Gruß und verschwand.

Ich stand mit dem Bündel Fotos in den Händen in der Manege. Festgehaltene gemeinsame Momente von Enes und mir. Ich setzte mich auf eine Bank und betrachtete eines nach dem anderen. Zu den Bildern zogen kleine Filmsequenzen vor meinem geistigen Auge vorbei – Enes und ich hintereinander herrennend mit Luftballons in den Händen, wir beide auf Destinys Rücken, ich bei meinen ersten Proben in der Manege, die schwangere Maisie im Hintergrund. Maisie – Gedankenblitze drangen bis in meine Seele vor.

Und dann verteilte ich all die Erinnerungen und Rückblicke meines Herzens auf der langen Tafel zwischen den winzigen Lichtpunkten, die warm leuchteten. Auf einem Schotterplatz außerhalb Londons, in der Manege des Zirkus Rosso. Dem Ort, der für mich vor etlichen Jahren Zuflucht und eine neue Chance bedeutet hatte.

* * *

»Ist alles okay?«

Gino parkte das Auto auf dem Parkplatz des Krankenhauses und stützte den Kopf in die Hände. Er hatte während der Fahrt kaum gesprochen und mich beschlich das Gefühl, dass etwas nicht stimmte.

»Ist alles okay mit Lyla, mit dem Baby?« Ich legte intuitiv meine Hand auf seinen Arm und beugte mich vor, um sein Gesicht zu sehen.

»Darum geht es nicht, es ist …« Er hob den Kopf und starrte geradeaus. »Alles gut.«

Ich kam mir dämlich vor. Für Gino änderte sich gerade alles, und Veränderungen machten Angst, bis sie zur Routine wurden. Bis wir bestätigt wurden in dem, was wir taten, bis wir merkten, dass Pläne aufgingen, dass sich die Zeit und der Schweiß lohnten.

»Du wirst das gut machen, Gino, das weiß ich.«

Er sah mich an. »Ich werde alles für diesen Zirkus geben, verstehst du? Für Lyla und mich und unser Baby.«

»Auch das weiß ich.« Ich lächelte und streichelte seinen Arm, während ich mich abschnallte.

»Aber dass ihr beide weggeht, war nie Teil meiner Vorstellung.« Da war er – der Satz, der wie ein Backstein zwischen uns niedersauste und so präsent war, dass wir nicht einfach über ihn steigen konnten.

»Gino …« Bevor ich ihm erklären konnte, warum diese Entscheidung so wichtig und auch die einzig richtige war, erklärte er sich.

»Ich verstehe das, ich … würde das Gleiche tun, wenn ich müsste. Für den Menschen, den ich liebe. Verstehst du?«

Ich nickte und lächelte matt. Er war ein guter Junge, eigentlich ein Mann, aber für mich immer noch der Junge von damals. Der Junge von der Straße.

Ich holte Luft, um zu antworten, aber auch diesmal kam mir Gino zuvor.

»Ich möchte dir noch was sagen, bevor wir da reingehen.« Er knetete kurz seine Hände und griff dann nach meiner linken Hand. »Für meinen Neustart, für den Neubeginn des Zirkus, möchte ich kein Geld von Enes und dir.«

»Gino.« Ich drehte mich ganz zu ihm und starrte ihn an. War er von allen guten Geistern verlassen? »Ohne das Geld wird es keinen Neustart geben. Das ist kein Spaß, diese Männer werden …«

»Ich habe das Geld, Rosa.«

»Was?« Mir klappte förmlich die Kinnlade herunter.

Gino schwang sich aus dem Auto und schlug die Tür zu. Ich tat es ihm gleich.

»Woher? Wie viel? Ich meine ... alles?«

Er sah mich über das Autodach hinweg an und stützte die Unterarme darauf ab. »Ich habe es noch nicht, aber ... in ein paar Tagen.«

»Gino, woher hast du es?«

Er schloss kurz die Augen und schüttelte leicht den Kopf. »Das kann ich dir nicht sagen.« Wieder ein flehender Blick in meine Richtung. »Ich will nicht, dass ihr ein Teil eurer Ersparnisse für meinen Neubeginn ausgeben müsst. Das kann ich nicht verantworten. Ihr habt schon so viel für mich getan, Enes und du.«

»Es geht auch um Rudolfo, um den Zirkus.« Der Kloß machte sich in meiner Kehle bemerkbar wie ein alter Freund, der mich regelmäßig besuchte. »Wir retten damit auch ...«, ich machte eine Sprechpause, weil das, was ich im Begriff war, auszusprechen, schmerzte, »... unsere Geschichte.«

Wir schwiegen uns an. Dann schloss er das Auto ab und ging zum Eingang des Krankenhauses. Ich folgte ihm.

»Jemand ist mir etwas schuldig.« Das war alles, was er mir als Erklärung gab. »Und jetzt holen wir Enes nach Hause, komm schon.«

Kapitel 23

St. Ives, England, November 1972

»Papa.« Die kleine Hand rutschte aus dem noch mit Keksstücken gefüllten Mund und zeigte auf das Zirkuszelt, wo Alvador und Enes defekte Glühbirnen in den bunten Lichterketten an der Außenfassade austauschten.

»Ja, da ist Papa.« Ich drückte ihn an mich und zeigte ebenfalls nach oben.

»Bip!« Rudolfo rief es so laut, dass Enes sich herumdrehte und nach unten winkte.

»Und Bip Bello, das ist Enes. Siehst du?«

Das Keksstück, das er eben noch in den Händen gehalten hatte, fiel zu Boden.

Rudolfo wusste, wer wir waren. Er wusste, dass Alvador sein Vater war und dass Mommy dort oben war, wo es morgens hell und abends dunkel wurde, auch wenn er noch keine Ahnung hatte, was das bedeutete. Er nannte Enes *Bip* und mich *Mimi*. Mütter sprachen ihren Kindern in der Phase der ersten Wörter ständig »Mama« vor und waren überglücklich, wenn sie es nachbrabbelten. Ich hatte Angst, er würde mich aus einem Automatismus heraus »Mama« nennen, weil ich neben Ruby die Frau war, die er am häufigsten um sich hatte. Um dem vorzugreifen, zeigte ich auf mich und brachte ihm »Mimi« bei. Es war eine Erleichterung, als er es das erste Mal aussprach. Zu groß war der Schmerz über den Verlust von Maisie, meiner Freundin und seiner Mutter. Zu groß war der Schmerz bezüglich der Tatsache, dass Enes und ich unser erstes und einziges Kind durch einen Unfall vor eineinhalb Jahren verloren hatten. Und zu groß immer noch die Enttäuschung, dass ich Momente wie diese mit einem leiblichen Kind nicht erleben würde.

Maisie war seit knapp vier Monaten tot. Sie war im Schlaf an einer Lungenembolie gestorben. Die Umstände waren tragisch, aber es beruhigte mein Herz, zu wissen, dass ich nichts hätte tun können, auch wenn ich an diesem Tag früher nach dem Rechten gesehen hätte. Auch zu wissen, dass sie nicht leiden musste und sie bei Rudolfo war, als es passierte, war trotz allem tröstlich. Und doch dachte ich jeden Tag an sie, und wenn ein Regenbogen den Horizont verschönerte, zeigte ich ihn Rudolfo und erklärte ihm, dass ihn Mommy für uns gemacht habe. Aus Liebe. Ich vermisste meine Freundin schmerzlich.

Rudolfo begann zu weinen und versuchte von meinem Arm aus, nach dem Keksstück auf dem Boden zu greifen. »Da!«

»Ich weiß, aber das können wir nicht mehr essen. Es ist sowieso Zeit für ein Schläfchen.«

Ich drückte ihm einen Kuss auf die Schläfe und bedeutete Alvador, der durch das Schreien seines Sohnes zu uns schaute, dass ich mit Rudolfo zum Wohnwagen gehen würde, damit er seinen Mittagsschlaf halten konnte.

Ich legte ihn in sein Beistellbettchen an Alvadors Bett und sang ihn sanft in den Schlaf. Die Jalousie hatte ich heruntergelassen, sodass das Innere des Wohnwagens in ein sanftes Licht getaucht wurde. Ich gähnte und musste mich zusammenreißen, nicht ebenfalls einzunicken. Aber ich wusste, dass zwei Stunden Training auf mich warteten, sobald Rudolfo schlief. Danach würde Alvador sich um ihn kümmern und während meines Auftritts Ruby.

Als ihm die Augen zugefallen waren und er gleichmäßig atmete, schlich ich nach draußen. Und stand direkt vor Ruby.

»Oh, hey, ich wollte gerade nachsehen, ob du ihn schon hingelegt hast.« Sie drückte mich leicht an sich und küsste mein Haar.

»Gerade eben, er war müde und ist direkt eingeschlafen. So viele Eindrücke.« Ich musste lachen, als ich an den Morgen dachte. »Das neue Pony hat es ihm angetan. Er hat es nicht aus den Augen gelassen.«

Ruby stimmte in das Lachen ein. »Ich nehme Rudolfo während der Vorstellung. Wenn du fertig bist, kann ich die Karten legen.«

Ich nickte. So hatten wir es vereinbart.

Während wir gemeinsam zum Zirkuszelt liefen, sah ich sie von der Seite an und konfrontierte sie mit etwas, das mir schon lange durch den Kopf ging, ich aber bisher nie ausgesprochen hatte.

»Kann ich dich mal was fragen?«

Sie nickte.

»Hast du Maisie die Karten gelegt?«

Sie blieb stehen und musterte mich. »Du meinst ... kürzlich, bevor ... es passierte?«

Ich nickte.

»Nein, sie wollte nicht.« Langsam setzten wir unseren Weg fort. »Ich habe es ihr angeboten, sie gefragt, ob es nichts gebe, was sie gern wissen würde.«

»Wieso wollte sie nicht? Was meinst du?«

»Ich ... habe keine Ahnung.« Doch ihr Blick sagte etwas anderes.

Ich blieb abrupt stehen, als wir vor dem Hauptzelt angekommen waren, und hielt Ruby am Arm fest. »Denkst du ... sie hat geahnt, dass etwas passieren würde?«

»Ich weiß es nicht. Wieso fragst du mich das?«

»Ich wollte nur wissen, ob ... deine Karten imstande sind, solche Dinge zu sehen, zu erahnen, vorherzusagen. Verstehst du?«

Sie schwieg und verzog leicht den Mund. Sie erkannte meinen Schmerz und fühlte ebenso wie ich. »Rosa«, begann sie und legte mir beide Hände auf die Schultern, »weder wir noch die Karten können vorhersagen, was in unserem Leben passiert. Sie können nur eine Richtung angeben. Löse dich von dem Gedanken, wir hätten etwas tun können. Wir können nur jetzt etwas tun. Für Rudolfo, für Alvador und Maisie.«

Ich legte meine Finger an die Schläfen und schloss kurz die Augen. Sie kannte mich zu gut. »Du hast recht, ich weiß ...«

»Und ob ich recht habe«, antwortete sie und massierte mir leicht die Schultern. »Und jetzt komm, lass uns die Zeit nutzen, in der der kleine Fratz schläft.«

* * *

Nach der Bühnenshow fühlte ich mich großartig und adrenalingeladen. Das Auftreten in der Manege verlor nie seinen Glanz, egal, wie oft es sich wiederholte. Egal, wie oft ich mich durch die Lüfte schwang. Und jeder Auftritt war eine Hommage an Maisie. Die Frau, die mir all das beigebracht hatte. Die Frau, die es mir ermöglicht hatte, diesen Traum zu leben.

Enes küsste mich hinter der Bühne flüchtig auf die Stirn und beugte sich zu meinem rechten Ohr. »Jedes Mal, wenn ich dich da oben sehe, fühlt es sich wie eine Offenbarung an.«

Ich sah ihm in die Augen und küsste seine Lippen. Mit nur einem Satz holte er mich emotional genau dort ab, wo ich gerade war. Aber solange Publikum im Zirkus war, herrschte immer ein reges Treiben und es blieb kaum Zeit für längere Gespräche oder Gemütlichkeit.

»Bis später«, rief er mir zu, als er bereits auf dem Weg nach draußen war. So schnell er gekommen war, so schnell war er wieder verschwunden.

Ruby kam mit Rudolfo auf dem Arm zu mir und winkte spielerisch mit seinem kleinen Ärmchen. »Da ist Mimi, schau!«

Ich nahm ihn entgegen und küsste seine Wange.

»Ich muss los, die Leute laufen schon über das Gelände. Später am Lagerfeuer?«

»Mit einem guten Scotch!«

Mit Rudolfo auf dem Arm entfernte ich mich von der Meute und lief zu dem Platz, wo die Wohnwagen standen.

»Zeit, ins Bett zu gehen, mein Kleiner«, flüsterte ich, die Wange an sein Köpfchen gelehnt.

Als ich mich unserem Wohnwagen näherte, stand dort mit dem Rücken zu mir eine ziemlich verloren wirkende Person. Es war ungewöhnlich, hier hinten Menschen anzutreffen, die nicht zum Zirkus gehörten. Das Leben spielte sich vor und nach den Vorstellungen vorn ab, wo Ruby die Karten legte, Popcorn und gezuckerte Äpfel verkauft wurden und ein kleiner Streichelzoo die Kinder magisch anzog. Hier hinten war unser privater Bereich, in den wir uns nach dem Trubel zurückzogen und die Kostüme ablegten, die Schminke abwischten und wir selbst waren.

Ich legte beide Arme etwas enger um Rudolfo und ging einen Schritt zurück. Die Erfahrungen der letzten Jahre hatten mich misstrauisch gemacht.

»Kann ich Ihnen helfen?«

Als sie sich umdrehte, sah ich ihre kinnlangen braunen Haare, diese unverwechselbaren grünen Augen und ich zog geräuschvoll die Luft ein. Ich dachte, mein Herz würde für einen Moment aussetzen, als ich sie erkannte.

»Hallo, Rosa.« Eireen stand vor mir.

Mit dem Wissen, dass meine Zwillingsschwester, mit der ich zwei Jahre keinen Kontakt gehabt hatte, auf dem Zirkusgelände auf mich wartete, fiel es mir schwer, Ruhe auszustrahlen und Rudolfo sanft in den Schlaf zu begleiten. Während ich irische Lieder summte, war ich in Gedanken bei Eireen und fragte mich, was sie hier wollte. Wenn sie den Weg aus Dingle auf sich genommen hatte, um mich zu sehen, musste es etwas Gravierendes sein, etwas Weltveränderndes. Ich glaubte nicht daran, dass sie plötzlich Sehnsucht oder Reue überkommen hatte. Das letzte Mal hatten wir miteinander telefoniert, als ich versucht hatte, die Wogen zu glätten, und sie mich abgewiesen hatte. Auf meine darauffolgenden Briefe hatte sie nicht reagiert, und ich hatte sie ziehen lassen. Die Hoffnung, dass sie irgendwann auf mich zukommen würde, hatte ich schon bald aufgegeben, geschweige denn, dass sie hier auftauchen würde, und letztendlich hatte ich mein Leben gelebt. So wie sie ihres.

Bevor ich aus dem Wohnwagen trat, zog ich mich um. Ich hatte für die Abende, an denen ich für Rudolfo zuständig war, Wechselkleidung in Alvadors Wohnwagen deponiert. Mich mit Eireen in einem Bühnenoutfit zu unterhalten, das sie tief in ihrem Innern verabscheute, fühlte sich komisch und falsch an. Ich spürte eine Art Beschützerinstinkt in mir, was meine Leidenschaft anging, und ich würde Eireen nie wieder die Möglichkeit geben, mich dort zu treffen, wo es mir am meisten wehtat.

Ich zog die Tür vorsichtig zu, als ich den Wohnwagen verließ. Da stand sie noch, wartete geduldig und sah mich an.

»Wäre es für dich in Ordnung, wenn wir uns hier unterhalten? Der Kleine schläft und ich warte eigentlich, bis Alvador kommt. Aber er würde sicher wach werden und ...« Ich hörte mitten im Satz auf, weil ich das Gefühl hatte, mich in endlosen Erklärungen zu verlieren. Außerdem überkam mich plötzlich das Gefühl, Rudolfo beschützen zu müssen. Er war mir einer der wichtigsten Menschen, die ich hatte, und Eireens Missgunst, die letzten Gespräche, die wir damals in unserer kleinen Wohnung im *O'Blue* in Dingle geführt hatten, und die versteckten Briefe zu meinem Lebenstraum kamen mir wieder in den Sinn und errichteten in Sekunden eine Mauer um mich herum, ohne dass ich es wollte.

Eireen nickte und ich zeigte mit der Hand auf einen der beiden Gartenstühle, die vor dem Wohnwagen standen. Wir nahmen Platz und ich sah sie erwartungsvoll an.

»Wie alt ...«, sie räusperte sich, »... ist er?«

»Knapp über ein Jahr. Er heißt Rudolfo.«

»Und ... wer ist Alvador?«

»Sein Vater«, antwortete ich und merkte erst dann, was sie nun denken musste. Nach einer kurzen Pause erklärte ich mich. »Oh nein, also ... er ist nicht, ich bin nicht ...« Ich atmete tief durch, um mich zu sortieren. »Er ist der Sohn einer Freundin.« *Der Sohn meiner toten Freundin Maisie. Er ist mein Patenkind, und mein eigenes Kind habe ich durch einen tragischen Unfall verloren. Aber all das hast du gar nicht mitbekommen, weil du nicht Teil meines Lebens sein wolltest.*

In Gedanken zog ich die Mauer um mein Herz höher und höher, in der festen Überzeugung, Eireen nicht einzulassen, und schob entschlossen die Riegel vor, indem ich sie direkt fragte: »Was tust du hier, Eireen?«

Sie schwieg einen Moment und sah mich an. Dann atmete sie hörbar aus und zog etwas aus ihrer Handtasche, die über der Stuhllehne hing. Es war ein Buch, das mit einem Lederband verschlossen war. Während sie sprach, drehte sie es in ihren Händen hin und her. »Ich habe in den letzten Wochen das *Daisies* ... umgestaltet. Dabei bin ich auf das hier gestoßen.« Sie hielt das lederne Buch hoch.

»Was ist das?«

»Es scheint Daisys Tagebuch zu sein.«

»Was?« Ich griff nach dem Tagebuch und sah sie fragend an. »Darf ich?«

Sie nickte und überließ es mir. »Es war unter einer Diele im Boden eingelassen. Es war die einzige Holzlatte, die eine abweichende Farbe hatte. Beinahe so, als wollte es gefunden werden.«

Ich wickelte langsam und mit klopfendem Herzen das Lederbändchen auf und öffnete das Buch. Vergilbte Seiten wehten den typischen Geruch von alten Büchern, Erinnerungen und vergangenen Momenten in meine Richtung. Ich erkannte Daisys Schrift sofort und alle paar Seiten fand sich auch ihre Unterschrift am Ende. Die Daten der Einträge, die oben rechts notiert waren, reichten zurück bis ins Jahr 1943, das Jahr unserer Geburt. Fasziniert strich ich über die Seiten. So viel Geschichte steckte in diesem Buch. So viel, was Daisy erlebt hatte.

Obwohl ich mich gern in den Erinnerungen an meine Großmutter gesuhlt, mich mit dem Tagebuch zurückgezogen hätte, um stundenlang darin zu schmökern, schloss ich es leise und sah Eireen erwartungsvoll an.

»Du bist aus Dingle hierhergekommen, um mir das Tagebuch zu zeigen, das du im Blumenladen unserer Großmutter gefunden hast?«

Sie lächelte mich matt an. »Dieses Tagebuch verändert alles, Rosa.«

»Was kann es denn jetzt noch verändern?« Ich musste lachen und senkte meine Stimme, während ich zu ihr sprach, um Rudolfo nicht zu wecken. »Nach all dem, was damals und in den letzten Jahren passiert ist, soll sich jetzt noch alles ändern?« Ich stand aus dem Gartenstuhl auf und lief einige Meter umher, rastlos und überfordert mit der Situation.

Eireen blieb sitzen und beobachtete mich. »Ich habe angefangen, es zu lesen.«

»Und?« Ich drehte mich zu ihr um.

»Wir …«, begann sie vorsichtig und knetete ihre Hände, »… sind keine Schwestern und Daisy ist lediglich deine Großmutter, aber nicht meine.«

* * *

»Das ist einfach unfassbar.«

Ich saß mit Enes, Ruby, Barron und Alvador vor dem Wohnwagen um ein kleines Lagerfeuer und hatte gerade erzählt, was sich nach meinem Auftritt hier zugetragen hatte – dass Eireen, die ich jahrelang weder gesehen noch gesprochen hatte, hierhergekommen war, um mir das Tagebuch meiner längst verstorbenen Großmutter zu zeigen, in dem sie uns offenbarte, dass wir keine Zwillingsschwestern waren. Dass meine Vergangenheit auf einer Lüge aufbaute und Daisy uns hatte glauben lassen, in einem Märchen zu leben, in dem zwei Mädchen als Vollwaisen bei ihrer Großmutter aufwuchsen und ein schönes Leben hatten, bis diese starb. Es war paradox, wenn man bedachte, dass gerade Eireen diejenige war, die mit Daisy die Leidenschaft für Blumen aller Art teilte und ihr Erbe fortführte, während ich, ihre biologische Enkeltochter, ganz andere Träume hatte.

»Wie geht es dir damit?« Ruby beugte sich nach vorn und stocherte mit einem langen Stock in der Glut.

Ich zuckte mit den Achseln und zog die Beine eng an meinen Körper heran. Kleingeschnürt wie ein Päckchen saß ich auf dem Gartenstuhl und hielt mich an mir selbst fest.

»Ich weiß es nicht, ehrlich gesagt. Es ist seltsam, dass nun alles anders sein soll. Alles anders als das, was ich bis heute geglaubt habe.«

Enes beugte sich zu mir und legte einen Arm um mich, küsste meine Schläfe und fuhr mit der Hand über meinen Oberarm.

»Wie geht's jetzt weiter?«

Ich blickte in die Runde und atmete tief ein und aus, bevor ich weitersprach. »Sie bittet mich, nach Dingle zu kommen, um zu klären, wie es mit dem *Daisies* weitergeht.«

»Dem *Daisies*?«

Ich vergaß, dass außer Enes hier niemand wusste, dass damit der Blumenladen meiner Großmutter gemeint war. Ich holte weiter aus, um alles zu erklären. »Als Daisy starb, übernahmen Eireen und ich ihren Blumenladen. Wir arbeiteten Hand in Hand, aber eigentlich war es Eireens Herzstück. Ich habe dort nie hingehört.«

Ich sah zu Enes und versank für einige Sekunden in seinen Augen, in den Erinnerungen, die ich dort aufblitzen sah. *Enes. Ich auf dem Rücken von Destiny in der Manege bei meinem ersten Zirkusbesuch vor zwei Jahren.*

»Sie ist eigentlich gerade dabei, den Laden zu renovieren, dabei ist auch das Tagebuch gefunden worden. Aber ... seit sie weiß, dass sie nicht mit Daisy verwandt ist, möchte sie den Laden nicht mehr und ... wenn ich ihn nicht möchte, werden wir ihn verkaufen. Sie möchte, dass ich nach Dingle komme, damit wir die Angelegenheit regeln können.«

»Was?«

»Ich werde nicht nach Dingle …«

Alvador hob seine Hand als Stoppzeichen. »Warum will sie den Laden nicht mehr? Weil Daisy nicht ihre biologische Großmutter ist? Ist es so wichtig, miteinander verwandt zu sein?«

Ich sah ihn voller Schmerz an. Er hatte einen Nerv getroffen.

Ich.

Rudolfo.

Meine Liebe zu dem kleinen Jungen, mit dem ich nicht verwandt war.

»Nein«, antwortete ich, »aber so fühlt sie, und ich kann ihr diese Enttäuschung nicht absprechen. Sie fühlt sich belogen und betrogen. Sie sagt, es fühlt sich für sie nun falsch an, das *Daisies* weiterzuführen. Was soll ich tun, wenn sie den Laden nicht mehr will? Ich habe vor Jahren damit abgeschlossen. Für mich war es seit Daisys Tod immer Eireens Laden.«

Ich stand auf und legte ein Ohr an die Tür des Wohnwagens, um mich zu vergewissern, dass Rudolfo schlief. Enes kam zu mir und stellte sich hinter mich, umarmte mich und hielt mich fest. Während ich das Gefühl hatte, meine Vergangenheit und die Erinnerungen an mich und meine Zwillingsschwester bröckelten auseinander, gab er mir selbst in diesem Moment so viel Sicherheit, dass ich mich entspannen konnte. Ich legte den Kopf an seine Brust und umfasste seine Arme, die er um mich geschlungen hatte.

»Wieso möchte sie, dass du zurückkommst? Sie kann den Laden doch zum Verkauf anbieten. Sie ist vor Ort«, meinte Alvador.

»Kann sie nicht«, entgegnete ich und sah ihn an. »Wir stehen beide im Grundbuch. Aber ich habe ihr gestern schon gesagt, dass ich nicht kommen kann.«

»Wieso nicht?«

»Wieso ist das nicht früher aufgefallen? Als es um das Erbe eurer …«, Enes korrigierte sich, »… deiner Großmutter ging?«

Die Fragen überschlugen sich und ich fasste mir mit beiden Händen an die Schläfen, als könnte ich mein Gedankenchaos auf diese Weise sortieren.

Ich drehte mich zu Enes, um ihm in die Augen zu sehen, während ich antwortete. »Daisy war es anscheinend wichtig, dass sie uns beide in dem Glauben ließ, Schwestern zu sein. Eireen hat den Notar von damals aufgesucht, als sie die Seite im Tagebuch gelesen hatte, und … er hat es bestätigt.« Ich konnte selbst nicht glauben, welche Wendung unsere Geschichte genommen hatte. »Ohne Eireens Entdeckung hätten wir …« Ich sah betreten zu Boden.

»… es nie erfahren«, beendete Ruby meinen Satz.

»Wieso kannst du nicht fahren?« Alvador wiederholte seine Frage, auf die ich noch nicht geantwortet hatte.

»Es geht nicht«, antwortete ich. »Rudolfo braucht mich, und das …«

»Rosa.« Alvador stand auf und kam zu uns. »Ich habe das nicht gesagt, weil ich denke, dass du nicht gehen solltest. Es geht mir um dich. Willst du denn gehen?«

»Ich kann nicht.«

»Du kannst!«

»Was ist mit Rudolfo? Was ist mit Enes und mit meinen Auftritten? Ihr könnt hier nicht auf Pause drücken, bis ich wiederkomme.« Ich löste mich aus Enes' Griff und ging rastlos auf und ab.

»Das sind alles nicht die Fragen, die ich dir gestellt habe.« Alvador kam auf mich zu und ergriff mich bei den Schultern. »Wenn du gehen möchtest, dann geh. Wir kommen hier klar, bis du wieder da bist. Wenn du es denn möchtest.«

Ich spürte, wie sich meine Augen mit Tränen füllten, während ich zu ihm aufsah. »Ich weiß es ehrlich gesagt nicht. Ich gehöre hierher, zu euch. Zu Enes.«

»Aber das wird sich nicht ändern, nur weil du ein paar Tage nach Dingle fährst, um den Nachlass von Daisy zu regeln«, sagte Enes und stellte sich an Alvadors Seite. Es wirkte, als bildeten sie eine Front gegen meine Bedenken und Sorgen.

»Du bist damals Hals über Kopf weg und hast dich nie mit deiner Schwester ... mit Eireen ausgesprochen. Vielleicht ist es das Schicksal, das euch so noch einmal zusammenbringt, um über Dinge zu sprechen.«

Ich blickte nach unten und sah meine Beine durch den Schleier meiner Tränen.

Enes kam einen Schritt auf mich zu und umarmte mich. Meine Stirn lehnte an seiner Brust und er streichelte mein Haar.

»Ich will nicht weg von dir, Enes.«

»Du kommst wieder, Rosa.« Er küsste mich auf den Scheitel. »Du entscheidest, wie lange du dortbleibst, und selbst, wenn es nicht klappt zwischen euch, dann buchst du die nächste Fähre und ich hole dich ab. Egal, an welchem Hafen in England, *mo cuishle.*« Er nahm mein Gesicht in die Hände und zwang mich, ihm in die Augen zu sehen.

»Wir alle brauchen einen Abschied, ohne Abschied gibt es keinen Neubeginn. Vielleicht braucht ihr beiden das.«

Ruby und Barron stellten sich neben uns. Ich spürte ihre Hände auf meinen Schultern. Da waren Hände, Berührungen, Freundschaften und tiefe Verbindungen. Mein Leben war hier. Dies gab mir Sicherheit.

»Mach dir um Rudolfo keine Sorgen, wir sind alle da. Ich kümmere mich um ihn, Rosa. Er ist nicht allein, vergiss das nicht.« Ruby übte leichten Druck mit ihren Fingern aus, um mich spüren zu lassen, dass sie da war. »Um Enes kümmere ich mich auch.« Sie lachte los und der Rest von uns stimmte mit ein.

Ein Quengeln ließ mich hochschrecken. Rudolfo war aufgewacht.

»Ich gehe zu ihm«, flüsterte ich und wischte mir schnell die Tränen aus dem Gesicht. Dann löste ich mich aus der Gruppenumarmung meiner Familie und betrat Alvadors Wohnwagen.

* * *

Eine Woche später setzte ich mit der Fähre nach Irland über.

Kapitel 24

Dingle, Irland 1972

Als ich vor dem *Daisies* stand, atmete ich tief durch. Ich war seit über zwei Jahren nicht mehr hier gewesen, und obwohl ich diesen Laden bereits mein ganzes Leben lang kannte und hier ein und aus gegangen war, fühlte es sich jetzt fremd an. Ja, es fühlte sich sogar so an, als wäre ich zu Besuch, und es beruhigte mich innerlich, dass mein Herz genau spürte, wo es hingehörte.

Vor dem Laden standen keine Holzkisten und Paletten, auf denen Pflanzen und Dekoartikel präsentiert wurden. Die große Glasfront des Schaufensters war von innen mit weißem Papier abgeklebt. Mir fiel die Renovierung ein, die Daisys Tagebuch erst zum Vorschein gebracht hatte.

Ich hob das Vlies zur Seite, das den Eingang versperrte, und trat geduckt in den Laden ein.

»Hallo?« Ich sah mich suchend um, aber der Laden wirkte verlassen: »Eireen, bist du hier?«

Ich sah auf meine Armbanduhr. Wir hatten uns hier verabredet, es war bereits nach sechzehn Uhr. Ich war nach meiner Ankunft zur Pension gefahren, um mich frisch zu machen und meinen Koffer unterzustellen. Dann war ich die wenigen

Straßen hierhergelaufen. Wege, die man nicht vergisst, auch wenn man sie lange Zeit nicht beschritten hat. Wege in Dingle in Irland.

Langsam schritt ich durch die Räume des Blumenladens und befühlte die Holztheke, die mir damals als Ersatz für eine Ballettstange gedient hatte.

Gedankenblitze vor meinen Augen. *Ich in meiner Mittagspause genau hier, meine erste Begegnung mit Enes, an dem Tag, als Barron Ruby heiratete.*

Ich sah mich um. Ich erkannte jede Ecke dieses Ortes, auch wenn der Laden fast leer war und große Gegenstände wie bodentiefe Vasen mit Folie abgedeckt waren. Eine Wand war bereits eingerissen. Der Bauschutt befand sich in Eimern zu meinen Füßen. Die alte Holztheke, auf der immer die nostalgische Kasse gestanden hatte, war ebenfalls abgedeckt, um sie vor Dreck und Staub zu schützen – mit einer dünnen Folie, die bei jeder meiner Bewegungen Geräusche von sich gab.

Ich hörte Absätze über den Boden klackern und drehte mich um.

Eireen stand im Laden und sah mich an. Ich konnte ihr ansehen, wie überrascht sie war, mich zu sehen, obwohl wir verabredet waren.

»Da bist du schon.«

»Ja, da bin ich schon.«

So standen wir wie zwei Fremde voreinander im Laden meiner verstorbenen Großmutter. Die Frau, die unser Bindeglied in all den Jahren gewesen war.

Ich drehte mich um meine eigene Achse. »Hat sich ziemlich viel getan hier.«

»Ja.« Sie nickte und stellte ihren Korb auf dem Boden ab. »Ich hatte Pläne. Ich wollte den Laden umstrukturieren.« Sie zeigte auf die eingerissene Wand.

»Das kannst du immer noch, Eireen.« Ich versuchte, mit meinen Worten einen Schritt auf sie zuzugehen.

»Nein«, sagte sie und schüttelte den Kopf. »Ich sehe das als Zeichen. So möchte ich das nicht mehr.«

»Aber Daisy hätte gewollt, dass …«

»Hör auf, Rosa.« Ihr Ton veränderte sich. Sie schritt an mir vorbei und ging in den kleinen Nebenraum, wo wir früher eine Kaffeemaschine, einen kleinen Kühlschrank und ein Regal mit Vorräten aufgestellt hatten.

Ich folgte ihr und blieb mit verschränkten Armen im Türrahmen stehen. Sie zog eine Art Blaumann über, der lieblos und bereits schmutzig auf der Fensterbank lag, und wirkte wütend und traurig zugleich. Ich konnte es ihr nicht verübeln.

»Eireen«, begann ich erneut und brach ab, als ich merkte, dass sie innehielt und mit den Tränen kämpfte.

Als sie mir einen Blick zuwarf, sah ich, dass ich recht hatte.

Jetzt oder nie.

Ich ging einige Schritte auf sie zu und legte vorsichtig meine Hand auf ihren Oberarm. Es war die erste Berührung, der erste Versuch einer Annäherung, seit wir uns damals im Bad unserer Wohnung im *O'Blue* weinend in den Armen gelegen hatten. Es fühlte sich seltsam an, aber ich war mir sicher, jetzt einen Zugang zu ihr zu bekommen.

»Ich kann einfach nicht«, flüsterte sie durch ihren Tränenschleier. »Ich kann das hier nicht mehr betreiben. Verstehst du? Dieser Eintrag hat für mich alles verändert. Vielleicht will das Universum mir etwas mitteilen, und ich will nicht so dumm sein, es zu ignorieren. Daisy hat mich mein Leben lang angelogen. Ich kann dieses Erbe nicht weiterführen. Ein Erbe, das mir gar nicht gehört.«

»Daisy hat es uns beiden vermacht, und sie wusste, dass du es sein wirst, die hier das Zepter in den Händen hält.«

»Das mag sein, aber es fühlt sich für mich falsch an. Bitte, Rosa …« Ihr Blick flehte mich regelrecht an. »Lass uns nicht darüber diskutieren, was ich für mich schon längst beschlossen habe. Ich möchte den Laden nicht mehr, und wenn du ihn auch nicht willst, verkaufen wir ihn. Dafür bist du hier.«

Der Verschluss an ihrer Arbeitskleidung klickte ein und sie ging an mir vorbei in den leeren Verkaufsraum.

Wir verbrachten die nächsten Stunden damit, Fotos vom Laden aufzunehmen und die Pläne der Ladenfläche zu sichten, die bereits für den Umbau mit allen Maßen versehen worden waren. Eireen hatte Angebote von den örtlichen Zeitungen eingeholt und wir formulierten gemeinsam den Text für die Verkaufsanzeige.

Als wir fertig waren, hörte ich meinen Magen knurren. Erst dann fiel mir ein, dass ich seit meiner Überfahrt heute Vormittag nichts mehr gegessen hatte.

Eireen hörte es ebenfalls und sah mich über die Ladenpläne hinweg an, die sie dann zusammenfaltete. »Ich glaube, wir lassen es für heute gut sein, du hattest einen langen Tag und … wir haben heute schon mehr geschafft, als ich gehofft hatte.«

Ich nickte und griff nach meiner Handtasche, um zu gehen. »Dann treffen wir uns morgen wieder hier?«

Sie nickte und ging zu den Überresten der Wand, die in Bruchstücken in Eimern zu ihren Füßen lag. »Wir könnten an der Scheibe vermerken, dass der Laden zum Verkauf steht. Vielleicht ziehen wir so Interessenten an. Den Film lassen wir entwickeln und die Anzeigen können bei den Zeitungen abgegeben werden. Wir sollten schnell einen Käufer finden, dann kannst du wieder zurück in dein eigentliches Leben.« Der Schluss des Satzes klang traurig.

Ich nickte und Eireen nahm einen Besen und begann, zu kehren.

»Dann bis morgen.«

»Bis dann. Wo schläfst du eigentlich?«

»Ich habe mir ein Zimmer in dieser Pension an der Camden Road gebucht. Im *Mighty Elm* war nichts frei.«

Gedankenblitze. Das Mighty Elm. *Enes und ich. Zimmer Nummer drei. Scheue Küsse im Dunkeln, die fordernder wurden und der Beginn unserer Geschichte waren.*

Sie kehrte weiter. Ich hob kurz die Hand und wandte mich zum Gehen. Vor der Tür blieb ich abrupt stehen. Mein Blick blieb an einer Stelle des Türrahmens hängen. Langsam ging ich näher heran und fuhr mit meinen Fingern die Kerben nach, die all die Jahre unter einem grünen Holzrahmen verdeckt gewesen waren – *Eireen & Rosa.* Darunter war ein Herz eingeritzt.

Ich schloss kurz die Augen und atmete tief und langsam. Ich erinnerte mich an den Tag, an dem ich uns hier verewigt hatte. Es war der Tag, an dem Daisy den Laden hatte streichen lassen und den neuen Holzrahmen für den Eingangsbereich bekommen hatte. Eireen und ich hatten den Mittag hier verbracht.

»Ich ritze unsere Namen hier ein, damit bleiben wir für immer hier verewigt, egal, welche Farben oder Rahmen Grandma erneuern lässt«, hatte ich gesagt.

Wie naiv das war. Ironie des Schicksals.

Ich drehte mich zu Eireen um. »Hast du heute noch viel zu tun?«

Sie hielt inne. Erst jetzt bemerkte sie, dass ich noch im Laden war. Sie stützte sich auf dem Besenstil ab, fuhr sich mit dem Handrücken über die Stirn, wo ihr einige dunkle Haarsträhnen die Sicht nahmen.

»Ich möchte das so schnell wie möglich erledigt haben, also halte ich mich ran. Was ich selbst erledigen kann, mache ich besser heute als morgen. Dann ist schnell geklärt, was aus dem Laden wird.«

»Was hältst du davon: Ich helfe dir, hier aufzuräumen, und dann holen wir uns Fish and Chips und ... essen einfach hier im Laden. Wie ... früher.«

Sie hob den Kopf und sah mich an. Dann verzogen sich ihre Mundwinkel zu einem Lächeln. »Einverstanden.«

Ich stellte meine Tasche ab und klatschte in die Hände. »Okay, dann sag mir, was ich tun kann.«

Für den Bruchteil einer Sekunde fühlte es sich an wie damals.

»Weißt du noch, als wir beide den Laden samstags aufschließen sollten, weil Daisy mal wieder der alten Mrs Winston helfen musste, und wir verschlafen haben?«

Ich nickte eifrig und stopfte mir die letzten Pommes in den Mund.

»Oder als wir im Frühjahr 1962 alles eingekauft hatten außer Blumenerde? Daisy konnte die Zwiebelpflanzen nicht eintopfen und wollte uns zum Teufel jagen.«

Wir prusteten beide los. Ich erinnerte mich noch sehr gut an diesen Tag und an all die anderen Tage.

Eireen und ich saßen nebeneinander an eine Wand gelehnt. Vor uns standen die Reste unseres Abendessens – Fish and Chips.

»Ich bin mir sicher, sie hat all diese Geschichten niedergeschrieben«, sagte Eireen leise und nippte an ihrem Weinglas.

Während ich die Servietten und Verpackungen zusammenknüllte und in die Papiertüte steckte, wurde mein Blick fast automatisch von dem ledernen Tagebuch angezogen, das aus ihrer Handtasche herauslugte. Es war, als beobachtete es uns hier in diesem alten Laden, nach allem, was passiert war, und lächelte zufrieden.

»Ich dachte, du hast es gelesen?«

Eireen blickte ebenfalls Richtung Handtasche. »Nein, ich habe angefangen.« Sie knetete vorsichtig ihre Finger. »Die

Wahrheit fand ich schon auf den ersten Seiten. Ich habe es seitdem nicht mehr geöffnet.«

»Aus Angst?« Ich musterte sie und nahm ebenfalls einen Schluck Rotwein.

Sie nickte und unsere Blicke trafen sich.

»Wer weiß, was es noch offenbart.«

»Finden wir es heraus.«

Sie schüttelte energisch den Kopf.

»Wieso nicht?«, fragte ich und stand auf, um unseren Abfall im Müllbeutel zu entsorgen, der an der Tür aufgestellt war. »Was soll jetzt noch kommen? Gibt es ein größeres Geheimnis als das, das wir bereits wissen?«

Sie schwieg und senkte den Blick.

»Komm schon, lass es uns lesen.« Ich ging vor ihr in die Hocke und legte vorsichtig eine Hand auf ihre. »Auch wenn sie nicht deine biologische Großmutter war, bleibt sie doch deine Großmutter. Sie hat für uns gelebt, Eireen. Wir haben ein Stück ihrer Geschichte gefunden und können ihr dadurch näher sein, als wir es seit ihrem ... Tod je waren.«

Sie blickte mich aus wässrigen Augen an und ich konnte an ihren Nasenflügeln erkennen, dass sie mit ihren Gefühlen kämpfte. »Okay«, flüsterte sie, »lass es uns lesen.«

Und so saßen Eireen und ich zu später Stunde auf dem Boden des *Daisies* und lasen die Geschichten im Tagebuch meiner toten Großmutter.

»Mütter sind immer müde, sie arbeiten doppelt so hart wie Männer, kommen schwer zur Ruhe und werden nachts aufgeweckt, um wieder stramm zu stehen. Mutter zu sein ist ein 48-Stunden-Job. Aber diese Rolle einzunehmen UND den Laden zu führen, obwohl man als Grandma die des tageweisen Verwöhnens innehaben sollte, ist

eine echte Herausforderung. Manchmal bin ich so müde, dass ich im Stehen einschlafe. Aber noch hat es niemand gemerkt.«

Wir lachten beide, während ich über die Seite strich, als könnte ich Daisy dadurch ein Stück näher sein. Durch das Lesen ihrer Einträge und ihrer Erinnerungen konnte ich nur erahnen, was es für sie bedeutet hatte, nach dem Tod ihrer Tochter noch einmal zwei Babys aufzunehmen und großzuziehen – ohne Mann, ohne Unterstützung, dafür aber als Selbstständige mit eigenem Laden, der uns alle drei ernährt hatte. Der Tod ihrer Tochter durch einen Unfall war hart genug, und ich hatte Angst, die ersten Seiten noch einmal zu lesen. Angst davor, Details über meine Eltern zu lesen, die mir den Boden unter den Füßen weggerissen. Ich blätterte weiter und machte auf einer Seite Halt, auf der Daisy einen Rahmen um ihren Text gezeichnet hatte. Einen Rahmen aus schwarzer Tinte.

»Ich denke täglich an Alexander. Es schmerzt mich, dass wir nicht zusammen sein können, und ich habe das Gefühl, Gott will sehen, was ich ertrage. Wie eine Schuld, die ich nicht bezahlen kann. Er prüft mich jeden Tag, und ich weiß, dass ich niemals dafür belohnt werde. Egal, wie hart ich arbeite, wie sehr ich mich bemühe, wir werden nie wieder den Weg zueinanderfinden. Und damit muss ich leben, daran bin ich schuld.«

Ich runzelte die Stirn und sah Eireen an. »Alexander?«

Sie schüttelte nachdenklich den Kopf. »Nie gehört.«

»Klingt wie ein Verflossener«, überlegte ich laut und zuckte mit den Schultern. »Jemand, mit dem sie eine Liaison eingegangen ist. Grandpa ist im Krieg gestorben, sie war allein, soweit ich denken kann.«

»Stimmt, es gab nie einen anderen Mann.«

»Bis auf Alexander.« Ich tippte auf die Stelle im Text, wo sein Name geschrieben stand, und blätterte dann weiter, um mehr über ihn zu erfahren. Ich wurde fündig. »Er muss eine große Bedeutung für sie gehabt haben. Sie hat oft über ihn geschrieben.«

»Vielleicht war er kein Ire und musste während des Krieges oder danach das Land verlassen. Sie mussten getrennte Wege gehen.«

Ich nickte nachdenklich. »Sie gesteht sich die Schuld für etwas ein. Aber wofür?«

»Vielleicht finden wir es noch heraus. Wir haben nicht mal die Hälfte gelesen.«

Ich zuckte mit den Schultern, trank einen Schluck Wein und gab das Tagebuch an Eireen weiter, die durch die Seiten blätterte und dann innehielt.

»Okay, ich nehme den hier«, sagte sie und entschied sich für einen Eintrag mit lila Tinte. Sie räusperte sich und las.

> *»Die Nacht war furchtbar. Rosa bekommt Zähne und die kalten Tücher helfen nur bedingt. Ich bin mir nicht einmal sicher, ob ich überhaupt zwei Stunden am Stück geschlafen habe. Eireen kaut am liebsten auf ihren eigenen kleinen Fingerchen, um sich selbst zu beruhigen. Aber kalte Gemüsestücke nimmt sie gern. Oft frage ich mich, wie …«*

Eireens Gesicht fror ein und sie ließ das Tagebuch in ihren Schoß sinken.

»Was ist?« Ich versuchte, einen Blick auf die Seite zu werfen.

Eireen saß wie versteinert da und starrte geradeaus auf die Tür. Kurzerhand nahm ich ihr das Tagebuch aus den Händen und las laut weiter.

> *»... eine Mutter das eigene Kind auf einer Kirchentreppe ablegen kann. Ich weiß gar nicht, wie sie heißt. Ich habe sie Eireen genannt, es bedeutet die Friedliche. Es passt in vielerlei Hinsicht zu ihr – sie ist ein genügsames und braves Mädchen und weint nur selten. Aber vor allem hat es dieser Frau, wer immer sie auch ist, Frieden gebracht, das kleine Bündel dort abzulegen. Als ich ...«*

Blitzschnell entriss mir Eireen das Tagebuch und warf es mit einem grellen Schrei quer durch den Laden.

Ich erschrak so sehr, dass ich mit meinem Fuß gegen das Weinglas stieß, das klirrend umfiel. Wie Blut verteilte sich die rote Flüssigkeit auf dem Boden.

Neben mir vergrub Eireen das Gesicht in ihren Händen.

Scheiße. Ich ignorierte die Sauerei und zog sie kurzerhand zu mir. An meiner Brust weinte sie, und ich weinte mit ihr. Es war ein Moment, der uns wieder ein Stückchen näher brachte. Ich fühlte, wie sehr sie diese Worte schmerzten. Das Gefühl, nirgendwo hinzugehören, musste sie erdrücken. Ich hatte Enes, Rudolfo, den Zirkus, meinen Traum, mein Zuhause. Eireen hatte das hier, noch. Sie wollte es nicht mehr. Sie fühlte sich verloren.

Erst als sie sich beruhigt und ihre Tränen getrocknet hatte, standen wir beide auf.

»Ich brauche Wasser«, schniefte sie und ging zu der kleinen Kochnische im Nebenraum, um sich ein Glas Leitungswasser zu holen.

Seufzend hob ich das Tagebuch auf und holte Papier, um den Rotwein aufzusaugen. Das Buch war so heftig gegen die Wand geschleudert worden, dass es sich aus dem Ledereinband gelöst hatte. Aber dort lag noch etwas. Etwas, von dem ich weder wusste, was es war, noch wo es herkam. Ein vergilbter Umschlag. Er war fest verschlossen. Stirnrunzelnd hob ich ihn auf und drehte ihn mehrmals in den Händen. Auf der Rückseite war Daisys voller Name zu lesen – Daisy O'Malley. Auf der Vorderseite stand »Alexander Livington«. Darunter eine Adresse in Killarney, Irland.

Alexander. Der Mann aus dem Tagebuch.

Der Mann, von dem sie getrennt worden war. Die Trennung, an der sie sich selbst die Schuld gab.

Ich blickte kurz um die Ecke zu Eireen. Sie stand mit dem Rücken zu mir am Fenster des Nebenzimmers und trank in kleinen Schlucken das Wasser.

Hastig öffnete ich den Umschlag und faltete das beschriebene Papier auseinander. Es war Daisys Handschrift, der Brief war von ihr unterzeichnet. Schnell flogen meine Augen über die Zeilen, dann ließ ich das Blatt erschrocken sinken.

»Hast du einen Geist gesehen?« Eireen war zurück im Verkaufsraum und wischte mit einem Mob den Rotwein auf. »Rosa?«

Ich blickte zu ihr und hob den Brief hoch, sodass sie ihn sehen konnte. »Dieser Brief muss unter dem Ledereinband gewesen sein, er ist ... durch den Wurf herausgefallen.«

Eireen stellte sich neben mich und blickte auf den Umschlag. »Alexander?«, fragte sie und nahm mir den Brief ab. »*Der* Alexander?«

Ich packte Eireen am Arm, um ihre Aufmerksamkeit auf mich zu ziehen. Als sie mir in die Augen blickte, sprach ich es laut aus.

»Alexander ist nicht Daisys ehemaliger Liebhaber. Er ist ihr Sohn und der Halbbruder meiner Mutter. Mein Onkel.«

In der darauffolgenden Nacht schlief ich unruhig und wurde von seltsamen Träumen heimgesucht – ich stieg mit Rudolfo in einem Tragetuch auf das Seil hoch über dem Boden der Manege und balancierte, ohne die Arme zu benutzen. Plötzlich verlor ich das Gleichgewicht und stürzte in die Tiefe, wo ich kurz über dem Boden wie von Flügeln langsam dort abgesetzt wurde. Maisie kam auf mich zugerannt und drückte Rudolfo an sich. Wie ich so verantwortungslos handeln könne, fragte sie aufgebracht, Rudolfo sei ihr ein und alles. Ich war völlig überfordert und verwirrt. Hatte ich mich nicht liebevoll um ihren Sohn gekümmert, seit sie weg war? Sie sagte, sie habe ihn in der Manege abgelegt, weil die Verantwortung zu groß gewesen sei. Sie habe nicht weitergewusst. Enes ritt auf Destiny ins Zirkuszelt und zog mich am Arm zu sich auf den Sattel. Dort sei jemand, der mich sprechen möchte, jemand, der behaupte, mein Onkel zu sein. Und dort stand wirklich dieser Mann zwischen den Wohnwagen auf dem Gelände. Obwohl ich meine Mutter nur auf Fotos längst vergangener Tage gesehen hatte, erkannte ich sie sofort in seinem Gesicht. Es waren die gleichen weichen Züge und das gleiche Lächeln, das ich aus den Fotoalben kannte. Ich stieg von Destiny ab und streckte Alexander die Hand entgegen. Statt mir die Hand zu reichen, nahm er mir den Brief aus der Hand. Den Brief von Daisy an ihren leiblichen Sohn, den ich bisher in meinem Traum gar nicht bemerkt hatte. Als er den Brief gelesen hatte, schloss er mich in seine Arme und flüsterte mir ein Wort ins Ohr: danke.

Schweißgebadet wachte ich in den frühen Morgenstunden auf und brauchte eine Weile, um mich zu orientieren. Ich trank einen Schluck Wasser aus der Flasche auf dem Nachttisch und legte mir für einige Sekunden die Hände über das Gesicht, um klar denken zu können.

Und dann wusste ich, was richtig war. Was mein Unterbewusstsein mir sagen wollte und was ich zu tun hatte.

Daisy hatte die Adresse auf dem Umschlag notiert, weil sie wollte, dass ihr Sohn diesen Brief eines Tages erhielt. Sie wollte, dass er ihn las, dass ihre Worte gehört wurden. Weshalb sie ihn nicht abgeschickt hatte, würde ich wohl nie herausfinden. Aber ich würde Alexander Livington den Brief von Daisy bringen. Damit und mit dem Verkauf des *Daisies* würde ich einen Schlusspunkt hinter die Geschichte setzen.

* * *

Als ich am Vormittag zu Eireen in den Laden ging, teilte ich ihr meinen Entschluss mit. Ich stellte mich auf Proteste ein, war aber davon überzeugt, meinen Plan in die Tat umzusetzen. Komme, was wolle. Wider Erwarten sagte sie nichts, während sie in einem Eimer weißer Farbe rührte. Um uns herum lagen Pinsel, Malerrollen und Folie auf dem Boden verteilt. Bereit, die Wände des Ladens frisch erscheinen zu lassen.

Dass sie nicht antwortete, irritierte mich. »Hörst du mir überhaupt zu?«

Eireen klopfte mit dem Holzstab auf den Rand des Eimers und strich die Reste weißer Farbe daran ab. »Ja«, antwortete sie schlicht und goss einen Teil Farbe in eine Schale zu ihren Füßen. »Natürlich.«

Ich runzelte die Stirn und eilte ihr zu Hilfe, als ich sah, dass die Farbe überzuschwappen drohte. »Und?«, fragte ich erwartungsvoll und sah sie direkt an.

»Wenn du es für wichtig hältst, ihm den Brief zu bringen, dann werden wir es tun.«

»Wir?« Ich stand auf und starrte sie mit offenem Mund an.

»Ja, wir«, antwortete sie und stellte sich neben mich. Sie putzte ihre mit Farbe bekleckten Hände an der Arbeitshose ab und hielt meinem Blick stand. »Ich werde dich begleiten.«

»Wirklich, Eireen?«

»Lass es uns zusammen tun. Es ist meine Art des Abschieds von Daisy, so wie sie in meiner Vorstellung war. Meine Grandma, die sie in Wirklichkeit gar nicht war.«

»Eireen, sie war deine ...«

»Lass uns nicht wieder davon anfangen, bitte.« Sie hob flehend die Hände in meine Richtung. »Wir fahren zu diesem Alexander, übergeben ihm den Brief, und ich bringe den Laden auf Vordermann. Dann verkaufen wir ihn.«

»Falsch.« Ich schritt ein wenig näher auf sie zu. »Wir bringen den Laden auf Vordermann. Ich werde dir helfen, ihn fertig zu renovieren. Wir verkaufen ihn und teilen das Geld unter uns auf.«

Ich griff nach ihrer Hand und drückte sie leicht. Als sie etwas sagen wollte, fiel ich ihr ins Wort. »Ich verstehe langsam immer mehr, wieso Daisy uns in dem Glauben hat aufwachsen lassen, wir wären Zwillingsschwestern. Sie selbst hat zwei Kinder zur Welt gebracht, die nicht miteinander aufwachsen konnten. Sie wollte uns beiden das Kostbarste mitgeben, was das Leben zu bieten hat. Eine Person, die einen genauso gut kennt wie man sich selbst. Eine Person, die einfach immer da ist. Egal, was passiert.« Ich dachte an die Briefe der Tanzschulen, Eireens Verrat an mir vor einigen Jahren. Und dennoch hatte mich das Schicksal hierhergeführt. Es hatte wieder einmal seine Hände im Spiel, und ich war bereit, mich darauf einzulassen. Zu sehen, was es bereithielt und wohin es mich führte. Ich hatte nichts zu verlieren.

»Dass du diesen Abschluss für dich brauchst, verstehe ich«, erklärte ich dann. »Du willst diesen Laden nicht mehr führen.

Aber es gibt noch weitere Läden in Irland. Das Geld macht es dir möglich. Ende der Diskussion.«

Eireen widersprach mir nicht, und das zeigte mir, wie dankbar sie war, dass ich hergekommen war, obwohl aufgrund der zurückgehaltenen Briefe von damals zwischen uns immer noch diese Mauer existierte.

Aber sie bröckelte. Jeden Tag ein Stückchen mehr.

* * *

Eireen und mir blieb eine Woche, um den Laden auf Vordermann zu bringen, ihn zum Verkauf anzubieten und Alexander Daisys Brief zu überreichen. Diese Woche hatte ich mir selbst als zeitlichen Rahmen gesteckt und mit Enes und den anderen im Zirkus vereinbart. Schon jetzt zerriss es mich, von Rudolfo getrennt zu sein. Jedes Mal, wenn ich auf die Uhr schaute, musste ich daran denken, dass er jetzt gerade gefüttert wurde, schlief oder mit den anderen in der Manege bei den Proben zusah oder die Tiere versorgte. Ich sehnte mich nach Enes, von dem ich noch nie so lange getrennt gewesen war. Aber meiner Psyche tat der Besuch in Dingle besser, als ich noch vor zwei Wochen angenommen hatte. Ich spürte, wie Eireen und ich einander näherkamen, auch wenn noch viel Unausgesprochenes zwischen uns stand. Auch die Auseinandersetzung mit Daisys Tagebuch und die Wahrheiten, die es uns offenbart hatte, lehrten mich viel über mich und meine Vergangenheit. Es hatte etwas Beruhigendes und Tröstendes, zu wissen, dass dort noch jemand war, der zu meiner leiblichen Familie gehörte, und ich Daisy einen letzten Gefallen tun konnte, indem ich ihrem Sohn die Erklärung dafür lieferte, weshalb seine Mutter nicht bei ihm hatte sein können und er bei einer anderen Familie aufgewachsen war.

Daisy hatte in ihrem Brief an ihn geschrieben, dass es ihr das Herz gebrochen habe, ihn wegzugeben, aber ihr Vater habe sie zur Adoption gezwungen. Eine jugendliche und unverheiratete schwangere Tochter brachte Schande über die Familie und war untragbar. Er sei zwar aus jugendlichem Leichtsinn gezeugt worden, aber ein Kind der Liebe, schrieb sie in großen Lettern in den Brief. Nach einer Schwangerschaft in völliger Abschottung brachte Daisy schließlich einen gesunden Jungen zur Welt, der von einem kinderlosen irischen Ärztepaar adoptiert wurde. Mitspracherecht hatte sie keins. Aber die Tatsache, dass ihr Sohn bei gut betuchten Menschen aufwachsen und so allerlei Chancen im Leben haben würde ...

> *»Ich stellte dein Wohlergehen über das meine und handelte nicht nur aus dem Zwang meines Vaters heraus, sondern auch aus Liebe zu dir. Dich in guten Händen zu wissen, geliebt zu wissen, von einer Mutter und einem Vater, gab mir so viel Wärme, dass ich schließlich tat, was ich ohnehin tun musste. Aber es war der Tag, an dem ich meinen Vater zu hassen begann und mich wie in einem Käfig fühlte, aus dem mir ein Ausbruch unmöglich war. Es war ein Käfig, der mich von dir trennte.«*

Die Gedanken und die Liebe zu Alexander hatten sie nie losgelassen, und so hatte sie schließlich seine Adresse ausfindig gemacht. 1930 war sie dann zu ihm gefahren, hatte ihn aber nur aus der Ferne beobachtet.

> *»Obwohl ich nie ein Wort mit dir gesprochen habe, ich eine Fremde für dich und deine Welt bin, bin ich Mrs Livington so dankbar, dass*

ich stets wusste, wie es dir geht. Als ich dich an diesem Samstagnachmittag mit deinem Vater in der Einfahrt habe Fußball spielen sehen, beobachtet habe, wie deine Mutter euch beiden Limonade brachte, habe ich es nicht über mich gebracht, deine heile Welt zu zerstören. Dir ging es gut. Ich habe dich regelmäßig besucht, ohne dass jemand davon wusste. Das hat die Sehnsucht in meinem Herzen gestillt, aber der Schmerz war immer da.«

Dass Daisy regelmäßig nach Killarney gefahren war, um Alexander zu sehen, hatte etwas Romantisches. Gleichzeitig war es jedoch grausam, und ich konnte heute als erwachsene Frau mit meiner eigenen Geschichte nur erahnen, welchen Schmerz meine Großmutter dadurch hatte erfahren müssen.

Bereits vor meiner Abreise hatte ich mit Enes feste Zeiten am Telefon verabredet. Er rief mich von einer örtlichen Telefonzelle an, während ich das Telefon der Pension nutzte.

»Ich vermisse euch schrecklich.« Mit geschlossenen Augen stützte ich meinen Kopf auf dem Empfangstresen mit meiner flachen Hand.

»Wir vermissen dich genauso, *mo cuishle*«, flüsterte er in den Hörer. Er tat es nicht, weil ihm jemand zuhören könnte, sondern weil ihn die Sehnsucht auffraß.

»Sonntag komme ich zurück. Ich bin so froh, wenn ich Rudolfo sehen kann. Schläft er gut? Isst er anständig? Ich glaube, dass ...«

»Rosa«, ermahnte er mich sanft. »Hier ist alles in Ordnung. Ihm geht es gut und wir haben alles im Griff. Wir freuen uns, wenn du wieder da bist, aber bitte ... bleib, solange es nötig ist, um alle Angelegenheiten zu klären. Versprich mir das.«

Ich atmete tief durch. »Ich verspreche es dir. Aber ich muss Sonntag zurück. Wenn du wüsstest, was sich in den letzten Tagen alles ereignet hat. Einfach unfassbar, welche Wendung das Ganze hier nimmt.«

»Muss ich mir Sorgen machen?«

»Nein«, sagte ich energisch. Ich wollte ihm auf keinen Fall ein schlechtes Gefühl geben. »Ich erkläre dir alles, wenn ich zurück bin. Versprochen.«

»Mein Herz ist bei dir«, flüsterte er.

»Und meines erst«, antwortete ich und küsste meine Handfläche, bevor ich sie auf die Muschel drückte und auflegte.

* * *

Vier Tage später standen Eireen und ich in einem frisch gestrichenen Laden und begutachteten unser Werk. Die alte Holztheke, die ich vor einigen Jahren noch zweckentfremdet hatte, war bereits abgeschliffen und mit einer Farbmischung gestrichen, die an die grünen Hügel Irlands erinnerte. Dieselbe Farbe würde der neue Türrahmen bekommen, der morgen geliefert werden sollte. Die Sprossenfenster strahlten in neuem Glanz und waren weiß lackiert, die neue Verglasung sollte den Laden künftig besser isolieren.

»Seltsam.« Ich ging langsam durch den Raum, wobei meine Schritte auf dem neuen Bodenbelag hallten. »Der Laden wirkt wie neu, aber ich habe all die Erinnerungen an die verschiedenen Ecken hier. Es ist, als umarmt uns diese vergangene Zeit, aber trotzdem ist es nicht mehr das, was es einmal war.«

»Und das ist gut so«, ergänzte Eireen und ging hinter den Tresen, wo sich bereits die nostalgische Kasse wiederfand. »Es ist einfach nicht mehr der Ort, der er für mich einmal war. Jetzt passen die Tatsachen und die Veränderungen der letzten

Wochen zusammen.« Sie holte ein Buch aus ihrer Handtasche hervor und notierte etwas darin.

Wir wollten nach Killarney aufbrechen, um uns auf eine letzte gemeinsame Mission zu begeben. Morgen würde ich mit der Fähre zurück nach England fahren, um wieder bei Enes und meiner Familie sein zu können. An diesem Plan hielt ich fest, und meine Sehnsucht nach meinem Leben verhinderte, dass ich davon abrückte.

»Eireen«, fühlte ich vorsichtig vor und ging auf die Theke zu, wo sie immer noch stand und mit gesenktem Blick weitere Notizen hinzufügte. »Bisher hat sich kein Käufer gefunden, aber ich werde morgen trotzdem zurückfahren. Ich weiß, dass ...«

»Das weiß ich«, sagte sie, ohne aufzuschauen, »aber es gibt bereits eine Interessentin, und die Chancen stehen gut, dass sie den Laden kauft.«

»Wirklich?« Mir klappte die Kinnlade herunter und ich lehnte mich mit verschränkten Armen an die Theke – in Erwartung weiterer Informationen.

Eireen holte einen Zettel hervor und legte ihn aufgefaltet vor mich hin.

> Ich habe Interesse an dem Laden. Rufen Sie mich bitte an. Cecile Bridgepoole.

Eine Nummer war ebenfalls notiert.

»Ich habe sie bereits angerufen«, setzte Eireen ihre Erklärungen fort und packte ihr Notizbuch zurück in die Tasche. »Sie kommt heute Abend. Bis dahin sind wir wieder hier und können ihr alles zeigen.« Eireen packte alle herumliegenden Dinge in ihre Tasche und nahm den Schlüssel zum Laden in die Hand. »Wir sollten langsam los. Bis Killarney brauchen wir eine Stunde.«

Dann stiegen wir gemeinsam in den kleinen Lieferwagen vor der Tür. Es war paradox, dass wir mit dem Auto zu Alexander fuhren, das den Aufdruck *Daisies* trug.

Als wir uns angeschnallt hatten, warf ich Eireen einen Blick zu. »Was, wenn er dort nicht mehr wohnt?«

Sie zuckte mit den Achseln. »Was, wenn er dort immer noch wohnt?«

Ich kräuselte die Lippen. »Laut der Tagebucheinträge ist er mittlerweile über fünfzig.«

»Finden wir es heraus. Wenn wir es nicht wagen, werden wir es nicht erfahren. Selbst wenn nicht, weiß vielleicht jemand, wo er hingezogen ist.« Dann startete sie den Motor und setzte den Blinker.

Nach zehn Minuten waren wir auf der Schnellstraße. Mein Fenster war spaltbreit geöffnet und ließ warme Luft herein.

»Kann ich dich etwas fragen?« Eireen sah konzentriert durch die Frontscheibe, während ich einen Radiosender suchte, der angenehme Musik spielte.

»Natürlich.«

»Damals, als ...«, sie hielt kurz inne und warf mir einen flüchtigen Blick zu, »... wir im Zirkus waren, mit Totty und Shae ... hattest du da bereits den Entschluss gefasst, mit zum Zirkus zu gehen?«

Enes. Es ging um Enes. Es ging um Enes und mich und um die Vergangenheit von Eireen und mir. Es ging um die letzten Stunden, die wir zusammen in Dingle verbracht hatten, bevor unsere gemeinsame Geschichte geendet hatte. Seit unserem Wiedersehen hatten wir nur über Daisy und die großen Geheimnisse ihres Tagebuchs gesprochen. Unseren Konflikt, ihren Verrat, meinen Fortgang aus Dingle hatten wir bisher überhaupt nicht thematisiert. Er schwebte die ganze Zeit wie eine graue Gewitterwolke über uns und wartete nur darauf, dass sich die Schleusen öffneten.

Dennoch wurde ich jetzt von ihrer Frage überrascht. »Nein«, antwortete ich geradeheraus, »nicht eine Sekunde. Ich hatte keine Ahnung, dass Enes beim Zirkus war und ich ihn noch mal sehen würde.«

»Wann?«

»Wann ich beschloss, mit ihm mitzugehen?«

Sie nickte und warf mir einen Blick zu.

Ich seufzte und beschloss, ehrlich zu ihr zu sein. »Als er mich an dem Abend im Zirkus verabschiedete, sagte er Daisys Worte. Du weißt schon, dass das Leben manchmal süß und manchmal bitter ist. Es hat etwas mit mir gemacht. Es war Schicksal. Dann traf ich ihn nach unserem ... Streit im *Mighty Elm* wieder.«

»Du warst im *Mighty Elm*? An diesem Abend?«

»Ja, nach dem Streit. Ich hatte mir ein Zimmer gemietet. Ich wusste nicht, wohin.«

Sie sah mich verwundert an. »Du bist nicht direkt zum Zirkus gegangen?«

»Das war nie der Plan, Eireen.«

Wir schwiegen einen Moment. Erst jetzt verstand ich, dass sie die ganze Zeit über gedacht hatte, ich wäre von unserem Apartment direkt zum Zirkus gefahren und hätte geplant, mit Enes wegzugehen. Ich erzählte ihr, was sich im Pub ereignet hatte, ohne in die Details zu gehen. Es war wie ein Schatz, den ich hüten wollte, wie ein Zauber, der Teile seiner Magie verlöre, wenn ich laut ausspräche, was diese Nacht in mir ausgelöst hatte.

»Bist du glücklich?«

»Ich war nie glücklicher«, flüsterte ich mit Blick auf die Straße vor uns. »Er ist alles, was ich niemals gesucht und doch gefunden habe. Er gibt mir das, was ich nicht vermisst habe, weil ich gar nicht wusste, dass es existiert. Verstehst du?«

Ich fühlte mich schlecht, dass ich die letzte Frage gestellt hatte, weil ich wusste, dass Eireen alleinstehend war und nicht verstand, wovon ich redete.

»Hätte ich an diesem Abend die Briefe nicht gefunden, wäre ich nie ins *Mighty Elm* gegangen und hätte ... Enes nie wiedergetroffen. Ich wäre nie mit ihm mitgegangen und wäre nun genauso einsam ...« Ich erschrak über mich selbst und das, was ich fast ausgesprochen hätte.

»... wie ich«, beendete Eireen meinen Satz und nickte langsam.

»Das wollte ich so nicht sagen«, beschwichtigte ich sie.

»Aber es stimmt.« Sie setzte den Warnblinker und brachte das Auto am Straßenrand zum Stehen. »Was ich gemacht habe, war falsch.« Sie sah mir direkt in die Augen und brach mir damit das Herz. »Ich habe damit eine Kette von Ereignissen in Gang gesetzt, die mein ganzes Leben zerstört haben. Ich habe dich von mir weggetrieben und war von heute auf morgen allein. Ich habe jeden deiner Versuche, mit mir Kontakt aufzunehmen, abgewiesen, nur weil ich auf die Welt und auf jeden wütend war. Vor allem auf mich selbst. Nur weil ich nichts und niemanden habe, habe ich mich an den Laden geklammert und ihn renoviert. Nur so kam das Tagebuch zum Vorschein, das die letzte Verbindung zwischen uns beiden gekappt hat. Aber es hat dich wenigstens für kurze Zeit wieder hierhergebracht. Ich fühle mich für kurze Zeit wieder lebendig und habe das Gefühl von Kontrolle zurück.«

Ich musste matt lächeln, weil ich genau verstand, was sie meinte.

»Es tut mir leid, Rosa«, flüsterte sie und legte eine Hand auf meine. »Es tut mir leid, dass ich dich wegen der Briefe hintergangen habe. Das ist unverzeihlich. Ich habe lange gebraucht, um es zu verstehen. Aber heute verstehe ich es. Ich bitte dich nicht um Verzeihung. Ich möchte dir nur sagen, dass es mir leidtut.«

Dann startete sie den Motor wieder und fuhr zurück auf die Landstraße.

»Das muss es sein.« Eireen zeigte nach rechts, wo sich Einfamilienhäuser hinter Rasenflächen aneinanderreihten. Es war ein weißes Haus mit roten Dachziegeln, einer großen Veranda und schönen Gartenmöbeln. Wir saßen im Auto, das wir am Straßenrand einige Meter entfernt geparkt hatten.

»Okay, lass es uns versuchen.«

Es war wie ein Startschuss. Fast synchron lösten wir unsere Anschnallgurte und stiegen aus dem Auto. Mit dem Brief in den Händen lief ich neben Eireen her, bis wir in die Einfahrt des Hauses einbogen, wo Alexander regelmäßig von Daisy besucht worden war.

Als wir nebeneinander vor der Tür standen, zeigte ich auf das Klingelschild – *Livington*. Bevor ich etwas sagen oder tun konnte, beugte sich Eireen nach vorn und drückte kurzerhand auf den Klingelknopf. Ich starrte sie mit offenem Mund an, während sie mit den Schultern zuckte.

Stimmen waren zu hören, gefolgt von Gepolter. Dann öffnete sich eine Tür und ich blickte in die himmelblauen Augen eines etwa zwölf Jahre alten Mädchens.

»Hey, ich bin Rosa und das ist Eireen. Ist deine Mom oder dein Dad zu Hause?«

Bevor sie antworten konnte, kam ein Mann den Flur entlang und griff nach der Tür, damit sie nicht noch weiter geöffnet wurde.

Unsere Blicke trafen sich. »Was kann ich für Sie tun?«

Es dauerte einige Sekunden, bis ich sprechen konnte. Die Ähnlichkeit zwischen Daisy und ihm war verblüffend.

Eireen räusperte sich und stieß mich von der Seite an. »Sind Sie Alexander Livington?«

Er schaute von Eireen zu mir. »Ja«, antwortete er verwirrt. »Sind Sie von der Polizei oder so was in der Art?« Er sah zum Straßenrand, als suchte er unser Auto.

»Nein, nein«, beschwichtigte ich ihn und zog den Brief aus meiner Handtasche. Ich drückte ihn ein letztes Mal kurz an mich wie einen Schatz von unsagbarem Wert. »Das kommt Ihnen sicher komisch vor, aber ... sind Sie 1920 geboren?«

Er runzelte die Stirn und schloss die Tür ein Stückchen weiter. Es wirkte, als verschließe er damit nicht nur den Zugang zu seinem Heim, sondern auch zu seinem Herzen. Die Skepsis verwandelte sich in Angst, und ich wusste, dass ich ihm nun etwas geben musste, das geeignet war, dieses Gefühl zu verdrängen.

»Ich bin Rosa und ... das ist meine Schwester Eireen.« Seit wir beide die Wahrheit kannten, hatte ich sie so nicht mehr genannt. Und obwohl es biologisch nicht den Fakten entsprach, änderte es nichts daran, dass wir gemeinsam aufgewachsen waren und alles miteinander geteilt hatten wie Schwestern. Auch Daisy als unsere Großmutter.

»Wir sind hier, um Ihnen etwas zu geben, das Ihnen gehört.« Ich hielt ihm den Umschlag mit Daisys Worten entgegen.

Schweigend saßen Eireen und ich auf den Stühlen auf der Veranda vor dem Haus der Livingtons, als Alexander mit einem beladenen Tablett zurückkam. Er schenkte uns Limonade ein und setzte sich auf den dritten Stuhl am Tisch. Dann nahm er den Umschlag wieder in die Hände, den er zuvor hier abgelegt hatte, und drehte ihn hin und her.

»Das muss alles ziemlich viel für Sie sein«, begann ich vorsichtig und nippte am Glas. »Wir selbst wissen auch erst seit Kurzem, dass Sie existieren. Es war Zufall oder Schicksal, dass wir von Ihnen erfahren haben.«

Dann erzählte Eireen von Daisys Tagebuch und dem, was es uns beiden gebracht hatte. Sie berichtete von dem Brief, den Daisy an ihren leiblichen Sohn geschrieben hatte, verschwieg aber den Inhalt. »Er ist geöffnet, weil wir wissen wollten, wer Sie sind. Wir werden Ihnen nicht erzählen, was darin steht. Es wäre nicht richtig, Ihnen diese Entscheidung abzunehmen.«

Er nickte langsam und sah weiter auf den Umschlag.

»Wussten Sie, dass ... Sie adoptiert sind?«, tastete sich Eireen vorsichtig vor.

»Ja«, sagte er leise und sah auf. »Meine Mutter war im Alter alleinstehend und hat es mir im Krankenhaus gesagt. Doch sie fiel ins Koma und ich hatte keine Möglichkeit mehr, Dinge zu erfragen.«

»Das tut mir sehr leid.«

»Das muss es nicht«, sagte er und schenkte sich Limonade nach. »Meine Mutter war alt und hatte ein erfülltes Leben. Sie ist friedlich eingeschlafen und wir waren bei ihr. Das ist alles, was für mich zählt.«

Damit legte er den Brief zurück auf den Tisch. Er verschränkte die Arme und wirkte ablehnend. Ablehnend gegenüber Daisy und ihrer Geschichte, ihrem Schicksal und ihren Erklärungen, wieso er bei anderen Menschen aufgewachsen war.

»Es ist nett von Ihnen beiden, dass Sie den Weg auf sich genommen haben, nur um mir den Brief zu übergeben. Aber es wäre nicht nötig gewesen. Ich hatte einen Vater und eine Mutter.«

Ich verstand, was er uns damit sagen wollte, und warf Eireen einen Blick zu. Dann leerte ich mein Glas mit einem Zug.

Als er aufstand, verstand ich es als unausgesprochene Aufforderung, den Rückzug anzutreten und ihn ziehen zu lassen.

»Danke für die Limonade und dafür, dass Sie sich Zeit für uns genommen haben.«

Er nickte und griff nach dem dicken Buch, das auf dem Fensterbrett hinter uns lag, um den Brief hineinzulegen. *Grundlagen der Botanik* stand in dicken Lettern auf dem Cover.

Nachdenklich stieg ich mit Eireen die Stufen zum Vorgarten hinab. Alexander blieb auf der Veranda stehen.

Ich hielt inne und drehte mich um. »Darf ich fragen, was Sie beruflich machen?«

Er hielt das Buch ein Stück nach oben. »Ich bin Dozent für Botanik an der Universität in Kerry.«

Es war wie ein Schlag ins Gesicht. Die Verbindung zwischen ihm und seiner leiblichen Mutter war allgegenwärtig. Es war, als wollte das Universum zeigen, dass etwas getrennt worden war, bevor es hatte zueinanderfinden können.

Ich sah ihn an. »Daisy liebte Pflanzen und hat aus eigener Kraft einen Blumenladen aufgebaut.«

Als ich mit Eireen zum Auto zurückging und in den Lieferwagen einstieg, schnallte ich mich an und sank erschöpft in den Sitz.

Sie legte mir eine Hand aufs Knie. »Wir haben unsere Aufgabe erledigt. Du hast Daisy einen großen Wunsch erfüllt und ihrem leiblichen Sohn ihre letzten Worte überbracht. Lass uns fahren.«

Ich sah sie an und nickte. In meinem Kopf und vor allem in meinem Herzen hatte ich mir diese Situation des Zusammentreffens anders vorgestellt. Vor meinem geistigen Auge hatte ich uns mit Kaffee und Kuchen in diesem Haus sitzen sehen und über Daisy, aber auch über die Existenz meiner Mutter – der Schwester, die er nie kennengelernt hatte – sprechen sehen.

»Ich komme mir dumm vor«, warf ich ein und griff mir an die Stirn. »Er hat hier ein eigenes Leben. Wieso sollte es ihn interessieren, was vor langer Zeit einmal gewesen ist?« Ich zeigte mit der Hand in Richtung des Wohnhauses der Livingtons, von dem wir nur einen Teil des Vorgartens sehen konnten.

Eireens Blick folgte meinem. Sie lachte und schüttelte verstört den Kopf. Dann zeigte sie in den Vorgarten und sagte: »Das da sind Fliedersträucher.«

Flieder – Daisy – sie hatte Flieder geliebt, in allen Farben und Varianten – auch über den Tod hinaus. Eireen und ich hatten einen Kranz mit Fliederblüten für sie gebunden, als sie uns verlassen hatte.

Tränen schossen mir in die Augen und ich wischte sie hastig mit dem Ärmel weg. Eireen holte Luft, aber ich war schneller.

»Es ist okay, du hast ja recht. Wir haben es für Daisy getan. Und ich würde es immer wieder tun.«

Dann startete sie den Motor und wir fuhren los, vorbei am Haus der Livingtons, wo Alexander immer noch auf der Veranda stand und uns nachschaute.

Während der Rückfahrt schwiegen wir und ich versuchte, mich mit dem Gedanken zu trösten, Daisy einen Herzenswunsch erfüllt zu haben. Immer wieder glitt mein Blick nach oben in die Wolken und ich bildete mir in kindlicher Weise ein, sie würde von oben auf mich herunterschauen und lächeln. Also lächelte ich zurück.

Eireen holte mich wieder auf die Erde zurück. »Ich habe deine Hochzeit verpasst«, flüsterte sie und warf mir einen kurzen Blick zu. »Das war ein großer Fehler und ich … kann die Zeit nicht zurückdrehen. Leider.«

Ich schaute auf meine Hände und knetete meine Finger.

»Aber ich werde nicht die Geburt meiner Nichte oder meines Neffen verpassen, das verspreche ich. Ich habe dazugelernt, Rosa.«

Ich hob den Blick und sah sie an. »Das wirst du nicht«, antwortete ich. Dann packte ich die ganze Wahrheit der letzten

Jahre aus, die Dinge, die mein Herz in Millionen kleine Stücke gebrochen hatten. In wenigen Sätzen sprach ich aus, was mich noch ein weiteres Mal brach – ich erzählte ihr die Geschichte meines Lebens. Von Enes' Kämpfen um mich, von Angel und ihrem Verrat, von Maisie und Alvador, von unserem Baby, das nie geboren worden war, von der Tatsache, dass ich keine Kinder mehr bekommen konnte, von Rudolfos Geburt und Maisies Tod.

Sie ließ mich aussprechen und unterbrach mich nicht. Sie sagte nichts dazu, sondern bewegte ihre Hand auf meiner Haut leicht vor und zurück und zeigte mir damit, dass sie mit mir fühlte.

Das war mehr, als ich je erhofft hatte, als ich damals aus Dingle und von Eireen weggegangen war.

Als sie vor dem *Daisies* den Motor abstellte, sah sie mich an.

»Jetzt weißt du alles«, sagte ich und zuckte mit den Schultern. »Das alles bin ich. Aber was ist mit dir, Eireen?«

Sie zog den Schlüssel ab und lehnte sich zurück. »Nun«, begann sie langsam und schloss kurz die Augen, »da gibt es nicht viel zu berichten. Es gibt mich und den Laden. Na ... es *gab* den Laden.« Es hörte sich endgültig an und ich konnte an ihrem Tonfall hören, dass sie bereits mit Daisys Erbe abgeschlossen hatte.

»Und jetzt komm, wir haben ein Geschäft abzuschließen.«

Cecile Bridgepoole unterschrieb noch am selben Abend den Kaufvertrag und das *Daisies* wechselte seine Besitzerin.

* * *

Am nächsten Morgen ging ich mit zwei Tassen mit dampfendem Kaffee und Scones ein letztes Mal zum Laden, um mich von Eireen und dem Ort zu verabschieden.

»Dass sie direkt unterschrieben hat, ist doch seltsam, oder?«

Eireen rührte in ihrem Becher und zuckte mit den Achseln. »Na ja, sie hat geerbt und will sich jetzt selbst verwirklichen. Es hätte Daisy gefallen.«

Ich lachte. »Sie ist wahrlich eine würdige Nachfolge, das stimmt.«

Vor der großen Frontscheibe standen wir im leeren Verkaufsraum nebeneinander und beobachteten die Menschen, die über das Kopfsteinpflaster liefen.

Ich warf einen Blick auf meine Armbanduhr. »Ich fürchte, ich muss los, damit ich pünktlich an der Fähre bin.«

»Wie kommst du hin?«

»Ich nehme mir ein Taxi.«

»Nicht nötig«, sagte sie und schnappte ihren Autoschlüssel, »ich fahre dich.«

»Bist du dir sicher?«

»Absolut sicher. Diesmal verabschieden wir uns richtig.«

Ich lächelte sie an und nickte. »Einverstanden.«

Als wir bereits auf der Straße standen und ich gerade die Tür hinter mir zuziehen wollte, hörte ich das Telefon im Laden klingeln.

»Ich gehe ran, vielleicht ist es Enes. Er hat die Nummer des Blumenladens und der Pension, um mich zu erreichen.«

Während Eireen sich ins Auto setzte, rannte ich zurück und nahm im *Daisies* das Gespräch entgegen. »Hallo?«

»Hallo ... Hier ist Alexander Livington, mit wem spreche ich?«

Mein Herz klopfte wild in meiner Brust und ich versuchte, mir nicht anmerken zu lassen, wie aufgeregt ich war, als ich ihm antwortete. »Hier ist Rosa Payne. Das ist eine echte Überraschung, Mister Livington. Ich dachte nicht, dass wir noch einmal voneinander hören würden. Woher haben Sie gewusst, wie Sie uns erreichen?«

Ich hörte ihn ins Telefon schnauben. »Ich habe den Namen des Blumenladens auf dem Lieferwagen gelesen, als Sie gestern weggefahren sind.«

Ich erinnerte mich an das Bild – Alexander Livington auf der Terrasse seines Hauses, während Eireen und ich uns auf den Weg nach Dingle machten.

Ich wartete, dass er weitersprach.

»Ich wollte mich kurz erklären … oder eher entschuldigen für mein Verhalten gestern. Ich musste das erst mal sacken lassen.«

»Das verstehe ich«, gab ich meinem Gefühl Ausdruck. Es war viel, was er erfahren hatte. Wie konnte man es ihm verübeln? Dass er anrief, um mir das mitzuteilen, machte ihn sympathisch. Aber was er dann sagte, berührte mein Herz.

»Rosa, Ihre Großmutter …«, er atmete hörbar ein und aus, »muss eine starke Frau gewesen sein. Das, was ihr passiert ist, war sicher alles andere als einfach, gerade zur damaligen Zeit. Danke, dass Sie hier waren und mir ihre Geschichte übermittelt haben. Danke für den Brief.«

Er hatte ihn gelesen. Er hatte Daisys Brief gelesen.

»Gern geschehen.«

Als wir am Hafen standen und die Menschen bereits die Fähre betraten, überwog die Freude, Enes und Rudolfo wiederzusehen, zum Zirkus und in mein altes Leben zurückzukehren, in mein Kostüm zu schlüpfen und wieder das zu tun, was ich so sehr wollte.

»Als wir gestern den Brief übergeben haben, hast du mich als deine Schwester bezeichnet«, sagte Eireen plötzlich, »das hat mir viel bedeutet, Rosa.«

Ich nahm ihre Hände in meine. »Daisys Tagebuch ändert nichts daran.«

Für einige Sekunden standen wir uns wortlos gegenüber.

»Was wirst du mit dem Geld anfangen?«, fragte sie, um unserem Abschied die Schwere zu nehmen.

»Einen Teil werde ich für Rudolfo weglegen. Er wird den Zirkus einmal übernehmen und das ist ein kleines Polster als Starthilfe. Auch wenn das noch einige Jahre dauern wird.« Ich lächelte bei dem Gedanken, dass er dann nicht mehr das Baby wäre, das ich abküssen und mit mir herumtragen konnte. »Den Rest werde ich für Enes und mich beiseitelegen. Wer weiß, was das Leben noch alles bereithält.«

Sie nickte und ich gab die Frage an sie zurück. »Und du?«

»Was wohl?«, sagte sie lachend und drückte mich an sich. »Einen Blumenladen eröffnen natürlich. Ich fange noch einmal von vorn an.«

Kapitel 25

London, England, 2019

»Vicky, sie sind da!«

Als ich mit Enes das Café betrat, kam Penny mit schnellen Schritten auf mich zu und fiel mir um den Hals. Ich drückte sie an mich und verharrte in dieser Position, bis ich Enes' Hand auf meiner Schulter spürte.

»Das reicht, lass mich auch mal, *mo cuishle*.«

»Enes.« Sie umarmte Enes und musste sich mit dem Oberkörper nach vorn beugen, weil der Babybauch im Weg war. »Setzt euch, setzt euch«, sagte sie aufgeregt und brachte uns zu einem Tisch in der Nähe eines Fensters, das den Blick auf den Bahnhof Victoria Station freigab.

»Dein Bauch, *leannán*«, flüsterte ich, fasziniert von der Frau, die vor mir saß. Sie hatte ein neues Leben begonnen und war nicht mehr die, die vor einem Jahr den Zirkus verlassen hatte. »Darf ich?«

Bevor ich sie mit meinen Fingern berühren konnte, nahm sie meine Hand und legte sie auf ihren Babybauch. »Ich kann nicht glauben, dass ihr hier seid«, flüsterte sie mit Tränen in den Augen und machte mit dem Arm eine ausladende Geste, »in

Claires *Doppio*. Meinem Café. Sieh es dir an, Enes.« Ihr glückliches Lachen wirkte ansteckend.

»Es ist noch schöner, als Rosa berichtet hat«, sagte er und legte eine Hand auf ihre.

Es fiel mir schwer, sie nicht Penny zu nennen, aber streng genommen gab es die Penny von früher nicht mehr. Und das war gut so.

»Ihr ruht euch etwas aus und ich bringe euch alles, was ihr wollt. Am besten von allem etwas.« Sie klatschte in die Hände und ging hinter die Theke, wo sie Kaffee zubereitete und verschiedene Kuchenstücke auf einer Etagere anordnete.

»Ist das das Mädchen, das noch letztes Jahr in einem Wohnwagen auf einem Schotterplatz gebacken hat?«

Ich lachte über Enes' Aussage. »Ich befürchte ja. Heute führt sie diesen Laden, backt selbst und kümmert sich um eine Rösterei. Ist das zu fassen?«

Er schüttelte den Kopf und schnaubte. »Ist es zu fassen, dass wir beide morgen schon in Dingle wohnen werden?«

»Es ist richtig so«, bemerkte ich und schloss ihn in die Arme. »Solange wir zusammen sind und es dir gut geht, *mo stór*, habe ich alles, was ich brauche.« Ich küsste ihn und strich mit der anderen Hand sanft über seine Wange.

»Dort, wo alles angefangen hat.«

»Dort, wo alles angefangen hat«, wiederholte ich, während er seine Finger zwischen meine gleiten ließ.

Später saßen wir gemeinsam im Hinterhof des Cafés und genossen die Sonne, die alles in ein warmes Licht tauchte. Während Vickys Mitarbeiterin Jess, die damals im Laden gewesen war, als ich mit Eireen die Scones abgeholt hatte, von einem neuen Theaterstück in London erzählte, hörten wir jemanden auf Holz klopfen. Unsere Köpfe drehten sich Richtung Eingang, wo ein blonder junger Mann stand.

»Will!« Vicky ging auf ihn zu und legte beide Hände in seinen Nacken, um ihn zu sich hinunterzuziehen. Sie küsste ihn auf den Mund und brachte ihn dann zu unserem Tisch. »Das sind Rosa und Enes.«

Seine Begrüßung fühlte sich an, als träfen wir einen alten Freund. Er packte Enes an der Schulter, als er ihm die Hand gab, mich drückte er sanft an sich. »Ich bin Will«, sagte er. »Irgendwie fühlt es sich wie ein Wiedersehen an und nicht wie ein Kennenlernen.«

Alle stimmten in sein Lachen ein und er küsste Vicky, während er ihren Bauch berührte. »Wie geht's meinen Mädels?«

Sie blickte ihn strahlend an. »Mehr als gut.«

»Übernimmst du dich auch nicht?«

»Nun hör schon auf«, mahnte sie und winkte ab. »Ich trage nichts Schweres und mache genügend Pausen. Deswegen setze ich mich zu Rosa in die Sonne und du zeigst Enes den Laden. Was hältst du davon?«

Er küsste sie auf die Wange und erhob sich. »Kommen Sie, Enes, ich glaube, das war eine Aufforderung. Mögen Sie Kaffee?«

»Viel zu sehr«, mischte ich mich ein.

»Ich zeige Ihnen zuerst die Rösterei. Haben Sie Lust?«

»Gehen wir«, sagte Enes und küsste meine Wange.

»Wie geht es ihm?«

»Rudolfo?«

Vicky nickte und trank von ihrem Wasser. Dann schloss sie die Augen und lehnte sich in der Sonne zurück.

»Gut«, antwortete ich. »Er hat schon drei Monate geschafft. Es war die beste Entscheidung, in diese Einrichtung zu gehen.«

Sie nickte und nutzte eine Hand über den Augen als Schutzschild gegen die Sonne.

»Er kann es nicht abwarten, zurückzukommen. Der Zirkus fehlt ihm. Aber er wird kürzertreten und sich die Leitung mit ... Gino teilen.« Ich zögerte, als ich seinen Namen aussprach.

»Kommt Gino mit seiner neuen Rolle zurecht?«

Ihre Frage verwirrte mich. »Bist du nicht wütend auf ihn, dass er die Geldforderung an dich gestellt hat?«

Sie legte beide Hände auf ihren runden Bauch und sah mir direkt in die Augen. Als sie mir antwortete, konnte ich sehen, dass sie im letzten Jahr mental gewachsen war.

»Nein. Er hat aus Angst gehandelt. Er ist Vater geworden. Der Zirkus ist seine Vergangenheit und seine Zukunft. Er handelt nun wie ein Mann und nicht wie ein Junge. Auch wenn die Methoden und die Wege ... bedenklich sind.«

Ich nickte und trank den Rest meines Kaffees in einem Zug.

»Er hat keine gute Kinderstube genossen«, sagte ich nachdenklich, »wieso hast du ihm diese Geldsumme gegeben? Du schuldest ihm nichts, leannán.«

»Vielleicht nicht Gino als einzelne Person, aber dem Zirkus«, sagte sie leise und legte ihre Hände in den Nacken, »der Ort, der lange Zeit mein Zuhause war. Und Rudolfo. Er ist der eigentliche Grund, weshalb ich eingewilligt habe. Er soll gesund werden und …«

Sie verstummte und ich hakte nach, weil es das klärende Gespräch war, das ich so lange herbeigesehnt hatte.

»… und?«

»Mir selbst«, sagte Vicky fest und richtete sich auf, »für dieses neue Leben, für einen Neuanfang, ohne Altlasten. Ohne das Gefühl, etwas schuldig zu sein, weil ich von heute auf morgen weg war. Es hilft mir, mit meinem alten Leben abzuschließen. Hört sich das blöd an?«

Ich stapelte unsere leeren Tassen ineinander und schob sie etwas von uns weg, während ich sie kopfschüttelnd und schmunzelnd anblickte.

»Gar nicht. Im Gegenteil. Ich fühle, was du sagst. Mir geht es ähnlich, auch wenn die Situation eine andere ist.«

Wir schwiegen einen Moment. Dann sprach sie weiter und öffnete mir damit die Tür, das letzte Geheimnis zu lüften, über das ich bisher nichts herausgefunden hatte.

»Er ist noch wütend auf mich, und ich kann es sogar verstehen. Mit meinem Fortgang hat sich für ihn alles verändert, ohne dass er sich darauf einstellen konnte. Er hat einen großen Fehler gemacht. Trotzdem ist er kein schlechter Mensch, und das weiß ich.«

»Was ist in der Nacht passiert, als …«

Ich musste nicht weitersprechen. Die junge Frau, die vor mir saß und die ich seit ihrem ersten Atemzug kannte, die Frau, die jetzt einen anderen Namen trug, eine andere war, ließ den Blick schweifen und fixierte einen Punkt in der Nähe eines kleinen Gewächshauses im Hinterhof.

»Ich habe mich gewehrt, Rosa«, murmelte sie mehr zu sich selbst, »und würde es immer wieder tun. Ich bereue nichts. Gino muss jeden Abend damit einschlafen. Nicht ich. Ich habe ein neues Leben angefangen, für das ich sehr dankbar bin. Für alles und jeden, der dazugehört.«

Damit legte sie die Hände wieder auf ihren Bauch und umrahmte diese Rundung, aus der neues Leben hervorgehen würde.

Ich betrachtete ihr kupferrotes Haar, das in der Abendsonne glänzte. Im Hinterhof des Doppio in London. Und ich spürte, dass sie recht hatte. Das Leben war nicht immer süß oder bitter. Es war eine Mischung aus beidem.

Wie Abschiede – die waren auch bittersüß.

Kapitel 26

Dingle, Irland, 2019

»Hier hat alles angefangen«, flüsterte ich mit Blick nach draußen. Obwohl die Fremdenzimmer renoviert worden waren und ich sie kaum wiedererkannte, war das Dachfenster geblieben, das den Blick auf den Marktplatz meines Geburtsortes freigab. »In Zimmer Nummer drei des Mighty Elm.«

Enes stand hinter mir und hatte die Arme um mich geschlungen. Seine Lippen berührten meinen Hals und ich fühlte, wie er meinen Geruch einatmete. »Und hier geht es weiter«, antwortete er. »Ist es so, wie alle sagen? Dass man mehr unterwegs ist als zuvor, wenn man sich zur Ruhe setzt?«

Ich nickte und drehte mich zu ihm um. »Wir haben viel vor«, erinnerte ich ihn liebevoll, »die Hochzeit von Vicky und Will, die Taufe von Esmee. Wir haben es Lyla und Gino versprochen.«

»Ich sehe schon, wo das hinführt«, scherzte er und lachte.

Wir schwiegen einen Moment und lauschten dem Kreischen der Möwen, die über dem Marktplatz kreisten in der Hoffnung auf Überbleibsel vom Wochenmarkt.

»Auf einer Taufe braucht man einen Clown, das ist dir sicherlich klar.«

Ich drehte mich zu ihm um und musste lächeln. »Du kannst es nicht lassen, oder?«

»Nicht ganz«, gab er schmunzelnd zu. »Er ist ein Teil von mir.«

»Das soll er auch immer bleiben.«

»Für Bip Bello brauche ich keinen Zirkus«, antwortete er und warf einen Blick aus dem Fenster.

»Nein, das Herz tut eben, was es will.«

Er lächelte mich an und nickte. »Immer.«

»Immer.«

Quellen

Die Bibel. Einheitsübersetzung der Heiligen Schrift. Gesamtausgabe. Psalmen und Neues Testament. Ökumenischer Text, Herausgegeben im Auftrag der Bischöfe Deutschlands, Österreichs, der Schweiz, des Bischofs von Luxemburg, des Bischofs von Lüttich, des Bischofs von Bozen-Brixen, Stuttgart: Verlag Katholisches Bibelwerk, 2012

Danksagung

Mit der Geschichte von Rosa und Enes ist die Zirkuslichter-Reihe abgeschlossen. Das fühlt sich an wie Loslassen (... aber in meinem Kopf entstehen bereits unendlich viele Geschichten, die geschrieben werden wollen). Braucht es dann eine Danksagung? Auf alle Fälle!

Wenn euch die Geschichte etwas gegeben hat, euch geholfen hat und ihr euch darin verloren habt, dann freue ich mich über jede Art der Wertschätzung und über ein Feedback!

Ich danke jedem Einzelnen, der die Geschichten um Penny und Rosa gelesen, aufgesaugt und gefühlt hat. Sie sind in meinem Kopf entstanden – während ich im Garten lag, mit meinem Sohn gemalt oder gespielt habe, am Computer saß und recherchiert habe. Penny, Rosa, Gino, Rudolfo, Eireen ... ihr habt mir dabei geholfen, viele Dinge zu verarbeiten, die sich in den letzten Jahren in meinem Leben abgespielt haben. Auch wenn die Haupthandlung reine Fiktion ist, so findet sich die Wahrheit im Detail.

Liebes Team von Tinte & Feder – danke für all eure Arbeit, euer Engagement und eure Unterstützung! Vor allem danke ich dir, Nicole, von Herzen dafür, dass du von Anfang an etwas in mir und meinen Geschichten gesehen hast. Du hast mir damit eine Tür zu einer Welt geöffnet, die inzwischen zu einem so festen Bestandteil geworden ist, dass sie aus meinem Leben nicht mehr wegzudenken ist. Durch dich ist Jane Aiven entstanden, und das werde ich dir nie vergessen.

Danke an meine Lektorin Marketa. Du bist großartig und hast mich so sehr unterstützt! Ich freue mich immer noch, dass du nicht nur Penny, sondern auch Rosa auf ihrem Weg begleitet hast. Ich hoffe auf viele weitere Manuskripte, die meine Gedanken zu Papier bringen und durch dich noch lebendiger werden.

Danke an Nadine für den letzten Feinschliff! Dieser hat den Kreis letztendlich geschlossen.

Anna vom Autorenteam – vielen Dank für deine Unterstützung und die Zeit, die du in so viele E-Mails investiert hast!

Danke an meine beiden Jungs – Marcus und Noah. Ihr seid meine ganze Welt. Ich liebe euch mehr, als ich ausdrücken kann, und ich bin so dankbar für euch. Marcus, du hast mich stets bei allem unterstützt und wolltest mich nie von etwas abbringen oder davon überzeugen, dass es nicht klappt. Wie viele Stunden musstest du damit verbringen, mir zuzuhören, als ich den Plot zurechtgelegt habe. Du hast Szenen gelesen, obwohl Lesen nicht zu deinen Lieblingsbeschäftigungen zählt. Ich liebe dich für all das und für noch viel mehr. Und Noah, obwohl du das noch gar nicht lesen kannst: Du bist das Größte für mich, und ich liebe es, dass du denkst, deine Mama ist eine Superheldin. Danke für deine bedingungslose Liebe, die mich immer darin bestärkt hat, etwas zu schaffen, das die Zeit überdauert und dir für immer eine Erinnerung an die Frau sein kann, die dich bedingungslos liebt. Über alle Grenzen hinaus.

Danke an meine Mädels, die sich so mit mir gefreut haben und mich auf Jane Aivens Reise stets begleitet haben – vor allem du, Vera. Du bist eine der stärksten Frauen, die ich kenne. Danke für deine Freundschaft.

Und zum Schluss: Danke an jede einzelne Person, die Teil von @frl.lehrerin auf Instagram ist und die Reise vom ersten Tag an mitverfolgt hat! Das war nie der Plan, aber die Geschichten von Penny und Rosa haben gezeigt, dass das Leben und das Schicksal eigene Wege gehen und sich nur selten an Pläne halten. Danke für euer Mitfühlen, eure Vorfreude, eure Wertschätzung!

Folge der Autorin auf Amazon

Wenn dir dieses Buch gefallen hat, folge Jane Aiven auf Amazon. Dann erhältst du eine Benachrichtigung, wenn die Autorin ihr nächstes Buch veröffentlicht. Um der Autorin zu folgen, gehe bitte folgendermaßen vor:

Desktop:

1) Suche auf Amazon.de oder in der Amazon App nach dem Namen der Autorin.
2) Klicke auf den Namen der Autorin, um auf die Autorenseite zu gelangen.
3) Klicke auf den »Folgen«-Button.

Smartphone und Tablet:

1) Suche auf Amazon.de oder in der Amazon App nach dem Namen der Autorin.
2) Klicke auf einen Titel der Autorin.
3) Klicke auf den Namen der Autorin, um auf die Autorenseite zu gelangen.
4) Klicke auf den »Folgen«-Button.

Kindle eReader und Kindle App:

Wenn du dieses Buch auf einem Kindle eReader oder in der Kindle App liest, wird dir automatisch angeboten, der Autorin zu folgen, nachdem du die letzte Seite des Buches gelesen hast.

Printed in Germany
by Amazon Distribution
GmbH, Leipzig

28732028R00204